Elisabeth Marienhagen

Wenn es Ahornblätter regnet

Elisabeth Marienhagen

Wenn es Ahornblätter regnet

Roman

PIPER

Mehr über unsere Autoren und Bücher:
www.piper.de

Wenn Ihnen dieser Roman gefallen hat, schreiben Sie uns unter Nennung des Titels »Wenn es Ahornblätter regnet« an empfehlungen@piper.de, und wir empfehlen Ihnen gerne vergleichbare Bücher.

ISBN 978-3-492-50366-2

Redaktion: Sandra Lode
Covergestaltung: Traumstoff Buchdesign traumstoff.at
Covermotiv: Bilder unter Lizenzierung von Shutterstock.com genutzt
Printed in Germany

Kapitel 1

Janine – Juni 2019

Janine Reinhardt klopfte an die Bürotür ihres Onkels, nachdem seine Sekretärin ihr mit einem Nicken und einem verschmitzten Lächeln signalisiert hatte, dass die Gelegenheit günstig war. Denn auch die Nichte des Chefs durfte nicht einfach bei Moritz Reinhardt hereinplatzen.

Sie klopfte noch einmal energischer.

»Hat Ihr Onkel Sie nicht gehört? Warten Sie, ich melde Sie an.« Frau Froneck griff zum Telefon. »Herr Reinhardt, Ihre Nichte steht vor der Tür.«

»Ja, bitte!«, dröhnte gleich darauf die Bassstimme ihres Onkels.

Janine trat ein und riss überrascht die Augen auf. Der große Schreibtisch, der bisher das Zimmer dominiert hatte, war durch ein modernes Modell ersetzt worden, eine dünne Platte aus Ahornholz mit Metallbeinen, darunter zwei Rollcontainer aus dem gleichen Material.

»Guten Tag, Onkel Moritz.«

Allein durch seine Anwesenheit nahm er den Raum ein, sein charmantes Lächeln tat ein Übriges. Zudem besaß er einen guten Riecher für zukünftige Trends und hatte es geschafft, das Möbelhaus seiner Familie in ein florierendes Unternehmen zu verwandeln. Ein Geschäft mit exklusiver

Designerware, die in München und Umgebung seit Jahren sehr gut angenommen wurde.

»Nini, wie schön!« Wenn sie allein waren, benutzte er Janines Kosenamen aus Kinderzeiten. »Gut getimt zwischen zwei Terminen.«

»Lass dich erst mal begrüßen.« Sie warf ihre Tasche auf einen der Besucherstühle, umrundete das Möbelstück und drückte ihrem Ersatzvater Küsschen links und rechts auf die Wangen.

»Kann ich dir was zu trinken anbieten? Wasser? Kaffee? Cappuccino? Espresso?«

»Nein danke. Ich habe schon literweise Kaffee in mich reingeschüttet. Aber ein Wasser nehme ich gerne.«

Flaschen standen auf dem Tisch. Ihr Onkel schenkte ein und schob ihr das Glas hin.

»Ein neuer Schreibtisch?« Obwohl er an der Quelle saß, hatte er die Einrichtung seines Büros noch nie ausgewechselt. Das hier war also eine Premiere.

»Ist das nicht ein wunderbares Stück? Etwas absolut Innovatives. Durchscheinendes Holz, ich hätte nicht gedacht, dass das machbar ist.« Liebevoll strich Moritz über die Tischplatte, die tatsächlich sehr schön gemasert war. *Evernoor* hieß die Marke. Philippe Evert belieferte nur einige wenige exklusive Geschäfte mit seiner Serie. Als eins von drei in Deutschland gehörte das ihres Onkels zu dem erlesenen Kreis.

Die Arbeiten dieses Designers waren vor drei Jahren ins Vertriebsprogramm aufgenommen worden und die neuen Modelle erst vor ein paar Tagen eingetroffen. Ihr Onkel strahlte sie stolz an und Janine wurde das Herz schwer. Zu wissen, dass sie solche Details nicht mehr auswendig zu lernen brauchte, hinterließ gemischte Gefühle in ihr. Sie war traurig, weil sie Moritz begreiflich machen musste, dass heute der Tag war, an dem seine Lieblingsnichte kündigte. Leicht fiel ihr der Schritt nicht. Nach dem Unfalltod ihrer Eltern hatte er sie in seinen Haushalt aufgenommen und sie behütet und versorgt wie seine eigenen Kinder.

Sie wollte sich nicht vorstellen, wie ihr Leben ohne Tante Mia und ihn verlaufen wäre. Zumal Moritz nach dem Tod ihres Vaters entsetzt feststellen musste, dass von der stattlichen Summe, die er seinem Bruder Thomas als Erbteil ausgezahlt hatte, wegen Fehlspekulationen kaum etwas übriggeblieben war. Den kümmerlichen Rest, zehntausend Mark, legte er mündelsicher für seine vierjährige Nichte an. Anlässlich ihres achtzehnten Geburtstags hatte Moritz ihr das Sparbuch überreicht, noch einmal so viel als Geschenk darauf eingezahlt und die Summe aufgerundet.

Wie sollte sie ihm erklären, dass sie Ende Juli, in vier Wochen, aus seinem Betrieb ausscheiden wollte und schon einen Flug gebucht hatte?

»Bist du zufrieden damit?« Sie strich über die Tischplatte. Eine Mischung aus Biokunststoffen und Holz, die dessen filigrane Zellstruktur fürs menschliche Auge freilegte, wenn sie das richtig verstanden hatte. Angenehm glatt und ausnehmend schön gemasert.

»Warte, bis du die Beleuchtung siehst. Ich könnte den halben Tag nur dasitzen und die Vollkommenheit der Natur bewundern.«

»Ach ja, eine Schönheit, die bei dieser Tischplatte technisch und künstlich zu voller Geltung gebracht worden ist?«, neckte sie ihn.

»Spotte du nur.« Er drückte einen Knopf. Im nächsten Moment verdunkelten elektrische Jalousien den Raum, während der Schreibtisch im warmen Glanz einiger LEDs erstrahlte: durchsichtiges Holz.

»Wow«, entfuhr es Janine unwillkürlich und sie verfiel in Schweigen.

Ihr Onkel durchbrach die Stille. »Jede einzelne Platte ist ein Unikat. Wenn diese Schreibtische keine Käufer finden, weiß ich auch nicht …«

»Dazu passende Regale und beleuchtete Paneele«, fügte Janine hinzu, froh, dass sie noch eine kleine Galgenfrist bekommen hatte. Nervös griff sie nach ihrer Tasche.

»Also, nimm erst mal Platz. Bei der Gelegenheit kannst du mir gleich sagen, was du von diesen Neuerwerbungen hältst.« Er wies auf die eleganten Besucherstühle und betrachtete Janine forschend aus klugen, dunkelgrauen Augen.

Sie legte die Tasche auf ihren Schoß und testete ihr Exemplar ausgiebig. Mit den Fingerspitzen fuhr sie über das Leder, das ihr fest, aber keineswegs zu hart oder spröde vorkam. Nicht dass sie auf dem Gebiet eine Koryphäe war, aber sie hielt es für ausgezeichnete Qualität. »Lederbouquet, nicht zu aufdringlich, naturgegerbt.« Sie drückte ihren Rücken an die Lehne. »Angenehme Polsterung. Man sitzt gut darin. Sogar sehr gut. Stammt der Stuhl auch von diesem aufstrebenden Talent?«

»Genau, von Philippe Evert.«

»Du bist ja ein richtiger Fan.«

»Ich war einer der Ersten, mit denen er Geschäfte abgeschlossen hat, als ihm sein kleines Start-up-Unternehmen noch gehört hat. Es ist inzwischen vom Möbelimperium seines Vaters geschluckt worden, der die Verträge am liebsten aufgelöst hätte.«

»Warum?«

»Ich weiß es nicht. Philippe ist jedenfalls ein wohlerzogener junger Mann, ganz nach meinem Geschmack. Sympathisch und bescheiden. Derzeit macht er eine Tour durch Europa, inklusive eines kleinen Abstechers nach Deutschland. Von hier geht es nach Köln. Paris und London stehen auch noch auf seinem Programm.«

»Hat er extra in München Halt gemacht, um dich zu treffen?«, fragte sie überrascht.

»Nicht nur, er hat Verwandtschaft in Deutschland und bleibt nach seinen Pflichtterminen noch einige Wochen in der Gegend. Was immer das heißen mag bei den Entfernungen, die Kanadier gewöhnt sind.« Ihr Onkel verstummte. »Bei so einem riesigen Land gilt die Strecke von München nach Köln oder sogar Hamburg vermutlich als Katzensprung.«

Verlegen griff Janine nach ihrem Glas. Sie trank einen Schluck und betrachtete den kreisrunden Wasserrand, den es auf der Tischplatte hinterlassen hatte.

»Oh je, den mache ich gleich weg.« Sie öffnete ihre Tasche, zog ein Papiertaschentuch aus der Packung und wischte darüber.

»Keine Sorge, diese Art Holz ist absolut wasserdicht«, meinte Moritz. »… kommen wir nun zu dir. Um meine neuen Möbel zu prüfen, bist du sicher nicht in die ›Höhle des Löwen‹ vorgedrungen?« Ihr Onkel warf einen unmissverständlichen Blick auf die Uhr an seinem Handgelenk. Eine Smartwatch, mit der er Mails abrufen, seinen Lebensrhythmus überwachen und Musik hören konnte. Ein Weihnachtsgeschenk seiner Frau. Janine schmunzelte. Mit seinen sechsundsechzig Jahren war er erstaunlich offen für neue Techniken und nutzte sie gerne. Geradeheraus fragte er: »Was liegt an?«

»Onkel Moritz … also … ich …«

»Weshalb druckst du so herum? Hast du etwas ausgefressen?«, meinte er halb im Spaß, halb im Ernst, während sie ihre Handtasche öffnete und den Brief herauszog, den sie ihm persönlich überreichen wollte und musste.

»Nein, natürlich nicht.«

»Eine Einladung?«, fragte er überrascht. »Gibt es einen Grund zum Feiern?«

»... nein, Onkel Moritz. Was ich dir sagen will: Für mich ist es an der Zeit, neue Wege einzuschlagen. So wie du es mir mit deiner neuen Einrichtung vorgemacht hast. Der Brief enthält meine Kündigung.« Jetzt war es heraus.

Ihr Onkel wurde blass. »Wieso? Was soll das bedeuten, Nini? Ist etwas zwischen dir und meinem Sohn vorgefallen, von dem ich nichts weiß?«

»Nein, natürlich nicht.« Janine umklammerte ihre Tasche. »Henry ist wie ein älterer Bruder für mich. Aber ich an seiner Stelle wäre nicht glücklich, wenn ich hierbliebe. Dafür, dass du mir in deinem Betrieb ein duales Studium ermöglicht und eine Anstellung gegeben hast, werde ich dir ewig dankbar sein. In der Buchhaltung und im Verkauf habe ich immens viel gelernt.« Vor allem höflich zu sein und zu bleiben, selbst wenn ihr nach einem Zwölf-Stunden-Tag beinahe die Hutschnur platzte. Schließlich gab es Kunden, die fünf Minuten vor Ladenschluss antanzten und noch eine ausführliche Beratung plus gute Laune erwarteten. »Aber inzwischen bin ich seit einem Jahr mit dem Bachelor fertig, habe Geld gespart und möchte ... Ich will reisen.«

»Das geht nicht. Du bist wichtig für den Betrieb.«

»Bitte, mach's mir nicht so schwer, Onkel Moritz.« Janine lachte hell auf. »Ich bin erwachsen.«

»Nichts da! Wie soll ich auf dich aufpassen, wenn du dich weiß Gott wo herumtreibst? Ich habe deinem Vater nach dem Unfall auf dem Sterbebett versprochen, dass ich dich immer beschützen werde. Erst danach ist er gestorben, als ob er vorher die Gewissheit haben wollte, dass ich mich um dich kümmere.«

»Damals war ich ein Kind.«

»Als ob du mit dreiundzwanzig etwas anderes wärst.«

»Onkel Moritz, Vater hätte sicher nicht gewollt, dass du mich in Watte packst.«

»Und wenn dir etwas passiert? Das würde ich mir nie verzeihen. Wohin willst du überhaupt?«

»Nach Kanada. Der Indian Summer soll wunderschön sein.«

»Willst du etwa allein dorthin?«

Ursprünglich hatte Janine mit ihrem Freund hinfliegen wollen. Der Plan war jedoch ein für alle Mal geplatzt. Leider hatte Caro, ihre allerbeste Freundin, mit der sie nach dem Abitur quer durch Europa gereist war, nicht genug Zeit und Geld für den Trip.

»Das beredete Schweigen deute ich als Ja. Mir gefällt das ganz und gar nicht. Hast du deine Tante schon in die Pläne eingeweiht?«

Janine schüttelte den Kopf. »Weder sie noch den Rest der Familie.«

»Immerhin sind sie keine Mitverschwörer.«

»Ich wollte erst mit dir reden.«

Ihr Onkel legte die Fingerspitzen aneinander. »Verhindern kann ich es nicht?«

Janine nickte.

»Was planst du anschließend?«, bohrte er nach. »Du hättest mir nicht die Kündigung überreicht, wenn du nach deiner Rückkehr wieder in meinem Betrieb arbeiten wolltest.«

»Das stimmt«, gab sie zu. »Anschließend werde ich es in

einer anderen Branche versuchen. Ich mag nicht länger das Label ›Nichte des Chefs‹ tragen.«

»Moment! Jeder, der dich kennt, weiß, was du leistest.«

»Trotzdem bin ich mir darüber im Klaren, was manche Leute reden. Dass ich auf eigenen Beinen vorwärts kommen will, müsstest du selbst am besten verstehen.«

»Das alles passt mir trotzdem kein bisschen.«

»Ich verspreche dir hoch und heilig, dass ich mich an dich wende, wenn ich Gefahr laufe, Hunger zu leiden.«

»Mir kommt da eine Idee.« Ihr Onkel strich liebevoll über die illuminierte Schreibtischplatte. »Ich sollte Henry den Betrieb überlassen, Mia schnappen und dich begleiten.«

Erschrocken ließ sie das Glas sinken, das sie gerade an die Lippen führen wollte. »Ich dachte, eine Geschäftsübergabe müsste von langer Hand geplant werden.«

»Dein Cousin ist gut eingearbeitet.«

Meinte Moritz den Vorschlag etwa ernst? »Onkel, versteh doch, ich möchte etwas erleben, Menschen kennenlernen …«

Er lachte dröhnend. »Du solltest dein Gesicht sehen. Henry ist erst in ein paar Jahren so weit. Also gut, ich füge mich. Aber ich hasse es, dass jetzt auch mein Küken seine Flügel spreizt und flügge wird.«

Sie sprang auf. Erleichtert lief sie zu ihrem Onkel, legte ihm die Arme um den Hals und küsste ihn auf die Wangen. »Warte ab, bis du deinen ersten Enkel kriegst, dann hast du wieder jemanden zum Behüten.«

Das Baby ihrer sechs Jahre älteren Cousine sollte Mitte November auf die Welt kommen und war neben den Reisekosten der wichtigste Grund, weshalb Janine Ende Oktober zurückkehren wollte.

»Ich habe dich durchschaut, du streust ein bisschen Zucker auf die Zitrone.«

Sein Mobiltelefon summte. Eine Terminerinnerung. Demnach war es an der Zeit, ihn seiner Arbeit zu überlassen. Sie wünschte ihm einen schönen Tag und leerte im Hinausgehen ihr Glas.

»Über die Einzelheiten reden wir noch miteinander«, rief er ihr nach und die ›Audienz‹ war beendet.

Kapitel 2

Janine – Juli 2019

Die Kontrollen am Flughafen nervten Janine, brachten sie aber nicht aus der Ruhe. Ihr war höchstens die Vorstellung peinlich, dass die kanadischen Zollkontrolleure ihren Koffer öffneten und die Riesenpackung Kondome entdeckten, die ihre Freundin Caro ihr zum Abschied frech hineingepackt hatte. Und wenn schon, die Leute vom Zoll machten bestimmt noch ganz andere Funde.

Nach den Erfahrungen ihrer Europatour nahm sie das wilde Piepsen des Metallsuchgeräts gelassen hin. Was für ein Mist, dass sie wieder nicht an die Nieten ihrer Jeans und den Büstenhalter gedacht hatte. Bei der Rückreise würde sie eine Jogginghose anziehen. Punkt! Sie wurde daraufhin nicht nur gründlich abgetastet, sondern auch in eine der Kabinen zum Durchleuchten gebeten. Auch ihr Handgepäck filzten sie sorgfältig, und sie überlegte, ob sie wirklich nach Drogenschmugglerin oder Terroristin aussah. Vermutlich nicht. Aber Vorschrift war Vorschrift, lieber einmal zu viel kontrolliert als zu wenig.

Keine der Sicherheitsmaßnahmen vertrieb ihre gute Laune. Vor ihr lagen drei Monate Kanada. Von der Westküste bis zur Ostküste in den Indian Summer. Höchstens das Canceln des Flugs könnte ihrer gehobenen Stimmung einen Dämpfer versetzen. Danach sah es aber nicht aus, wie die Anzeige auf der elektronischen Hinweistafel bestätigte.

Ihr Reisegepäck war aufgegeben. Den Rucksack, Strickjacke für das klimatisierte Flugzeug und ihre dünne Regenjacke hatte sie unter einer Sitzbank im Wartebereich vor dem Gate verstaut und quasi darauf Platz genommen. Die Bordkarte steckte griffbereit in ihrer Umhängetasche. Jetzt hieß es darauf warten, dass der Flug nach Vancouver endlich zum Boarding aufgerufen wurde. Wenn alles glatt lief, würde sie ungefähr zehn Stunden nach dem Start in Kanada landen. Eine unbändige Vorfreude stieg in ihr auf: British Columbia wartete. Die nächsten zwei, drei Wochen wollte sie damit verbringen, die Gegend der Westküste rund um Vancouver zu erkunden.

Anschließend plante sie eine Zugreise quer durchs Land, mit dem Ziel, rechtzeitig zum Indian Summer in Québec einzutrudeln. Wenn sie den Prospekten und Reiseführern Glauben schenkte, boten die Blätter der Bäume um diese Jahreszeit ein Fest an warmen Farben: Wälder in allen Abstufungen von Gelb bis Dunkelrot. Ein spektakuläres Naturschauspiel.

Was das Englische anging, hatte sie keine Sorge. Da wies ihr Wortschatz wenig Lücken auf, außer wenn sie es mit Schimpfwörtern, Slang- oder Dialektausdrücken zu tun hatte. Aber ob sie im frankofonen Teil zurechtkommen würde? Ihr bisschen Schulfranzösisch bereitete Janine wesentlich größere Bauchschmerzen. Doch mit Händen und Füßen würde die Verständigung schon irgendwie klappen.

Janine gähnte. Vor Aufregung und aus Angst, den Wecker zu überhören, hatte sie kaum eine Auge zugemacht. Ihr Cousin Henry hatte sich erboten, den Chauffeur zu spielen. Pünktlich um vier Uhr stand er auf der Matte, brachte sie zum Flughafen und spendierte ihnen einen Kaffee. Beim Abschied schluckte sie trotz ihrer Vorfreude Tränen hinunter und trug ihm liebe Grüße an die Familie auf. Inzwischen war es acht Uhr und sie kämpfte immer noch oder schon wieder mit der Müdigkeit.

Jemand lief an ihr vorbei. Ein Mann in einer hellen Leinenhose. Keine schlechte Wahl bei der Hitze, die nach einem verregneten Frühling in diesem verdrehten Sommer zu spät einsetzte und draußen umso unnachgiebiger herrschte. Sogar schon am Morgen. Selbst die Nacht brachte kaum Abkühlung. Insgeheim beglückwünschte Janine ihn zu seinem guten Geschmack. Seine Füße steckten in eleganten Schuhen aus hellem Leder, das wirkte wesentlich stilvoller als ausgetretene Sandalen oder Gesundheitslatschen kombiniert mit weißen Socken und Stachelbeinen. Sie sah von ihrem Reiseratgeber auf, betrachtete sein zerknittertes Jackett. Vermutlich ein gut situierter älterer Herr. Wetten, gleich würde er zu einem der Duty-Free-Läden spazieren, um teure Zigarren zu kaufen oder einen Cognac zu erstehen. In dem Moment machte er kehrt, und sie staunte, wie sehr sie danebengelegen hatte.

Er war jung! Mitte bis Ende Zwanzig vielleicht. Dank des glatt rasierten Gesichts kamen seine scharf geschnittenen Züge und das energische Kinn besonders gut zur Geltung. Schräg gegenüber nahm er Platz und streckte seine langen Beine aus.

Als ob er bemerkt hätte, dass sie ihn neugierig musterte, hob er auf einmal den Kopf. Statt weiter auf sein Mobiltelefon zu sehen, schaute er ihr direkt in die Augen. Seine waren von einem hellen Braun, das sicher sehr gut zur Farbpalette des Indian Summer passte.

Unwillkürlich fuhr Janine über ihre grün-blau changierende Lieblingsbluse, die mit ihren Augen harmonierte. Eine störende dunkelblonde Haarlocke strich sie hinters Ohr. Ihr Gegenüber verzog die Mundwinkel zu einem unverschämt netten Grinsen.

Hastig senkte sie die Lider, um in ihr Buch zu schauen. Doch ihre Aufmerksamkeit wurde von einem glucksenden Kleinkind gefesselt, das mit Schokoladeneis bewaffnet war. Lachend lief es vor seiner Mutter davon. Zielgenau rannte es auf den Mann mit der hellen Leinenhose zu, der seine Beine noch nicht wieder eingefahren hatte. Seine Umwelt schien er völlig ausblenden zu können, konzentriert starrte er auf sein Smartphone.

»Baba!«

Oh, schade, dann war er also der Vater des Winzlings? Der kleine Kerl legte noch einen Zahn zu. Wenn schon sein Erzeuger nicht reagierte, genoss der Junge immerhin die ungeteilte Aufmerksamkeit seiner Mutter. Verzückt schaute er über seine Schulter und juchzte.

»Tobias, nein! Bleib sofort stehen.« Der Aufschrei und ihr entsetztes Gesicht spornten den Jungen zu Höchstleistungen an. Sein Vater war die Ruhe selbst. Wie gebannt las er eine Nachricht oder was auch immer.

Janine legte ihren Reiseführer beiseite. Amüsiert beobachtete sie den Knirps, der immer schneller trippelte. Das Eis hielt er hoch wie ein Fackelträger die olympische Flamme. Immer noch keine Reaktion von Seiten des Vaters, dabei war der Winzling bedenklich nah. Sollte sie eingreifen? Sie persönlich hielt es für ziemlich gewagt, etwas derart Empfindliches wie weißes Leinen anzuziehen, wenn man kleine Kinder hatte. Aber bitte.

»Tobias, nicht! Bleib sofort stehen!« Die Stimme der Mutter klang ziemlich gestresst.

»Aufpassen!«, warnte Janine den Mann scharf.

Er schreckte hoch. Gerade noch rechtzeitig schaffte er es, die Beine einzuziehen und die kleine Hand abzufangen, ehe das Schokoladeneis auf seiner Hose landete.

»Ich danke Ihnen, da haben Sie ein Unglück verhindert!«, meinte er an sie gewandt.

»Keine Ursache.« Die Worte hatte er korrekt ausgesprochen, trotzdem irritierte sie etwas an der Betonung. Was war das für ein Akzent?

»Na komm, geh wieder zu deiner Mama«, forderte er den Kleinen auf.

Das Kind sah seine Mutter kommen, die über den Buggy hinweg vergebens nach ihm haschte, und rannte auf Janine zu. »Da!«

»Untersteh dich!« Die Mutter packte den Jungen, der juchzend sein Eis fallen ließ. Die schmelzende Kugel samt Waffel landete in Janines Schoß. Wo die kalte, braune Soße äußerst unappetitlich aussah, obwohl sie intensiv nach Schokolade duftete.

Der Vater starrte verdutzt in das Gesicht seines Sohnes und auf Janines Bluse und Jeans. Sofort sprang er auf. »Oh sorry, es tut mir furchtbar leid, dass Sie die Bescherung abbekommen haben, die für mich gedacht war …«

Dass er sie im Beisein seiner Frau intensiv und unverhohlen musterte, fand Janine merkwürdig. Während sie noch wie erstarrt dasaß, hatte er bereits eine Packung Tempos aus seiner Hosentasche gezogen. Mit zwei Schritten war er bei ihr.

»Entschuldigen Sie. Das ist mir furchtbar peinlich.« Seine Frau schnappte den Kleinen und drückte das strampelnde Kind in seinen Buggy.

»Nein, nein! Will nis!«

Eine jähe Panik überfiel Janine, dass das alles nur ein Ablenkungsmanöver gewesen sein könnte, und sie tastete nach ihrem Rucksack. Er lag unberührt unterm Sitz, ihr Reiseführer auf der Bank und die wasserdichte Umhängetasche mit Portemonnaie und Bordkarte hatte sie nicht abgelegt.

»Dada!«, krähte der Knirps.

»Oh, nein, Tobi! Ach du lieber Himmel, das tut mir so leid. Darf ich?« Seine Mutter versuchte zu retten, was zu retten war.

Ihr Mann tat immer noch so, als ob die beiden ihn nichts angingen. Schon ein komischer Vogel, obwohl er total nett lächelte. Von beiden Seiten kam Hilfe. Hastig klaubte die Frau die Eistüte von Janines Schoß und warf sie in einen Beutel, der am Buggy hing.

»Bitte sehr!« Ihr Mann hatte ein Taschentuch aus der Packung gezerrt und drückte es in Janines Hand. Seine Frau kramte unterdessen in einer blau karierten Wickeltasche, reichte Janine eine Packung Feuchttücher und seufzte beim Anblick der Flecken auf den Zipfeln der Bluse und den Jeans. »Das Oberteil kann man nicht waschen, oder? Wir bezahlen Ihnen natürlich die Reinigung. Jens, Jens, kommst du mal!«

»Bitte, das ist schon in Ordnung!«, wehrte Janine ab.

»Der Urlaub fängt ja toll an. Jens!« Die Schreie der Mutter wurden immer lauter und schriller. »Jens …!«

Entweder war der Kerl neben ihr taub oder … Janine erwiderte das Lächeln des Fremden, der demnach nicht Vater dieses Kindes war.

Ein Mann kam angehastet. »Was ist denn wieder? Kannst du nicht ein einziges Mal aufpassen?«

»Ach, du meinst also, dass das hier meine Schuld ist? Weshalb kaufst du dem Kleinen ausgerechnet ein Schokoladeneis?«

»Alles halb so schlimm«, beschwichtigte Janine das Pärchen. »Ich habe Wechselkleidung im Handgepäck und Jeans und Bluse kann man waschen.«

Es roch nach einer seltsamen, Übelkeit erregenden Melange aus Schokolade und voller Windel. Sie konnte Tobias nachfühlen, dass es ihm bei der Mischung den Appetit verschlug. Vor allem, wenn sie die Flecken auf ihrer Kleidung ansah. Dieses dunkle Braun auf der Hose und den Blusenzipfeln war irgendwie eine undankbare Farbe. Außerdem drang die kühle Feuchtigkeit bis zu ihrer Haut durch. Sie wischte die klebrige Soße weg, so gut es ging, und reichte der Frau die Packung mit den restlichen Frischtüchern.

»Danke, wirklich, das passt schon«, beruhigte sie die Eltern des Kleinen, die hoffentlich bald gehen würden.

»Eissss haben!«, schluchzte Tobias. Unglücklich verzog er seinen Mund. Im nächsten Moment kullerten dicke Tränen über seine Wangen. Offensichtlich bereute er seine großzügige Geste, forderte seine Speise vehement zurück und brüllte infernalisch. »Eisss haben!«

Haben! In dem Moment erinnerte der Winzling Janine fatal an Ulrich, ihren Verflossenen, der sie ursprünglich auf dieser Reise begleiten sollte. Ihr Ex hatte jeder Cent gereut, den er für irgendetwas ausgeben musste. Wie Dagobert Duck war er nur glücklich, wenn er sein Bares zusammenhielt. Als er auch noch anfing, Zahnpastatuben aufzuschneiden, um auch noch den letzten Krümel auszukratzen, endete ihr gemeinsamer Lebensweg. Er hielt Geiz tatsächlich für geil, während sie wenig ausgab, weil sie auf ihre Reise sparte. Das war ein kleiner, aber feiner Unterschied.

»Sie brauchen mir kein Geld zu geben. Das ist schon in Ordnung.«

Sein Vater schob den Buggy weg. Der Kleine weinte jetzt nach seiner Mama.

Die junge Mutter blieb zweifelnd vor ihr stehen und zückte ihren Geldbeutel. »Wirklich?«

»Ja klar, wenn ich es Ihnen sage. Gehen Sie ruhig. Vorm Boarding möchte ich mich unbedingt noch umziehen.«

»Vielen Dank, das ist total nett von Ihnen.« Die Frau eilte hinter ihren beiden Männern her.

»Sind Sie sicher, dass die Flecken beim Waschen rausgehen? Falls nicht, bezahle ich Ihnen die Reinigung selbstverständlich«, erklärte der Mann im hellen Leinenoutfit zu Janines Überraschung. »Sie haben schließlich nur eingegriffen, um meine empfindlichen Sachen zu retten. Übrigens herzlichen Dank dafür. Wenn ich geahnt hätte, dass Ihr kleiner Verehrer Ihnen ein Geschenk machen wollte, wäre ich natürlich nicht untätig geblieben. Leider habe ich zu spät reagiert.«

Fasziniert lauschte Janine seiner Stimme. Sonor und dunkel. Einige Verkäufer im Geschäft ihres Onkels würden ihn mit Sicherheit um dieses Organ beneiden. Dazu kam der Hauch eines Akzents. Vielleicht hatte er eine Weile im Ausland gelebt? Sie hätte zu gerne gewusst, woher er stammte.

»Aber einen guten Geschmack hat er, offensichtlich hat er Sie für die Süßeste weit und breit gehalten.«

Sie lächelte zurück und rief sich energisch zur Ordnung. Dieser Mann war mit Sicherheit vergeben. Und selbst wenn nicht, würde er bald aus ihrem Leben verschwinden.

»Momentan fühle ich mich eher pappig.« Sie schielte erst zu ihrer Uhr, dann zur Waschraumtür. Die Zeit reichte noch. Statt von diesem Fremden zu schwärmen, sollte sie lieber die Kleidung wechseln. Seufzend packte sie ihren Reiseführer ein und griff nach dem Rucksack.

»Wenn Sie wollen, halte ich Ihnen den Platz neben mir frei.« Sein Lächeln stieg bis zu den Augen hoch. »Der Gang ist voller Passagiere. Der Ansturm auf die Bänke beginnt.«

Er strahlte sie an, sie lächelte zurück und nickte unwillkürlich.

»Das wäre nett.«

»Übrigens ist mein Angebot mit der Reinigung keine hohle Phrase. Hier, bitte.« Er zog ein schwarzes Etui aus der Innentasche seines Jacketts, öffnete es und reichte ihr eine Visitenkarte.

»Vielen Dank.«

»Es ist mir wichtig, falls wir uns doch aus den Augen verlieren sollten.«

Janine wich seinem forschenden Blick aus, nahm das schlicht gehaltene Kärtchen in Empfang und betrachtete das Logo auf der Vorderseite. Es stellte einen stilisierten Baum dar. Sie kannte es aus dem Betrieb ihres Onkels, der einer der wenigen Auserkorenen war, der Produkte von *Evernoor* in Deutschland vertreiben durfte. Sie drehte die Karte um. Dort standen ein Name, eine Telefonnummer und seine Mail.

»Sie sind Philippe Evert? Wenn mein Onkel wüsste, dass ich ausgerechnet Sie hier am Flughafen treffe, käme er aus dem Staunen nicht heraus.«

»Ihr Onkel?«, fragte er verblüfft.

»Moritz Reinhardt.« Sorgfältig verstaute sie die Karte in einem mit Reißverschluss gesicherten Fach ihrer Handtasche und nannte ihm ihren Namen. »Er ist ein großer Fan Ihrer Entwürfe.«

»Ich fühle mich geehrt. Hat er Ihnen das selbst erzählt?«

»Ja, und es gibt sogar einen Beweis. Er hat seit neuestem eins Ihrer Unikate als Schreibtisch in seinem Büro stehen. Der erste Wechsel überhaupt.«

»Wirklich? Das freut mich sehr.«

»Ich fliege heute übrigens in Ihre Heimat«, ergänzte sie.

»Oh, dann sitzen wir im gleichen Flieger.« Seine Augen leuchteten auf. »Sind Sie im Auftrag Ihres Onkels unterwegs?«

»Nein, ich will in Kanada Urlaub machen.« Sie drehte sich abrupt um, damit er das dämliche Grinsen auf ihrem Gesicht nicht bemerkte. »Bis gleich.«

»Ich freue mich.«

Hatte er das wirklich gesagt? Sie sah nicht zurück. War sie verrückt? Sie öffnete die Tür zum Waschraum und hoffte, dass die klinisch, nüchterne Atmosphäre von weißen Fliesen und abgestandener Luft sie wieder in die Wirklichkeit zurückholten. Weit gefehlt. Es war verrückt. Sie schwebte wie auf Wolken.

Streng musterte sie ihr Spiegelbild und flüsterte. »Hast du den Verstand verloren? Schlag ihn dir aus dem Kopf. Er ist ein Kanadier.«

Sie wartete, bis eine der Kabinen frei wurde. Ein wenig Toilettenpapier lag am Boden, ansonsten war die Toilette sauber und dank moderner Technik auch desinfiziert. Sie hatte die Wahl zwischen einer Schlabberhose aus dünnem Stoff und Shirt oder etwas Figurbetontem. Nach kurzer Überlegung zog sie ein Trägerkleid mit Blumendruck aus dem Gepäck, dessen Schnitt ihre schmale Taille vorteilhaft herausstrich. Die Slipper passten farblich auch. Sie streifte das Kleidungsstück über, stopfte die Schmutzwäsche in eine Plastiktüte und trat hinaus. Eine alte Dame stand abwartend vor den Waschbecken. Ihr Mittelscheitel und die Hochsteckfrisur erinnerten Janine an eine Fotografie ihrer Großmutter, die im Wohnzimmer von Onkel Moritz hing.

Angesichts der Technik, die bei dem Seifenspender offensichtlich ihren Dienst versagte, murmelte die Frau kopfschüttelnd: »Früher, ohne diesen neumodischen Firlefanz, ist es auch nicht schlechter gewesen, das sage ich Ihnen.«

Janine nickte ihr lächelnd zu und überlegte, ob Oma Maria dem zugestimmt hätte. Angeblich war sie ihr wie aus dem Gesicht geschnitten. Nicht nur ihr Gesicht und die großen Augen, sondern auch die dichten, dicken Haare …

Kapitel 3

Maria – Juli 1950

Maria Krafft strich eine Strähne ihres dichten, dicken Haars aus der Stirn, legte ihre blaue Schürze ab und hängte sie an den dafür vorgesehenen Haken neben der Küchentür. Den Herd für die Nacht mit Holzscheiten nachzufeuern, brauchte sie im Sommer zum Glück nicht. Die Glut durfte nachts vergehen.

Den abendlichen Abwasch hatte sie erledigt und die Fliesen am Boden gefegt. Blitzsauber waren sie nun, aber abgetreten und stumpf blieben sie trotzdem. Die Mutter saß im Wohnzimmer neben dem Fenster im Ohrensessel der verstorbenen Großmutter über einer Näharbeit. Mit winzigen Stichen und einem feinen Faden flickte sie die Ferse eines Seidenstrumpfs, den sie über einen Stopfpilz gespannt hielt.

»Das Paar hat ein Vermögen gekostet. Pass besser auf, wenn du sie nachher anziehst«, ermahnte sie Maria.

Sie reichte ihr den Strumpf und griff nach einem Unterhemd des Vaters, das am Rand ausfranste. Müde und abgehärmt sah sie aus und war dennoch unermüdlich am Werken. Die Angst vor Entbehrungen saß der Mutter selbst fünf Jahre nach Kriegsende noch in den Knochen und hatte sie hart gemacht. Ihre Devise hieß: Sparen, sparen, sparen. Als ob sie immer noch im Elend leben müssten wie in der schweren Zeit nach dem Krieg.

»Hab vielen Dank. Ich werde mich vorsehen, Mama«, murmelte Maria gottergeben und betrachtete die ausgebesserte Stelle, die kaum auffiel.

Sie wollte noch hinzufügen, dass es nicht ihre Schuld war, wenn das Leder ihrer Schuhe innen an der Ferse scheuerte, aber sie schwieg. Widerspruch duldete die Mutter nicht.

»Gehst du heute aus, Kindchen?« Ihr Vater hatte sein Jackett abgelegt, als Maria und er um halb sieben nach Hause gekommen waren. In Hosenträgern und langärmligem Hemd saß er auf dem mit Decken geschützten Sofa, leistete ihnen Gesellschaft und rauchte.

»Ich dachte, ich hätte vor zwei Wochen erwähnt, dass unsere Tochter eine Einladung zu einer Geburtstagsfeier erhalten hat.« Die Mutter ließ Arbeit und Hände auf den Schoß sinken. »Sie geht auf eine dieser neumodischen Cocktailpartys zu Gudrun Reinhardt.«

»Das ist mir neu.« Ihr Vater blies Rauch aus, streifte die Zigarette am Aschenbecher ab und strich mit der linken Hand über sein lichtes Haar. In dünnen Strähnen hatte er es über seine kahle Kopfhaut drapiert. »Wie kommst du zu der Ehre?«

»Ich weiß es nicht.«

Gudrun war die Tochter ihres Chefs. Sie arbeitete zwar wie Maria als Sekretärin, hatte aber eine Sonderstellung inne und nicht viel mit den anderen Angestellten zu tun. Als fleißig galt sie nicht. Sie erschien zur Arbeit, wann sie wollte, und verdiente vermutlich das Dreifache von dem, was Maria erhielt. Während ihr Gehalt fast gänzlich in die Familienkasse floss, knauserte Gudrun nicht mit dem Geld. Dementsprechend war sie ein hübscher Anblick: Immer adrett gekleidet, dezent geschminkt und in den Pausen ohne Unterlass am Rauchen. Sehr elegant zog sie an ihrer Zigarette, schnippte die Asche ab und hielt Maria wahrscheinlich für einen rückständigen Trampel. Wenn Gudrun die Karte nicht zu ihr nach Hause geschickt hätte, wo sie der Mutter in die Hand gefallen war, hätte Maria ihr abgesagt. »Warum sie mich eingeladen hat, begreife ich ehrlich gesagt nicht, Papa.«

»Du Schäfchen, ihr Bruder holt dich um halb sieben ab. Was gibt's daran nicht zu verstehen.«

»Johann Reinhardt?«, warf der Vater ein.

»Allerdings.« Die Art, wie die Mutter die Tatsache betonte, behagte Maria noch viel weniger als die angedrohte Begleitung.

»Wie konntest du das über meinen Kopf hinweg ausmachen, Mama?«

»Der junge Reinhardt ist eine ausgezeichnete Partie«, fuhr die Mutter unbeirrt fort und ein Lächeln huschte um ihre Mundwinkel. »Er ist katholisch, stammt aus einer angesehenen Familie und wird zu gegebener Zeit das Möbelgeschäft seines Vaters übernehmen. Es soll schon wieder sehr guten Umsatz machen. Außerdem ist er unübersehbar an dir interessiert. Ich wüsste nichts, was gegen ihn spricht. Du bist einundzwanzig und durchaus im heiratsfähigen Alter. Bleib kühl und sei nicht zu entgegenkommend, dann zappelt er im Nu an deinem Haken und kommt nicht mehr los …«

»Mama«, keuchte Maria entsetzt.

»Wenn erst ein Krieg mit den Kommunisten ausbricht, kann ein Mann mit Geld und guten Beziehungen nicht schaden. Denk an Korea und die Ostzone. Wer weiß, was da noch passiert.«

»Richte dich schon mal darauf ein: Deine Mutter hört die Hochzeitsglocken läuten«, warf der Vater belustigt ein.

»Aber ich mag diesen Menschen nicht …« Maria missfielen die Blicke, mit denen Johann sie verschlang. Die Gier darin, dieses unverhohlene Habenwollen. Er sah in ihr seine nächste Gespielin. Ein entsprechender Ruf eilte ihm voraus. Mehr steckte hinter seiner Leidenschaft nicht, auch wenn die Mutter diese Tatsache nicht wahrhaben wollte. Das Alleinsein mit dem Mann vermied Maria, so gut sie konnte. Leider kreuzten ihre Wege sich immer wieder, nachdem sie seit ein paar Monaten im Möbelhaus seines Vaters als Sekretärin arbeitete. Dabei hatte sie ihm nie Hoffnungen gemacht und seine Avancen schroff zurückgewiesen. Schließlich gab es einen anderen, dem ihr Herz gehörte. Seit Jahren schon.

Der Gedanke an den Liebsten gab ihr die Kraft, gegen die Pläne der Mutter aufzubegehren. »Ich würde es bei Weitem vorziehen, wenn Papa mich zu den Reinhardts begleitet.«

»Dazu ist es nun zu spät. Wie wäre es damit? Ich hole dich heute Abend Punkt neun Uhr ab.«

»Danke, Papa«, murmelte Maria erleichtert.

»Du wirst eine geschlagene Stunde nach Freising laufen müssen, Herbert, und die gleiche Strecke zurück«, warf die Mutter ein. »So ein Umstand für nichts. Mit einem Auto dauert die Fahrt nur ein paar Minuten.«

Der Vater stand Maria zum Glück tapfer bei. »An einem so schönen Abend wie diesem schadet mir ein Spaziergang nicht, Gerda.«

»Sie derart früh abzuholen, grenzt an Unhöflichkeit. Zumal Herr Reinhardt Maria sicher gerne nach Hause bringt.«

»Was mir aber zuwider wäre, Papa.«

»Unhöflich wollen wir nicht sein. Einigen wir uns also darauf, dass ich dich um zehn abhole.« Der Vater schaltete das Radio ein.

»Wieso hast du den Apparat jetzt schon angemacht?« Missbilligend kniff die Mutter ihre Lippen zusammen.

Dass sie verärgert war, ließ sie jeden durch ihre Leichenbittermiene wissen. Welche Vorstellung sie vom Ablauf des Abends für ihre Tochter gehabt hatte, wollte Maria lieber nicht wissen.

Das große Telefunken-Gerät, an dem nur der Vater die Sender verstellen durfte, stammte noch aus der Vorkriegszeit. Es rauschte und brauchte eine Weile, bevor es seinen Dienst aufnahm.

Der Vater lächelte verschmitzt. »Ihr werdet es nicht glauben: Heute soll in Wuppertal ein Elefant aus der Schwebebahn in die Wupper gesprungen sein.«

»Das ist doch Humbug, Herbert. Da hat dich jemand auf den Arm genommen«, antwortete die Mutter ungnädig.

»Nein. Tuffi heißt das Tier und es gehört zu einem Wanderzirkus.«

»Du lieber Himmel, ist der arme Elefant schwer verletzt?«, fragte Maria besorgt. »Oder am Ende sogar tot?«

»Nein, ihm ist wie durch ein Wunder nichts passiert. Ein paar Zeitungsreporter sind angeblich zu Schaden gekommen.«

»So ein Unfug, dass diese Geschichte wahr ist, kann ich mir nicht vorstellen.« Die Mutter warf einen Blick auf die Uhr. »Geh und zieh dich um, Maria. Dein Verehrer kommt bald.«

»Bitte, benutz dieses Wort im Zusammenhang mit Herrn Reinhardt nicht. Er ist lediglich höflich.«

»Sei nicht kindisch. Du bist ein ausnehmend schönes Mädchen, du musst deine Karten nur geschickt ausspielen.«

Maria ging schweigend davon. Das Kleid mit dem schwingenden Tellerrock und der schmalen Taille, das sie zu der Party anziehen sollte, war von der Mutter aus cremefarbener Fallschirmseide nach einer Schnittvorlage selbst geschneidert worden. Den kleinen runden Kragen und den breiten Gürtel hatte Maria mit einem ornamentalen Blattmuster bestickt und die Knöpfe an der Vorderleiste eigenhändig mit dem passenden Stoff bezogen.

In ihrem Zimmer, einer kleinen Kammer, in die mit Müh und Not ein Bett, ein kleiner Schreibtisch und ein schmaler Schrank passten, streifte sie es über und knöpfte es zu. Unwillkürlich fuhr ihre Hand zu dem silbernen Anhänger, der ein Schutzengelchen zeigte. Ihr Liebster hatte es ihr geschenkt, bevor er auf Wanderschaft gegangen war: Drei lange Jahre und einen Tag dauerte die Walz. Gesellen absolvierten sie, damit sie anschließend auf die Meisterschule gehen durften. Maria lächelte. Ihretwegen hatte Carl die Reise angetreten, damit er ihr eines Tages als Schreinermeister eine bessere Zukunft bieten konnte. Seither begleitete ihr Schutzengelchen sie auf allen Wegen, selbst wenn sie es, wie bei diesem hochgeschlossen Kleid, für alle anderen unsichtbar trug. Die Ärmel waren kurz, der Stoff schwang herrlich um ihre Knie und der Schnitt betonte ihre schlanken Beine und Fesseln. Die zwei in die Seitennaht eingelassenen Taschen fielen überhaupt nicht auf. Energisch bürstete Maria ihre dunklen Locken, fasste sie zu einem Pferdeschwanz zusammen und ordnete sie zu einem Dutt.

Tiefblaue Augen schauten ihr aus dem Handspiegel entgegen, mit dem sie ihre Frisur prüfte. An den langen Wimpern gab es nichts auszusetzen. Ein wenig blass war ihr Teint, etwas zu madonnenhaft die Züge für ihren Geschmack. Aber genau richtig für Johann, den sie um keinen Preis zu irgendwelchen Zärtlichkeiten ermuntern wollte.

Zuletzt nahm sie auf dem Bett Platz, das noch von

ihrer Großmutter stammte, und schlüpfte vorsichtig in die Strümpfe. Sorgsam befestigte sie die hauchdünne Seide an ihrem Miedergürtel. Fehlten nur noch die halbhohen schwarzen Schuhe mit den hübschen Riemchen auf dem Fußrücken, die in einem Care-Paket aus Amerika gewesen waren, das ihnen eine Tante der Mutter geschickt hatte. Maria schloss die Schnalle an der Seite. Fertig.

Sie griff nach dem Geschenk, das sie in hübsches Papier eingeschlagen hatte. Ein Buch über Archäologie von einem gewissen C. W. Ceram, für das sie den stolzen Preis von zwölf Mark berappen musste. Hoffentlich traf sie mit dem Präsent Gudruns Geschmack. Maria hatte nicht widerstehen können und selbst ein wenig hineingeblättert. Sehr vorsichtig natürlich, um den Buchrücken nicht zu beschädigen. Ach, es wäre zu schade, wenn es ungelesen im Regal enden würde. Sie selbst hätte es am liebsten nicht wieder aus der Hand gelegt. Sie las furchtbar gerne, allerdings fand sie selten die Zeit.

Pünktlich um halb sieben schellte es an der Tür.

Maria schlüpfte in einen passenden, ebenfalls selbst genähten Bolero, sagte den Eltern ›auf Wiedersehen‹ und ging die Treppe hinunter. Im Hausflur roch es ein wenig muffig und streng nach dem Abendessen der Nachbarn – Fisch. Schließlich öffnete sie die Haustür und trat hinaus zu Johann Reinhardt. Schweigend gingen sie nebeneinander her. Nur ungern stieg sie in seinen Wagen, einen dunklen Mercedes.

Kapitel 4

Maria – Juli 1950

Maria gefiel es nicht bei den Reinhardts. Allein das schrille Lachen, mit dem Gudrun sie in der schicken Villa begrüßt hatte, einem weiß gestrichenen Haus aus den Dreißigerjahren mit einem großen Entree, einem Herrenzimmer, einem Wohnzimmer und einem Esszimmer im Erdgeschoss. Auf die Besichtigung der Schlafzimmer im oberen Stockwerk verzichtete sie dankend. Andere Gäste schlichen verstohlen hoch, wie sie errötend beobachtete. Auch im Garten flanierten Gäste. Johann redete von ›lauschigen Plätzen‹. Sie blieb mit ihm im Haus.

Johanns Vater war im Gegensatz zu seinem Sohn ein vierschrötiger, rotwangiger Mann, der vor Kraft zu bersten schien und einen Schnaps nach dem anderen kippte. Die meisten Gäste hielten mit und tranken viel zu schnell viel zu viele Martinis und Cocktails. Allseits herrschte beste Stimmung. Im Radio spielte moderne Swing-Musik von Nat King Cole und Frank Sinatra. Einige Pärchen tanzten. So gesehen war die Party ein voller Erfolg.

»Darf ich Ihnen etwas zu essen bringen, gnädiges Fräulein?«, fragte einer von Johanns Freunden.

»Danke, nein. Wenn ich so viel zu mir nehmen wollte, wie mir angeboten wird, müsste ich platzen.« Maria wurde sehr hofiert, machte sich aber nichts aus der Bewunderung, die ihr Äußeres hervorrief.

»Darf ich bitten?« Johann drängte den jungen Mann zur Seite und hielt ihr die Hand hin.

Ihr war klar, dass sie mit keinem anderen tanzen konnte, wenn sie seine Aufforderung ablehnte. »Danke, nein. Ich kenne diese Tänze nicht.«

»Laut hier, nicht?« Er nutzte den Vorwand und trat über Gebühr dicht an sie heran. Seine Lippen streiften um ein Haar ihr Ohr. Sie spürte seinen heißen Atem auf ihrem Hals. Vor Ekel lief ihr eine Gänsehaut über den Rücken. »Darf ich Ihnen stattdessen eine Zigarette anbieten?«

»Nein, danke, ich rauche nicht. Mein Vater findet, dass es bei Frauen geschmacklos aussieht.«

»Gott, wie rückständig, Maria, hast du noch nie etwas von Emanzipation gehört?« Das Geburtstagskind schlenderte an ihnen vorbei bis zur Tür, wo weitere Gäste erschienen waren.

»Da haben Sie es.« Johann lachte spöttisch. »Tun Sie alles, was Ihr Vater sagt, gnädiges Fräulein?«

Seinen Versuchen, sie von den anderen abzusondern, war Maria bisher geschickt ausgewichen.

»Sollte das nicht jede Tochter?«

»Braves Mädchen.«

»Ich weiß, dass das nicht als Kompliment gemeint war.« Sie stellte ihr halb volles Glas mit Pfirsichbowle, an der sie bisher nur genippt hatte, auf ein Tablett.

Lediglich die Dame des Hauses fand sie nett. Eine unscheinbare Frau mit linkischen Bewegungen, die nicht zu der todschicken, modernen Einrichtung der Villa passen wollte: Nierentische aus der neuesten Kollektion zierten das Wohnzimmer, Tütenlampen und zierliche grüne Cocktailstühle mit halbhoher Lehne waren der letzte Schrei.

Gudrun machte inzwischen einem der Neuankömmlinge schöne Augen. Das fröhliche Lachen des jungen Mannes war Maria sofort aufgefallen. Sie hätte es unter allen anderen wiedererkannt. Dunkel und voll.

Carl hier? Wie konnte das sein? Der Mann wandte den Kopf und Marias Herz versteinerte. Tatsächlich, er war es. Ein Kloß schnürte ihr die Kehle zu. Sie wollte nicht hinschauen, aber sie konnte auch nicht wegsehen: Sie beobachtete Gudrun und ihn. Jede Bewegung. Die Köpfe, die sehr nah beieinander steckten. Johann war ebenfalls aufmerksam geworden.

»Darf ich Ihnen noch etwas zu trinken bringen oder ein Häppchen reichen?«, fragte er, als ob er ihr seine Anwesenheit in Erinnerung rufen wollte. »Einen Wodka Highball oder einen Martini? Käsecracker, ein gefülltes Ei, Gürkchen?«

»Nein danke, Herr Reinhardt.«

Obwohl es den anderen Gästen gegenüber grob unhöflich war, folgte er ihr seit dem Betreten der Villa wie ein Hund. Sein Verhalten fand sie peinlich, wagte aber nicht, ihn darauf anzusprechen.

Manchmal streifte Carls eisiger Blick ihr Gesicht und Maria senkte betroffen die Lider. Schließlich nickte er Gudrun zu, kam auf die Beine und trat zu Johann, der ihn herbeigewunken hatte.

»Darf ich Sie mit Herrn Ebnert bekannt machen, Fräulein Krafft? Er ist ein guter Freund.«

Maria reicht Carl die Hand, die er kaum drückte. Schon wollte er sich abwenden.

»Seit wann bist du zurück?«, fragte sie ihn hastig.

»Seit gestern«, antwortete Carl knapp. »Drei Jahre und ein Tag sind eine lange Zeit.«

»Ihr kennt euch?«, fragte Johann misstrauisch.

»Wir haben im gleichen Dorf gelebt, bis das Haus meiner Familie ausgebombt wurde und wir auf den Hof einer Tante in den Nachbarort gezogen sind.«

Die beiden Männer standen nebeneinander – vom Alter und der Körpergröße her hätten sie Brüder sein können. Ansonsten hatten sie kaum Gemeinsamkeiten: Johann stand gönnerhaft lächelnd da, überschlank und hohlwangig. Schlecht sah er nicht aus, einige der Kolleginnen schwärmten sogar für ihn. Maria fand ihn allerdings nicht anziehend. Sein schmales Gesicht mit den fleischigen Lippen, unverkennbar ein Erbteil seines Vaters, stieß sie regelrecht ab.

Ihre Aufmerksamkeit wanderte zu Carl, der während seiner Abwesenheit zum Mann gereift war. Sein energisches Gesicht war bartlos, seine braunen Locken trug er inzwischen kurz geschoren. Schon in seiner Zimmermannskluft, den weiten schwarzen Hosen, der Weste und der Jacke mit den silbernen Knöpfen, hatte er ihr ausnehmend gut gefallen.

Im grauen Abendanzug gab er eine tadellose Erscheinung ab. Viele Blicke folgten seiner aufrechten Gestalt. Ohne ein weiteres Wort an sie zu richten, machte er kehrt und eroberte den Platz an Gudruns Seite zurück. Jähe Eifersucht auf die Rivalin flammte in Maria auf.

Carl war also zurückgekehrt. Als kleiner Junge hatte er sie an den langen Zöpfen gezogen und ihre Nester mit unreifen Birnen im Heu ausgehoben, wo sie reifen sollten. Als sie achtzehn geworden war, hatte er sie im Garten seiner Tante auf die Lippen geküsst und Maria dann mit ihren unausgesprochenen Sehnsüchten und Träumen wie einen begossenen Pudel stehen und zurückgelassen. Das hätte ihr eine Warnung sein sollen.

Wie dem auch sei, vorwerfen konnte sie ihm nichts. Versprechen hatten sie damals keine ausgetauscht. Sie war dumm genug gewesen, ihm eine Fotografie als Geschenk zu überreichen, das vom Format her gut in seine Geldbörse passte. Freudig überrascht steckte er es damals ein und war noch am gleichen Tag fortmarschiert, um auf die Walz zu gehen. Ein unbekümmerter Bursche von zweiundzwanzig Jahren. Sie hatte geweint und geschworen, ihm die Treue zu halten. Seit drei Jahren hielt sie unbeirrt an diesem Entschluss fest. Zum Glück wusste er nichts davon, sonst hätte er sie vermutlich ausgelacht.

Sie warf einen Blick auf die Wanduhr.

Erst halb neun. Wie lange sollte diese Qual denn noch dauern? Sehnsüchtig schaute sie zum Ausgang. Die Anstandszeit hatte sie abgesessen. Nur ihren Schatten, den aufdringlichen Johann, musste sie loswerden, dann würde sie aufbrechen. Die Geburtstagsfeier seiner Schwester konnte er wegen einer unbedeutenden Angestellten wie ihr nicht verlassen, sonst würde im Betrieb die Gerüchteküche brodeln.

Sie griff in ihre Tasche und ertastete außer ihrem zarten Taschentuch etwas Hartes. Ein Markstück, das aus ihrem Portemonnaie gefallen sein musste. Sie kramte ihren Geldbeutel nicht hervor und ließ die Münze in die Tasche ihres Kleides zurückgleiten. Den weichen Stoff des Taschentuchs drückte sie gegen die Lippen. Ihre Geste erweckte Johanns Aufmerksamkeit.

»Fräulein Krafft, ist Ihnen nicht gut?«

Maria nickte. »Ich fühle mich leider unwohl, Herr Reinhardt, ich möchte gehen.«

»Sie sehen tatsächlich sehr blass aus.« Besorgt bat er eine Dame, aufzustehen und wollte sie auf den freien Stuhl nötigen. »So, setzen Sie sich. Ich werde einen Arzt rufen.«

»Bitte nicht. Das kenne ich schon. Ich brauche nur ein wenig frische Luft und es wird gleich wieder besser.«

»Wenn es nur das ist: Nehmen Sie meinen Arm, gnädiges Fräulein. Ich geleite Sie in den Garten hinaus.«

»Nein!« Nur mit Mühe unterdrückte Maria einen Aufschrei. »Dort ist es mir zu laut. Mein Kopf schmerzt und ich brauche Ruhe. Mein Vater ist sicher schon aufgebrochen, um mich abzuholen. Ich werde ihm einfach ein Stück entgegengehen.«

»Das kann ich nicht zulassen. Ich würde mir nie verzeihen, wenn Ihnen unterwegs etwas zustößt. Selbstverständlich fahre ich Sie nach Hause.«

»Nein, keine Umstände bitte. Ich laufe die Strecke jeden Morgen zur Arbeit und abends wieder zurück.« Sie war nahe daran, in Tränen auszubrechen.

»Keine Widerrede, ich fahre Sie nach Hause, gnädiges Fräulein.« Er lächelte und versuchte es mit Humor. »Oder muss ich ungnädiges Fräulein sagen?«

»Aber …« Mit ihrem unüberlegten Wunsch hatte sie genau das erreicht, was sie um jedem Preis vermeiden wollte: Johanns Begleitung. Ihr graute vor dem Gedanken an ihre Mutter, die ihn überfreundlich in ihr Haus einladen und auch noch ermuntern würde.

»Ich kann Fräulein Krafft bei ihren Eltern absetzen, Johann. Ich wollte mich ohnehin verabschieden und für mich ist es kein Umweg.«

Maria wandte verblüfft den Kopf. Ausgerechnet Carl kam ihr zu Hilfe, der gerade eben noch in die Unterhaltung mit Gudrun versunken war. Er bot ihr höflich seinen Arm und sie hakte sich nach kurzem Zögern bei ihm ein. An der Garderobe blieben sie kurz stehen.

»Hatten Sie einen Mantel dabei?« Carl siezte sie, als ob Maria eine Fremde wäre.

Sie schüttelte den Kopf. »Nur den Bolero, den ich nicht abgelegt habe.«

»Bis Morgen, Fräulein Krafft. Falls Sie in der Früh nicht zur Arbeit erscheinen, nehme ich mir die Freiheit, mich nach ihrem Befinden zu erkundigen.« Johann lächelte ein essigsaures Lächeln und sah ihnen mit vor Wut schmalen Augen hinterher. »Wir sehen uns, Carl.«

Es klang wie eine Drohung.

Kapitel 5

Maria – Juli 1950

Schweigend hastete Maria neben Carl durch den gepflegten Garten der Reinhardts. Derart schnell schritt er aus, dass sie kaum nachkam. Wortlos öffnete er das Gartentor und hielt auf einen perlgrauen Volkswagen zu, der am Straßenrand parkte. Wie fremd er ihr geworden war in den drei Jahren, trotz der heimlichen Grüße, die er ihr regelmäßig hatte zukommen lassen. Dass sie bei seinem Fortgehen nicht in direktem Briefkontakt bleiben konnten, schmerzte sie zum Zeitpunkt ihrer Trennung beide tief. Denn eins war damals wie heute gewiss: Ihre Mutter hätte jede Nachricht von ihm, dem Habenichts, umgehend vernichtet. Maria wagte auch nicht, Sendungen postlagernd zu empfangen. Selbst jetzt mit einundzwanzig Jahren, da sie ohne Einwilligung der Eltern ein Postfach mieten konnte, scheiterte es an der Gelegenheit. Nach wie vor kam sie alleine kaum aus dem Haus, durfte allenfalls zum Gemischtwarenhändler im Ort und in Begleitung ihres Vaters zur Arbeit. Zur Post nach Freising kam sie nicht, zu gut behütet war sie auf all ihren Wegen.

Vor Carls Abschied hatten sie todunglücklich gegrübelt, wie sie in der Zeit seiner Wanderschaft voneinander hören konnten. Wie bitter war es für Maria gewesen, dass er auf die Walz gehen sollte, musste … Wenn ein armer Schlucker wie er den Meisterbrief machen wollte, waren die Wanderjahre unerlässlich. Zuletzt hatte er Melitta Langen ins Spiel gebracht, beide nannten die Nachbarin seit ihren Kindertagen Tante, obwohl sie weder mit Carl noch ihr blutsverwandt war.

»Ich werde ihr Karten schicken«, verkündete Carl. »Das habe ich ihr ohnehin versprochen. Deinen Namen werde ich nicht erwähnen. Sie soll die Karten deiner Mutter unbesorgt zeigen können. Aber ich werde das Wort Rose einflechten. Immer, wenn ich von Rosen schreibe, weißt du, dass du gemeint bist. Von dir wird unser gutes Tantchen mir ohnehin berichten, darum muss ich sie nicht bitten.«

Damals lehnte sie an seiner Schulter. Zuletzt hatte er sie geküsst. Treulich hielt er seinen Schwur. Auf jeder Karte, in jedem Brief erwähnte Carl Rosen, bis das Tantchen vor einem Jahr verstorben war. Seither hatte Maria nichts mehr von ihm gehört. Voller Sorge um ihn und ungeduldig harrte sie aus. Und jetzt … Wut stieg in ihr hoch.

»Ich dachte, Burschen auf der Walz dürfen kein Auto haben?«, sagte sie spitz.

»Genauso wenig wie sie ihrer Heimat einen Besuch abstatten dürfen. Das ist richtig. Aber meine Wanderschaft ist zu Ende.« Carl öffnete die Tür und wartete, bis sie eingestiegen war. »Im Übrigen ist es nicht mein Wagen. Das Auto gehört meinem Onkel. Er hat es mir netterweise geborgt.«

»Er muss sehr gut verdienen.«

»Mit Sicherheit um einiges weniger als Ihr besorgter … Freund.« Carl spuckte es aus wie ein Schimpfwort.

»Wieso siezt du mich?«

Er warf die Beifahrertür zu, umrundete das Auto und stieg selbst ein. Routiniert startete er den Wagen, gab Gas und legte den Gang ein. »Weil ich dich nicht mehr kenne. Was hast du mit den Reinharts zu schaffen?«

»Die gleiche Frage könnte ich dir stellen«, antwortete sie schnippisch. »Aber gut, um der alten Zeiten willen, werde ich nicht so sein. Gudrun ist meine Kollegin. Nachdem du weggegangen bist, habe ich auf Wunsch meiner Eltern im Betrieb der Reinhardts eine Ausbildung zur Sekretärin begonnen. Mein Vater arbeitet dort in der Buchhaltung.«

Er nickte, während sie fortfuhr.

»Jetzt bin ich an der Reihe mit Fragenstellen: Woher kennst du Gudrun? Dafür, dass du erst seit einem Tag wieder zurück bist, hast du dich blendend mit ihr verstanden.« Ihre Stimme zitterte.

»Mein Meister arbeitet für die Reinhardts in der dort angegliederten Schreinerei.«

»Das ist natürlich ein guter Grund, dich und nicht ihn zu Gudruns Geburtstagsparty einzuladen.«

Er setzte den Blinker und bog in eine Seitenstraße, die in einen Feldweg mündete.

»Das ist nicht der Weg nach Hause«, protestierte sie erschrocken. »Fahr sofort zurück, ich bin nicht eins von diesen Flittchen …«

»Wir müssen reden.« Carl hielt an. »Ich kenne Johann aus meiner Zeit als Wanderbursche, wo ich ihm einmal aus der Patsche geholfen habe. Er war damals knapp bei Kasse.«

»Du willst ihm mit Geld ausgeholfen haben?«

»Ja, allerdings. Ich weiß nicht, welche Summen du dir vorstellst. Es waren zweihundert Mark, die er im Spiel verloren hat. Ein Klacks für ihn, denkst du dir. Ja, jetzt schon. Aber nicht zu der Zeit, als auch er einzig und allein auf den Gesellenlohn angewiesen war und seinen Vater nicht um Hilfe angehen sollte. Wir haben uns fast ein Jahr lang ein

Zimmer geteilt, sind miteinander durch Wald und Wiesen gewandert. Das bringt einen näher zusammen. Ich weiß, dass er Fehler hat. Er ist ein ausgemachter Weiberheld, rennt hinter jeder Schürze her. Deshalb warne ich dich vor ihm, obwohl er mein Freund ist.«

»Du gehörst zu seiner Clique?«

»Ich nehme es an. Sonst hätte er mich nicht eingeladen. Gestern hat er sich für meine Hilfe revanchiert und mir die Stelle in der Schreinerei verschafft, aber dich gönne ich ihm nicht. Als ich euch zusammen gesehen habe …«

»Warst du eifersüchtig? Hast du deshalb mit Gudrun angebandelt?«

»Sie hat sich mir an den Hals geworfen, dabei ist sie mir vollkommen gleichgültig. Ich hätte wahnsinnig werden können, als ich dich neben Johann stehen sah. Ich habe befürchtet, dass er ein Anrecht auf dich hätte …«

»Nicht das mindeste.«

»Ich dachte, dass ihr verlobt seid.«

»Ich mag ihn nicht. Der Gedanke, dass er seine Spinnenfinger nach mir ausstreckt, lässt mich schaudern.«

»Wirklich?« Carl griff nach ihrer Hand. »Auf mich wirkte das anders.«

»Keine Sorge, in meinem Herzen wohnt ein anderer …« Endlich erschien der warme Blick in seinen braunen Augen, den Maria an ihm liebte. Sie zog ihre Kette aus dem Ausschnitt und zeigte ihm den Anhänger.

»Du trägst das Engelchen, das ich dir geschenkt habe.«

»Immer. Ich liebe dich, aber ich will ehrlich mit dir sein. Meine Mutter möchte, dass ich deinen Freund ermutige.«

Er presste ihre Finger so fest, dass Maria aufschrie.

»Entschuldige.« Behutsam zog er einen nach dem anderen an seine Lippen und küsste die Kuppen. »Sie hat mich nie gemocht, weil sie weiß, dass ich dir bis auf meinen Gesellenlohn nichts bieten kann.«

Maria schwieg.

»Lass uns bald heiraten, Liebste. Wenn du wüsstest, wie ich mich nach dir gesehnt habe. Als ich dann nichts mehr vom Tantchen gehört habe ...«

»Was dachtest du da?«

»Erst dachte ich, dass ihre Nachricht vielleicht verlorengegangen wäre. Sie hatte zwar angedeutet, dass es ihr nicht gut geht, aber ans Sterben hat sie nicht gedacht.«

»Bis zuletzt nicht, das ist wahr.« Maria lehnte ihren Kopf an seine Schulter und ihr kam es vor, als ob er nie weggewesen wäre.

»Ich habe ihr noch zwei Karten gesandt und voller Unruhe gewartet, bis ihre Nichte mir schließlich von Tantchens Tod berichtet hat. Aber das ist Vergangenheit. Vor uns liegt die Zukunft.«

»Und was ist mit deinem Plan? Du bist fort, weil du deinen Tischlermeister machen und ein eigenes Geschäft eröffnen wolltest.«

»Dessen bin ich mir bewusst. Jetzt noch mehr als vor drei Jahren. Ich habe nun die Berechtigung, auf die Meisterschule zu gehen, doch die kostet eine Menge Geld. Das hieße, ich müsste jeden Pfennig darauf sparen und das auf Jahre, und wir müssten ewig mit der Hochzeit warten.«

»Ich könnte mitarbeiten, dann geht es schneller.«

»Wie viel lassen deine Eltern dir von deinem Gehalt? Wie ich sie kenne, ist es kaum mehr als nichts. Nein, ich will dich zu meiner Frau machen und nicht noch länger einem Traum hinterherlaufen.«

»Mir geht es genauso wie dir.« Maria lächelte selig, während Carl ihr über die Wangen strich. »Ich wäre lieber heute als morgen deine Frau. Trotzdem darf ich dir nicht nachgeben. Du hast so viel für diesen Wunsch auf dich genommen, bist jahrelang unterwegs gewesen … Davon musst du mir noch erzählen.«

»Das werde ich.«

»Und jetzt willst du das alles für mich aufgeben? Das ginge anfangs vielleicht gut, aber was wird dann? Wenn Kinder kommen und uns später das Geld fehlt, wirst du mich ansehen und denken: ›Ach, hätte ich nur …‹ Davon würde mir das Herz brechen. Also sage ich ›nein‹ und werde weiter auf dich warten. Das ist mein Versprechen.«

Tränen stiegen ihr in die Augen. Sie blinzelte sie weg.

»Du willst mich nicht heiraten und versprichst mir im gleichen Atemzug, auf mich zu warten?«

»In eine Verlobung würden meine Eltern nie einwilligen.«

»Wir sind es jetzt trotzdem – du und ich.« Er neigte seinen Kopf zu ihr und küsste sie. Sanft zuerst.

»Wir sollten weiterfahren«, murmelte sie, als er sie aus der Umarmung entließ. Außer Atem und mit brennenden Lippen. Ihr Dutt war aufgegangen. Sie strich ihre Haare zurück und richtete ihn. »Sonst erscheint Vater bei den Reinhardts und unser Geheimnis fliegt auf.«

»Maria, ich liebe dich.«

»Und ich dich. Jahre schon.« Eine seltsame Ruhe erfüllte sie.

Am Abendhimmel blinkte ein erster Stern. Wie viele Menschen vor ihr hatten voll Dankbarkeit und Hoffnung zu den Sternen aufgeschaut und sich zugleich einmalig, großartig, unbedeutend und klein gefühlt? Wie viele würden es nach ihr tun? Sie ließ ihren Kopf an Carls Schulter sinken und hoffte, dass ihrer beider Kinder eines Tages dazugehörten …

Kapitel 6

Maria – Juli 1950

Mit einem glücklichen Lächeln auf den Lippen trat Maria am Montagmorgen in die Küche und erledigte wie gewohnt ihre Aufgaben. Sie hatte von Carl geträumt, der sie, von der Walz heimgekehrt, fest auf die Lippen geküsste hatte. Was für ein herrliches Gefühl, warm und geborgen in seinen Armen, und wie viel schöner noch, dass er tatsächlich zurückgekommen war. Selbst wenn sie ihn gestern nicht gesehen hatte, zu wissen, dass er ihr heute im Geschäft zufällig über den Weg laufen könnte, stimmte sie froh.

Sie griff zu einem Topflappen, entfernte die pfeifende Tülle vom Kessel und goss kochendes Wasser auf das gemahlene Kaffeepulver samt Papierfilter im Porzellan. Die Mutter schmierte unterdessen Brote mit Butter, belegte sie mit Käse und Gürkchen und wickelte sie in Papier. Heute Abend würde sie dem Vater und ihr ein einfaches, nahrhaftes Mahl servieren. Grießbrei vielleicht? Oder Kartoffelsuppe? Kein Resteessen, da vom Hackbraten am Sonntag wegen des gesegneten Appetits ihres Vater nichts übriggeblieben war.

Maria betonte es nicht, aber ihr sagte das Arrangement mit der Brotzeit im Dienst sehr zu. Es sparte Geld. Sie konnte in Gesellschaft einer netten Kollegin essen und Begegnungen mit Johann vermeiden.

»Guten Morgen, Gerda.« Ihr Vater trat ein und drückte erst der Mutter und danach ihr einen Kuss auf die Wange. »Warum bist du heute so gut gelaunt, mein Mädchen? Hast du etwas Schönes geträumt?«

»Bestimmt, und ich ahne auch wovon«, warf die Mutter ein. »Oder sollte es heißen: von wem! Erinnere dich: Deine Tochter war am Samstag bei den Reinhardts. Das noble Haus, ein rauschendes Fest und ein hochgewachsener Mann, davon lässt sich schon träumen.«

Marias Lächeln erstarb schlagartig. »Falls du Johann meinst, er beschert mir allenfalls Albträume. Ich habe mich über das schöne Wetter gefreut. Über das muntere Zwitschern der Vögel und darauf, dass wir heute eine neue Kollegin bekommen. Juliana wurde vor über einem halben Jahr gekündigt und Margarete ist vor zwei Wochen bei uns ausgeschieden. Frau Richter und ich mussten die Arbeit der beiden wie selbstverständlich mit erledigen. Wie du weißt, kränkelt die arme Frau in letzter Zeit häufiger wegen ihrer vereiterten Zysten im Kiefer, daher blieben die meisten Überstunden an mir hängen.«

»Ist sie immer noch nicht kuriert?«

»Leider ist ihr das Leiden auf die Gelenke geschlagen und sie hat Rheumatismus entwickelt. Die Ärzte haben ihr ein Antibiotikum gegeben. Es geht ihr schon deutlich besser, aber ich bin froh, dass Verstärkung kommt.«

Die Mutter zog die Stirne kraus. »Hoffentlich ist eure neue Mitarbeiterin ein anständiges junges Mädchen und nicht wieder eins von diesen aufgetakelten Weibsbildern.«

»Das würde mich freuen. Mit Margarete bin ich überhaupt nicht warm geworden.« Nur ungern dachte Maria an die Bosheiten und Eifersüchteleien zurück, mit denen sie von der Kollegin überzogen worden war. Wichtige Informationen gab Margarete nicht weiter und versuchte, ihre Fehler Maria anzuhängen. Zum Glück steckte ihr die ältere Sekretärin das schäbige Verhalten. Dass es dem Mädchen letztlich um Johann gegangen war, hatte sie erst nach einer wütenden Äußerung der Verschmähten begriffen. Mit Nachdruck hatte Maria ihr klargemacht, dass sie selbst den Juniorchef nicht wollte. Margaretes doppelte Anstrengungen, Johann ins Auge zu stechen, blieben zu Marias Bedauern leider vergebens, und sie war schließlich auf eigenen Wunsch aus dem Betrieb ausgeschieden. Wie es hieß, hatte sie eine Stelle in einem Bekleidungshaus in München gefunden und dort mit dem Chef angebandelt, einem verheirateten Mann.

»Dass dieses ordinäre Stück überhaupt eingestellt worden ist«, wetterte die Mutter streng.

»Dafür war Johann verantwortlich.« Marias Meinung nach sollte diese Tatsache der Mutter zu knabbern geben, und sie dachte nicht daran, ihr das Wissen vorzuenthalten. »Das ist die Sorte Frau, die ihm gefällt. Drall und stark geschminkt – genau wie Juliana vor ihr.«

»Mag sein. Aber solche losen Dämchen wie die beiden nimmt ein Mann nicht zu seiner Ehefrau. Du wirst schon sehen.«

Der Vater lachte auf. »Jetzt träumst du, Gerda.«

Die Mutter kniff die Lippen zusammen und schwieg.

Nach dem Frühstück brachen Maria und ihr Vater zeitig auf und liefen die Landstraße entlang Richtung Freising. Ein strammer Marsch von gut einer Stunde. Herrlich bei diesem Wetter. Bei strömendem Regen, Schnee oder Minusgraden benutzten sie mitunter den Bus oder hofften auf eine mitleidige Seele, die sie im Auto mitnahm.

Im Betrieb, einem Möbelgeschäft mit angegliederter Schreinerei, gingen sie getrennter Wege. Maria arbeitete im ersten Stock, derzeit mit einer älteren Kollegin in einem großen Raum. Meist war sie die Erste, die das Zimmer betrat und die Hülle von ihrer Schreibmaschine zog. Heute stand ein blondes Mädchen in Begleitung des Prokuristen vor der Tür. Er war ein kleiner, sehr korrekter Mann mit Kneifer auf der schmalen, viel zu großen Nase.

»Ah, Fräulein Krafft, wunderbar. Würden Sie sich bitte Ihrer Kollegin annehmen und Fräulein Wohlleben den Arbeitsplatz zeigen.«

»Gerne, ich heiße Maria.« Sie streckte ihre Hand aus.

Die junge Frau ergriff sie mit festem Druck und lächelte. »Und ich Veronika. Auf eine gute Zusammenarbeit.«

»Bitte, kommen Sie.« Maria zeigte ihrer neuen Kollegin den freien Schreibtisch am Fenster. Sie fand Veronika auf Anhieb nett. Obwohl sie mit Sicherheit ihre Augenbrauen mit einem Stift nachzog und Wimperntusche benutzte, zu den Hochnäsigen gehörte sie wohl nicht. Die neue Kollegin hatte sie äußerst freundlich und offen angelächelt. Maria half gelegentlich auch ein wenig mit Schminke nach und Veronika wollte am ersten Tag sicher einen guten Eindruck machen. Hoffentlich bestand sie die Probezeit, dann konnten sie mit der Zeit vielleicht Freundinnen werden.

Seit Maria die Schule verlassen hatte und arbeiten ging, verbrachte sie kaum noch Zeit mit den Mädchen aus dem Dorf. Allenfalls ein paar Stunden am Sonntagnachmittag, während derer sie nicht reden konnte, wie ihr ums Herz war. Im Dorf kannte jeder jeden. Ein Wort zu viel und der Klatsch blühte. Umso mehr vermisste Maria eine Vertraute. Eine Gleichaltrige, die sie verstand und vor anderen nicht mit allem herausplatzte.

Veronika nahm auf ihrem Stuhl Platz, entfernte die Hülle von der Schreibmaschine und machte ein paar Luftübungen mit den Fingern. »Oh, prima, eine brandneue Olympia. Dann mal ran an die Tasten. Haben Sie eine Aufgabe für mich? Was soll ich machen?«

Maria reichte ihr eine Liste. »Die müssten Sie abschreiben. Davon braucht unser Chef bis heute Mittag drei Durchschläge.«

»Wird gemacht.« Veronika überprüfte das Farbband, legte zwei Bögen Blaupause zwischen drei Blatt Papier, spannte sie ein, tippte flüssig und schnell. Am Ende der Zeile betätigte sie den Rückstellhebel. Bald klapperte Maria an ihrer Schreibmaschine genauso munter auf den Tasten. Die kränkliche Frau Richter, deren Mann im Krieg geblieben war und ihr nur eine kleine Rente hinterlassen hatte, erschien wenig später. Trotz ihrer angegriffenen Gesundheit war sie auf die Arbeit angewiesen. Maria stellte ihr die neue Kollegin vor. Auch die Ältere schien von dem Zuwachs angetan und bot ihr Hilfe bei Fragen an. Sie arbeiteten einträchtig.

»So, fertig«, meinte Veronika nach einer Weile. »Möchten Sie beide es einmal überprüfen.«

»Maria, wenn Sie es anschauen wollen«, meinte Frau Richter, die sich nach Margaretes Fortgang den Platz in der zugluftgeschützten Ecke gesichert hatte. »Sie sitzen gleich gegenüber.«

»Gerne.« Sie stand auf und trat an den Schreibtisch der neuen Kollegin. »Aber nicht, dass Sie denken, ich würde Sie kontrollieren.«

»Keine Bange!« Veronika lachte. »Ich habe Sie gebeten, einen Blick darauf zu werfen, und Sie mich nicht gezwungen, Ihnen meine Arbeit zu zeigen.«

Maria nahm eins der Blätter, das die neue Kollegin ihr reichte, und betrachtete die Liste. »Wunderbar sauber getippt. Der Chef wird sehr zufrieden sein.«

»Das freut mich.«

Es klopfte kurz. Johann öffnete die Tür und ließ seinen Blick durch den Raum schweifen. Er blieb an Maria hängen.

»Fräulein Krafft, zum Diktat.«

Das Blatt fiel ihr aus den Händen.

Am liebsten hätte sie sein Ansinnen abgelehnt, als Privatperson konnte sie ihm ausweichen, als Sekretärin durfte Maria das nicht. Sie griff nach ihrem Stenoblock und einem Bleistift, folgte ihm in sein Arbeitszimmer und spürte die Blicke ihrer Kolleginnen im Rücken.

Sie ahnte, was Frau Richter dachte oder befürchtete: Auf die Art hatte es bei Juliana auch angefangen. Die Diktate waren häufiger geworden. Johann hatte seine Auserwählte mit kleinen Aufmerksamkeiten bedacht und sie war irgendwann mit derangierter Frisur und zerknittertem Kleid aus einer ›Besprechung‹ zurückgekehrt. Einige Wochen später war das Mädchen unpässlich geworden. Das morgendliche Erbrechen beruhte auf einer natürlichen, unter anderen Umständen durchaus erfreulichen Ursache. Bei Juliana zog es die Kündigung nach sich. Das ledige Mädchen hatte die Firma wegen ungenügender Leistungen verlassen müssen.

Voll Abscheu blickte Maria auf Johann, dem sie durch einen langen Gang folgte. Er öffnete die Tür zu seinem Büro.

»Nach Ihnen, Fräulein Krafft«, sagte er.

Unwillig ging sie voraus, unter dem Vorwand der Höflichkeit kam er ihr ungebührlich nahe. Eine Gänsehaut überlief sie, als sie den Raum betrat. Dabei war das Zimmer hell und freundlich. Eine Besucherecke mit zierlichen Cocktailsesseln und einem dieser hochmodernen Tische mit einer Platte aus beigefarbenem Melamin, einem modernen Kunststoff, und messingfarbenen Metallfüßen. Ein silbernes Zigarettenetui lag bereit, daneben stand ein Aschenbecher. Ein sehr schlicht gehaltener Schreibtisch und halbhohe Regal aus Eiche komplettierten die Einrichtung.

»Bitte, nehmen Sie Platz. Sind Sie am Samstagabend gut nach Hause gekommen?«

»Wie Sie sehen, ja.« Sie saß unbehaglich auf dem Stuhl und klappte ihren Block auf. »Ich bin so weit, Sie können mit dem Diktat beginnen, Herr Reinhardt.«

»Richtig.« Er ging unruhig im Zimmer auf und ab, nannte den Namen eines Geschäftspartners, von dem er Informationen zu einem Liefertermin erbat. Ein Standardanschreiben, für das er ihrer Dienste nicht bedurft hätte. Nachdem er geendet hatte, klappte sie den Block zu.

»Warten Sie.« Johann hielt sie am Handgelenk fest.

»Lassen Sie mich!« Empört zog sie ihren Arm fort.

»Immer auf Arbeit bedacht?« Er trat zurück und lehnte lässig am Schreibtisch. Die Abfuhr schien ihm egal zu sein.

»Deswegen bin ich hier angestellt.«

»Fünf Minuten werden Sie mir wohl opfern können.«

Maria gefiel der Ausdruck in seinen Augen nicht. Die unverhohlene Gier, mit der er sie verschlang. Außerdem war sie im Nachteil. Sie saß noch immer. Er dagegen stand so, dass er sie packen oder ihr mit ein, zwei Schritten den Weg versperren konnte.

»Carl Ebnert ist Ihnen also schon länger bekannt?«, fragte er lauernd.

»Ja.«

»Sie sind nicht gerade gesprächig, was ihn betrifft.«

»Ich wüsste nicht, was Sie das angeht.«

»Sie müssen doch gemerkt haben, wie sehr ich an Ihnen interessiert bin.« Er kam auf sie zu. Auf den Moment hatte Maria gewartet. Schon als Kind war sie flink gewesen. Sie huschte unter seinen Armen durch Richtung Tür. Die

Klinke erreichte sie, Johann gleich hinter ihr. Wütend wirbelte sie herum und klatschte ihm ihre Hand ins Gesicht. Damit hatte er nicht gerechnet. Er blieb stehen und starrte sie ungläubig an.

»Lassen Sie mich gehen oder ich schreie.«

»Aber, Maria, Fräulein Krafft, verstehen Sie denn nicht?« Seine Stimme klang flehend.

»Nein!« Sie öffnete die Tür und flüchtete auf den Gang. »Und in Zukunft werde ich keine Diktate mehr für Sie aufnehmen. Wenn Sie mich deswegen rauswerfen wollen, nur zu.«

»Maria, bitte!«

Eilig hastete sie zurück in die Schreibstube. Ihre Mutter würde aus allen Wolken fallen, wenn sie tatsächlich eine Kündigung erhielt. Ob Johann so weit gehen würde?

»Das ging ja mal flott«, meinte Veronika. »Ich hätte nicht gedacht, dass Sie von einem Diktat so bald wiederkehren.«

»Die Arbeit war schneller erledigt als gedacht.« Ob Maria Frau Richter und der neuen Kollegin von dem Vorfall berichten sollte. Sie verzichtete nach kurzer Überlegung und nahm auf ihrem Stuhl Platz. Im Zweifel stand Wort gegen Wort und Johann würde ihr Verleumdung vorwerfen. Sie lächelte Veronika gezwungen zu, tippte eine Mahnung und seufzte leise.

Kapitel 7

Janine – Juli 2019

Janine seufzte leise. Ihre gute Laune war beim Betreten des Flugzeugs einem Gefühl der Beklommenheit gewichen. Vorher war sie so tough gewesen, voller Vorfreude, hatte alles alleine organisiert: den Flug, die Hotels, Ausflüge und die Reiseroute. Unversehens war ihr elend zumute, hatte sie Angst vor der eigenen Courage, wie Onkel Moritz es nennen würde. Als junge Frau allein unterwegs in einem fremden Land. Ohne ihre Familie, ohne Freunde.

Unwillkürlich musste sie an Philippe denken. Damit, dass ihre Wege nach dem Boarding auseinandergegangen waren, hatte sie gerechnet. Vermutlich hatte er First Class gebucht. Sie kannten einander kaum, wieso vermisste sie ihn dann? Er war nicht ihr Hafen und Anker in Kanada. Sie würde selbst zurechtkommen und an Schwierigkeiten wachsen. Schließlich war sie gut vorbereitet und hatte unzählige Reiseführer gelesen.

»Mama, ich will zu Papa«, quäkte es links von ihr.

Sie nahm in einer Dreierreihe am Fenster neben einer gestressten Mutter und einem ungefähr fünfjährigen Mädchen Platz und klappte die Ablage auf. Unruhig trommelte sie mit den Fingern darauf herum. Leider änderte das nichts an dem nagenden Gefühl der Leere in ihr.

»Mama, wie lange dauert es noch, bis wir da sind«, nölte die Kleine.

»Ungefähr zehn Stunden. Soll ich dir was vorlesen?«

»Nein, die da soll weggehen, ich will den Papa.« Das Kind quengelte unruhig und rutschte auf dem Sitz hin und her.

Endlich startete das Flugzeug und lenkte die Kleine für ein paar Minuten ab. Bald hatten sie laut der Durchsage des Kapitäns die Zielhöhe von zehntausend Metern erreicht. Eine Stewardess fragte nach Janines Wünschen. Sie bestellte einen Orangensaft und stöpselte die Kopfhörer in die Buchse ihres Smartphones, das im Flugmodus lief. Ziemlich schwierig, eine bequeme Position für ihre Beine zu finden. Sie schloss die Augen. Als jemand sie an der Schulter berührte, fuhr sie erschrocken hoch und nahm die Kopfhörer aus den Ohren.

»Papa!«, jauchzte das kleine Mädchen.

»Ich habe … eine Frage. Wären Sie eventuell bereit, Ihren Platz mit mir zu tauschen?«, bat ein Mann um die Dreißig zögernd. »Wir haben last minute gebucht … und Sie sehen selbst, wir hatten nicht das Glück, drei Plätze nebeneinander zu erwischen. Wenn Sie vielleicht so nett wären? Meiner ist allerdings kein Fensterplatz.«

»Klar mach ich das. Kein Problem.« Sie nahm ihren Orangensaft, hängte die Tasche über die Schulter, quetschte sich an ihm vorbei und suchte die angegebene Reihe auf. Dort gab es sogar zwei freie Plätze. Der Mann am Fenster kam ihr bekannt vor. Die Haltung, die helle Hose, die kurzen, dunklen Haare …

»Philippe?«

Er sah auf und lächelte. »Das nenne ich eine angenehme Überraschung. Ich war drauf und dran, dich zu besuchen.«

»Wirklich?« In dem Moment sackte das Flugzeug ein

Stück ab. Sie stolperte einen Schritt vor und schüttete ihm einen Teil des Getränks über die Hose. Eine Bescherung in Gelb. »Oh nein, das tut mir so leid.«

»Alles gut, ich hab Ersatzkleidung dabei. Wie nett, dass du vorbeischaust.«

»Kein Besuch. Ich habe den Platz mit jemandem getauscht.«

»Wie mich das freut. Setz dich ans Fenster, wenn du magst. Ich werde mich umziehen gehen.« Er lachte, zog eine Plastiktüte aus seinem Rucksack und kehrte kurze Zeit später umgekleidet zurück. Das legere beige Leinenhemd und eine etwas dunklere Hose aus dem gleichen Material standen ihm ausgezeichnet.

»Womit hast du dir inzwischen die Zeit vertrieben?«, wollte er wissen, während er die Wäsche verstaute.

»Mit Musikhören. Ich liebe die Songs der Achtziger.«

»Was läuft gerade?«

Sie hielt ihm einen der Kopfhörerknöpfe hin.

Er grinste. »Down under? Eindeutig das falsche Land. Was zieht dich nach Kanada? Hast du Verwandte dort?«

»Nein, leider nicht.« Sie überlegte. »Du willst wissen, warum mich deine Heimat interessiert? Gute Frage: Das Land ist ungeheuer groß, Seen, Flüsse, Wälder, Berge, Meer. Bei euch gibt es wirklich noch unberührte Natur. Für mich bedeutet Kanada Freiheit. Klingt das komisch für dich?«

»Überhaupt nicht.«

»Und woher kannst du so gut deutsch?«

»Die Eltern meines Vaters sind unabhängig voneinander aus Deutschland eingewandert. Kennengelernt haben sie sich über eine Annonce, die mein Großvater aufgegeben hat. Sie lebten in der Nähe von Québec. Großvater war sehr sprachbegabt. Er beherrschte Englisch und Französisch einwandfrei, aber meine Großmutter hatte immer ihre Schwierigkeiten. Zu Hause haben sie nur Deutsch miteinander geredet. Als Kind war ich oft bei ihnen, einiges habe ich wohl oder übel aufgeschnappt.«

»Leben die beiden noch?«

»Nein, sie sind vor drei Jahren kurz nacheinander gestorben.«

»Oh, das tut mir leid.«

»Meine Großmutter litt zuletzt unter Demenz. Für sie war der Tod eine Erlösung. Wir dachten, dass Großvater aufblühen würde, nachdem die Sorge um sie ihn nicht mehr belastete. Aber ohne sie wollte er wohl nicht mehr leben.«

»Er muss sie sehr geliebt haben.«

»Anfangs hatten sie ihre Schwierigkeiten. Sie wären nur zusammengeblieben, weil eine Scheidung damals nicht infrage kam, hat Grandmère Sophie manchmal behauptet.« Philippe lugte aus dem Fenster. »Du hättest die beiden bestimmt gemocht.«

Sie erzählte ihm von ihren Eltern. »Natürlich habe ich Fotos von ihnen. Leider habe ich nur wenige Erinnerungen an die beiden. Aber ich weiß noch, dass mein Vater Bienchen zu meiner Mutter gesagt hat. Das fand ich damals zu komisch, dabei war es die Abkürzung für Sabine.«

Philippe und sie redeten halblaut über alle möglichen Themen: Musik und Bücher, Filme und Reisen.

»Müde?«, fragte er mitfühlend, als sie irgendwann gähnte.

»Ja, nein.« Janine hätte ewig so mit ihm weiterplaudern wollen, aber sie konnte kaum noch die Augen offen halten. Das frühe Aufstehen und die gleichmäßigen Geräusche des Flugzeugs.

»Darf ich?« Er legte den Arm um sie.

Es war verrückt. Sie war drauf und dran, sich in Philippe

zu verlieben, der nach diesem Flug vermutlich aus ihrem Leben verschwinden würde. Darauf zu hoffen, dass er als Geschäftspartner ihres Onkels irgendwann wieder nach Deutschland kam, war kein besonders großer Trost. Janine lehnte den Kopf an seine Schulter, schloss die Augen und genoss das bittersüße Gefühl.

Kapitel 8

Philippe – Juli 2019

Philippe betrachtete seine Sitznachbarin. Ihre geschlossenen Augen, die geschwungenen Wimpern. Natürlich war es zu früh, viel zu früh, irgendwelche Pläne zu schmieden, aber dieses Mädchen hatte es ihm angetan. Er rief sich den Augenblick in Erinnerung, als er sie am Flughafen bemerkt und ihr Gesicht gesehen hatte. *Sie ist es!* Das verstörende Gefühl eines Déjà-vus traf ihn in dem Moment wie ein Schlag. *Sie ist es,* war alles, was er denken konnte. Er musste sich zwingen, auf sein Smartphone zu schauen, um nicht vor Überraschung aufzuschreien und sie wie gebannt anzustarren. *Sie lebt!* In ihr war die schöne Maria Reinhardt wieder auferstanden, deren Bild der Großvater Zeit seines Lebens in der Geldbörse aufbewahrt hatte und auf das kein anderer einen Blick werfen sollte.

Die Fotografie hatte Philippe in seinem Leben genau zweimal zu Gesicht bekommen: Vor ungefähr sieben Jahren war seinem Großvater Carl das Bild aus dem Portemonnaie gefallen. Ein Versehen? Oder hatte er es betrachten wollen? Sein aufgebrachtes ›Gib es wieder her!‹ klang Philippe noch deutlich im Ohr, dabei hatte er es damals nur aufgehoben und gleichzeitig überlegt, dass es sehr alt sein musste: Die Fotografie steckte in einer Schutzhülle, deren Plastik schon gelblich angehaucht war, sich aber nicht spröde anfühlte.

Bis zu dem barschen Anpfiff hatte Philipp nur die vergilbte Rückseite gesehen, und er hätte ihm das Bild gereicht, ohne hinzuschauen. Erst das aufbrausende Verhalten seines Großvaters hatte seine Neugier geweckt. Ihm kam es so vor, als ob der alte Mann einen geheimen Schatz verteidigen wollte, der zu kostbar für jeden anderen war.

Dadurch kam das geheimnisvolle Bild seinem unverschämten Enkel nur noch interessanter vor. Philippe hatte es umgedreht und war gleichzeitig enttäuscht und fasziniert von dem Porträt in Sepia, an dem es nichts Verführerisches oder Aufreizendes gab. Keine ›femme fatale‹ wie erhofft oder erwartet. Der Blick der jungen Frau wirkte lebendig, so als ob ihre Augen seinen folgten, wenn er den Kopf bewegte: Dunkle Locken umrahmten ein oval geformtes, süßes, sanftes Gesicht mit einem entzückenden Lächeln. Philippe war es für einen verrückten Moment so vorgekommen, als ob die kleine Schönheit es nur für ihn aufgesetzt hätte.

»Wirst du wohl, du missratener Bengel!«

»Entschuldige, Opa.«

Gleich darauf hatte er seinem erbosten Großvater die Fotografie zurückgegeben. Dass dem alten Mann eine Zornesader platzte, wollte Philippe nicht riskieren. Zu fragen, wen die Fotografie darstellte, wagte er noch viel weniger. Aber er beobachtete ihn sehr genau: Der Blick seines Großvaters wurde weich, als er die Frau auf dem Foto betrachtete, doch dann trat ein unendlich bitterer Zug auf sein Gesicht und er steckte das Bild weg.

Das zweite Mal hatte Philippe die Aufnahme am Todestag seines Großvaters gesehen. Er war dazugekommen, als sein Vater das Bild gerade triumphierend in Händen hielt.

Das Portemonnaie des Großvaters lag offen auf dem Tisch. Demnach hatte Raymond danach gesucht. Sein Vater betrachtete das Porträt wortlos, schließlich zerfetzte er die Fotografie voller Wut in winzig kleine Schnipsel.

Philippe konnte nicht eingreifen. Sein Vater hatte das Zerstörungswerk blitzschnell vollendet. Die Papierfetzen warf Raymond in einen schweren Aschenbecher aus Kristallglas. Er riss ein Streichholz an, bis es zischte und Feuer aufflammte. Mit einem hochzufriedenen Grinsen sah er zu, wie die Überreste der Fotografie in Flammen aufgingen, während es für einen Moment nach Chemie und Rauch roch.

»Kanntest du sie, Papa?«, fragte Philippe, überrascht von der Wut, die seinen Vater dazu getrieben hatte, die Fotografie zu vernichten.

»Nein. Aber das, was ich weiß, reicht mir. Maria Reinhardt war eine schlechte Frau, die deinen Opa verraten und meiner Mutter und mir das Leben vergällt hat.«

Sein Großvater hatte das wohl anders gesehen, warum sonst mochte er das Bild über all die Jahre derart sorgsam gehütet und aufbewahrt haben? Oder ging es ihm darum, Rachegedanken am Leben zu halten?

»Du kennst Opa nicht so, wie er früher zu mir war. Dich hat er immer nachsichtig behandelt. Das Alter hat ihn milder gemacht. Zu mir war er hart. Richtig schlimm. Als Kind hatte ich furchtbare Angst vor ihm. Nicht die kleinste Lüge durfte ich mir erlauben und stark sollte ich sein. Alles wegen dieser Frau!«

Die Fotografie, der Ausbruch seines Vaters und das rätselhafte Verhalten seines Opas hatten Philippe nach dem Tod des Großvaters noch eine Weile beschäftigt. Andere Hinweise auf Maria Reinhardt waren im Lauf der Zeit nicht aufgetaucht. Weder Dokumente noch Briefe. Oder wenn, dann hatte Philippe nichts davon mitbekommen. Sehr gesprächig war sein Großvater hinsichtlich seiner Vergangenheit nie gewesen. Von Deutschland hatte er fast nie gesprochen.

Irgendwann verdrängten wichtigere Dinge die Gedanken an seinen Großvater und die bezaubernde Schönheit auf dem Foto. Bis auf einmal Janine aufgetaucht war, die dem Mädchen in Sepia nicht nur verblüffend ähnlich sah, sondern auch den gleichen Nachnamen trug.

Er wagte nicht, sich auszumalen, wie Raymond auf Janine reagieren würde. Sein Vater machte keinen Hehl aus seiner Abneigung gegen alles, was Reinhardt hieß. Sogar in seine Geschäftsbeziehungen hatte er Philippe reinreden wollen, der seinerseits stur geblieben war.

Moritz Reinhardts Nichte. Es berührte Philippe eigenartig, wie vertraut dieses entzückende Mädchen ihm schon beim ersten Sehen vorgekommen war. Dabei glaubte er nicht an Liebe auf den ersten Blick. Trotzdem war ihm sofort klar gewesen, dass er sie kennenlernen, dass er sie festhalten wollte. Ein Fehler angesichts der bitteren Erinnerungen seines Vaters? Und wenn schon, er würde es riskieren. Sie lächelte genauso reizend wie die Schönheit in Sepia, aber für ihn …

Kapitel 9

Janine – Juli 2019

Verwirrt schlug Janine die Augen auf und schaute direkt in Philippes, der ihr sanft auf die Schulter klopfte.

»Entschuldige, wir sind bald da, du musst den Sicherheitsgurt anlegen.«

Unglaublich lange Wimpern hatte er und ein paar faszinierende grüne Sprenkel im Braun seiner Iris. Er erwiderte ihren Blick mit einer Intensität, die sie verwirrte.

»Wow, ich bin in Kanada!« Mit einem Schlag saß sie senkrecht in ihrem Sitz, kreiste mit ihren Schultern und rieb sich den verspannten Nacken. »Ich muss sofort aus dem Fenster sehen.«

Berge, Meer, Häuser und Philippe. Sein Duft, seine Wärme. Ein Wirrwarr an Gefühlen brach über sie herein. Freude, Bedauern, Trauer. Sie drückte ihm im Überschwang einen Kuss auf die Wange, schloss hastig den Gurt und nickte der Stewardess zu, die sie kontrollierte. Schweigend saßen sie nebeneinander.

»Lassen wir die anderen Passagiere zuerst aussteigen«, schlug er vor, nachdem das Flugzeug gelandet war.

»Einverstanden. Ich stürze mich auch nicht gerne ins Gedrängel.« Sie war aufgeregt und hoffte. Worauf, wusste sie selbst nicht so genau.

Nachdem der Pulk Richtung Ausgang abgeebbt war, folgte Philippe Janine zu ihrem ursprünglichen Platz und hob ihren Rucksack aus der Gepäckablage. Auch bei der Zollabfertigung, der Passkontrolle und dem Kofferrondell wartete er auf sie.

Zwischendurch nutzte sie die Zeit, zog ihr Smartphone aus der Umhängetasche und checkte kurz die Neuigkeiten. So rasch wie möglich würde sie eine passende Sim-Karte von einem kanadischen Anbieter kaufen, um ihre Telefonkosten zu senken.

Viele Grüße aus der WhatsApp-Familiengruppe, von Caro und Freunden, Tipps und Smileys hatten sie erreicht. Eine Nachricht von Ulrich, ihrem Ex, poppte auf. Janine zögerte, klickte sie aber an. Sie war kurz und knapp und so verfasst, als ob er sechs Monate nach ihrer Trennung immer noch nicht begriffen hätte, dass es aus und vorbei war.

Hallo, Janine, du bist jetzt also in Kanada. Zu schade, dass wir nicht unseren Traum wahr gemacht haben und du stattdessen in ein fremdes Land fährst. Ich vermisse dich … Melde dich endlich mal! Ulli

Unwillig runzelte sie die Stirn. Dieses zähe Festhalten war typisch Ulrich. Vermutlich hatte er sie schon zu Beginn ihrer Freundschaft als seinen Besitz betrachtet. Deshalb war er jetzt unfähig, die Tatsache zu akzeptieren, dass sie ein freier Mensch und ihre Entscheidung unumstößlich war. Sie hatte die Nase gestrichen voll von ihm und seiner Kritik an ihrer maßlosen ›Verschwendungssucht‹. Antworten würde sie ihm nicht, und wenn er so weitermachte, würde sie seine Nummer blockieren. Dieses Kapitel in ihrem Leben hatte sie abgeschlossen. Sie drückte auf ›löschen‹ und steckte das Smartphone weg.

Ihr Kleid hatte den Flug zum Glück unbeschadet überstanden und sah nicht allzu zerknittert aus. Im klimatisierten Flughafengebäude behielt sie die dünne Strickjacke vorerst an. Draußen schien die Sonne. Vancouver und Kanada konnten kommen.

Der Flughafen war beeindruckend mit modernen Kunstwerken, aber auch Skulpturen der ›First Nations‹ geschmückt. Sie blieben an einem Totempfahl mit geschnitzten Gesichtern und einer geflügelten Eule oder Adler auf der Spitze stehen, bewunderten ihn eine Weile und beobachteten das blaue Mobile, das im Luftzug tanzte. Es roch nach Kaffee, gebratenem Fleisch, Gewürzen und Pommes. Ein Stimmenmeer brandete um sie herum. Viele Menschen. Ein stetes Kommen und Gehen.

Die Skulptur eines Boots mit mehreren eigentümlichen Passagieren im dritten Stock riss Janine zu einem Begeisterungsausbruch hin. »Wow, was für ein unglaubliches Kunstwerk, fotografierst du mich davor? Was ist das für ein glänzendes Material?«

»Grüne Jade, das Matte ist Bronze.«

»›Spirit of Haida Gwai‹ Artist: Bill Reid«, las Janine ab. »Wie fein das Muster im Strohhut der Frau gearbeitet ist. Es ist doch eine Frau, oder?«

»Nein, er hat da einen traditionell gekleideten Schamanen dargestellt.«

Sie mussten eine Weile warten, bevor die Bahn für das Bild frei war.

Ein paar Rolltreppen später ließ sich das Unvermeidliche nicht länger hinausschieben. Ihr graute vor dem Abschied. Auch der Gedanke, dass er ihr seine Visitenkarte gegeben hatte, tröstete sie nicht.

»Hast du noch Lust, einen Kaffee zu trinken oder eine Kleinigkeit mit mir zu essen?« Philippe lächelte sie erwartungsvoll an.

»Sehr gerne.« Janine stimmte sofort zu und war überrascht, dass er sie zum Restaurant eines Luxushotels führte. Beim Blick auf die Preise schluckte sie.

»Was würdest du mir empfehlen?«

»Wenn du gerne Fisch isst, den Sokey-Lachs.«

»Dann werde ich deinem Urteil vertrauen.« Janine strahlte ihn an. Warum sollte sie knausern? Heute war ihr erster Tag in Kanada und sie durfte noch ein wenig Zeit in Philippes Gesellschaft verbringen. Das musste gefeiert werden. Ihr Gericht schmeckte zum Niederknien und ein Dessert mit frischen Brombeeren rundete die Mahlzeit ab. Philippe versuchte sogar, sie zu einem Espresso oder Kaffee zu überreden. Ging es ihm auch so, dass er die Trennung hinauszögern wollte? Janine blieb nur zu gerne.

Als es ans Bezahlen ging, wollte er nichts davon wissen, dass sie ihren Anteil der Kosten trug. »Nimm es als kleines Dankeschön. Du warst eine bezaubernde Begleitung. Dabei wirst du dein Zimmer beziehen und Vancouver besichtigen wollen«, meinte er.

Das stimmte alles, aber …

»Danke, ich meine … das heißt dann wohl, Abschied nehmen«, brachte Janine schließlich heraus.

»Ich hab einen Leihwagen gemietet. Darf ich dich an deinem Hotel absetzen?«

»Wohnst du nicht hier in der Gegend?«, fragte sie überrascht.

»Nein, ich lebe in Québec, hatte ich das nicht erwähnt?«

»Du hattest von deinen Großeltern gesprochen. Ach herrje, deine Visitenkarte.« Janine schlug gegen ihre Stirn.

»Entschuldige, die habe ich eingesteckt, ohne die Adresse zu lesen. Ich hatte absolut nicht vor, dein Angebot mit der Reinigung in Anspruch zu nehmen.«

»Gut, dass ich mich nicht darauf verlassen hätte. Ich wäre entzückt gewesen, von dir zu hören und deine Mail oder Handynummer zu bekommen. Mich führen Geschäftstermine her. Demnächst eröffnen wir eine neue Filiale in Vancouver. Im Prinzip bin ich selbst ein Tourist, obwohl ich schon einige Male in der Stadt war. Hast du Lust, wollen wir morgen Abend zusammen essen gehen?«

»Wow, ja, und ob ich will.« Sie strahlte ihn an und folgte ihm zum Schalter mit den Leihwagen. »Ich wohne übrigens im YWCA, das ist ein Low-Budget-Hotel in Yaletown & Granville Island und soll ein gutes Preisleistungsverhältnis haben. Ich hoffe, dass es stimmt. Liegt es weit weg von deinem?« Wahrscheinlich lag die halbe Stadt zwischen ihnen, dachte Janine frustriert.

»Warte, das muss ich googeln. Ich bin im Fairmonts, in dem in der Innenstadt.« Er zückte sein Handy, grinste und steuerte auf einen Wagen zu, einen Chevrolet. »Sieben Minuten mit dem Auto. Das Schicksal meint es gut mit uns.«

Er fuhr umsichtig und sicher, weder zu langsam, wie ihr Ex, noch zu rasant.

Ehrfürchtig betrachtete Janine die Umgebung. Hochhäuser und Stromleitungen, Autos und Verkehr, Grünstreifen, Parks, Geschäfte und Baustellen, Brücken und Wasser. Ob es eine Bucht war oder ein Fluss, würde sie später nachprüfen. Die Berge im Hintergrund mussten die Rockies sein. Ab und zu streifte ihr Blick sein Profil und ihr Herz schlug noch schneller. Was war nur mit ihr los? An so einen Unfug wie Liebe auf den ersten Blick glaubte sie nicht. Sie musste unwillkürlich an Ulrich denken. Ihn hatte sie ein halbes Jahr gekannt, bevor sie zusammengekommen waren. Vor einer Enttäuschung hatte sie das allerdings auch nicht geschützt.

Sie beschloss, den Kopf dieses Mal beiseitezulassen und unvernünftig zu sein. Sie würde über ihren Schatten springen, spontan bleiben und die Zeit mit Philippe genießen. So lange sie dauerte …

Kapitel 10

Maria – September 1950

»Bis später, Papa.« Während ihr Vater in sein Büro ging, holte Maria rasch ein Paket aus dem Sekretariat. Auf der Straße hielt sie Ausschau nach Juliana, Johanns ehemaliger Flamme. Verschämt kam das Mädchen um die Ecke. Maria ging ihr entgegen.

»Sie wollten mich treffen, Fräulein Krafft?«

»Ich freue mich, Sie zu sehen.« Maria reichte Juliana die Hand. Bereits vor einiger Zeit hatte sie ihre Fühler ausgestreckt, weil sie in Erfahrung bringen wollte, wie Johann mit dem Mädchen umgesprungen war.

»Danke, Sie sind sehr nett. Dass Sie mich noch so freundlich begrüßen.« Tränen traten in die Augen der jungen Frau. »Andere haben mich wie eine heiße Kartoffel fallen lassen. Ich hätte nicht gedacht, dass Johann derartige Dinge über mich verbreitet. Sie werden die Gerüchte gehört haben. Er redet von mir, als ob ich eine Dirne wäre …«

»Mir ist einiges zu Ohren gekommen. Ein Ehrenmann würde nicht handeln wie Herr Reinhardt.«

»Danke, dass Sie das sagen. Wissen Sie, dass er das Kind nicht anerkennt. Keinen Pfennig Unterhalt zahlt er.«

»Wie schäbig!« Maria schüttelte unwillkürlich ihren Kopf. »Es muss sehr schwer für Sie sein.«

»Mich hat er mit einem furchtbar schlechten Zeugnis hinausgeworfen. Stinkend faul sei ich, unzuverlässig und schlampig. Eine neue Stelle finde ich mit dem Zeugnis nicht, dabei hab ich für mein Kind zu sorgen …«

Maria nahm die schluchzende Juliana in den Arm.

»… und Sie sollten besser reingehen, nicht dass Sie Ihre Stelle auch noch verlieren.«

»Vielleicht sollte ich es riskieren? Hier bitte, melden Sie sich, wenn wir helfen können.« Sie reichte Juliana ein Päckchen mit Babysachen, Mützchen, Stramplern und Windeln. »Von Frau Richter, Veronika und mir.«

»Danke, ich danke Ihnen allen. Und Sie, hüten Sie sich vor diesem Menschen.«

»Keine Angst, das werde ich.«

Wenn Maria Johanns Absichten richtig einschätzte, würde er ihr im Zweifelsfall das gleiche Schicksal angedeihen lassen wie der armen Juliana. Da die Situation zwischen ihrer Mutter und ihr immer unerträglicher geworden war, hatte sie den Entschluss gefasst, sofort von zu Hause auszuziehen. Eifrig studierte sie Annoncen, aber Angebote für alleinstehende junge Frauen waren rar und mit ihrem kleinen Gehalt unbezahlbar. Allenfalls ein Heim für katholische Mädchen stand ihr zur Verfügung. Sie hatte telefonisch angefragt: Dort gab es auf absehbare Zeit keine freien Zimmer. Sich ihrem Vater anzuvertrauen wagte sie nicht. Im Zweifel hielt er doch zu seiner Frau, sonst wäre er längst eingeschritten.

Carl hatte sie die häusliche Misere weitestgehend verheimlicht. Ihm war ohnehin klar, dass ihre Mutter ihn nicht mochte, und Maria wollte ihn nicht mit den unappetitlichen Details belasten.

Sie traf ihren Liebsten im Dienst, wann immer es möglich war. Er und sie hatten es so eingerichtet, dass Maria in Veronikas Begleitung das Erdgeschoss aufsuchte, wenn er von seiner Mittagspause zurück zur Arbeit ging. In den vergangenen sechs Wochen waren die junge Kollegin und sie gute Freundinnen geworden. Veronika blieb stets ein wenig zurück, wenn Carl in Sichtweite kam.

Maria berichtete ihren Kolleginnen von dem Treffen mit Juliana und richtete ihnen den Dank aus. Sie war aufgebracht und tippte unkonzentriert, immer wieder sah sie auf die Uhr. Endlich nahte die mit Carl abgemachte Zeit. Sie und Veronika brachen auf und er war pünktlich zur Stelle.

»Du siehst blass aus, mein Lieb.« Verstohlen strich er ihr über die Wange. Manchmal, so wie heute, bohrte er nach. Wahrscheinlich spürte er, wie aufgewühlt sie war. »Bist du krank?«

»Nein«, wehrte sie ab. »Alles ist gut. Wir haben nur sehr viel zu tun. Eigentlich dürfte ich gar keine Mittagspause machen.«

»Das lässt du bitte bleiben. Du musst ordentlich essen. Ist wirklich nichts mit dir?«

»Täglich sehne ich unsere Treffen herbei.«

»Gestohlene Minuten. Ich halte das nicht mehr aus«, brach es aus Carl hervor. »Lass uns heiraten.«

»Nein, dein Meister fördert dich, wo er nur kann, hast du mir erzählt. Er will sich sogar dafür einsetzen, dass der Chef dir die Meisterschule bezahlt. So eine Anstellung kriegst du vielleicht nie wieder.«

»Ich würde das alles nur zu gerne hinter mir zu lassen.«

»Genau das will ich vermeiden! Nicht wegen mir, sondern weil ich dich liebe.«

»In den letzten Tagen bist du arg blass. Du würdest mir doch sagen, wenn es dir nicht gut geht?«

»Ich schlafe schlecht, das ist alles«, beruhigte sie ihn.

»Es wird Zeit«, meinte er seufzend und drückte ihr zum Abschied die Hand.

An Küsse war nicht zu denken, obwohl sie ihre Lippen auf seine pressen und mit ihren Fingern durch sein Haar streichen wollte. Veronika riss sie aus ihrer Versunkenheit.

»Warum lügst du ihn derart an, Maria? Dir geht es überhaupt nicht gut. Mich täuschst du nicht.«

»Tutest du etwa ins gleiche Horn wie Carl?«, fragte sie scherzhaft. Dabei wusste sie, dass die beiden recht hatten. Irgendetwas musste geschehen, sonst …

Kapitel 11

Maria – September 1950

Maria konnte es nicht mehr hören, dieses in einem unsäglich weinerlichen Ton vorgebrachte ›Ich will doch nur das Beste für dich‹ ihrer Mutter. Sie hatten gemeinsam eine Wolldecke und ein Leintuch über den Küchentisch gebreitet, und die Mutter bügelte akribisch die frisch gewaschenen und gestärkten Hemden des Vaters, während Maria wie jeden Dienstag Strümpfe aus dem Wäschekorb zusammensuchte und passende Paare zusammenlegte.

»Du solltest Johann nicht immer die kalte Schulter zeigen.«

Wieder dieses leidige Thema. In Maria stieg Ärger auf. »Ich werde meine Verabredung mit Veronika nicht absagen, falls du darauf hinaus willst.«

»Er ist eine gute Partie, ein ganz anderes Kaliber als Carl Ebnert. Sei vernünftig, Kind. Ich will doch nur das Beste für dich.«

Die Mutter presste das heiße Eisen auf einen steifen Hemdkragen, den sie mit Wasser besprengt hatte. Es zischte. Maria begutachtete Zehenspitzen und Fersen zweier Socken und nahm sie zusammen. Einige löchrige Paare waren auf dem Stopfstapel gelandet.

»Du bist stur!« Die Mutter betrachtete ihn prüfend.

»Denk an die Vorteile. Wenn du erst mit Johann verheiratet bist, kannst du solche verschlissenen Dinger wegwerfen.«

Wollte sie ihr tatsächlich mit diesen Argumenten den ungeliebten Freier schmackhaft machen? Wenn er nur endlich seine Versuche aufgeben würde, Maria zu erobern. Was sollte sie noch tun, um ihn in die Schranken zu weisen? Bisher hatte nichts gefruchtet. Weder Worte noch Blicke oder Gesten. Er war wie besessen von ihr, verfolgte sie geradezu. Bei ihren Eltern fand sie keinen Schutz und Carl wagte sie inzwischen kaum noch in den Pausen zu treffen, aus Angst um ihn. Sie traute Johann nicht, dem kaum entgangen sein konnte, was sie für seinen Freund empfand.

»Sei einsichtig, und tu, was ich sage.« Die Mutter hob die Hand. Ihr Zeigefinger schwebte ein, zwei Millimeter über dem Daumen. »Er steht so kurz davor, dir einen Antrag zu machen.«

*

Gegen halb acht klingelte es an der Tür. Maria zuckte erschrocken zusammen und hoffte, dass es nicht Johann war.

»Besuch um die Zeit? Du lieber Himmel, das wird Herr Reinhardt sein.« Hastig raffte die Mutter die ungebügelte Wäsche zusammen und drückte sie ihrem Mann in den Arm. »Rasch ins Schlafzimmer damit. Und du, räum die Hemden in den Schrank, Maria.« Sie selbst griff sich den Korb mit den zusammengelegten Strümpfen, warf die Stopfwäsche dazu und eilte hinter ihnen her. Ihre Eltern stellten die Sachen ab, hasteten hinaus und schlossen die Tür. Während Maria ihren Auftrag erfüllte, ließen die beiden den Gast ein. Die Mutter war wohl zu Johann getreten. Mit schmeichlerischer Stimme begrüßte sie ihn.

»Herr Reinhardt, was für eine Freude!«

»Bitte, kommen Sie herein«, forderte der Vater ihn auf.

»Oh, was für schöne Blumen, das wäre doch nicht nötig gewesen und Pralinen? Für mich? Da muss ich gleich eine kosten. Wie reizend von Ihnen«, säuselte ihre Mutter. »Bitte, gehen Sie voraus.«

Johanns Stimme. »Ich hoffe, ich störe nicht.«

»Sie doch nicht, Herr Reinhardt.« Der Klang von Schritten. Die Mutter folgte den Herren und trug ihre Beute vermutlich ins Wohnzimmer. Mit dem Einräumen der Wäsche war Maria fertig. Nichts zog sie zu den anderen, aber abwarten und den Kopf in den Sand stecken, half auch nichts. Wenn sie blieb, würde die Mutter kommen und sie holen.

Notgedrungen ging sie hinüber, wo Johann sich wie eine widerliche Zecke bei ihren Eltern einnistete und einen auf Liebeskind machte. Kein Wunder, dass sie nichts auf die Gerüchte gaben, die über ihn kursierten. Die beiden waren sich sehr wohl im Klaren darüber, dass er als Casanova galt, trotzdem förderten sie die Beziehung zu ihr. Aus Eigennutz. Sie zitterte, wütend und gedemütigt, weil er ihr die Eltern vorführte wie ein Zirkusdompteur seine dressierten Hunde. Was hatte er davon, Maria zu beweisen, was sie längst wusste?

»Dürfen wir Ihnen etwas anbieten?«, hörte sie den Vater fragen.

»Nein, danke.«

Sie trat ein, fühlte drei Augenpaare auf ihrem Gesicht. Die Mutter hatte die Folie von dem Pralinenkasten abgerissen und die Schachtel geöffnet. Ihre Finger schwebten über dem Konfekt. Genießerisch wählte sie eines aus und steckte es in den Mund. Vergnügt saß der Vater auf dem Sofa.

»Sieh her, was Herr Reinhardt mir mitgebracht hat! Eine echte Havanna.« Johann und er hatten dicke Zigarren angesteckt. Ihr Vater paffte Rauchringe in die Luft. Gut gelaunt deutete er auf eine Flasche Cognac und zwei Schwenker, in denen die goldgelbe Flüssigkeit zwei fingerbreit stand. »Das ist ein guter!«

Was war da los? Hatten die beiden etwas zu feiern? Etwa eine Beförderung?

»Ach du lieber Himmel, wo bleiben meine Manieren.« Die Mutter hielt erst Johann und dem Vater, dann ihr die Pralinen hin. Sie lehnten ab. Beim Anblick der gut gefüllten Gläser schwand Marias Hoffnung, dass ihr Gast sein Anliegen zügig vorbringen und endlich gehen würde. Ein flammender Blick aus Johanns Augen traf sie.

»Wenn nur all unsere Angestellten so vorbildlich und zuverlässig arbeiten würden wie Sie, Herr Krafft.« Wieder einmal schmierte er ihrem Vater Honig ums Maul. »In letzter Zeit hatten wir elendes Pech. Ich war der festen Überzeugung, mit unserem neuen Schreinergesellen einen Glücksgriff getan zu haben, aber er ist ein Blender. Der Mann arbeitet schlampig, macht überpünktlich Feierabend und Schulden scheint er auch zu haben.«

»Ach, Sie reden von dem Ebnert.« Der Blick der Mutter ging prompt zu Maria. »Da haben wir es. Ich konnte ihn nie ausstehen.«

»Hör auf, Carl zu beleidigen«, entfuhr es Maria unwillkürlich. »Herr Reinhardt hat keine Namen genannt.«

Johann runzelte die Stirn.

»Das braucht er auch nicht!«, brauste der Vater auf.

Die Eltern glaubten seine Märchen unbesehen. Johann Reinhardts Wort wog schwer im Hause Krafft. Zorn kochte in Maria hoch, den sie mühsam unterdrückte.

»Fräulein Krafft, ich komme im Auftrag meiner Schwester«, meinte er. »Gudrun möchte Sie für Samstag ins Kino einladen. Dass ich von Ihrer Begleitung entzückt wäre, brauche ich nicht zu betonen.«

Ihre Eltern sahen Maria mindestens so erwartungsvoll an wie er.

»Es tut mir leid, Herr Reinhardt«, antwortete sie höflich. »Ich muss Ihrer Schwester und Ihnen leider absagen. Ich habe für den Abend bereits eine Einladung. Meine Kollegin Veronika hat mich gebeten, mit ihr das ›Schwarzwaldmädel‹ anzuschauen.«

Der Film war gerade erst angelaufen und in Farbe gedreht, wie die Plakate bewiesen. Eine Romanze in schönen Bildern, die sie auf keinen Fall mit ihrem hartnäckigen Verehrer ansehen würde.

Er runzelte die Stirn. »Und Sie ziehen diese Einladung der meinen vor?«

»Ich habe meiner Freundin schon zweimal abgesagt und mich stattdessen mit Gudrun und Ihnen getroffen. Ein drittes Mal wäre ihr gegenüber grob unhöflich.«

»Warum schließen Ihre Freundin und Sie sich nicht unserer Gruppe an?«

»Den Vorschlag muss ich dankend ablehnen. Veronika hat Karten bestellt und ihren eigenen Freundeskreis dabei.«

»Das bedauere ich auch im Namen Gudruns außerordentlich.« Johann kam auf die Beine. »Wir hatten uns schon sehr gefreut. Auf Wiedersehen.«

»Vielleicht kommen Sie Sonntag zum Essen?«, schlug der Vater zu Marias Entsetzen vor.

»Schweren Herzens muss ich verzichten, leider habe ich an dem Tag wie auch am nächsten Wochenende einige Termine.« Er machte eine knappe Verbeugung. »Danke, bemühen Sie sich nicht, Herr Krafft, ich finde allein hinaus.«

Entweder war er verärgert oder wollte austesten, wie weit

Marias Eltern in ihrem eifrigen Bestreben gehen würden, ihre Tochter an den Mann zu bringen. Ja, das passte zu ihm. Er verhöhnte ihre Familie und verspottete sie insgeheim. Zornig starrte sie ihn an, machte aus ihrem Abscheu keinen Hehl. Er verzog den Mund zu einem spöttischen Grinsen. Es verging ihm, sie wusste nicht warum. Sein Blick ruhte mit einem Ausdruck auf ihr, den sie nicht an ihm kannte. Fast zärtlich. Er riss die Augen auf, während er sie musterte. Erschrecken glitt über seine Züge. Brüsk machte Johann kehrt.

»Es ist noch gar nicht sicher, ob die andere Einladung klappt«, rief die Mutter hinter ihm her. Wahrscheinlich sah sie ihre Felle davonschwimmen.

Er wandte noch einmal den Kopf. Blass war er geworden und seine Stimme belegt. »Wenn das so ist, geben Sie mir rechtzeitig Bescheid, Fräulein Krafft.«

Was war da eben geschehen? Seine Schritte verklangen. Er schloss die Wohnungstür. Johann war fort und sie hätte aufatmen können, doch sein eigenartiges Betragen verwirrte sie. Und ihre Angst um Carl war größer denn je.

»Hast du den Verstand verloren, Johann derart zu brüskieren?«

»Himmel noch mal, könnt ihr Weiber keine fünf Minuten Ruhe halten? Ich gehe in die Küche und trinke meinen Cognac da.« Mit dem Glas in der Hand und der Zigarre im Mund ging der Vater mürrisch hinaus, zog die Wohnzimmertür zu und ließ die in der Küche laut ins Schloss fallen.

»Du tust, was ich verlange, Maria!« Die Mutter schäumte vor Wut. »Du wirst dich Johanns Gesellschaft anschließen.«

»Nein, und damit du es weißt: Falls Herr Reinhardt jemals um mich anhalten sollte, werde ich seinen Antrag ablehnen. Ich bin mit Carl Ebnert verlobt.«

»Hast du den Verstand verloren. Du hältst dich gefälligst von diesem Taugenichts fern! Diesem Schmarotzer, der die Gutmütigkeit seines Freundes ausnutzt. Den Umgang verbieten wir dir. Kein Wort mehr wechselst du mit dem!« Ihre Mutter stemmte die Hände in die Hüften und kam drohend auf sie zu. »Du wirst mit Johann ins Kino gehen.«

»Was habe ich nur für ein Glück, dass Kuppelei verboten ist!« Der mühsam zurückgehaltene Ärger über das unsägliche Verhalten ihrer Mutter brach aus Maria heraus. »Wenn eine Hochzeit dabei herausspränge, würdest du mich ihm ohne Skrupel ins Bett legen.«

»Du undankbares Geschöpf!« Ihre Mutter holte aus und versetzte Maria eine Ohrfeige, die ihr Tränen in die Augen trieb.

»Bist du von Sinnen, so eine abscheuliche Rede gegen deine Mutter zu führen, du missratene Göre ...!« Mit hochrotem Gesicht stürmte der Vater herein. Brutal schlug er sie ins Gesicht. Es klatschte. Rechts und links und noch einmal rechts und links.

Maria schrie vor Schmerz auf, schmeckte Blut und stöhnte. Fassungslos sah sie ihren Vater an, der noch niemals die Hand gegen sie erhoben hatte. So lange sie denken konnte, war er auf der Seite seines kleinen Mädchens gewesen, ihr einziger Verbündeter.

Er starrte sie an, sah erschrocken aus. Als ob er selbst es nicht fassen konnte, dass er sie geschlagen hatte. Sie rannte an ihm vorbei, hinaus in ihr Zimmer und schlug die Tür zu. Rasch drehte sie den Schlüssel im Schloss. *Entkommen.* Gerade noch rechtzeitig. Sie hörte seine Schritte im Flur.

Er drückte die Klinke herunter, rüttelte daran und brüllte. »Komm raus! Komm sofort raus! Ich befehle es dir.«

Der Vater draußen tobte. Die Mutter kreischte hysterisch und verlangte von ihr, Carl aufzugeben.

»Ihr könnt mir gar nichts verbieten! Ich bin volljährig!« Maria hörte nicht hin. In einem Taschenspiegel musterte sie ihr Gesicht. Die Unterlippe war aufgeplatzt, die Wangen brannten. Sie wischte das Blut mit einem Taschentuch weg, fiel auf ihr Bett und weinte. Nachgeben würde sie nicht. Niemals. Carl war ihr Leben und ihre Liebe. Sie gehörte einzig und allein ihm. Die Eltern gingen nach einer Weile fort, ins Wohnzimmer oder die Küche. Maria wusste es nicht und es war ihr auch egal. Draußen zwitscherte ein Nachtvogel eine kleine Melodie. Sie lauschte dem sehnsüchtigen Klang und schloss die Augen.

*

Wie gerädert kam Maria an nächsten Morgen auf die Beine. Geschlafen hatte sie kaum. Die Lippe schmerzte noch, war verkrustet und geschwollen. Sie streifte ein schlichtes, dunkles Kleid über und blieb auf dem Bettrand hocken, nachdem sie dünne Wollstrümpfe an den Hüfthalter geknüpft hatte. Frühstücken konnte sie nicht. Der Hunger war ihr vergangen. Erst kurz vor dem Aufbruch trat sie aus dem Zimmer.

Die Mutter musste ihr aufgelauert haben. Sie kam auf sie zugeschossen und begutachtete Marias Gesicht.

»So gehst du mir nicht hinaus. Sonst denkt Herr Reinhardt noch, dass wir dich misshandeln. Herbert, du wirst sie bei der Arbeit entschuldigen.«

»Was soll ich denn sagen?« Den Blick zu Maria vermied er.

»Irgendwas … dass sie Kopfweh hat. Ins Kino willst du?« Die Mutter trat in Marias Kämmerchen, öffnete den Schrank und holte das Glas mit ihrem Ersparten heraus. Danach war das Portemonnaie an der Reihe. Einen Fünfmarkschein zog sie hervor und kippte alles Kleingeld in ihre Handfläche. »Mit welchem Geld? Nimm Johanns Einladung an und du kannst den Film sehen.«

»Gib es mir wieder.« Ihr mühsam Erspartes! Maria hatte entsetzt zugesehen. »Es ist mein Geld.«

»Nein! Zieh Samstag dein gutes Kleid an und du kehrst als Braut zurück.«

»In dem Fall verzichte ich. Wie du weißt, habe ich bereits einen Verlobten.« Maria zitterte und überlegte verzweifelt, wo sie den Geldbetrag hernehmen sollte, den sie brauchte. Sie war wie vernagelt, ihr fiel nichts ein. Aber wenn die Mutter glaubte, dass sie dieser Erpressung nachgab, kannte sie ihre Tochter schlecht.

»Du bist blass, du solltest dich setzen.«

Die Mutter sah selbst bleich und verhärmt aus, aber Maria brachte es nicht fertig, Mitleid mit ihr zu empfinden. Zu tief ging der Riss zwischen ihnen.

»Ich bleibe lieber stehen.« Warum begriff die Mutter nicht, wie sehr Maria Johann verabscheute? Im Halbdunkel des Kinos zu sitzen und seine tastenden Finger auf ihren Strümpfen und ihren Schenkeln zu spüren, war der reinste Albtraum. Nur ein dünnes Stück Stoff, das ihn von ihrer nackten Haut trennte. Im gleichen Augenblick durchzuckte eine Erinnerung sie wie ein Blitz. Ihr Kleid! In der Tasche steckte immer noch die Mark, die sie auf Gudruns Fest ertastet und rasch zurückgesteckt hatte. Der Eintritt ins Kino war damit gesichert und von den restlichen fünfzig Pfennig konnte sie notfalls eine Busfahrt bezahlen.

Als ihre Mutter endlich hinausgegangen war, zog Maria das Geldstück hervor, betrachtete es und ließ es zurück in die Tasche gleiten. Wie schön das Leben doch war.

Kapitel 12

Janine – Juli 2019

Wie schön das Leben doch war! Janine, die davon ausgegangen war, die nächsten Wochen, wenn nicht Monate allein zu reisen, drückte Philippe links und rechts Küsschen auf die Wangen. Er hatte wirklich Wort gehalten, angerufen und sie zur ausgemachten Zeit abgeholt. Auf das Auto konnten sie verzichten.

»Und wie gefällt dir die Stadt?«, fragte er.

»Man merkt, dass Vancouver im Vergleich zu München jung ist.«

»Das stimmt, dort begegnet dir Geschichte auf Schritt und Tritt«, stimmte Philippe ihr zu. »Québec ist übrigens deutlich älter als Vancouver, der historische Stadtkern wird dir gefallen.«

»Da bin ich mir sicher. Aber versteh mich nicht falsch. Ich mag die Stadt. Außerdem gibt es in München auch Hochhäuser und Viertel, in denen du nicht viel Historisches findest. Damit, dass die Sehenswürdigkeiten in Vancouver weiter verstreut sind und Souvenirs und Eintrittskosten mir ein Loch in den Geldbeutel fressen, kann ich gut leben. Die einzelnen Posten sind gar nicht so hoch, aber in der Summe.«

»Wo warst du denn inzwischen schon?«, fragte Philippe neugierig.

Janine hatte die zwei Tage gut genutzt, obwohl sie immer noch mit dem Jetlag kämpfte. »Natürlich an der berühmten Steam Clock mit ihrem melodischen Pfeifen.«

»Das gab's aber umsonst«, warf er belustigt ein.

»Im Bill-Reid-Museum, das Haus mit der ungewöhnlichen Fensterfront hat mir auf Anhieb gefallen und in dem Shop habe ich richtig zugeschlagen. Silberohrringe für meine Tante, einen geschnitzten Raben für meinen Onkel, eine Keramiktasse mit Wolfmotiv für meinen Cousin, für seine Frau … Ich höre mit der Aufzählung lieber auf, bevor du die Augen verdrehst.«

»Das wäre mir nie eingefallen. Du verstehst dich gut mit deiner Familie?«

»Ja, sehr gut. Was ist mit dir und deiner?«

»Unser Verhältnis ist leider ein wenig komplizierter. Nachdem mein jüngerer Bruder mit sechzehn an Leukämie gestorben ist, hängen meine Eltern sehr an mir. Ehrlich gesagt würden sie mir am liebsten gar keinen Freiraum lassen. Sie würden mich gerne …« Philippe überlegte kurz. »… überbehüten. Immerhin sind sie vernünftig genug, mich meinen Weg gehen zu lassen.«

»Aber du würdest nie etwas tun, was sie missbilligen?«

»So ungefähr.«

Sie bummelten an einem asiatischen Restaurant vorbei, aus dem es verführerisch nach fernöstlichen Gewürzen und scharf Gebratenem roch. Die bunte Melange an Menschen unterschiedlichster Herkunft, die hier lebten, fand Janine faszinierend.

»In den Stanley-Park habe ich ebenfalls reingespitzt. Der ist ja riesig, da könnte ich problemlos einen ganzen Tag verbringen.« Janine wechselte absichtlich das Thema Familie. Von der deutschen Touristin würde Philippe seinen Eltern mit Sicherheit nichts erzählen. Dieser Gedanke versetzte ihr einen kleinen Stich. Sofort rief sie sich zur Ordnung. Was erwartete sie denn? Nach dem Essen würde er sie zu ihrem Hotel bringen, zum Abschied küssen und ›Auf Wiedersehen‹ sagen. »In Downtown bin ich übrigens auch rumgebummelt. Gestern habe ich dann noch eine unglaubliche Führung mitgemacht: ›Die verlorenen Seelen von Gastown‹. Am Treffpunkt nahm uns eine Dame mit historischem Kostüm in Empfang. Wir spazierten durch dunkle Gassen. Es ist ihr wunderbar gelungen, die Atmosphäre aufleben lassen, die Ende des 19. Jahrhunderts hier herrschte. Eine tolle Erzählerin. Hinterher hab ich noch gegoogelt, weil ich mir nicht vorstellen konnte, dass der Mord an John Bray tatsächlich so geschehen ist. Dem Mann wurde dreimal in den Kopf geschossen und er ist anschließend noch zwei Wochen durch die Stadt gewandert. Schlimm fand ich, dass das Verbrechen nie aufgeklärt worden ist!«

»Schattenseiten gab es immer – und gibt sie noch.«

»Das stimmt.« Janine hatte bei den Reisevorbereitungen viele positive Berichte über Vancouver, die Perle am Pazifik in British Columbia, gelesen. Ebenso hatte sie Stimmen zur Kenntnis genommen, die Drogenmissbrauch, Obdachlosigkeit und Armut erwähnten. Vancouver machte da keine Ausnahme. Wie auch? »Die Menschen hier gefallen mir. Mit nervigen Touristen gehen sie erstaunlich nett um.«

»Kein Wunder, wenn du sie mit diesem Lächeln anstrahlst.« Er griff nach ihrer Hand. »Du warst den ganzen Tag auf den Beinen, ich wage kaum zu fragen: Hättest du trotzdem Lust auf einen Spaziergang am Strand. Oder willst du gleich essen gehen?«

»Ist er weit weg?«

»Ungefähr eine halbe Stunde zu Fuß.«

»Dann schieben wir uns einfach dort was zwischen die Zähne.« Glücklich spazierte Janine neben Philippe her. Sie genoss die warme Luft und seine bewundernden Blicke.

»Und wie war dein Tag?«

»Während einer Besprechung wäre ich fast eingeschlafen. Zum Glück konnte ich es mit dem Jetlag entschuldigen. Jetzt bin ich jedenfalls putzmunter. Deine Gegenwart wirkt Wunder.«

Strand und Meer kamen in Sicht. »Hier ist ziemlich viel los. Wir sind offensichtlich nicht die einzigen Besucher.«

»Wundert dich das? Es ist ein toller Sandstrand voller Baumstämme, die als Bankersatz dienen, und Kunst gibt es auch. Weiter vorne steht eine Skulptur, die du dir ansehen musst, mehr verrate ich nicht.«

»Ich bin gespannt.«

»Und was sagst du?«, fragte er, als das Kunstwerk in Sicht kam.

Beim Anblick der lachenden Menschen aus Bronze, die sie um einiges überragten, musste Janine mitlachen. Sie drückte ihm ihr Smartphone in die Hand und ahmte einige der Posen nach. Die Durchsicht der Bilder lösten einen weiteren Lachanfall bei ihr aus. Hand in Hand bummelten sie weiter.

»Wow, Palmen und der Pazifik!« Kurz entschlossen zog Janine ihre Sandalen aus, und sie bummelten durch den nassen Sand, der zwischen ihren Zehen quatschte.

Warmer Wind liebkoste ihre Haut, sie sog den Duft des Meeres ein. Menschen, Musik und Lachen. Philippes Nähe, seine Gegenwart spürte sie überdeutlich.

»Es ist herrlich hier.« Neugierig schaute Janine umher. Schade, kein einziger Baumstamm war mehr frei.

»Wollt ihr euch setzen?«, rief jemand in einem englischen

Dialekt, den Janine noch nie gehört hatte. »Dann kommt her, wir rücken zusammen.«

»Meint ihr uns?« Philippe wandte den Kopf.

Ein älteres Pärchen winkte sie heran. Wie sie erfuhren, stammten die beiden aus Sydney, holten ihre Hochzeitsreise nach und reisten zu den Niagarafällen. Die zwei jungen Männer neben ihnen kamen aus Vancouver. Hipster mit Holzfällerhemden, gepflegten Bärten und Dutt am Hinterkopf. Beide arbeiteten als Grafiker in einer Werbeagentur. Sie lachten viel und tauschten Adressen aus, obwohl Janine sicher war, dass sie nie wieder von den anderen hören würde.

»Euer Essen duftet gut, wo habt ihr das gekauft?«, fragte sie die beiden neugierig.

»Bei dem Food-Truck da hinten. Holt euch was, wir halten euch die Plätze frei.«

»Seid ihr Surfer?«, fragte Andrew, einer der beiden Hipster, als sie zurückkehrten. »Wenn ja, dann müsst ihr unbedingt nach Tofino auf Vancouver Island. Die Locals dort sind nett. Wenn sie euch mögen, verraten sie euch geheime Hotspots. Aber pst, hinterher nicht weitersagen.«

»Danke für den Tipp. Ich surfe tatsächlich gerne, leider hab ich viel zu selten Zeit«, meinte Philippe.

»Tausendmal vom Brett fallen und wieder raufklettern, das schaffe ich gerade noch.« Janine spitzte die Ohren. »Ich bin total aus der Übung. Vor Jahren habe ich einen Surfkurs gemacht und bin ab und zu im Urlaub auf dem Board gestanden.«

»Steht Vancouver Island denn auf deinem Reiseplan?«, fragte Philippe interessiert.

»Ich will mir dort unbedingt Wale in freier Wildbahn ansehen. Also, wenn welche da sind. Alle Anbieter schreiben, dass es Wildtiere sind und sie keine Sichtung garantieren können. Das ist mir klar. Aber wenn ich die Chance darauf habe und es nicht wenigstens probiere …«

»Willst du deine Freundin etwa allein fahren lassen?«, fragte Andrews Begleiter, Stephen. »Es ist ein Wahnsinnserlebnis. Ich war mal eine Woche in einem Camp. Etwas rustikal, die Toilette mit offenem Meerblick, aber der Hammer.«

»August ist ein guter Monat für Wale. Wenn ihr Glück habt, seht ihr vielleicht eine Buckelwalkuh mit ihrem Kalb oder einen Blauwal.« Andrew schaute in die Runde. »Habt ihr Lust, Stephen und ich gehen noch in einen Club.«

Das ältere Pärchen dankte. Janine sah Philippe an. Er schaute zurück. Gleichzeitig schüttelten sie den Kopf.

»Alles klar. Ihr habt was anderes vor.« Andrew legte den Arm um seinen Freund und winkte ihnen zum Abschied zu. »Dann viel Spaß für euch.«

»Wir verabschieden uns auch«, meinte das ältere Pärchen. »Wir müssen morgen früh raus. Wir fliegen nach Toronto.«

Philippe und Janine blieben sitzen, schauten gemeinsam in den Abendhimmel: Oben blau, zum Horizont hin leuchtend orange, begleitet von einem satten Rot und einem zarten Violett. Ein schöner Anblick, der Janine melancholisch stimmte. Die Sonne versank, der Tag war vorbei. Der Abschied von Philippe rückte näher. Als ob er gespürt hätte, dass sie Trost brauchte, legte er einen Arm um sie.

»Ich weiß nicht, wie's dir geht, aber der Gedanke, morgen wegzufliegen, hat mir ziemlich zugesetzt.«

Janines Herz klopfte wie verrückt, sie schluckte, sagen konnte sie nichts.

»Wenn du möchtest, könnte ich ein paar Tage Urlaub dranhängen. Seit Jahren habe ich keinen mehr gemacht, und mir gefällt die Idee, mich mit dir in British Columbia umzuschauen.«

Janine hätte ihn am liebsten umarmt und geküsst, um ihm zu zeigen, wie wundervoll sie seinen Vorschlag fand. Sie beließ es bei einem Lächeln und sagte: »Wow, das ist eine Überraschung.«

Seine grün-braunen Augen glitzerten. »Ich hoffe, keine unangenehme.«

Sie strahlte ihn an. »Nein, überhaupt nicht. Ich freu mich wahnsinnig.«

»Puh, jetzt bin ich erleichtert. Ich war mir nicht sicher, was du von meinem Vorschlag halten würdest. Wie wär's, hast du Lust, mit mir surfen zu gehen? In den nächsten Tagen herrscht Bilderbuchwetter.«

»Ich habe auf Vancouver Island ein Einzelzimmer gebucht, von da wollte ich nach Alert Bay. Ich googele mal, vielleicht können wir dort wohnen.« Sie gab die Daten ein. »Das wird nichts. Nach Tofino sind es von dort fünf Stunden Fahrt. Außerdem kann ich es erst in vier Tagen beziehen.« Sie zeigte ihm die Buchung.

Wieder dieser Blick, der ihr Herz bis zum Hals schlagen ließ. Er neigte seinen Kopf immer weiter vor. Sein warmer Atem streifte ihre Haut. »Das klären wir morgen. Einverstanden?«

»Ja«, hauchte sie.

Hand in Hand bummelten sie durch die Nacht zurück zu ihrem Hotel, einem Klinkerbau. Beim Abschied trafen ihre Lippen aufeinander, als ob das so sein müsste. Es war ein wundervoller Kuss. Zärtlich, leidenschaftlich, viel zu kurz.

»Gute Nacht«, murmelte sie, als sie sich trennten. Er wartete, bis sie durch die Tür getreten war. In ihrem Zimmer schaute sie aus dem Fenster. Er war längst verschwunden und sie sah verträumt zu den Sternen hoch. Sie war verliebt. Was daraus werden würde, wusste sie nicht.

Kapitel 13

Carl – September 1950

Am Mittwochmittag wartete Carl ungeduldig auf Maria. Er stand an einem der Flurfenster im Erdgeschoss. Seinem Stammplatz, den er so gewählt hatte, dass er durch die Glaseinsätze in der Tür den Gang übersehen konnte.

Diese verstohlenen Treffen gingen ihm gegen den Strich. Und dass irgendetwas mit ihr nicht in Ordnung war, spürte er genau. Ihr Gesicht war in letzter Zeit schmaler geworden. Was bei anderen vielleicht hager ausgesehen hätte, wirkte bei Maria elfenhaft und zart. Mehr als alles andere in der Welt wollte er sie beschützen. Aber wenn er fragte, ob sie Kummer hatte, schüttelte sie stets den Kopf.

Erstaunt erkannte er, dass Veronika ohne sie im Gang aufgetaucht war. Er sprang auf. Sicher folgte seine Liebste ihr gleich nach. Rasch eilte zu ihrer Kollegin.

»Maria ist krank«, erklärte ihm Veronika.

»Was hat sie?«, fragte er aufgeregt. »Ist es etwas Schlimmes?«

»Sie leidet arg an Kopfweh, sagt ihr Vater.«

»Hoffentlich geht es ihr bald besser.«

Veronika lächelte ihm aufmunternd zu. »Das wünsche ich mir sehr. Sonst muss ich allein im Sekretariat arbeiten. Frau Richter fällt diese Woche auch aus. Außerdem wollten Maria und ich Samstag ins Kino.«

»Das hat sie mir erzählt. Sie freut sich sehr darauf.«

Am Donnerstag erschien seine Liebste nicht, genauso wenig wie am Freitagmorgen. Der Tag verging nur zäh. Endlich Feierabend! Carl hielt Ausschau, ob er Marias Vater unter den Leuten entdeckte, die aus dem Betrieb strömten. Sie hätten gemeinsam gehen können. Er wartete eine Weile vergebens und stiefelte schließlich los. Vielleicht konnte er ihn unterwegs einholen? Wie von selbst zogen seine Füße ihn in Marias Richtung, die Landstraße entlang, vorbei an Wiesen, Weiden und Feldern.

Carl sehnte sich nach ihr, noch unbändiger, seit der Zeit auf der Walz, die seine Mutter eine Bewährungsprobe genannt hatte. Diese eine Trennung reichte für sein ganzes Leben. Unbedingt wollte er seine Liebste sehen und wissen, ob sie auf dem Weg der Besserung war.

Zügig marschierte er und erkannte schon von weitem das Haus, in dem sie wohnte. Er beschleunigte seinen Schritt, trat zur Tür und drückte auf die Klingel. Abwartend blieb er stehen. Oben ging das Küchenfenster auf. Marias Mutter spähte heraus.

»Was wollen Sie denn hier?«

Er trat ein paar Schritte zurück, um ihr besser ins Gesicht sehen zu können. »Ich möchte mich nach Maria erkundigen.«

»Ich wüsste nicht, was meine Tochter Sie angeht.«

»Wer ist denn unten, Mama?«

Er erkannte die fragende Stimme Marias, demnach war sie in der Küche.

»Ein Hausierer! Machen Sie, dass Sie wegkommen.« Die Mutter schloss das Fenster.

»Maria?«, rief Carl und klingelte noch einmal.

Das Fenster blieb geschlossen. Leise Schritte im Flur, die Haustür wurde aufgerissen.

»Belästigen Sie uns nicht ...« Marias Vater, der ihn zornig anschnauzte. »... sonst rufe ich die Polizei!«

Wütend ballte Carl die Fäuste. Was war nur mit diesen Leuten los? Wieso behandelten sie ihn wie Dreck. Wie einen elenden Wurm?

Und jetzt? Wie ein begossener Pudel mit eingezogenem Schwanz davonlaufen? Nein! Wo Marias Kammer war, wusste er. Vielleicht, wenn er eine Weile wartete ... Es dämmerte bereits, später würde er Steinchen an das Glas ihres Fensters werfen. Er beschloss, Eltern, Onkel und Tante einen Besuch abzustatten, bis es so weit war, dass er im Schutz der Dunkelheit ungesehen zurückkehren konnte. Auf dem Weg sammelte er ein paar Kiesel ein.

»Carl!« Die Kinder seines Onkels bemerkten ihn zuerst, stürmten auf ihn zu und umarmten ihn glücklich. »Wie schön, dass du da bist!«

Seine Angehörigen empfingen ihn liebevoll und das Zusammensein mit ihnen richtete ihn wieder auf. Wenigstens hier war er gern gesehen. Nach zwei Stunden sagte er ihnen auf Wiedersehen und kehrte zu Maria zurück.

Vorsichtig schlich Carl hinters Haus, suchte eine günstige Stelle, zielte und warf. Getroffen hatte er. Er hörte es klacken, wartete ab und warf den nächsten Stein. Immer nervöser wurde er, bis Maria das Fenster öffnete. Endlich konnte er sie sprechen und nachfragen, wie es ihr ging.

»Carl, bist du das?« Sie sah in die Dunkelheit hinaus.

»Ist alles in Ordnung mit dir?«, fragte er leise. »Ich mach mir Sorgen.«

»Mir fehlt nichts weiter, ich erkläre es dir, sobald wir uns wiedersehen.«

»Dann kommst du morgen zur Arbeit?«

»Nein, ich bin noch krankgemeldet, deshalb haben

Veronika und ich den Kinobesuch auf Sonntag verschoben. Komm nach der Abendvorstellung dorthin. Ich muss mit dir reden. Und jetzt lauf, ich höre Schritte.«

Kapitel 14

Maria – September 1950

Ungeduldig wartete Maria darauf, endlich aufbrechen zu können. Zeitig knöpfte sie ihr Ausgehkleid zu, das ihr in der Taille inzwischen zu locker saß, und bürstete ihre Haare. Kritisch musterte sie ihr blasses Gesicht im Spiegel. Die Lippe war abgeschwollen. Von der Misshandlung war nichts mehr zu sehen. Damit die Wangen Farbe bekamen, rieb sie energisch darüber. Heute wollte sie schön sein für Carl. Sogar ein wenig Lippenstift legte sie auf.

Gudrun hatte ihren Kinobesuch ebenfalls verschoben. Nach der Vorstellung sollte Maria sich Johann und ihr anschließen. Sie rechnete fest damit, dass er die Eltern aufsuchen würde, wenn sie das Kino ohne ihn verließ. Sollte er. Solange Veronika und sie stur behaupteten, dass sie die ganze Zeit zusammengeblieben waren, konnten sie ihr das Gegenteil nicht beweisen.

Sie schlüpfte in ihre Stöckelschuhe, legte die Handtasche bereit und wartete in ihrem Kämmerchen auf das Tönen der Klingel, das die Freundin ankündigte. Die Gesellschaft ihrer Eltern ertrug sie nicht mehr, deshalb blieb sie auf dem Bettrand sitzen. Um sieben sollte es losgehen. Lange musste sie nicht warten. Pünktlich auf die Minute klingelte Veronika.

»Ich mache auf!«, rief Maria.

Sie eilte aus ihrer Kammer, doch die Mutter hatte die Tür schon geöffnet und bat den Gast herein.

»Darf ich Ihnen etwas anbieten«, fragte sie die Kollegin freundlich, aber die Art, wie sie die Augenbrauen zusammenzog, zeigte Maria, dass ihre Mutter nicht mit dem einverstanden war, was sie sah.

Stein des Anstoßes bildeten sicher Veronikas blondierte Haare, die onduliert um ihr hübsches Gesicht fielen. Dezent zurechtgemacht war sie auch. Kurz, sie sah reizend aus. Sicher witterte die Mutter in ihr eine Konkurrentin, die hinter dem Rücken ihrer Tochter um Johanns Gunst buhlte.

»Danke, nein, ich möchte nichts.« Veronika lächelte. »Wollen wir dann aufbrechen, Maria?«

»Gerne.«

Sie gingen zum Wagen der Kollegin, einem blauen Käfer.

»Ich bewundere dich dafür, dass du den Führerschein gemacht hast«, sagte Maria, öffnete die Tür und nahm Platz.

»Es hat eine Stange Geld gekostet, aber ich brauchte nicht viele Stunden. Mutter hat mir gezeigt, wie es geht. In der Hinsicht sind meine Eltern fortschrittlich. Aber ansonsten. Manchmal wünsche ich sie hinter den Mond, so verkrustet, wie sie sind.«

Maria lauschte den freimütigen Worten Veronikas. Noch vor eine Woche wäre sie darüber schockiert gewesen. Inzwischen lagen die Dinge anders und sie antwortete ihr offen. »Mir geht es genauso. Mit dem Unterschied, dass deine Eltern dir vertrauen.«

»Oh, von dem Standpunkt aus habe ich das noch nie gesehen. Danke.«

Bitter fügte Maria hinzu: »Meine ließen mich nie im Leben alleine irgendwohin fahren, selbst wenn ich eine Fahrerlaubnis besäße. Ich soll ihnen blind gehorchen.«

»Nach dem Blick, den deine Mutter mir zugeworfen hat, wundert mich, dass du mitfahren durftest.«

»Mit dir hatte das nichts zu tun. Sie ist wütend auf mich.«

»Also halten wir beide umso fester zusammen.« Veronika lächelte verschmitzt und in ihren Wangen erschienen Grübchen. »Dafür sind Freundinnen da.«

»Danke.« Maria sah schweigend aus dem Fenster. Veronika fuhr über Landstraßen, auf denen nicht allzu viel Verkehr herrschte, Richtung Freising. Ihr Ziel war der Gasthof zur Gred, wo Veronikas Freund sie erwartete. »Ich hoffe, dir ist es recht. Ich will nicht, dass du Ärger kriegst, wenn deine Eltern zufällig davon erfahren.«

»Möchtest du dort etwas essen?« Beklommen dachte Maria an den kümmerlichen Inhalt ihrer Börse. Das Kino konnte sie davon bezahlen, aber nichts weiter verzehren. Bange wartete sie auf Veronikas Antwort.

»Nein, keine Sorge. Stefans Zug ist bereits vor einer Stunde angekommen. Er hat dort eine Kleinigkeit zu Abend gegessen und wir holen ihn ab.« Sie hielten auf ein stuckverziertes Haus zu. Eine Doppeltür im ersten Stock war mit einem kunstvoll geschmiedeten eisernen Gitter verziert, sodass kein Gast unversehens auf der Straße landete. Das Kino lag im Haus direkt daneben, sodass sie nicht weit laufen mussten. »Kannst du dir vorstellen, was für einen Terz meine Eltern veranstalten, weil er evangelisch ist. Aber sie kommen schon noch zur Vernunft, dafür sorge ich.«

»Was arbeitet er?«, fragte Maria.

»Er ist Mechaniker in der Saftfabrik. Er war fast fertig mit seinem Ingenieurstudium, als er in den Krieg musste. So platzen Träume, aber er trägt es mit Fassung. Gehen wir rein?«

Sie schauten in die Gaststube, die so verräuchert war, dass

weiße Schwaden über den Köpfen der Leute hingen. Ein junger Mann winkte, sprang auf und trat zu ihnen. Veronika stellte sie einander vor.

»Schön, dass wir uns kennenlernen. Vroni hat mir viel von Ihnen erzählt.«

»Von mir?«, fragte Maria überrascht.

»Du redest zu viel, Stefan«, winkte ihre Freundin lachend ab. »Ich habe ihm nur gesagt, dass du eine Einladung unseres Chefs ausgeschlagen hast und unsere Gegenwart vorziehst. Und jetzt ab nach nebenan. Hoffentlich sehen wir etwas. Ich hasse es, wenn eine mit einem Dutt vor mir hockt.«

»Oder ein Schrank von einem Mann«, ergänzte Maria.

»Oh je.« Stefan, der hochgewachsen war, zog den Kopf ein.

Veronika beruhigte ihn prompt. »Bei dir ist es was anderes, du sitzt in unserer Reihe.«

Sie zahlten und besetzten ihre Plätze. Nicht die besten, ziemlich weit vorne, aber nahe am Ausgang. Die beiden neben Maria hielten Händchen. Es störte sie nicht. Die ersten farbigen Bilder flimmerten über die Leinwand und zogen sie in ihren Bann. Sie fieberte mit dem Schwarzwaldmädel und litt mit dem Bärbele, wenn die Rivalin Intrigen spann und es lästige Bewerber abwehren musste. Sie lauschte den Liedern und hörte das ›Malwine, ach Malwine‹-Lied in ihren Ohren nachhallen. Die Melodie war so eingängig, dass sie am liebsten mitgesungen hätte. Und sie lächelte, als die Richtigen einander fanden.

»Auf Wiedersehen«, flüsterte sie ihren beiden Begleitern zu, noch bevor das Wort Ende auf der Leinwand erschien.

»Warte, Stefan und ich gehen auch«, murmelte Veronika. »Sonst fliegst du viel zu schnell auf.«

»Ich danke euch.«

»Treffpunkt in zwei Stunden hier. Ich hol dich ab.«

»Das ist lieb von dir.« Maria war die Erste am Ausgang.

Die beiden anderen gingen weiter Richtung Innenstadt, winkten ihr zu und riefen: »Bis nachher.«

Marias Herz klopfte. Endlich war es so weit …

Kapitel 15

Johann – September 1950

Johann wollte dieses Mädchen. Während die Schauspieler auf der großen Leinwand herumhüpften und Lieder trällerten, dachte er nur an sie. *Maria!* Zu wissen, dass sie nur ein paar Reihen vor ihm saß, stellte seine Geduld auf die Probe und machte ihn ärgerlich. Er hatte seine Schwester verflucht, die auf den besten Plätzen weit hinten und seine Gesellschaft bestanden hatte. Und er verwünschte diese aufgetakelte Veronika, Marias Freundin, deren Gesellschaft sie der seinen vorgezogen hatte.

Er reckte den Kopf und versuchte, Maria ausfindig zu machen. Ihr Kopf mit den dunklen Locken neben einem blonden sollte ihm doch auffallen. Aber er hatte sie nicht entdeckt und entweder ungeduldig mit der Hand auf sein Bein getrommelt oder vor Wut mit dem Fuß gewippt.

Der Film interessierte ihn nicht die Bohne. Sollte er aufstehen und sie suchen? Während das Publikum zusah, wie sie ihm eine Abfuhr erteilte? Das kam nicht infrage.

Dieses Mädchen! Maria schmeichelte ihm nicht, dachte nicht daran, ihm wegen seines Geldes schön zu tun. Im Gegenteil, sie gab ihm deutlich zu verstehen, dass sie ihn dahin wünschte, wo der Pfeffer wächst. Inzwischen hatte sie ihn mit ihrer schroffen Abwehr derart kirre gemacht, dass er sogar eine Hochzeit in Erwägung zog. Anders würde er sie wohl nicht bekommen.

Für den Sex hatte er bisher üppige Frauen vorgezogen. Mit großen Brüsten und breiten Hüften. Ordinäre Weiber, die er nie und nimmer zur Ehefrau gewählt hätte. Maria war anders. Ihre Schönheit weckte ungeahnte Gefühle in ihm, die weit über Wollust hinausgingen. Sie begehrte er mit jeder Faser seines Seins. Er war fasziniert von ihrer biegsamen, schlanken Figur, sehnte sich danach, sie zu berühren ... Sie war nie laut, immer sanft und doch energisch, wenn sie ihn in die Schranken wies. Keusch und anständig. Bei diesen beiden Worten tauchte kurz der Gedanke an die Mutter auf. Er schob ihn hastig weg. Mit dieser unscheinbaren Frau hatte die anbetungswürdige Maria nichts gemein. Er gab es nicht gerne zu, aber sie nötigte ihm im Gegensatz zu allen anderen Weibern Respekt ab.

Seine bisherigen Gespielinnen hatten Johanns Lust befriedigt ... Für einen Moment blieb alles an und in ihm still. Seine trommelnden Finger, sein wippendes Bein, die Gedanken, die in ihm wirbelten. Er wollte sie – und er musste sie haben. Das Pärchen auf den Sitzen vor ihm küsste sich. Er beugte sich vor. »Muss das in aller Öffentlichkeit sein!«, schnauzte er halblaut und sie fuhren erschrocken auseinander.

Seine Schwester kicherte und flüsterte ihm leise ins Ohr. »Warum so schlecht gelaunt. Bei Dora hättest du Chancen.«

»Bleib mir mit deinen Freundinnen vom Leib, Gudrun. Außerdem hab ich die kleine Nutte schon gehabt.«

»Tut mir leid, das konnte ich schließlich nicht wissen«, gab sie leise zurück.

»Was tuschelt ihr denn da?«, fragte Dora neugierig.

»Nichts Wichtiges«, meinte Gudrun. »Mein übel gelaunter Bruder wollte wissen, wohin wir anschließend gehen möchten.«

Johann entdeckte Maria, als der Film fast zu Ende war. Sie verließ die Vorstellung zu früh. Veronika und ein hochgewachsener Mann folgten ihr. *Carl?* Verflucht! Johann sprang auf.

»Ausgerechnet jetzt? Sie versperren mir die Sicht, mein Herr«, keifte eine ältere Frau.

Er nahm wieder Platz. Am liebsten wäre er hinter den Dreien hergestürzt, aber Dank des Egoismus seiner Schwester saßen sie in der Mitte der Reihe und die anderen waren schon zum Ausgang hinausgehastet. Nur eine Minute früher und er hätte sie erwischt.

Carl und Maria! Wer sollte es sonst sein? Oder hatte Veronika einen Freund? Wütend ballte Johann die Fäuste. Schmerzhaft bohrten sich die Fingernägel in seine Handflächen. Eifersucht hatte er vorher nie gekannt. Doch seit Wochen wühlte und glühte sie in ihm. Wieso zog Maria ihm ausgerechnet Carl vor? Was konnte ein Niemand wie er einer Frau wie ihr schon bieten? Er sah bieder aus, war anständig, ein farbloser, netter Kerl, jedoch nicht mit dem reichen Johann Reinhardt zu vergleichen.

Gudrun stupste ihn an. »Was benimmst du dich heute so seltsam, Bruderherz. Jetzt ist der Film tatsächlich zu Ende. Wir können gehen.«

Er stand auf. Mechanisch setzte er einen Fuß vor den anderen, wartete, falls es nicht weiterging, und tappte mit dem Menschenstrom, sobald er sich in Bewegung setzte. Seine Gedanken waren bei Maria. Sie spielte nicht mit ihm, hatte es nie getan. Demnach war es wahr. Sie liebte Carl – und er musste verzichten.

»Nein!«, schrie er laut auf.

Dora zuckte erschrocken zurück.

»Ist alles in Ordnung mit dir?«, fragte Gudrun besorgt. »Gehen wir noch fort, oder …?«

»Nein, ich setze zuerst Dora ab. Anschließend fahren wir beide nach Hause. Ich muss noch etwas arbeiten. Es war anders geplant, ich weiß, tut mir leid.«

»Das gefällt mir nicht.« Gudruns Stimme klang hoch und schrill. »Ich hab keine Lust, den Rest des Abends alleine zu versauern.«

»Dann pack ein paar Sachen ein und komm übers Wochenende mit zu mir. Wie wäre das, Gudrun?«, schlug Dora vor.

»Nur zu gerne. Darf ich, Johann? Vater ist nicht da, also musst du ihn vertreten und mir die Erlaubnis geben.«

Er runzelte die Stirn. Als Bruder konnte er die Gesellschaft nicht billigen, in der seine Schwester ihre Zeit zu verbringen gedachte. Die zügellose Dora war kein angemessener Umgang für sie. Allerdings würde er heute Abend keine ruhige Minute haben, wenn er darauf bestand, dass Gudrun ihn nach Hause begleitete. Lächelnd gestattete er seiner Schwester den Ausflug und schlug zwei Fliegen mit einer Klappe. »Von mir aus, aber dafür hab ich was bei dir gut.«

Kapitel 16

Janine – August 2019

Endlich war es so weit! Janine öffnete die Tür, als Philippe zur verabredeten Zeit klopfte.

»Guten Morgen, schon gefrühstückt?«

Sie nickte und begrüßte ihn mit einem Küsschen.

»Bleibt es dabei? Würdest du mit mir zum Surfen fahren wollen?« Er musterte sie forschend.

»Nichts lieber als das.«

»Prima.« Er hatte auf einem der Stühle Platz genommen. Sie saß im Schneidersitz auf dem Bett.

»Ich freue mich wahnsinnig.« Sogar eine Whale-Watching-Tour konnten sie in Tofino unternehmen, wie sie im Internet festgestellt hatte.

»Dein Zimmer in Cochiwan liegt zu weit weg. Hin und zurück wären wir zehn Stunden unterwegs. Also habe ich rumtelefoniert. In einem Ressort in Tofino hätten sie noch Doppelzimmer frei. Allerdings in einer oberen Kategorie. Ein Einzelzimmerzuschlag käme dazu, wenn dir getrennte Zimmer lieber wären.« Er nannte den Preis. »Jetzt liegt es an dir. Ich werde dich nicht drängen. Wir können etwas anderes unternehmen, wenn du möchtest. Mir geht es darum, Zeit mit dir zu verbringen, darauf kommt es mir an. Ich weiß nicht, wie ich es dir anbieten kann, ich würde dich gerne einladen …«

»Mir das Zimmer zu bezahlen? Das kommt nicht infrage.« Die Summe war happig, aber der Urlaub mit ihm war ihr das wert.

»Dann mache ich das klar.« Während er telefonierte und auf die Verbindung wartete, schickte sie die Stornierung für ihr Zimmer in Cochiwan ab. Danach richtete sie ihre Aufmerksamkeit auf Philippe, der offensichtlich jemanden erreicht hatte.

»Nur noch ein Zimmer? In der kurzen Zeit? Sind es zwei einzeln stehende Betten oder ein Doppelbett? Getrennte. Einen Moment bitte, ich muss klären, ob meine Begleiterin damit einverstanden ist.« Er unterbrach das Gespräch. »Hast du es mitgekriegt? Es tut mir furchtbar leid.«

»Das muss es nicht«, beruhigte sie ihn. »So ist es billiger. Außerdem weiß ich, dass du dich wie ein Gentleman benehmen wirst.«

»Danke für dein Vertrauen, Janine.« Er lächelte sie an und setzte das Gespräch fort. »Wir nehmen es …«

Janine hatte in der Nacht lange darüber nachgegrübelt, was sie wollte, wie die Reise mit Philippe ablaufen sollte: ihrem Reisebegleiter, Freund, Gefährten und, wenn sie ehrlich war, noch viel mehr. Dass sie ihn kaum kannte, änderte nichts an der Tatsache, dass sie ihn für einen aufrichtigen Menschen hielt. Ansonsten wäre es irre, mit ihm zu reisen, ihn zu küssen, ihn zu begehren.

»… ist das Frühstück inklusive? Ah gut.«

Janine lauschte seiner sonoren Stimme nur zu gerne. Inzwischen gab sie ihm auch unbefangen auf Englisch Antwort. Vor allem liebte sie sein Schmunzeln, wenn ihr ein Wort fehlte und er ihr bereitwillig aushalf.

Als Nächstes orderte er einen größeren Leihwagen, in dessen Kofferraum ihr Gepäck problemlos passte.

»Alles geklärt, morgen Früh kann's losgehen. Was machen wir jetzt?«

»Vancouver unsicher. Hast du eine Idee?«

Hand in Hand schlenderten sie über den Markt von Granville Island, wo sie alle möglichen Stände besuchten. Auf den Besuch einer Sake-Destillerie, der ebenfalls angeboten wurde, verzichteten sie einmütig. Anschließend bummelten sie in den Stanley-Park, wo sie einen Abstecher zum Vancouver-Aquarium machten. Vor den Becken mit den Quallen blieb Janine wie angewurzelt stehen und machte Fotos über Fotos und kurze Videos von den eleganten Bewegungen der Tiere. Manche fluoreszierten und sahen wie Wesen von einem anderen Stern aus. Sie wählte die schönsten Bilder aus und klickte die Leute an, denen sie Fotos schicken wollte. Philippe hatte schon mitbekommen, dass sie ihren Leuten häufig von Unternehmungen berichtete, und hielt dezent Abstand.

»Sind die nicht wahnsinnig toll? Obwohl sie mir im Meer längst nicht so gut gefallen würden. Ziemlich gemein von mir – oder? Schließlich gehören sie dorthin und sind toll an ihren Lebensraum angepasst. Liebe Grüße, ich melde mich spätestens morgen. Übrigens breche ich früher als geplant nach Vancouver Island auf. Geht's euch allen gut?«

»Danke. Sogar bestens!« Ihre Cousine schickte Janine ein Bild von ihrem Babybauch. Darunter stand die Nachricht. *»Erwarte vermutlich einen Elefanten.«* Das Foto war tatsächlich aus einem unvorteilhaften Winkel aufgenommen. Kristins Kopf wirkte unproportional klein, also tippte Janine: *»Unsinn, such dir einen besseren Fotografen!«* Prompt kam: *»Okay, aber mein Mann will nicht weichen.«* Sie schickten jede Menge Lach-Smileys hin und her.

Gut gelaunt berichtete sie ihrer Freundin Caro von einem gewissen Kanadier. Ihr schickte sie sogar ein Foto. Zurück kam *»Wow«* und *»Ich möchte dich unbedingt besuchen …«*

Onkel Moritz erhielt noch eine gesonderte Nachricht von ihr. Janine schickte ihm die Adresse des Hotels, damit er beruhigt war, und drückte auf ›Senden‹.

Im Shop erwarb sie eine Postkarte und verfasste ein paar Zeilen an Großtante Gudrun. Zwischendurch nervte Ulrich wieder. Was ging es ihn an, wohin sie reiste? Janine löschte seine Nachricht. Ihrem Cousin Henry war es ein Vergnügen gewesen, ihn aus der Familiengruppe zu werfen, sobald Janine die Trennung bekannt gemacht hatte. Ihr Ex sei dort ja wohl überflüssig. Er hatte Ulrich nie gemocht und keinen Hehl daraus gemacht.

Die nächste Nachricht von Caro trudelte ein. *»… du Glückspilz. Siehst du, jetzt bist du froh über mein Geschenk.«*

Janines Blick fiel auf Philippe und sie errötete. Insgeheim konnte sie es immer noch nicht fassen, aber es stimmte: Sie würde mit ihrem Kanadier surfen gehen und vielleicht …

Diese nicht unbedeutenden Details verschwieg sie Onkel Moritz vorerst lieber. Er war imstande, sie mit einer Flut an Nachrichten zu bombardieren, um sie von diesem Vorhaben abzubringen. Vielleicht war sie tatsächlich blauäugig und naiv, weil sie ein gutes Gefühl bei der Sache hatte, das keiner ihr kaputtreden sollte. Vernünftig war sie lange genug gewesen. Jetzt war es an der Zeit, auf ihren Bauch zu hören und der sagte ›Ja‹ zum Abenteuer.

*

Am nächsten Morgen klingelte der Wecker um halb sechs. Eine Stunde später stand sie unten in der Halle und wartete auf Philippe, der pünktlich auf die Minute erschien.

»Ausgeschlafen?«, fragte er.

»Ja!« Sie begrüßte ihn mit einem leichten Kuss auf die Lippen. »Und die Zeche prelle ich auch nicht. Ich habe bezahlt. Wir können aufbrechen.«

»Gab es Schwierigkeiten, weil du den Aufenthalt vorzeitig beendet hast.«

»Begeistert waren sie nicht, aber kulant.«

Galant packte Philippe ihre Koffer ins Auto, sie stiegen ein und gleich darauf ging es auf mit Bäumen gesäumten, breiten Straßen vorbei an Hochhäusern. Im Hintergrund schimmerten bläuliche Berge. Als sie näher herankamen, erkannte Janine Häuser, die sich an die Hänge schmiegten. Sie überquerten eine Brücke und fuhren bergan durch unbewohnt wirkende Wälder und schroffe Granitklippen. Die teilweise bebaut waren. Bereits auf dieser kurzen Strecke hatte Janine einen Eindruck von der Vielfältigkeit der Landschaft gewonnen. Überpünktlich erreichten sie die Anlegestelle, parkten das Auto und bummelten herum, bis es an der Zeit für die Fähre war.

Bald schon standen sie nebeneinander an der Reling des Schiffes. Schweigend betrachteten sie das Tanzen der glitzernden Wellen im Sonnenlicht, den Himmel, die Wolken, nahe Inseln und ihr Ziel, Vancouver Island. Mit den schneebedeckten Gipfeln der Berge, unzähligen Buchten und den Wäldern, die im Nebel versanken, gefiel es Janine. Der Wind, der über ihre Wangen strich und ihre Haare zerzauste, war warm, angenehm wie eine zärtliche Hand.

»Mir kommt diese Insel vor wie ein magischer Ort«, erklärte sie ihm.

Philippe und sie hatten mit dem Gedanken gespielt, an einer geführten Tour zu Pumas, Bären und Wölfen teilzunehmen, die Idee aber aus Zeitgründen fallen lassen. Denn auf den Schiffsausflug zu den Walen, der schon seit Jahren ihr Traum war, wollte Janine nicht verzichten. Wenn sie Glück hatte, würde sie Orkas und Buckelwale sehen – und Weißkopfseeadler, Delfine und Robben.

»Weil dort hinten in den Nadelwäldern Bären und Wölfe hausen?«, wollte er wissen.

»Beides sind mystisch angehauchte Tiere, vielleicht liegt es daran, aber nicht nur. Vancouver Island strahlt etwas aus, das mir auf Anhieb gefällt. Ruhe, eine besondere Kraft? Kennst du dieses Gefühl oder denkst du jetzt: ›So eine Spinnerin, was redet die denn da für einen Unsinn?‹«

»Nein, auf den Gedanken käme ich nie. Bei den einen sind es Orte, bei anderen sind es Menschen, die ihnen dieses Gefühl vermitteln.«

Janine spürte, wie ihr das Blut in die Wangen schoss. Sie überlegte, ob sie es wagen sollte, nachzufragen, da stieß ein Tourist mit Fernglas einen Schrei aus. Aufgeregt deutete er hinaus aufs Meer und ließ seine Frau durch den Feldstecher sehen. Janine kniff die Augen zusammen. War die Bewegung nur Einbildung gewesen? Sie packte Philippe am Arm.

»Wow, schau mal da hinten! Ist das nicht …?«

»… eine Schwanzflosse? Für den Fall herzlichen Glückwunsch, damit hättest du die Walsichtung abgehakt.«

»Von wegen. Er ist so weit weg, der zählt nicht. Falls es überhaupt einer war. Ich hab gar nicht richtig gesehen.«

»Ich gebe mich geschlagen.« Er hob kurz die Hände, bevor er die Reling wieder umfasste.

Sie boxte ihn in die Seite und wie auf Kommando lachten sie los.

»Gestern habe ich noch recherchiert, Philippe. Hast du gewusst, dass es möglich ist, auf Vancouver Island etliches über die Lebensweise der First Nations zu erfahren? Es gibt dort einen Ort, wo Lachs auf traditionelle Art zubereitet wird.« Sie schaute auf ihr Smartphone. »Zedernholz wird mit Fischblut bestrichen. Also das klingt nicht besonders appetitlich. Jedenfalls fängt es auf die Art behandelt wohl kein Feuer. Die gehäuteten Filets werden anschließend an den gespaltenen Stäben befestigt, in den Boden gespießt und nahe der Glut gegrillt. Der Fisch muss sehr aromatisch schmecken. Deutlich kräftiger als Lachs aus den Farmen. Eine Geschichtenerzählerin gibt es in Alert Bay auch.«

»Zu meiner Schande muss ich gestehen, dass ich das nicht wusste. Ich hätte auch googeln sollen. Was ich aber weiß: Vancouver Island ist vor langer Zeit von verschiedenen Indianerstämmen besiedelt worden. ›Since time immemorial‹ wie sie selbst sagen. Ihre Kultur wurde leider lange unterdrückt. Bis in die Achtziger des letzten Jahrhunderts.«

Janine bedauerte, dass ihr Programm schon bis obenhin vollgepackt war mit Aktivitäten und Attraktionen, die sie unbedingt sehen beziehungsweise mitmachen wollte. Es gab noch so viel mehr zu entdecken, das mindestens ebenso interessant und ihr im Vorfeld entgangen war. Zudem verschlangen die Wege viel Zeit. Die Strecken waren für sie als Deutsche unfassbar groß. Allein um British Columbia zu erkunden, reichten tausend Kilometer nicht. »Aber fünf Stunden Fahrt von Tofino nach Port McNeill und dazu die Zeit auf der Fähre ...«

»Hätte dich das interessiert?«

»Ja, ich glaube fast, ein Urlaub reicht nicht für Kanada.«

»Damit hast du recht.« Er legte einen Arm um ihre Schultern.

In Nanaimo begegneten ihnen überall Spuren der First Nations. Beeindruckende Totempfähle und andere Schnitzereien. Nach einer kurzen Besichtigungstour verspeisten sie in einem Café den nach der Stadt benannten Kuchen mit einem Boden aus Keksteig. Die geschmolzene Schokolade darauf und die Buttercreme darin gingen sicher nicht als Diätmahlzeit durch. Die Spezialität Nanaimos schmeckte lecker und süß. Als Janine satt war, reichte sie den Teller an Philippe weiter, der den Rest verspeiste.

Schließlich brachen sie Richtung Tofino auf. Viereinhalb Stunden Fahrzeit lagen noch vor ihnen. Auch hier führte ihr Weg an Wäldern und Bergen vorbei. Ein Teil der Strecke führte sie an einem See entlang, dessen Wasser blau durch das Grün der Bäume schimmerte. Irgendwann bogen sie rechts Richtung Tofino ab, und Janine registrierte überrascht die zweisprachigen Schilder, an denen sie in regelmäßigem Abstand vorbeifuhren. In Vancouver hatte sie keine bemerkt. Auf diesen wurde auf Englisch vor ›Wave Hazard‹ und auf Französisch vor ›Risques dû aux vagues‹ gewarnt. ›Gefahr durch Wellen‹ übersetzte sie. Damit hatte sie nicht gerechnet, obwohl ihr theoretisch klar war, dass das Meer ganz in der Nähe sein musste.

»Wieso sind diese Schilder zweisprachig?«, fragte sie ihn.

»Ich weiß es nicht, und zu meiner Schande muss ich gestehen, dass es mir nicht aufgefallen ist. Du musst bedenken, ich lebe in Québec. In ein paar Minuten sind wir da«, meinte Philippe, der einen Radfahrer überholte.

Damit hatte er recht. Das Navi lotste ihn zu einem hellen Gebäudekomplex, der von der Straße weithin sichtbar war. Verfehlen konnten Reisende ihn kaum. Sie checkten ein und bezogen wenig später ihr Zimmer im Long Beach Lodge Resort. Das Hotel verband den Charme von ineinander verwinkelten mehrstöckigen Holzhütten unnachahmlich mit Eleganz. Die große Halle wirkte einladend. In ihrem Zimmer, einem gemütlich eingerichteten Raum im zweiten Stock, standen zwei einzeln stehende Kingsize-Betten. Janine warf einen raschen Seitenblick auf Philippe mit seinen breiten Schultern, den schmalen Hüften und dem charmanten Lächeln. Ihr war nicht entgangen, dass andere Frauen ihn beim Betreten der Halle interessiert gemustert hatten. Und sie? Was war mit ihr? Wollte sie mehr? Sie genoss Philippes Berührungen, seinen Arm um ihre Schultern oder auf ihrer Hüfte, seine Lippen auf ihrem Mund ... Die Hitze, das Verlangen, das er in ihr entfachte. Offensichtlich überließ er ihr die Entscheidung. Er trat hinter sie. Seine Nähe spürte sie mit jeder Faser ihres Körpers. Ein Schauer überlief sie.

»Welches Bett bevorzugst du?«, wollte er wissen. »Das am Fenster oder das zur Tür hin?«

»Wenn es dir nichts ausmacht, nehm ich das mit Meerblick.«

»Dann ist es dein.«

»Danke.«

Janine öffnete das Fenster und atmete die salzig, fischige Luft ein und sah hinaus auf den Sandstrand und das Glitzern des Pazifiks, der in der Ferne mit dem Horizont verschmolz. Sie hörte das Klatschen der Wellen und das Rauschen des Meeres. Der Himmel war wolkenlos. Strahlendes Blau, Sonne und Wind, der das Wasser sanft kräuselte. Geblendet kniff sie die Augen zusammen und erkannte die Silhouetten einiger Surfer. Schöner hätte ihr Ausflug kaum beginnen können.

Philippe streckte seine Glieder. »Wir sind mitten im Pacific-Rim-Nationalpark und ich für meinen Teil habe lange genug im Auto gesessen. Hast du Lust auf einen Strandspaziergang?«

»Nichts lieber als das.«

Während ihres Bummels trafen sie zu Janines Überraschung auf einige deutsche Camper und Surfer. Ihr war nicht bewusst gewesen, dass Tofino in der Szene als ein Surf-Spot galt, der derart bekannt war. Allerdings hatte sie im Internet auch nicht danach gesucht oder je daran gedacht, selbst in Kanada zu surfen.

»Philippe, weißt du …« Im Überschwang der Gefühle war Janine wieder einmal ins Deutsche verfallen.

»Hallo, ihr beiden! Was hab ich da für Laute gehört? Ich bin Steffen.« Ein junger Surfer im Neoprenanzug mit Board unterm Arm grüßte sie. Ihm folgten drei Männer und ebenso viele Frauen.

»Seid ihr gerade angekommen? Hier ist es klasse«, meinte eine hübsche Blondine, die Laura hieß. »Wir stehen täglich von morgens bis abends auf den Brettern.«

»Abgesehen von den Zeiten, in denen wir nicht surfen«, meinte Steffen lachend. »Seid ihr Profis?«

Janine schüttelte den Kopf.

»Wir auch nicht, obwohl ich's gerne wär.«

»Auf dem Long Beach seid ihr richtig«, warf eine Dunkelhaarige ein. »Da gibt es Stellen für Anfänger und Fortgeschrittene. Müsst nur ein bisschen rumprobieren.«

»Weiter hinten, wo es rauer und die Wellen höher sind, toben wir uns aus«, erklärte Steffen. »Am liebsten würde ich nie wieder nach Hause fliegen, aber das kann ich nicht bringen.«

»Heute ist unser letzter Tag. Wir feiern Abschied an der Feuerstelle in der Anlage. Habt ihr Lust?«

»Es ist total cool, vor allem, wenn der Mond über dem Meer aufgeht«, bestätigte Laura.

»Nach unserem Spaziergang schauen wir vielleicht vorbei«, vertröstete Philippe die Gruppe, die in entgegengesetzter

Richtung weiterging. Er neigte den Kopf zu Janine hinunter. »Aber nur, wenn du magst.«

Sie spürte seine Lippen einen Moment auf ihrer Haut, die Wärme seines Atems. Es war ein ungeheuer gutes Gefühl. Kribbelnd, erregend. Arm im Arm liefen sie am Strand entlang. Eine sanfte Brise spielte mit ihren Haaren. Das Meer schwappte ans Ufer. Ihre Füße hinterließen Abdrücke im Sand, der zwischen ihren Zehen rieb. Möwen kreischten. Der Himmel änderte seine Farbe. Rot mischte sich in das Blau. Langsam versank die Sonne am Horizont.

Janine sah zu ihm hoch. »Es ist herrlich hier.«

»Mit dir hier zu sein ist wunderbar.«

Auf dem Rückweg ins Hotel trafen sie Steffens Clique. Sieben Surfer, die Abschied von Vancouver Island nahmen. Sie saßen um eine Feuerschale, schauten in die flackernden Flammen und tranken etwas.

»Dürfen wir uns dazusetzen?«, fragte Janine.

»Klar doch!«

Philippe und sie ließen sich auf dem Gras nieder. Die Stimmung der Sieben war etwas gedrückt. Für drei von ihnen endete ihr Travel-&-Work-Jahr in Kanada. Die anderen brachen morgen zu einer neuen Station auf. Sie hatten ab Oktober Jobs in Whistler gefunden, einem Skigebiet in British Columbia, und wollten noch ein wenig reisen. Manchmal war es so still, dass Janine das Knistern des Feuers hören konnte. Philippe und sie saßen nebeneinander. Er hatte seinen Arm um ihre Hüften gelegt und sie lehnte ihren Kopf an seine Schulter. Silbernes Mondlicht glitzerte auf dem Meer.

»Wie verzaubert«, flüsterte Janine.

»Du siehst wie eine Elfenkönigin aus bei diesem Licht.«

»Danke.« Sie strich über seine Wange, fuhr mit den Fingern durch sein Haar und küsste ihn sanft auf den Mund. Er öffnete die Lippen und erwiderte den Kuss. Zärtlich, behutsam tastend. Janine schloss die Augen und genoss es, wurde kühner, wollte, dass der Kuss niemals endete. Die jungen Surfer lachten laut über irgendetwas und sie tauchte aus ihrer Versunkenheit auf.

»Ich wäre lieber mit dir allein«, flüsterte sie ihm ins Ohr.

Philippe sprang auf und zog sie mit.

»Gute Nacht und viel Spaß hier!«, rief Steffen ihnen hinterher.

Arm in Arm schlenderten sie Richtung Hotellobby. Sie kamen nur langsam voran. Die Nacht war zu schön, die Luft immer noch mild und eine leichte Brise streichelte ihre Haut, Philipps Hände ihre Taille und die Hüften. Manchmal knabberte er an ihrem Ohrläppchen, sein warmer Atem prickelte auf ihrem Hals und die kleinen Härchen an Janines Armen reagierten sofort. Sie reckte sich und küsste ihn auf den Mund. Sie spürte seine Nähe, die Wärme, seine Hand und wusste das eine: Sie wollte ihn!

»Endlich!«, murmelte er, als sie in ihrem Zimmer standen. Er riss sie an sich und küsste sie. Sie küsste ihn genauso leidenschaftlich zurück. Philippe schob seine Hände unter ihr Shirt. Seine Finger strichen über ihre nackte Haut, wanderten weiter nach oben und streiften ihre Brüste. Der Stoff störte sie und ihn. Ungeduldig wartete sie darauf, dass er das Kleidungsstück über ihren Kopf streifte. Sie stand in Jeans und Büstenhalter vor ihm. Sein Verlangen war nicht nur unübersehbar, sondern deutlich spürbar. Er konnte oder wollte die Hände nicht von ihr lassen. Seine Lippen glitten von ihrem Mund zu dem Ohrläppchen, ihre Kehle hinunter. Sie schloss die Augen, genoss das Kitzeln, das sein warmer Atem erzeugte, die Bartstoppeln und die erregende Berührung. Seine Finger wanderten zu ihrem Hosenknopf. Sie schob ihn weg.

»Hast du Gummis?«, fragte sie ihn.

»Oh, Mist!« Er machte ein frustriertes Gesicht.

Sie grinste. »Ich hab welche dabei. Eine Freundin hat mir von dem Abflug zwei Dutzend in den Koffer gepackt, für den Fall, dass ich einen heißen Kanadier kennenlerne.«

»Wow, sie denkt mit.«

Janine zog die Präservative aus ihrem Gepäck und legte ein paar griffbereit auf den Nachtisch.

»Sie ist echt klasse!« Janine schaltete das Nachtlicht ein und die Festtagsbeleuchtung aus.

Philippe hatte die Gelegenheit genutzt und das Feuer im Gaskamin angeschaltet. Es flackerte und warf Schatten auf ihre Körper.

»Tut mir leid wegen der unromantischen Unterbrechung.«

Sie standen immer noch vor dem Bett. Sie küsste ihn, knöpfte sein Hemd auf, fuhr unter den Stoff und berührte seinen Bauch und seine Brust. Warm und fest. Sie wollte ihm noch näher sein. Ungeduldig streiften sie die störende Kleidung ab.

»Wie schön du bist.« Zärtlich streichelte er ihre Wangen, ihre Lippen und das Kinn und ließ seine Hände über ihre Kurven wandern, während er sie küsste. Ausgiebig liebkoste er ihre Brüste und folgte mit seinen Händen dem Verlauf ihrer Taille und der Hüften. Sie küsste ihn, seinen Hals, seine Brust, seinen Bauch, umschloss sein Glied mit ihren Lippen und saugte daran. Philippe stöhnte auf, genoss es, zog sie hoch und küsste sie auf den Mund.

Mit dem Zeigefinger malte er kleine Kreise um ihren Nabel und führte seine Hand hinunter zu ihrem Schamhügel. Ein lustvoller Schauer nach dem anderen überlief sie, als er sie dort berührte. Er küsste sie. Ihre Brüste, ihren Bauch und rutschte tiefer zwischen ihre Beine. Schließlich griff er zum Nachttisch. Geschickt rollte er das Kondom über sein Glied und drang in sie ein. Sie kam ihm mit ihrem Becken entgegen, folgte seinen Stößen und keuchte. Hörte sein Stöhnen, war erregt wie nie.

»Mach weiter!«, keuchte sie und umklammerte seine Pobacken mit ihren Händen, um in noch näher heranzuziehen.

Wellen der Erregung überliefen ihren Körper, brachten die Erlösung und für einen Moment war alles Denken ausgelöscht. Sie harmonierten perfekt. Philippe bäumte sich stöhnend auf, kurz nachdem sie zum Höhepunkt gekommen war. Einen Moment blieb er auf ihr liegen, bevor er von ihr herunterrollte und das Gummi dezent entsorgte. Er nahm sie in den Arm und flüsterte ihr ins Ohr, wie schön es gewesen sei. Sie lehnte ihren Kopf an seine Schulter.

»Es war wunderbar«, stimmte sie ihm zu.

Entspannt sahen sie in die flackernden Flammen, die ein warmes Licht im Zimmer verbreiteten. Irgendwann legte er die Decke über sie, und nach einer Weile verrieten seine regelmäßigen Atemzüge ihr, dass er eingeschlafen war. Besonders viel Erfahrung mit Männern hatte sie nicht gerade und mit Ulrich war der Sex zumindest nicht schlecht gewesen. Aber mit dem, was sie bei Philippe erlebt hatte, konnte es nicht mithalten.

Auf einmal war sie den Tränen nahe. Sie war bis über beide Ohren in diesen Mann verliebt, und wenn sie an den Abschied dachte, wurde ihr noch elender zumute. Lange lag sie wach und grübelte über ihre Situation nach. Wie es ihm mit ihr erging, wusste sie nicht. Ob er tiefergehende Gefühle für sie entwickelte. Was sie anging, sie wollte keinen Moment mit Philippe missen …

Kapitel 17

Janine – August 2019

Am nächsten Morgen wachte Janine vor ihm auf. Seine Nähe kam ihr vollkommen vertraut vor. Sein Arm lag quer über ihrem Bauch. Sie wandte den Kopf und musterte sein Profil. Die schmale, gerade Nase, sein energisches Kinn. Er sah jungenhafter aus mit den kurzen verstrubbelten Haaren und den Linien des Kissens, die in seine Wangen gedrückt waren.

»Gut geschlafen?«, fragte sie, als er die Augen aufschlug.

»Hm.«

»Und du?«

»Nein.« Sie drückte ihm einen Kuss auf. »Bist du hungrig?«

»Ich überlege mir gerade, worauf.« Er grinste schon wieder ziemlich frech, fing ihre Hand ein und presste seine Lippen auf die Innenseite.

»Tja, lass mich nachdenken. Wir haben eine Surfstunde gebucht, also brauche ich eine ordentliche Grundlage für den Tag. Wie wär's mit Kaffee und Waffeln mit Ahornsirup. Schmecken sie damit wirklich so gut, wie es heißt?«

»Das ist Geschmackssache. Maple Syrup zum Frühstück ist nicht so mein Fall«, winkte er ab. »Aber ich wüsste da was anderes … Kann ich dich nicht doch überreden?«

Sie gab nur zu gerne nach. Als sie später im Laden ihre

Boards mieteten, rumorte es in Janines Magen. Nicht wegen des Frühstücks. Waffeln hatte sie doch nicht gegessen, sondern einen Smoothie getrunken und ein großes Müsli mit Früchten verspeist.

»Alles klar bei dir?«, fragte Philippe. »Du bist auf einmal so blass.«

»Ich hätte mich beim Frühstück lieber zurückhalten sollen.« Dabei rumorte etwas anderes in ihr. Jedes Mal, bevor sie surfte, kehrte ihr Respekt vor dem Meer und seiner Gewalt zurück. Sie mochte es nicht, wenn das Wasser sie hinunter in die ›Waschmaschine‹ drückte, die Verwirbelungen der Wellenstrudel. Sie fürchtete den Augenblick, in dem alles in ihr nach Luft schrie. Die Panik, die sie übermannte, es nie wieder an die Oberfläche zu schaffen. Doch das war nur die eine Seite. Auf der anderen gab es dieses unglaubliche Glücksgefühl: Wenn sie gegen ihre Ängste ansurfte, bis sie eins war mit der Natur und mit jeder einzelnen Faser das Leben spürte.

*

Philippe und sie liehen ihre Ausrüstung im hoteleigenen Surf-Shop: Je einen relativ dünnen Neoprenanzug und zwei unterschiedlich große Boards. Wobei ihr Lehrer darauf achtete, dass Janines nicht zu klein war. Robert, ein junger, durchtrainierter Mann in ihrem Alter, frischte ihre Theoriekenntnisse auf und sie übten eine Weile die Basics am Strand: auf dem Board stehen und Gewicht verlagern.

»Los geht's, ab ins Wasser«, meinte Robert. »Wo würdest du reingehen, Janine?«

»Jedenfalls nicht da, wo gar keine Wellen brechen.«

»Stimmt, dort wo kein Weißwasser ist, sind die Strömungen oft am stärksten. Eine andere Wasserfarbe kann ein weiteres Anzeichen dafür sein. Wenn ihr den Sog sehen könnt, geht ihr nicht rein – und klar, Warnschilder beachten. Macht immer erst einen Spot-Check. Schaut euch die Umgebung genau an.« Er warnte sie vor Rip Currents und Riptides. Beides Meeresströmungen, letztere sogar besonders gefährliche, die einen ohne Weiteres auf das offene Meer hinausziehen konnten. Er zeigte ihnen, wo Untertows entstanden, die einer Wellenwaschmaschine ähnelten, einen aber nicht riskant weit ins Wasser hinausbeförderten. Philippe und sie packten ihre Boards, suchten nach einer geeigneten Ecke und blieben stehen.

»Gut gemacht.« Robert nickte zustimmend.

Janine wickelte die Leash genannte Sicherungsleine ab und befestigte sie am Board. Am losen Ende gab es ein gepolstertes Klettband, das sie um das Fußgelenk ihres linken Beins schloss. Anfangs neigte sie dazu, die Hände beim Aufstehen seitlich um das Brett zu klammern. Doch mit jeder Welle wurde sie sicherer.

Nach der Stunde faulenzten Philippe und sie am Strand, küssten sich und sahen den anderen Surfern zu. Die richtig guten bevorzugten ein schwierigeres Terrain mit höheren Wellen. Nach dem Ausruhen legten sie noch einmal los.

»Das eben war super«, lobte Philippe sie.

»Klasse, nicht wahr?« Janine konnte nicht genug bekommen von Sonne, Meer und Surfen.

»Trotzdem sollten wir langsam Schluss machen für heute.«

»Was, bist du schon müde?« Wasser hatte Janine jede Menge geschluckt und auch nach Luft geschnappt. Aber die Freude, wenn sie eine Herausforderung geschafft hatte und auf dem Brett stehen geblieben war, überwog den Frust über die Wasserlandungen und das Wirbeln im Schleudergang der Wellen. »Lass uns noch bleiben. Nur noch bis ich einen richtig guten Durchgang hatte.«

»Okay, dann warte ich hier.« Philippe paddelte an der Startposition herum, dem Lineup. Wie nett, dass er im Wasser blieb, um gemeinsam mit ihr an den Strand zurückzukehren.

Janine nahm die Welle in Angriff, die sie ausgemacht hatte. Aus der Nähe kam sie ihr höher vor, als sie geschätzt hatte. Sollte sie wirklich? Sie zögerte zu lange. Das Wasser kam näher, überrollte sie. Statt die Welle zu reiten, verlor sie den Halt. Sie fiel von ihrem Brett, wurde mit Macht hinuntergedrückt und hin und her geworfen. Sie versuchte, ruhig zu bleiben und unter den Verwirbelungen hindurchzutauchen. In dem Moment fuhr ein scharfer Schmerz durch ihre rechte Wade. Der Muskel wurde hart. Sie war unfähig zu schwimmen. Die Wellenwaschmaschine packte sie wieder, bevor sie auftauchten konnte und drückte sie hinunter. Ihr Herz klopfte. Luft! Sie musste an die Oberfläche, aber sie wurde von einem weiteren Wellenausläufer hinuntergedrückt.

Ihr Bein! Der Krampf! Luft …

Kapitel 18

Maria – September 1950

Kühle Luft umfing Maria, die aus dem Kino gehastet war. Veronika und ihr Freund riefen ihr ›Bis nachher‹ zu und verschwanden rasch im Dunkel. Sie fröstelte, ob vor Aufregung über ihr Vorhaben oder weil es tatsächlich kalt war, wusste sie nicht.

»Carl?«, rief sie halblaut. Während sie nach ihm Ausschau hielt, schlang sie ein Kopftuch um und zog es tief in die Stirn.

»Maria, hier bin ich.« Eine dunkle Silhouette löst sich aus einer Seitenstraße.

Sie rannte auf ihren Liebsten zu. »Schnell, wir müssen weg hier. Gleich kommt Johann aus der Vorführung, und ich will nicht, dass er uns zusammen sieht.«

»Was ist bloß in dich gefahren?« Obwohl sie an Carls Arm zerrte, war er stehen geblieben und fasste sie bei der Hand. »Du tust gerade so, als ob Johann mir Übles will.«

»Bitte, Liebster!«

»Wie du meinst.« Er gab nach und sie hasteten los.

Carl trug einen Hut mit breiter Krempe. Seine Augenpartie lag im Schatten. So bestand die Hoffnung, dass keiner sie bei ihrem heimlichen Treffen erkannte.

»Wieso läufst du so? Hak dich bei mir ein, mein Schatz.

Nicht, dass du in diesen Pfennigabsätzen umknickst und dir den Fuß vertrittst.«

Stimmen erklangen hinter ihnen. Leute, die aus dem Kino strömten. Maria warf einen Blick über die Schulter. »Wir können hier nicht herumbummeln. Ich traue Johann nicht. Dieses irre Glühen in seinen Augen macht mir Angst. Der Mann ist nicht bei Verstand, wenn es um mich geht.«

»Ist er dir etwa zu nahe getreten?«

»Nein, das wagt er nicht«, beruhigte sie ihn.

»War wirklich nichts?«

»Einmal wollte er mich küssen. Da habe ich ihn geohrfeigt.«

Ohne groß darüber nachzudenken, hatten sie den vertrauten Weg eingeschlagen, der Maria und ihn nach Hause führte.

»Warum erfahre ich erst jetzt davon, ich würde das unterbunden haben …« Carl sah grimmig aus. »Und jetzt rede mit mir. Was ist das für ein Plan, den du gefasst hast. Erzähl ihn mir, dann will ich dir meinen sagen.«

»Zu Hause ist es unerträglich.«

»Mich hat deine Mutter wie ein lästiges Insekt davongescheucht. Was geht da bei euch vor?«

»Johann Reinhardt, der bei uns Hausgast ist.«

Sie eilten durch kleinere Gassen, bis sie den Ortsrand und ein verwittertes Wegkreuz erreichten. Auf der Holzbank daneben nahmen sie Platz. Der Schein einer Straßenlaterne reichte gerade so eben zu ihnen. Ein paar Insekten surrten um die Leuchte und ihr Licht warf geheimnisvolle Schatten auf die Bretter einer alten Scheune. Ein kühler Wind wehte den herben Geruch nach Landwirtschaft zu ihnen. Ein paar Kühe schliefen friedlich auf einer umzäunten Weide. Sie gehörten zu einem nahe gelegenen Bauernhof, dessen

Umrisse Maria nur erahnen konnte. Licht brannte dort keines mehr.

Sie kannte das Gehöft und die Bäuerin. Ihr Vater und sie hatten manchmal auf der Bank Rast gemacht und ein paar Worte mit der Frau gewechselt, wenn sie zufällig vorbeigekommen war. Maria biss die Zähne zusammen. Wie lange das her zu sein schien, dabei war der letzte Plausch vor einer Woche gewesen.

Sie musterte Carl, der seinen Hut abgelegt hatte, streifte ihr Kopftuch zurück und versuchte, in seinem Gesicht zu lesen. Dass er sie anlächelte, konnte Maria erkennen. Das beruhigte sie und gab ihr Kraft für die Unterredung mit ihm.

»Liebste.« Carl legte den Arm um sie. »Was ist los mit dir?«

Maria lehnte einen Moment den Kopf an seine Schulter, bevor sie sich seufzend aufrichtete. »Es tut mir leid, dass ich nicht ehrlich war, wenn du danach gefragt hast. Ich wollte dich nicht beunruhigen. Du hattest mir erzählt, dass Johann dein Freund ist, und ich wollte keinen Keil zwischen euch treiben, schließlich hat er dir die gute Stellung besorgt. Aber ich kann nicht mehr …«

»Maria, was hat das zu bedeuten?«

Sie schluchzte auf, nahm seine Hände in ihre und drückte sie. »Eigentlich wollte ich dir verschweigen, was für drastische Mittel meine Eltern aufbieten, damit ich Johann erhöre. Letzten Dienstag hat meine Mutter mich wieder einmal bedrängt, mit ihm auszugehen. Sie schätzt ihn völlig falsch ein. Als ob er mich heiraten würde. Er ist auf sein Vergnügen aus, mehr nicht.«

Carl schüttelte den Kopf. »So schlecht denkst du von ihm?«

»Ich brauche mir nur in Erinnerung zu rufen, wie er mit

Juliana umgesprungen ist. Sie war eine Kollegin, du kennst sie.«

»Natürlich, aber das Kind war nicht von ihm. Sie hat ihn hintergangen und nach Strich und Faden betrogen.«

»Du kennst nur seine Sicht der Dinge. Also wundert mich nicht, dass sie verzerrt ist. Johann verdreht die Tatsachen, wie er will.«

»Du denkst, dass er lügt?«

»Und ob! An diesem Abend ist mir in meiner Verzweiflung leider herausgerutscht, dass ich mit dir verlobt bin. Meine Eltern haben mich für verrückt erklärt und gebrüllt, dass du ein Schmarotzer bist und nie mehr über ihre Schwelle treten darfst.« Bei der Erinnerung an die furchtbare Auseinandersetzung traten Tränen in Marias Augen. Dass sie Ohrfeigen kassiert hatte, weil sie an Carl festhielt, war nicht das Schlimmste gewesen. Die Verwandlung ihrer Eltern unter Johanns Einfluss machte ihr Angst.

»Am Mittwoch bist du nicht im Dienst erschienen. Was war wirklich los?«

»Sie haben mich geohrfeigt, mein Gesicht war geschwollen und die Lippe aufgeplatzt. Sie wollten nicht, dass Johann mich so sieht.« Sie senkte beschämt den Kopf. »Außerdem hatte ich Angst, wie du reagierst. Dich hat dein sogenannter Freund auch um den Finger gewickelt. Genau wie meine Eltern.«

»Ich könnte sie … Johann hält sich zumindest gut im Zaum. Ich habe ihm nicht angemerkt, dass er sich noch für dich interessiert …« Er brach ab. »Und du hast es mir nicht gesagt.«

»Bitte, sei nicht böse.« Ihre Stimme zitterte.

»Dass es dir nicht gut ging, habe ich natürlich bemerkt. Deshalb bin ich hier. Ich wollte mit dir reden.«

»Und ich mit dir. Johann verleumdet dich. Er hat behauptet, dass du in Geldnöten bist.«

Carl senkte den Kopf.

»Stimmt es?«, fragte sie betroffen.

»Vollkommen falsch ist es nicht. Ich bin tatsächlich ein wenig knapp bei Kasse.«

»Wie ist es dazu gekommen? Ich dachte, du wolltest auf die Meisterschule sparen?«

»Das werde ich, aber da war dieser Ring. Jedes Mal, wenn ich an dem Juwelierladen vorbeigegangen bin, habe ich ihn in der Schmuckauslage betrachtet und dachte an dich. Der Stein glitzert in dem gleichen Blau wie deine Augen.« Carl zog eine kleine Schachtel aus seiner Manteltasche und hielt das Kästchen so, dass der Stein im Licht der Laterne funkelte. »Freust du dich darüber?«

»Du bist ja verrückt!« Sie brach wieder in Tränen aus.

Er zog den Reif aus dem Samt und steckte ihn an ihren linken Ringfinger. Maria spürte das kalte Metall und ein ungewohntes Gefühl an ihrer Hand.

»Passt er?«

»Wie angegossen.« Sie küsste Carl und betrachtete anschließend sein Geschenk. »War er sehr teuer.«

»Danach frag lieber nicht.«

»Also ja.«

Er nickte.

»Du hast dein ganzes Geld dafür ausgegeben.« Maria strich ihm über die Wangen. »Mittwoch hat Mutter mir meins weggenommen, um mich dadurch zu zwingen, zu tun, was sie will.«

»Wie bitte?«

»Sie hat mir verboten, mit Veronika ins Kino zu gehen, und darauf bestanden, dass ich Johann begleite. ›*Sie wolle doch nur mein Bestes und eines Tages würde ich ihr dafür danken*‹. Weißt du noch, was ich dir bei unserer Verlobung geschworen habe?«

»Du hast gesagt, dass du auf mich wartest.«

»Ich kann mein Versprechen nicht halten.«

»Was?!« Carl packte sie an den Armen.

Kapitel 19

Janine – August 2019

Janine wurde gepackt. Die Wellen. Sie versuchte, an die Oberfläche zu kommen. Wasser in ihrem Mund, in ihrer Nase. Ihr Bein krampfte. Endlich Luft! Panisch ruderte sie mit den Armen und traf etwas Weiches.

»Au, verdammt, beruhig dich«, brüllte Philippe nah an ihrem Ohr. »Halt still und lass dir helfen.«

»Du?«

»Klar, wer sonst. Denkst du, ich warte in aller Seelenruhe ab, wenn du in Schwierigkeiten bist?« Er hielt sie über Wasser, zog ihr Board heran. »Was ist los? Ein Krampf?«

Sie nickte. »Mein Bein. Es ist das rechte.«

»Zeig her!« Er drückte ihre Zehen nach oben, in Richtung ihrer Nase.

Janine stöhnte während der Prozedur, aber die Verhärtung der Muskeln ließ nach. Der Krampf war gelöst.

»Danke.«

Er lächelte sie an. »Und jetzt so schnell wie möglich raus aus dem Wasser. Hast du Magnesium-Brausetabletten oder so was dabei?«

»Nein, in meiner Reiseapotheke ist nur das Übliche. Heftpflaster, Kopfschmerztabletten und etwas gegen Durchfall.«

»Gut zu wissen.«

»Danke!«, stammelte sie, während er auf sein Board stieg und neben ihr Richtung Strand paddelte. Ihre Augen brannten nicht nur vom Meerwasser. Sie schniefte, wischte über die laufende Nase und die Tränen fort »Ich hätte besser gleich auf dich gehört.«

Er schmunzelte. »Das hat mir bisher noch keine Frau gesagt.«

»Ich meine es ernst, Philippe. Ich war unvorsichtig, bin ewig nicht mehr auf einem Surfbrett gestanden und habe vorher nicht ordentlich trainiert. Heute hab ich mir zu viel zugemutet.«

»Krämpfe kann jeder kriegen, auch Profis.«

Sie nickte.

»Übrigens wärst du auch ohne mich heil da rausgekommen.«

Janine paddelte weiter. Sie wusste es nicht. In der Panik hatte ihr Denken ausgesetzt. Sie war nicht fähig gewesen, auf ihr Board zuzuhalten. Nur ein harmloser Wadenkrampf?

»Na, komm, wenn du vorhin auf mich gehört hättest, würdest du den ganzen Abend bedauern, dass wir so früh aufgebrochen sind. Also hatte der Wadenkrampf auch sein Gutes.«

»So gesehen hast du recht.« Eine Freundin hatte einmal zu ihr gesagt, dass es am einfachsten war, den Charakter eines Kerls richtig gut kennenzulernen, wenn sie mit ihm ins Bett ging und, noch besser, wenn etwas Unvorhergesehenes passierte.

Janine warf Philippe einen Seitenblick zu. Er war da gewesen, als sie ihn brauchte. Er hatte gehandelt und bewiesen, was in ihm steckte. Ein Mann wie er würde sie nicht verletzen, wenn ihre Affäre auseinanderging. Ein Gutes hatte der Krampf tatsächlich gehabt: Die letzten Zweifel bezüglich ihrer Sommerliebe waren verflogen. Am Strand öffnete Janine das Band der Leash an ihrem Knöchel.

»Warte!« Bevor Philippe sein Board aufnahm, legte sie ihres auf den Sand. Sie umarmte ihn, zog seinen Kopf hinunter und küsste ihn auf die Lippen. Es wurde ein langer Kuss, leidenschaftlich und intensiv. Eine Gruppe Surfer ging an ihnen vorbei und sie fuhren auseinander.

»Ich denke, wir sollten ins Hotel zurückgehen«, schlug Philippe vor. »Sonst wird es in diesem Anzug peinlich.«

Janine griff lachend nach ihrem Surfbrett. Die Folgen des Krampfs spürte sie beim Auftreten leider noch. Sie verzog das Gesicht, was er sofort bemerkte.

»Keine Widerrede, deins klemm ich mir unter den anderen Arm. Du musst dich schonen, hast sicher noch Schmerzen.«

»Dann will ich mal tun, was du vorschlägst. In der Hinsicht habe ich gute Erfahrungen gemacht.«

»Was du nicht sagst.«

Kapitel 20

Maria – September 1950

»Was sagst du? Du brichst dein Versprechen?« Carl schrie auf wie ein gequältes Tier.

Maria spürte sein Entsetzen. Seine Verzweiflung. Inzwischen waren Wolken aufgezogen und der Mond am Himmel emporgestiegen. Sein Licht warf einen Totenkopfschatten auf Carls Gesicht, das aschfahl zu sein schien, während die Augenhöhlen im Dunkeln lagen. Nur ein unheimliches Glitzern konnte sie erkennen, wenn sie ihn ansah. Er tat ihr leid, obwohl er sie fest an den Armen gepackt hatte.

»Soll das heißen, dass du unsere Verlobung löst …«

»Carl, ich kann nicht auf dich warten.« Sie umschloss sein Gesicht mit ihren Händen und küsste ihn auf den Mund.

»Du verlässt mich nicht?«, fragte er unsicher. »Aber warum hast du mich so gequält. Ich dachte, du gehst.«

»Nein, ich wollte dir klarmachen, wie verzweifelt ich bin.«

»Lass uns sofort heiraten. Das ist mein Plan.« Seine Finger streiften ihre Lippen, fuhren ihre Konturen nach, glitten hinunter bis zu ihrem Kinn. Er hob es sanft an.

»Von welchem Geld? Ich habe nichts und könnte nur das mitnehmen, was ich am Leib trage! Würde ich einen Koffer packen, kämen die Eltern mir auf die Schliche. Sie bringen es fertig und lassen mich entmündigen, wenn sie merken, dass ich mit dir auf und davon gehen will.« Bittere Schuldgefühle stiegen in Maria hoch. Sie drehte an dem Ring und zog ihn von ihrem Finger. »Er ist wunderschön, ich wollte, ich könnte ihn behalten. Bitte, nimm ihn zurück und mach ihn zu Geld.«

»Maria, das …«

»Doch, ich bitte dich!«

Zögernd nahm er den Ring aus ihrer Hand und steckte ihn in das Etui. »Ich werde mit dem Juwelier reden. Falls er ihn nicht zurücknimmt, muss ich in München nach einem Pfandleiher suchen, der mir einen guten Preis macht. Gib mir zwei, drei Tage Zeit.«

Getröstet lehnte sie ihren Kopf an seine Schulter. Er legte den Arm um sie und sie spürte das Spiel seiner Muskeln, seine Wärme, seine Stärke.

»Möchtest du lieber ins Rheinland oder hoch in den Norden?«, fragte er. »Ich kenne sowohl da wie dort gute Meister.«

»Ich wollte schon immer das Meer sehen.«

Er nickte. »Dann werde ich in Cuxhaven um eine Stelle bitten. Oder um eine Empfehlung. Ich verspreche dir, in einer, na gut, vielleicht zwei Wochen bummeln wir zwei als Mann und Frau barfuß im Watt und am Strand der Nordsee entlang. Oder mit Schuhen auf dem Deich, wenn es dir zu kalt ist.«

Sie ruckte hoch. »Wann brechen wir auf?«

»So bald wie möglich! Ich werde mich um den Ring kümmern und du musst die Papiere besorgen. Wenn ich das alles vorher gewusst hätte …« Er fuhr mit beiden Händen durch sein Haar. »Ich könnte wahnsinnig werden.«

»Sei mir nicht böse.«

»Als ob ich das könnte.«

»Ich liebe dich!«, murmelte sie.

»Und ich dich hundertmal mehr.« Er küsste sie innig auf die Lippen.

Maria genoss die Berührung und fuhr ihm durchs widerspenstige, kurz geschorene Haar. Seine Hände liebkosten ihre Taille, ihren Rücken, wanderten über ihre Brust hoch bis zum Ausschnitt ihres Kleides und dem ersten Knopf. Dort machten seine Finger halt.

»Darf ich?«

Maria nickte. Sie stöhnte leise, als sein Kopf hinunterwanderte und er ihren Busen küsste. Sein Haar roch so gut. Er selbst. Sie sog seinen Duft ein. Seine Rechte glitt unter ihren Rocksaum, über die Nylons hoch bis zu ihrer nackten Haut. Unwillkürlich spreizte sie die Beine für ihn und keuchte, als er sie an einer intimen Stelle berührte. Sein Mund küsste die zarte Haut an ihrem Hals mit weichen Lippen, während seine Bartstoppeln sie sanft kratzten. Schließlich kam er hoch und flüsterte heiser in ihr Ohr. »Willst du, was ich will?«

»Ja, Liebster«, murmelte sie. »Ja, ja, ja!«

Sie wollte ihn …

Kapitel 21

Johann – September 1950

Pflichtschuldig schaute Johann bei seiner Mutter vorbei, die in ihrem Zimmer saß und nicht wusste, was sie mit ihrer Zeit anfangen sollte. Eine Weile hörte er ihrem Gejammer zu und teilte ihr mit, dass Gudrun das Wochenende bei einer Freundin verbrachte. Danach erklärte er ihr, dass er noch etwas zu erledigen hatte, und stellte ihr den Radioapparat an.

Endlich allein!

Er ging zum Fenster, sah hinaus und versuchte, die Situation von allen Seiten zu betrachten. Jedes Mal kam er zu dem gleichen Ergebnis. Wenn er Maria haben wollte, musste er Carl loswerden. Daran führte kein Weg vorbei. Ihm ein Messer ins Herz rammen, wie seine Eifersucht es ihm eingab? Nein, das kam nicht infrage.

Der verrückten Schnapsidee seines Vaters, den Sohn das Handwerk von der Pike auf lernen zu lassen, verdankte Johann die Bekanntschaft mit dem Sohn einfacher Leute. Was für ein absurdes Ansinnen, den Erben eines gut eingeführten Geschäfts zu zwingen, während drei Jahren und einem Tag auf der Walz mit selbst erarbeitetem Geld auszukommen. Ihm war es nicht immer geglückt und Carl hatte ausgeholfen. Gemeinsam waren sie durch Regen und Schnee gestiefelt, hatten Löcher in ihre Sohlen gelaufen und einander gründlich kennengelernt. Er mochte Carl …

Rastlos ging Johann in seinem Zimmer auf und ab, die Schritte wurden durch einen Perserteppich gedämpft. Der Raum war groß genug für die Wanderung, trotz des Schreibtischs, des abschließbaren Bücherschranks und der Besucherecke mit drei Sesseln und einem Nierentisch, auf dem ein Aschenbecher bereitstand. Eine Schachtel Zigaretten und ein Feuerzeug lagen gleich daneben. Er nahm einen der Glimmstängel, zündete ihn an und sog den Rauch tief ein. Durch Nase und Mund stieß er ihn schließlich aus. Das tat gut.

Sein Blick glitt über den Raum und die Einrichtung. Den Plunder seines Großvaters hatte er hinauswerfen lassen. Die neuen Möbel aus Kirschbaum sahen im Vergleich zu den alten schlicht aus, nicht geschwungen mit Schnörkeln und Tatzenfüßen, sondern gradlinig. Seine Einrichtung war modern. Maria würde sie sicher gefallen. Das Schlafzimmer erreichte er über eine Durchgangstür. Wenn er erst mit Maria verheiratet war, brauchte sie ein Ankleidezimmer. Vielleicht ein Durchbruch von seinem Schlafzimmer in den angrenzenden Raum? Nein, das ging nicht, das war sein Bad. Dann das dahinter?

Johann streifte den Ascheüberhang am Kristallglas ab. Er tat gerade so, als ob Maria ihm sicher war. Dabei zeigte sie ihm klar und deutlich, dass sie ihn am liebsten zum Teufel schicken würde. Der Reichtum seiner Familie scherte sie nicht. Die anderen Weiber dagegen liefen hinter ihm her und machten die Beine schon breit, noch bevor er mit den Fingern schnippte. Dass sie ihn wegen seiner blendenden Erscheinung anhimmelten, nahm er ihnen nicht ab. Sie begehrten nicht ihn, sie wollten sein Geld. Maria hingegen stand wahrhaftig zu ihrem Wort, war weder an ihm interessiert noch an seinem Reichtum.

Ihm hatte sie klargemacht, dass er gehen konnte. Dieses schroffe Verhalten machte sie umso reizvoller für ihn, der ansonsten nur Schmeicheleien kannte. Aber sie liebte ihn nicht. Sie liebte ... Er drückte die Zigarette aus. Deshalb musste Carl aus dem Weg, fort, irgendwohin, wo er nicht störte. Sein Freund, der fest zu ihm gestanden hatte, als Johann keinen Pfennig besaß. Er durfte sie Carl nicht wegnehmen. Als Ehrenmann war es seine verdammte Pflicht, auf Maria zu verzichten ...

Er nahm seine Wanderung wieder auf. Sieben Schritte hin, sieben zurück. Was sollte er tun? Er begehrte dieses Mädchen bis zum Wahnsinn.

Kapitel 22

Maria – September 1950

Abgeschlossen war die Scheune nicht, also fragte Carl bei der Bäuerin nicht um Erlaubnis, ob er dort nun … übernachten dürfte. Schweigend lauschten sie. Als sie nichts Verräterisches hörten, schlichen sie hinein und kletterten die Stiege zum Boden hoch.

Die Unterkleider abzulegen, wagten sie unter den Umständen nicht. Nur Marias Kleid lag sorgsam auf die Halme gebreitet. Weder Falten noch Flecken durften verraten, was geschehen war. Leibchen und Büstenhalter behielt sie an. Carl schob die Träger zur Seite und die Körbchen nach unten, damit er ihre Brüste liebkosen konnte. Er sah die Kette mit dem Schutzengel, schob sie behutsam beiseite und ließ seine Lippen wieder zu ihrem Mund wandern.

Auch er wagte nicht, sich komplett auszuziehen. Sein Hemd stand offen und das Unterhemd und ein wenig behaarte Brust schimmerten im Halbdunkel. Seine Beine, der Unterleib und seine Männlichkeit waren nackt. Maria spürte seine warme Haut, hätte ihn gerne bei Licht betrachtet. In dem ihr verbotenen Buch der Mutter ›Die moderne Hausfrau als Hausärztin‹ gab es Bildtafeln von nackten Männern und Frauen, aber die delikaten Stellen auf den

Zeichnungen waren mit den Faltenwürfen gemalter Leintücher verhängt.

Maria spürte ihren Liebsten, sein energisches Drängen, den Schmerz. Nicht zu arg. Er hielt in ihr inne, streichelte ihr Gesicht, küsste ihre Lippen, ihre Brüste. Sie begehrte ihn ebenso sehr wie er sie. Nichts von dem, was sie taten, bereute sie. Hinterher lagen sie halb nackt in der alten Scheune im Heu.

Maria hatte keine Ahnung gehabt, wie ein nackter Mann aussah, geschweige denn, was er mit seinem Glied tat. Inzwischen wusste sie es. Sie war kein Mädchen mehr. Jetzt war sie eine Frau: seine Frau. Ihre Scham pochte immer noch und zwischen den Beinen war sie feucht.

»Hat es sehr wehgetan?«, fragte Carl besorgt.

»Nein!« Sie schüttelte den Kopf, dass ihre Locken flogen.

»Lüg nicht.«

»Ein bisschen. Aber es war auch schön. Sehr sogar.« Dass ihre Wangen bei dem Geständnis im Halbdunkel glühten, konnte er zum Glück nicht erkennen.

Hose mitsamt Hosenträger hatte er achtlos aufs Heu gepfeffert. Es roch würzig nach Kräutern und Gras. Dass es pikste, war ihr vorhin überhaupt nicht aufgefallen, und es hielt sie unerwartet warm.

Sie lag auf der Seite, das Kinn in die Hand gestützt, er war von ihr hinuntergerollt und auf dem Rücken liegen geblieben. Selbstvergessen fuhr sie Carl durch die Haare. Auf einmal legte er beide Hände um ihr Gesicht, küsste sie und nahm sie in seine Arme.

»Ich liebe dich so sehr!« Er zog sie an seine Schulter. »Hat es arg geblutet?«

»Ich glaube nicht, zumindest lebe ich noch.« Sie kicherte.

»Gut, dass du das Kleid ausgezogen hast.«

»Und den Schlüpfer, sonst hättest du Schwierigkeiten gehabt.«

»Das ist wahr.« Er lachte.

Sie drückte ihn weg, setzte sich auf und nahm ein wenig Heu. Mit den Halmen wischte sie notdürftig die Feuchtigkeit zwischen ihren Beinen fort. Keine gute Idee, es pikste. Sie schüttelte die Haare aus und richtete sie mit den Fingern.

»Hast du einen Kamm?«

»In meinem Jackett. Was machst du? Bleib noch ein bisschen liegen«, bat Carl sie und griff nach ihrem Handgelenk. »Wir haben noch ein paar Minuten. Es ist erst Viertel vor elf. Es reicht doch, wenn wir um elf aufstehen. Oder?«

Sie gab nach und erwiderte seine Küsse. Schließlich lagen sie aneinander gekuschelt da.

»So wird es immer sein, wenn wir in den Norden gehen«, murmelte er in ihr Ohr. »Nur du und ich.«

Ein seltsamer Schauer durchfuhr sie. Sie schluckte, von einer jähen Angst gepackt. »Und wenn ich schwanger geworden bin?«

Er umschloss sie noch fester. »Schaffen wir es auch. Ein Kind von dir und mir. Ich würde es genauso lieben, wie ich dich liebe.«

»Dafür liebe ich dich noch viel mehr.«

Irgendwann schrak sie hoch. »Wie spät ist es?«

Er sah auf seine Armbanduhr und erstarrte. »Das … kann nicht sein. Es ist halb Zwölf.«

Panisch sprang Maria auf. In Windeseile streifte sie ihr Kleid über und knöpfte es mit zitternden Fingern zu, während er in seine Hosen stieg und Strümpfe und Schuhe anzog.

»Ich komme viel zu spät! Veronika und ich hatten ausgemacht, dass ich Punkt halb am Treffpunkt bin. Hoffentlich ist sie noch da.«

Sie stiegen die Leiter hinunter, schlüpften aus der Scheune und rannten los. Maria wollte nur vorwärts kommen, machte einen unglücklichen Schritt und blieb mit dem Absatz am Bordstein hängen. Sie stolperte vor. Ihr Fuß knickte ab. Sie stöhnte vor Schmerzen auf.

»Maria.«

»Ich habe mir den Knöchel verrenkt.« Sie brach in Tränen aus. »Jetzt schaffen wir es sowieso nicht mehr.«

»Unsinn!« Carl hob sie hoch und lief mit ihr auf dem Arm weiter.

»Ich bin doch viel zu schwer.«

»Bist du nicht.« Keuchend erreichte er die verwinkelten Gassen, in denen seine Schritte hallten, und bog zuletzt in die Bahnhofstraße ein. »Sieh doch, da hinten, ist das deine Freundin?«

»Das ist sie, Carl. Es tut mir so leid!«, rief Maria ihr zu.

Veronika kam ihnen entgegengelaufen. »Was ist denn mit euch passiert?«

»Wir waren spät dran, ich habe mir den Fuß verknackst und Carl hat mich hergetragen.«

Er hatte sie abgesetzt, stand mit vorgebeugtem Oberkörper da und stützte seine Hände auf die Oberschenkel.

»Danke, dass du gewartet hast, Vroni.«

»Ich war selbst etwas zu spät dran. Geht es wieder?« Die Frage richtete Veronika an Carl.

»Danke, das wird schon.«

»Schmerzt dein Fuß sehr, Maria?«

»Der Knöchel ist ziemlich geschwollen.«

»Dann sollten wir nicht länger hier herumstehen.«

»Da bin ich ganz Ihrer Meinung, Fräulein Veronika.«

Ein paar Betrunkene wankten vorbei und glotzten.

Carl stellte sich schützend vor sie und die Kerle zogen ab. Liebevoll stützte er Maria und sie humpelte los.

»Leider ist es viel später geworden als ausgemacht.« Veronika seufzte. »Ich fürchte, dass deine Eltern dir in Zukunft verbieten werden, mit mir auszugehen.«

»Damit rechne ich leider auch.«

Carl begleitete sie bis zum Wagen ihrer Freundin. Veronika stieg ein und bot ihnen dezent die Gelegenheit, voneinander Abschied zu nehmen.

»Sobald ich das Geld habe, fahren wir los und lassen alles hinter uns.« Carl nahm Marias Hand in seine. »Ich liebe dich.«

»Am liebsten würde ich bei dir bleiben.«

»Und ich möchte dich festhalten, Liebste.«

Maria stieg ein und er warf die Tür zu. Das Auto rollte an und sie wandte den Kopf. Er winkte und sie sah ihm nach, bis er in der Dunkelheit verschwunden war. Nur mit Mühe unterdrückte sie die Tränen, die ihr in die Augen steigen wollten.

»Warte mal. So solltest du besser nicht vor deine Eltern treten.« Veronika warf ihr einen kurzen Seitenblick zu und zupfte Maria einen Halm aus den Haaren. »Ich habe einen Kamm in meiner Handtasche, deinen Dutt musst du auch noch richten.«

»Ich hätte mir besser einen Pferdeschwanz gemacht so wie du.«

»Aus Erfahrung wird man klug.« Veronika lachte auf. »Ich schätze, ihr hattet einen schönen Abend.«

»Einen sehr schönen, du auch?«

»Wir sind hinaus in den Wald gefahren und haben die Zeit zu zweit im Auto verbracht. Bist du schockiert?«

»Nein, warum sollte ich.«

Schweigend fuhren sie weiter. Maria dachte an Carl, den sie unsäglich vermisste. Viel zu schnell kam das Haus ihrer Eltern in Sicht. Solange Veronika daneben stand, würde das Strafgericht nicht mit aller Macht über Maria hereinbrechen. Aber danach …

»Warte, ich begleite dich hinein.« Veronika half ihr aus dem Auto. »Das mit deinem Fuß ist ein echter Glücksfall. Die Verspätung schieben wir darauf.«

Maria nickte, wahrscheinlich sah sie todunglücklich aus, ihre Freundin nahm sie in den Arm.

»Keine Sorge, das kriegen wir hin. Wir sagen, dass wir nach dem Kinobesuch noch einen Spaziergang gemacht haben, mein Freund, du und ich. Schließlich brauchten wir einen Anstandswauwau. Zusammen haben wir ihn zum Bahnhof gebracht, und als wir kaum draußen waren, hast du dir den Fuß umgeknickt. Mein Auto hatte ich leider weiter weg geparkt. Allein zurücklassen konnte ich dich selbstverständlich nicht, deshalb hat es so lange gedauert. Soweit alles klar?«

»Danke«, hauchte Maria. »Und wenn sie mich fragen, wohin wir gegangen sind?«

»Schwärmst du von dem todschicken Kostüm, das du in einer der Auslagen gesehen hast, den Schuhen und dem tollen Mantel dazu. Meine Eltern hören dann sehr schnell auf, mir weitere Fragen zu stellen.« Veronika seufzte. »Bestimmt hältst du mich jetzt für eine notorische Lügnerin und verkommene Schlampe.«

»Überhaupt nicht. Ich frage mich nur, warum das alles so schwierig sein muss. Wieso wir nicht unsere eigenen Erfahrungen machen dürfen, selbst wenn es Fehler wären.«

»Jungs können tun und lassen, was sie wollen, die dürfen,

ja sie sollen sich die Hörner abstoßen, während wir … dicke Bäuche ohne Ehemann? Diese Schande und was sollen die Nachbarn sagen.«

Das Licht in der Küche leuchtete hell. Die Gardinen wurden zurückgeschoben. Ihre Eltern warteten.

»Tja, vielleicht werden wir genauso, wenn wir erst mal Kinder haben. Wahrscheinlich bilden wir uns später auch ein, zu wissen, was gut für sie ist.« Veronika schob ihren Arm unter Marias. »Mut gefasst und auf in die Höhle des Löwen. So schlimm wird es nicht werden.«

»Du hast ja keine Ahnung, wie gnadenlos sie sein können.« Tapfer humpelte Maria los. Ihr graute vor dem, was kam: die lautstarke Auseinandersetzung und die Schläge, die sie einstecken musste. Aber der Gedanke an Carl gab ihr Kraft. Nur noch ein, zwei Wochen und sie war frei!

Kapitel 23

Janine – August 2019

So frei und unbeschwert hatte Janine sich noch nie gefühlt. Nach einer unvergleichlichen Nacht waren Philippe und sie am nächsten Tag gerade so eben rechtzeitig zum Unterricht bei Robert erschienen, der Verständnis für ihre Panik gezeigt und sie getröstet hatte. Angst gehöre dazu, fand er, sie schärfe die Sinne und wecke den Überlebensinstinkt. Sie sei gut und richtig, solange sie einen nicht vollkommen lähme. Auch er kenne Wellen, die ihm Angst einflößten. Janine steckte die Furcht vor einem Krampf oder dem Untertauchen in die Wellenwirbel bei den ersten Startversuchen immer noch in den Gliedern, aber sie war dagegen angepaddelt und hatte ein, zwei richtig gute Wellen geritten. Surfen machte ihr nach wie vor Spaß. Beim Abschied drei Tage später hatte Robert nicht nur Philippe, sondern auch ihr Talent bescheinigt. Üben müsste sie allerdings sehr viel mehr, am besten ans Meer ziehen.

Den Whale-Watching-Trip in Cochiwan hatten sie aufgegeben, um kurz entschlossen die Tour vor Ort in einem Schlauchboot zu buchen. Es war für die Passagiere nicht überdacht. Nur die Bootsführer standen hinten geschützt in einer kleinen Kabine. Die Warnung der Veranstalter, dass die Fahrt für Invalide und Schwangere nicht geeignet war, hielt Janine schon nach wenigen Metern für angebracht. In Ganzkörperschwimmanzüge gepackt, kriegten Philippe und sie die Bewegung der See hautnah mit. Das Auf und Ab gefiel Janine. Es erinnerte sie an eine Fahrt auf der Wildwasserbahn, die sie mit Onkel und Tante unternommen hatte. Damals hatte sie vor Vergnügen gejauchzt und das Spritzwasser hatte ihr nichts ausgemacht. Heute ging es ihr ähnlich, obwohl während der Fahrt kalte Gischt in ihr Gesicht spritzte, konnte sie nicht anders als lächeln.

»Es ist herrlich!«, schrie sie Philippe ins Ohr. »Selbst wenn wir keine Wale sehen würden, dein strahlendes Gesicht ist Grund genug, dass ich diesen Ausflug genieße.«

Schließlich sichteten die Bootsführer eine Buckelwalkuh und ihr Kalb. Sie erklärten ihnen, dass es einen Mindestabstand gab, den sie einhalten würden. Den Wal interessierten die Vorschriften nicht. Er kam näher und Janine fotografierte ihn und sein Baby wie wild. Während die beiden ihre Bahnen zogen, berichteten die Bootsführer ihnen einiges über die Lebensweise dieser Tiere.

»Sie sind sehr sozial. Dass Delfine Menschen retten, ist bekannt. Aber wusstet ihr, dass ein Buckelwal einer Meeresbiologin geholfen hat, einem Hai zu entkommen?«

Irgendwann steckte Janine den Fotoapparat weg und versuchte, sich den Moment einzuprägen. Am liebsten hätte sie Philippe umarmt, aber in dem Schwimmwestenteil kam ihr das zu umständlich vor. Zum Abschied prustete das Buckelwalbaby eine Wasserfontäne in die Luft und Mutter und Kind schwammen davon und tauchten ab. Weiter ging es an einem Robbenfelsen vorbei zurück zum Ausgangspunkt, wo sie und die anderen Kunden ein heißes Getränk zum Aufwärmen bekamen. Zufrieden nippte Janine an ihrer Schokolade.

»Schade, unser letzter Tag hier. Jetzt fehlen mir nur noch der traditionell gegarte Lachs, ein Lagerfeuer und die Geschichtenerzählerin, die mir etwas über die Mythen der First Nations berichtet«, meinte sie übermütig.

»Ich bin zwar ein Mann und wir müssten uns mit dem Gasfeuer in dem gusseisernen Kamin in unserem Zimmer begnügen …«

Mit der Antwort hatte sie nicht gerechnet. Erwartungsvoll sah sie ihn an.

»Wenn du mit dem Lachs aus dem Restaurant vorliebnimmst und es reicht, dass ein Urururugroßvater meiner Mutter ein Algonkin gewesen sein soll, kann ich dir eine der Geschichten erzählen.«

»Wow, in dir stecken ungeahnte Talente. Lass uns gehen.«

Er grinste frech. »Ich hoffe, dass ich dich zufriedenstellen kann. Allerdings muss das Geschichtenerzählen warten. Dafür muss es draußen dunkel sein, sonst wirkt das flackernde Feuer im Ofen nicht …«

*

Am Abend lag Janine nackt in seinem Arm. »Du hattest mir etwas versprochen.«

»Dich zum Höhepunkt zu bringen? Ups, soll ich weitermachen.«

Sie boxte ihn in den Arm. »Das meinte ich nicht. Du wolltest mir eine Geschichte erzählen. Wenn du es vergessen hast, ich nicht.«

»Stimmt.« Er überlegte kurz. »Dann erzähle ich dir die Geschichte von dem ›*Bären mit dem Steinherzen*‹ oder ›*Warum das Hermelin einen weißen Mantel trägt*‹.«

»Das gefällt mir bestimmt.«

»Dieses Märchen beginnt nicht mit ›*Es war einmal*‹. Bei

den Stämmen im Norden heißt es: ›*Als Kojoten noch Menschen waren*‹, lebte einst ein alter Mann mit seiner Sippe am Meer. Sie waren Fischer und Jäger, hatten aber gelernt, im Frühling den süßen Saft der Ahornbäume zu ernten. Seit Jahren lebten sie nun davon, den Sirup mit anderen Mitgliedern ihres Stammes gegen getrocknetes Fleisch und Pelze zu tauschten.

Nach einem kalten strengen Winter wollte der alte Mann im Frühling den Sirup ernten, musste aber feststellen, dass drei junge Bärenkinder den Ahornsaft bis auf den letzten Tropfen verschlungen hatten. Womit sollten seine Familie und er den Sommer über Handel treiben? Der Alte wurde sehr böse und griff zu Pfeil und Bogen.«

Janine liebte es, Philippes Stimme zu lauschen, allerdings schwante ihr Böses. »Hat er die Kleinen etwa abgeschossen?«

»Du hast es erfasst. Einem kleinen Bären nach dem anderen jagte er einen Pfeil ins Herz. Kaum lagen die drei tot zwischen den Ahornbäumen, brach ein riesiger Bär aus dem Unterholz und richtete drohend den mächtigen Körper auf. Pfeil um Pfeil schoss der Alte ab, dem angst und bange geworden war. Er zielte sorgfältig und traf jedes Mal dorthin, wo das Herz des Tieres sitzen musste. Aber Pfeil um Pfeil zerbrach.

›Deine Pfeile schaden mir nicht länger‹, brüllte die Bestie. ›Dort, wo einst mein Herz schlug, ist jetzt ein Stein. Alles an mir verwandelt sich zu Stein, wenn deine Pfeile mich berühren. Du kannst mir keine Wunden, keine Schmerzen mehr zufügen.‹

Der Alte schlotterte, ihm war klar, dass er dem Tod ins Auge sehen musste.

Aber der Bär brummte: ›Sei unbesorgt, alter Mann. Dich werde ich nicht zerreißen, das wäre ein zu barmherziges

Schicksal für dich. Du hast mir meine Kinder genommen. Also werde ich dir eines Tages deine nehmen – und deine Frau dazu. Noch kannst du dich an ihnen erfreuen. Doch du wirst einsam sterben. Ich nehme meine Rache und du kannst nichts dagegen tun.‹

›Es tut mir leid‹, flehte der Alte reuig und fiel vor dem Bären auf die Knie. ›Verschone meine Familie. Ich bitte dich, töte mich stattdessen.‹«

»Ziemlich grausam.« Janine betrachtete das züngelnde Flammenspiel. Dass es von Gas genährt wurde, störte sie nicht. Ihr gefiel der warme Lichtschein, der von dem Feuer ausging und im Zimmer geheimnisvolle Schatten warf.

»Der Bär oder der Alte?«, hakte Philippe nach.

»Beide. Wie geht es weiter?«

»Der Alte rannte voller Furcht zu seiner Familie zurück und berichtete seiner Frau, was geschehen war. ›Der Schmerz einer Mutter! Nichts Gutes kann aus einer Tat wie der deinen entspringen, Mann. Die drei Bären sind zu jung. Ihr Fleisch bringt uns nicht über den Winter.‹

›Du hast recht, und wenn ich nur könnte, würde ich es ungeschehen machen. Aber was kann ich tun, um das Unheil von euch abzuwenden? Für euch würde ich mein Leben opfern.‹

›Geh, jag den Bären mit dem steinernen Herzen und erleg ihn.‹

Also ging der Alte auf Jagd. Der Frühling ging und der Sommer kam, aber der Mann fand keinen Weg, das Tier zu töten. Genauso wenig wie es seiner Familie gelang, Vorräte für den Winter zu sammeln. Was sie auch in ihre Körbe luden, schimmelte oder verdarb. Bald schon wurde es Herbst.

›Wir werden alle hungers sterben, wenn dieses Elend nicht aufhört‹, sagte der Alte zu seiner Frau. ›Ich muss jemanden suchen, der mir hilft, den Bären mit dem steinernen Herzen zu bezwingen.‹

Er brach auf und erreichte schließlich den Fluss, an dem der Bär mit dem steinernen Herzen seinen Durst stillte. Donnernd brauste das Wasser dem Meer entgegen.

›Oh Geist des Flusses‹, bat der Alte. ›Bitte, hilf mir, den Bären mit dem steinernen Herzen zu ertränken.‹

›Meine Wasser sind nicht tief genug!‹, gluckerte es als Antwort. ›Außerdem muss ich weiter zum Meer.‹

In der Mittagshitze brannte die Sonne auf ihn herab. ›Oh Geist der Sonne, der du ganze Landstriche veröden lässt, hilf mir, den Bären mit dem steinernen Herzen zu bezwingen.‹

›Selbst wenn ich wollte, könnte ich nicht. Mein Bruder, der Wind, schickt Wolkenberge zu mir. Gleich werde ich dahinter verschwinden.‹

So kam es. Ein Sturm rüttelte an den Bäumen und wirbelte Blätter in die Luft.

Der Alte flehte mit letzter Kraft: ›Geist des Windes, der du die mächtigsten Bäume entwurzelst: Bitte, hilf mir, den Bären mit dem steinernen Herzen zu bezwingen.‹

›Keine Zeit, ich muss ins Land ziehen und den Pflanzen Regen bringen.‹

Mutlos zog der Alte weiter, als zwischen den Bäumen ein altes Weib hervortrat. Sie war müde und hungrig und bat ihn um Speise und Trank.«

»Hoffentlich gibt er ihr was«, warf Janine ein. »Sonst sehe ich schwarz.«

»Das macht er tatsächlich.« Philippe lächelte. »›Ich habe selbst nicht mehr viel‹, gab der Alte ihr zur Antwort. ›Aber das Wenige teile ich gerne mit dir. Schmecken wird es dir wohl nicht.‹

Er reichte ihr gedörrtes Fleisch, das von Schimmel überzogen war. In ihren Händen wurde es sogleich genießbar. Sie bat ihn, zu erzählen, was ihm geschehen war. Niedergeschlagen berichtete er ihr von dem Bären mit dem steinernen Herzen, der nach wie vor unversöhnlich war.

›Du hast Unrecht getan, die jungen Bären zu töten‹, sagte die Alte und strich über ihr Kinn.

›Das bereue ich zutiefst.‹

›Ich glaube dir und werde dir helfen, denn du hast mir Gutes getan.‹«

»Ist sie der Geist der Erde?«, fragte Janine.

»In meiner Version schon, in anderen ist sie die *Fairy of the Blue Mountain*, also eine Fee der blauen Berge.« Philippe fuhr fort. »›Wenn du mir versprichst, in Zukunft Bärenkinder zu schonen, die ihrer Mutter noch bedürfen, helfe ich dir.‹

›Weder ich noch eins meiner Kinder werden je wieder ein Bärenjunges anrühren. Ich verspreche es.‹

›Gut!‹ Wie aus dem Nichts tauchte eine junge Rute in ihrer Hand auf. ›Hier ist ein Zauberstab. Er wird dir helfen, mit dem Tier zu sprechen, das den Bären mit dem steinernen Herzen bezwingen kann. Geh nun schlafen! Berühre das erste Tier, das du erblickst, mit diesem Stab und bitte es um seine Unterstützung.‹

Der Alte wollte ihr danken, doch die Frau war bereits verschwunden. Wie sie ihm geraten hatte, streckte er seinen Körper auf der Lichtung auf und fiel endlich in einen unruhigen Schlummer. Als er erwachte, dämmerte der Morgen. Er schreckte hoch und entdeckte ein schmutzig braunes Wiesel, das ihn beobachtete. Rasch griff er zu dem Zauberstab und berührte das kleine Tier. Obwohl er daran zweifelte, dass es dazu imstande war, einen derart großen Gegner zu besiegen.

Zögernd fragte er: ›Würdest du mir helfen, den Bären mit dem steinernen Herzen zu besiegen?‹

›Von mir aus, aber was gibst du mir als Lohn dafür?‹

Der Alte war verblüfft, er konnte tatsächlich eine Unterhaltung mit dem Tierchen führen. ›Was möchtest du denn haben?‹

›Hm!‹ Das Wiesel überlegte angestrengt. ›Ich seh immer schmutzig aus. Wasch mich morgens, mittags und abends sieben Tage hintereinander in diesem Bach da und ich werde den Bären für dich besiegen.‹

Das kristallklare Wasser war eiskalt, aber der Alte kam seinen Pflichten sorgfältig nach. Er hielt das Wiesel am Schwanz, tunkte es ins Wasser und wusch es ab. Mit jedem Tag, den er es wusch, wurde es heller und heller. Zuletzt war es vollkommen weiß, bis auf die Schwanzspitze, die dunkelbraun geblieben war. Das Tierchen betrachtete seine neue Fellfarbe hochzufrieden.

›Da hätte ich mir die Wäsche wohl noch einen Tag länger wünschen sollen, aber versprochen ist versprochen. Du wartest hier und überlegst dir einen neuen Namen für mich, der zu diesem weißen Pelz passt.‹«

»Ach, deshalb haben Hermeline eine dunkle Schwanzspitze. Das ist ja eine schöne Erklärung.«

»Nicht wahr«, sagte Philippe. »Weiter geht es: Der Alte nickte, und das Tierchen lief los, um den Bären mit dem steinernen Herzen zu suchen. Lange dauerte es nicht und das Wiesel hörte ein lautes Schnarchen. Vorsichtig schlich es näher und tatsächlich, da lag ein riesiger brauner Bär. Behutsam schlich es sich an, krabbelte am dunklen Pelz hoch und klopfte mit seiner Pfote gegen den Brustkorb des Bären. Der Ton klang tief und dumpf – nach Stein. In dem Moment regte sich der Bär und hielt mit dem Schnarchen inne. Das Wiesel sprang zur Seite, während sein Gegner auf den Rücken rollte und weiterschnarchte. Lauter als zuvor und mit offenem Mund. Den Moment nutzte das Wiesel und kletterte zum Maul des Bären, schlüpfte hinein und lief weiter in sein Inneres. Rasch spürte es das steinerne Herz auf und zerbiss es mit seinen spitzen Zähnen. Der Bär, der innerlich längst tot gewesen war, zerfiel zu Staub. Sobald das Wiesel im Freien stand, kehrte es zu dem Alten zurück und berichtete ihm, was geschehen war.

›Und, hast du einen neuen Namen für mich gefunden?‹

›Wie wäre es mit Hermelin?‹«

»Wie heißt es auf Englisch?«, fragte Janine.

»Ermine.«

»Das klingt wie ein Frauenname. Und mochte das Wiesel seinen neuen Namen?«

»Aber natürlich. Es erinnerte den Alten noch einmal an sein Versprechen und verschwand. Seit jenem Tag verschonen Jäger Bärenjungen, die ihre Mütter noch brauchen und seither sind die Wiesel im Norden weiß … Und hat dir die Geschichte gefallen?«

»Sie war traurig und schön zugleich. Ich habe dir unheimlich gerne zugehört.« Sie küsste ihn auf den Mund. »Ich finde es schade, dass die Tage hier vorbei sind.«

Er musterte sie ernst. »Du hast recht. Die Zeit vergeht viel zu schnell. Was steht als Nächstes auf deinem Plan?«

Kapitel 24

Carl – Oktober 1950

Mit dem Betrag für den Ring, den Carl bei einem Pfandleiher in München ausgehandelt hatte, war er einigermaßen zufrieden. Mit der Summe sollten sie zwei, drei Monate über die Runden kommen. Mit dem Meister in Cuxhaven hatte er telefoniert. Die Aussichten, für ihrer beider Unterhalt sorgen zu können, standen nicht schlecht. Maria hatte Carl prompt angeboten, eine Stelle als Sekretärin anzutreten. Dafür war er ihr von Herzen dankbar. Es erleichterte ihn, zu wissen, dass sie den Lebenskampf mit ihm tapfer aufnehmen wollte. Doch er wusste, dass es letztlich die Aufgabe des Mannes war, ihr ein angemessenes Leben zu bieten. Leider war sie heute auch nicht im Dienst erschienen. Angst vor der Zukunft verdüsterte Carls gute Laune meist nur kurz. In ihm überwog die Hoffnung auf Glück. Maria zählte die Stunden genauso ungeduldig wie er.

Montag würde es losgehen, falls alles klappte …

Alfons, der rundlichen Bäckergeselle, mit dem er das Zimmer in der Handwerkerpension aus Sparsamkeitsgründen teilte, zog vor dem Spiegel, der über dem Waschbecken hing, einen akkuraten Scheitel.

Ihm verschweig Carl vorerst ebenso wie seinem Meister, dass er fortgehen würde. Montagmorgen sollte er Herrn

Hoferer für ein, zwei Stunden vertreten. Eine Ehre, die er zu schätzen wusste. Wenn es bei dem Termin blieb, musste er leider das Vertrauen enttäuschen, das der Mann in ihn setzte.

Fest stand noch nichts: Leider hatte es Maria immer noch nicht geschafft, die nötigen Papiere zu besorgen. Das Familienstammbuch mit ihrer Geburtsurkunde und den Ausweis, den die Mutter ihr abgenommen hatte. Es war zum Verzweifeln! Tagsüber begleitete der Vater sie in die Arbeit. Abends kehrte sie mit ihm gemeinsam nach Hause zurück. Deshalb hatte sie es nachts probiert. Zweimal wäre sie der Mutter bei ihren Versuchen um ein Haar in die Arme gelaufen. Frau Krafft litt wohl unter einem sehr leichten Schlaf. Einmal kam ihr der Vater aus der Küchentür entgegen, er hatte lediglich Hunger gehabt und ein Käsebrot gegessen. Auffällig viele nächtliche Begegnungen. Carl war der Gedanke gekommen, dass Marias Eltern etwas von ihren Fluchtplänen ahnten. Seine Liebste glaubte nicht daran. Dennoch bereitete ihm jede Verzögerung Sorge. Maria setzte ihre Hoffnung nun auf eine Abendeinladung ihrer Eltern, die ein Schulfreund des Vaters ausgesprochen hatte. Ob beide sie akzeptierten, wusste Maria nicht. Aber sie würde ihn von Adlhochs über dem Lebensmittelladen aus anrufen, falls das mit den Papieren geklappt hatte. Guten Kunden stellten sie ihr Telefon gegen ein kleines Entgelt zur Verfügung. Carl hatte Maria genügend Kleingeld zugesteckt, und sie achtete sorgsam darauf, dass es ihrer Mutter nicht in die Hände fiel.

»Ich werde dann mal gehen.« Alfons steckte den Kamm in seine Jacke und hob grüßend die Hand. Den Samstagabend nutzte er regelmäßig, um mit ein paar Freunden ›einen draufzumachen‹. Sonntagmorgen war für ihn der einzige Tag in der Woche, an dem er ausschlafen konnte. Das nutzte er weidlich und blieb meist über Nacht fort.

»Ich wünsche dir viel Spaß, Alfons.«

Er lachte. »Keine Sorge, den werd ich schon haben.«

Vermutlich hätte Carl seinen Zimmerkameraden bei näherer Bekanntschaft recht gern gemocht. Doch wegen der unterschiedlichen Arbeitszeiten trafen sie kaum aufeinander, und nun lohnte es nicht mehr, darüber nachzudenken. Übermorgen saß Carl vielleicht schon mit Maria im Zug nach Hamburg. Die Gelegenheit war günstig, am besten, er fing an, schon mal ein paar Sachen zusammenzupacken, damit sie schnell zur Hand waren.

Während Alfons die Treppe hinunterpolterte, zog Carl seinen großen Koffer unter dem Bett hervor. Er öffnete die Schnappverschlüsse und holte den kleineren heraus, der darin steckte. Für den Anfang musste er reichen. In den großen kamen seine Sommersachen, seine Bücher und der Rest seiner Habseligkeiten. Alfons würde er so bald wie möglich seine neue Adresse mitteilen, damit er ihm die Sachen nachschicken konnte. Ein Stapfen auf den Stufen. Jemand klopfte. Johanns Stimme klang amüsiert. »Guten Abend, Carl. Du brauchst gar nicht erst so zu tun, als ob du nicht da wärst. Ich hab Alfons auf der Straße getroffen, der mir gesagt hat, dass du zu Hause bist!«

»Warte einen Moment.« Carl trat zu ihm hinaus ins Treppenhaus.

»Bitte sehr, eine Einladungskarte meiner Schwester. Sie hat mir keine Ruhe gelassen, hiermit habe ich sie expediert.«

Johann reichte ihm den Umschlag, kniff die Augen zusammen und musterte erst die geschlossene Tür, dann Carl. Das Interesse seines Freundes an dem Fakt war offensichtlich geweckt.

»Kommst du mit auf Kneipentour? Mit meiner Clique und mir?«

»Eigentlich passt es mir nicht«, wandte Carl in der Hoffnung ein, dass der Hinweis genügte, Johann loszuwerden. Aber auf dem Ohr war er taub.

»Womit bist du denn beschäftigt? Vielleicht kann ich helfen?«

Befremdet registrierte Carl, dass Johann zur Klinke griff. Er drückte sie hinunter und ließ seinen Blick über das gemachte Bett schweifen. Der kleine Koffer lag noch darauf.

»Du verreist?«

Was sollte das werden? Eine Inquisition? »Nein, ich will meine Sommersachen entweder dort hinein oder in den großen Koffer unter dem Bett packen, um sie zu meinen Eltern zu bringen. Der Platz im Schrank ist knapp bemessen.«

Johann nahm auf dem einfachen Stuhl aus Eichenholz Platz und streckte seine Beine aus.

»Es zieht.«

»Das merkst du jedes Mal an.«

»Und du tust nichts dagegen.«

»Was schlägst du vor? Mit Kitt ist es hier nicht getan.«

»Such dir eine andere Bleibe, die nicht am Rand der Welt liegt und in der es weniger zieht.«

Der Stuhl stand bei dem Fenster, durch das beständig Zugluft ins Zimmer strömte. Die verstaubten Gardinen, die seine Wirtin seit Carls Einzug noch nicht gewaschen hatte, hielten sie nicht ab. Im Sommer war es angenehm, im Winter ein Ärgernis und kalt, da hatte Johann recht.

Die Übergardinen aus schwerem, dunkelgrünem Samt, die in Kriegszeiten vielleicht der Verdunklung gedient hatten, zogen Alfons oder Carl so gut wie nie zu. Zu schäbig wirkten sie, unfachmännisch gestopft und mit Mottenlöchern übersät. Auch der Fußboden sah erbärmlich aus. Die Holzdielen zerschrammt, der Lack abgetreten. Ein Waschbecken mit fließend Wasser gab es, wobei der Hahn für das warme nicht funktionierte. Ein Etagenklo und ein Gemeinschaftsbad mussten sie mit den Leuten vom Stockwerk darüber teilen. Carl seufzte. Eine armselige Bleibe – durch Johanns Augen gesehen. Dennoch war er selbst in diesem Zimmer nicht unzufrieden gewesen.

»Und ich hätte geschworen, dass du mit Maria fortläufst, dass ihr quasi vor ihren Eltern flieht. Du wirst blass. Hab ich dich ertappt?«

»Nein!«, wehrte Carl zu Tode erschrocken ab. Worauf wollte Johann hinaus? »Wie kommst du auf die Idee. An so was haben wir nie gedacht. Ich wäre ein Narr, die gute Stelle bei euch aufzugeben!«

»Du warst schon immer ein schlechter Lügner. Hattest du sie schon?«

»Wie bitte?«

»Du hast mich durchaus richtig verstanden, ich rede von Maria.«

»Was stellst du für Fragen? Nein, natürlich nicht«, fügte Carl unwillkürlich hinzu. Er spürte, dass er errötete. Es gab Männer, die mit ihren Eroberungen prahlten. Ihm wäre es nie eingefallen, Maria derart zu demütigen.

»Gut!« Johann lächelte. »Etwas anderes habe ich auch nicht von dir erwartet. Sieh nicht gar so schockiert drein. Eigentlich hätte ich es mir denken können. Du bist ein Ehrenmann, schäbiges Verhalten passt nicht zu dir. Aber wenn ihr nicht gemeinsam fliehen wollt, hielte ich es in Marias Interesse für angebracht, dich danach zu fragen. Stell dir vor, du gingst fort, sie wäre schwanger mit deinem Kind und dir passiert unterwegs etwas.«

Carl schüttelte den Kopf. »Darüber brauchst du dir keine

Sorgen zu machen. Du hast mir eine gute Arbeit verschafft, die werde ich nicht sausen lassen.«

»Ich an deiner Stelle würde mit ihr durchbrennen, ihr liebt euch. Warum tut ihr es nicht?«

»Weil …«

»Entweder würde ich sie mitnehmen oder nachkommen lassen, sobald ich Fuß gefasst hätte. In meinen Augen wäre das ein guter Plan.« Johann starrte eine Weile auf den Fußboden, die Stirn in Falten gelegt. »In deinen nicht?«

»Ich …« Carl fiel auf die Schnelle nichts ein, was er darauf erwidern konnte. »… lasse die Stelle nicht sausen.«

»Weißt du was, die Einladung meiner Schwester dürfte passé sein. Hast du was dagegen, wenn ich sie wieder an mich nehme.«

»Ich wäre ohnehin nicht gekommen. Meine Tante feiert an dem Tag Geburtstag. Hier, bitte.« Carl reichte ihm den Umschlag.

Johann nahm ihn und betrachtete Vorder- und Rückseite. »Nicht mal dein Name steht drauf, wie nachlässig von Gudrun.«

Carl sagte nichts dazu.

»Du bist so schweigsam heute. Wie wär's, um der alten Zeiten willen, lass uns heute Abend einen trinken gehen wie damals auf der Walz.«

»Nein, lieber nicht.«

»Wenn du Wäsche wegpacken möchtest, bleibe ich so lange hier sitzen, bis du einwilligst. Oder ich helfe dir. Erinnerst du dich noch, wir sind gute Freunde. Ich mochte dich immer, weil du nie nach meinem Geld geschielt hast.«

Was bezweckte Johann mit seinem Besuch? Was hatte er vor? Vielleicht war es nicht verkehrt, wenn Carl mit ihm ging, um ihn auszuhorchen. »Also gut, ich bin dabei.«

»Nur du und ich – wie damals. Ich organisiere uns beiden etwas Gutes aus dem Barschrank meines Alten. Er gibt heute eine Abendgesellschaft, also können wir nicht zu mir nach Hause. Wonach steht dir der Sinn? Whiskey, Cognac, Branntwein?«

»Ich dachte, du wolltest mit deinen Freunden feiern?« Carl griff nach seinem Mantel, der an einem Haken hing.

»Nein, jetzt nicht mehr. Wir zwei fahren raus in den Wald. Wir haben da eine Hütte.«

»Du willst mich dorthin einladen? Ich dachte, dieser geheiligte Ort ist deiner Familie vorbehalten.«

»Und dem einzigen wirklichen Freund, den ich habe. Du hast nie nach meinem Geld geschielt, warst der Einzige, der mir je was gepumpt hat. Da verdienst du diesen Vorzug. Ein Tisch, zwei Stühle, zwei Betten, einen Kamin gibt es dort. Nicht zu groß. Ein paar Dosen mit Essen und Zwieback stehen immer bereit.«

»Das reicht. Ich bin nicht eins deiner Weiber, das du bezirzen musst.«

Ohne die Clique? Seltsam, Johanns Sinneswandel … Nun, Carl würde auf der Hut sein.

*

In Johanns ebenso geräumiger wie luxuriöser Mercedeslimousine wartete Carl auf die Rückkehr seines Freundes. Mit den Fingern fuhr er über das weinrote Leder der Sitze: Zu der schwarzen Lackierung wirkte es elegant. Ein schönes Gefährt und praktischer als das Cabrio, das nur für den Sommer taugte, nicht für die kühlen Nächte im Herbst und Winter. Er fröstelte trotz Mantel. Anfang Oktober wurde es merklich früher dunkel und die Bäume langsam aber sicher kahl. Carl schlug den Kragen hoch und stutzte. Diese

Gestalt, dieser Gang? Beides erinnerte ihn an einen ehemaligen Schulkameraden, der in einem Nachbardorf gelebt hatte. Der Mann kam näher. Sein Gesicht lag nach wie vor im Halbschatten, und Carl wusste nicht, ob er sich geirrt hatte oder nicht. Nur noch ein paar Meter und der andere hätte den Wagen passiert. Er beschloss, ihn anzusprechen, und kurbelte das Fenster herunter. Der Mann blieb stehen, als er das Geräusch hörte.

»Theodor Baumann?«, rief Carl fragend.

Sein Schulkamerad erkannte ihn. »Du? Hast du in der Lotterie gewonnen? Ist das dein Auto?«

»Nein, es gehört einem Freund von mir. Ich soll auf den Wagen aufpassen, bis er zurückkommt.« Carl stieg aus und begrüßte Theodor mit Handschlag und einer Umarmung.

Das Haus der Reinhardts lag zum größten Teil im Dunkeln. Auch der Park war nicht beleuchtet wie sonst, wenn sie Feste feierten. Carl wischte den Gedanken beiseite. Johann hatte schließlich nicht von einer Party, sondern von einer Abendgesellschaft seines Vaters gesprochen. Entweder fand sie im Wohnzimmer statt, das zum Garten hinauswies, oder sie wurde im Raucherzimmer abgehalten. Dort brannte Licht.

»Ich ahne da was.« Theodor wies mit dem Kopf Richtung Villa. »Ich hab von Freunden gehört, dass du mit dem jungen Reinhardt dicke sein sollst. Wohnen die nicht hier? Wartest du auf ihn?«

»Du hast richtig geraten.«

»Dann seid ihr zwei wohl auf dem Sprung?«

»Das stimmt. Schade, dass du mir nicht ein, zwei Stündchen früher über den Weg gelaufen bist. Ich hätte gerne ein wenig Zeit mit dir verbracht und erfahren, wie es dir ergangen ist. Wir haben uns ewig nicht mehr gesehen.«

»Mir geht's gut, danke der Nachfrage, Carl.«

»Du lebst jetzt in Nürnberg, richtig?«

»Und ihr seid nach dem Bombenangriff bei Onkel und Tante untergekommen? Lebst du immer noch dort?«

»Nein, die Verhältnisse waren mir zu beengt. Meine Eltern sind bei ihnen geblieben, ich teile mir in Freising ein Zimmer mit einem Bäckergesellen. Morgen ist er vermutlich nicht da. Wenn dir das für ein Treffen nicht passt, wie wäre es mit Samstag in einer Woche.«

»Daraus wird leider nichts. Ich werd nach Kanada auswandern. Meinen Gesellenbrief hab ich inzwischen und eine Weile als Zimmerer gearbeitet. Holz haben sie dort in Hülle und Fülle und sie können gute Leute gebrauchen. Wer weiß, eines Tages mach ich vielleicht meinen eigenen Betrieb auf.«

»Was für ein Entschluss. So kurz nach dem Krieg? Hast du keine Bedenken, dass du angefeindet wirst? Macht dir das Englische keine Sorgen?«

»Schon, aber jetzt muss ich da durch. Irgendwie wird es gehen.«

»Früher warst du eher schüchtern und zurückhaltend. Gibt es jemanden? Wer ist für diese Wandlung verantwortlich?«, fragte Carl neugierig.«

»Ertappt! Ich hab bei einem Auftrag ein Mädel kennengelernt. Ihre Mutter ist Kanadierin, der Vater Deutscher. Er arbeitet im Holzhandel, will einen Nachfolger für sein Geschäft. Er tät mich zur Probe einstellen, und wenn ich mich gut mache, mal sehen. Morgen fahr ich nach Hamburg und such mir da einen Transatlantikliner. Ein One-Way-Ticket. Siehst du, ich hab schon etwas Englisch von meiner Maud gelernt.«

»Was halten deine Eltern davon?« Seinen eigenen brauchte Carl mit einem solchen Ansinnen nicht kommen. Ehrlich gesagt ging er davon aus, dass sie ihm seine Flucht mit Maria sehr verübeln würden. Vor allem, wenn er ohne Abschied ging. Ihnen gegenüber sollte er vielleicht doch eine Andeutung fallen lassen, also setzte er einen Besuch bei ihnen für Sonntagnachmittag aufs Programm. Carl lauschte Theodors Antwort.

»Du hast es nicht mitbekommen? Beide sind tot. Mein Vater vor fünf Jahren, meine Mutter vor drei.«

»Das tut mir leid.«

»Vielleicht ist's besser so. Sie hätt sich die Augen aus geweint und der Vater würde mir abraten: Maud und ich kennen uns noch nicht sehr lange. Knapp drei Monate.«

»Du liebst sie wohl sehr.«

»Das kannst du dir denken, obwohl ich manchmal selbst meine Zweifel hab. Aber was soll's. Hier hält mich keine Familie mehr, also wag ich es.«

Die Haustür der Villa wurde weit geöffnet. Ein heller Lichtschein drang aus der Diele und fiel auf den Weg.

»Lass dir Glück für diesen Schritt wünschen. Ich drücke dir die Daumen.«

»Ich werd dann mal gehen.«

Carl schüttelte Theodors Hand. »Lass von dir hören!«

»Ich schick deinen Eltern meine Adresse.«

»Wenn das eine Brücke ist.«

»Irgendwann sehen wir uns wieder …«

»… das werden wir.«

Mit schnellem Schritt eilte Theodor davon. Carl sah ihm nicht nach, sondern Johann entgegen, der eine braune Aktentasche aus Leder in der Hand trug.

»War dir langweilig?« Kritisch musterte sein Freund die Gestalt, die ums Eck bog, öffnete den Kofferraum und verstaute das Gepäckstück. »Kennst du den Mann? Oder warum bist du ausgestiegen?«

Der Ausschließlichkeitsanspruch, der in dieser Art Fragen aufflammte, irritierte Carl, sobald er damit konfrontiert wurde. Johann, der eine Riesenclique für sich beanspruchte, ertrug es nicht, ihn mit eigenen Freunden zu sehen. Vielleicht war es feige? Ihm verschwieg er die Begegnung. »Nein, du hast nur sehr lange für deine Wahl gebraucht.«

»Die Auswahl war groß. Ich hab uns einen Kräuterschnaps, einen Cognac und einen Whiskey mitgebracht. Gute Marken, das garantiere ich dir.« Johann startete den Motor, schaltete das Licht ein und wendete. An der nächsten Kreuzung setzte er den Blinker. Von Theodor war nichts mehr zu sehen.

Kapitel 25

Carl – Oktober 1950

Die Fahrt in dem Automobil verlief eigenartig still. Gelegentlich betrachtete Carl das Profil seines Freundes, der sein Augenmerk auf die Straße richtete, die mittlerweile kaum mehr als ein Feldweg war. Ansonsten beobachtete er die Wolkenungetüme, die der silbrig glänzende Mond beschien. Sein Licht gab ihnen eine Aura der Unwirklichkeit. Bald hatte sich der Himmel vollständig zugezogen und die ersten Tropfen fielen auf die Windschutzscheibe.

»So ein Mistwetter!« Johann schaltete die Scheibenwischer ein. »Zum Glück müssten wir jeden Moment da sein.«

Der Regen prasselte los. Wind wütete in den Bäumen, peitschte die Äste hin und her. Das Auto pflügte durch Pfützen, die im Nu entstanden waren, und wirbelte dröhnend Wasser auf.

Endlich erkannte Carl dunkle Umrisse. Sie hatten die Hütte lebend erreicht. Ihm kam es vor wie ein Wunder.

»Warten wir ab oder steigen wir aus?«, fragte Johann.

»Lass uns warten.«

Sie bleiben eine Weile schweigend im Auto sitzen und die Gewalt des Unwetters strapazierte ihre Geduld. Es ließ kaum nach.

»Was soll's, los komm!«, meinte Johann nach einer Weile und rannte auf die Hütte zu.

Carl lief hinter ihm her. Schon nach ein paar Schritten war er bis auf die Haut durchnässt. Sein Freund zog den Schlüssel heraus und öffnete die Tür.

»Geh rein, Carl!« Johann stürzte zum Kofferraum, riss die Tasche mit den Flaschen heraus und ließ den Deckel hinuntersausen. Er hielt das Leder zum Schutz über den Kopf und stürmte durch die Tür.

Carl schlug sie zu und wischte Wasser aus seinem Gesicht und den triefnassen Haaren. »Hierher zu fahren war eine echte Schnapsidee!«

»Kommt mir auch so vor.« Johann grinste. »Erinnert mich an den Wolkenbruch bei Göttingen. Weißt du noch?«

»Als ob ich den vergessen könnte.«

»Im Schrank sind Handtücher und Decken, ich mach uns ein Feuer!«

Späne und Zündhölzer lagen bereit, daneben stand ein Korb mit Holzscheiten. Nach wenigen Augenblicken knisterten Flammen im Ofen und eine Petroleumlampe verbreitete ihr schwaches Licht. Es roch ein wenig nach Rauch und etwas verstaubt.

Carl wandte den Kopf. Die Einrichtung war karg und erinnerte ihn an sein Pensionszimmer. Zwei Bettgestelle, ebenso viele Stühle, ein Tisch und ein Schrank. Ein Fenster, gegen das Regen trommelte.

»Runter mit dem nassen Zeug!«

Carl folgte dem Beispiel seines Freundes. Mit klammen Fingern schälte er Hemd und Hose von seinem Körper. Die nassen Kleider kamen auf Bügel, die sie an Haken an der Wand hängten, dicht, aber nicht zu dicht am Ofen, und sie nahmen selbst in der Nähe Platz. Mit klappernden Zähnen mummelte Carl sich in eine der Decken, die er im Schrank gefunden hatte. Sie war aus Wolle und kratzig, hielt aber warm. Johann hatte ihm den Rücken zugekehrt, eine der Flaschen geöffnet und eine goldbraune Flüssigkeit in zwei Trinkbecher gefüllt. Ihm reichte er ein gut gefülltes Glas, sich selbst goss er ebenso viel ein.

»Einen besseren Whiskey wirst du nicht so schnell finden. Auf dein Wohl.«

Das Gesöff ging wahnsinnig schnell ins Blut.

»Und jetzt erzähl, was du vorhast«, forderte Johann ihn auf.

»Da gibt es nicht viel zu sagen. Ich arbeite und spare auf die Meisterschule.«

»Du willst also nur das Beste für Maria?«

»Ich würde alles dafür tun, dass sie glücklich wird.«

»Wirklich alles?« Johanns Lächeln erreichte seine Augen nicht. »Wie selbstlos du bist. Aber das passt zu dir. Lass uns einen darauf trinken.«

Carl zögerte.

»Liegt's am Trinkspruch oder magst du den Whiskey nicht?« Johann rümpfte die Nase. »Ich find ihn auch ziemlich … gewöhnungsbedürftig. Vor allem wenn ich mir den sagenhaften Preis in Erinnerung rufe, den mein Alter dafür geblecht hat. Na los, trinken wir ihn aus und machen mit dem Cognac weiter. Oder wäre dir der Kräuterschnaps lieber?«

»Ehrlich gesagt reicht es mir schon.«

Johann holte sein Zigarettenetui heraus und legte es auf den Tisch. Seine Stirn war kraus gezogen. Er machte ein nachdenkliches Gesicht.

Carl fühlte sich wie benebelt. »Aber wenn, würde ich den Kräuterschnaps vorziehen.«

»Na gut, wie du willst, aber das teure Zeug schütten wir nicht weg. Auf drei. Eins, zwei …«

Johann und er kippten den Inhalt ihrer Gläser hinunter.

»Puh, der ist stark«, klagte Carl. »Ich brauch Wasser zum Nachspülen, sonst kotze ich dir die Hütte voll.«

»Fließendes gibt es hier nicht. Normalerweise stehen Flaschen hier herum oder wir holen welches aus dem Bach und kochen es ab. Aber dein Wunsch ist mir Befehl: Im Auto hab ich Selters und Flaschen mit Knickerwasser.«

»Du lieber Himmel. Die Brause mit dem eigenartigen Verschluss?« Carl musste lachen, obwohl ihm schwindelig war. »Weißt du noch, wie wir versucht haben, dieser kleinen Göre in Heidelberg ihre Flasche zu öffnen?«

»Und ob! Das Ding ist zerbrochen. Hinterher sahen wir aus wie die Ferkel.« Erwachsene nutzten ihre Daumen, um die Kugel, die den Verschluss bildete, in den bauchigeren Teil des Halses zu drücken. Bei der Flasche hatte es ums Verrecken nicht geklappt. Zuletzt war sie Johann aus der Hand geglitten, das Glas zersplitterte in tausend Scherben und die Flüssigkeit spritzte hoch. Auf den schwarzen Hosen, Westen und Jacken hatte sie keine Spuren hinterlassen. Aus den Hemden waren die roten Spritzer nie wieder herausgegangen.

»Ob das ihre Masche gewesen ist? Die Kleine hat mit ihrem Geheule einen guten Gewinn gemacht«, meinte Johann. »Jeder von uns hat ihr eine Mark gegeben.«

»Welchen Geschmack hat die Brause? Rot oder grün?«

»Beides, Himbeere und Waldmeister und Zitrone noch dazu. Das waren Zeiten, was?« Gelegentlich fuhr Johann mit der freien Hand durch seine dunkelblonden Haare. Ansonsten saß der Freund reglos da und starrte auf den Boden. In dem schummrigen Licht sahen seine grünen Augen dunkel aus. Sie lagen tief in den Höhlen und die Schatten ließen ihn gespenstisch aussehen. Jeder hing seinen eigenen Gedanken nach. Sie tranken schweigend, bis Johann die Stille durchbrach.

»Wir entfernen uns immer mehr voneinander, deshalb wollte ich mich mit dir an die alten Zeiten erinnern.«

»Und ich bin eine derart langweilige Gesellschaft. Es tut mir leid.« Carl gähnte. Er war furchtbar müde, obwohl er nur dieses eine Glas getrunken hatte. Johann schenkte ihnen Kräuterschnaps nach.

»Ich könnte wirklich ein Wasser gebrauchen. Entschuldige!« Carl fielen für einen Moment die Augen zu. »Ich weiß nicht, was heute mit mir los ist …«

»Mach dir nichts draus, es ist ohnehin unmöglich, alte Zeiten zurückzuholen, nicht wahr?«

Kapitel 26

Carl – Oktober 1950

Carl wachte mit Kopfschmerzen, Übelkeit und einem unangenehmen Schwindelgefühl auf. Von wegen edler Whiskey. Von diesem Fusel zu trinken, war ein schwerer Fehler gewesen.

»Johann?«, murmelte er.

Wieso waren sie nicht in der Hütte? Irritiert kniff er die Augen zusammen und versuchte, seine wirren Gedanken zu ordnen. Seine Hose hing ordentlich gefaltet über dem Stuhl, Hemd und Jackett über der Lehne, so wie es seine Angewohnheit war. Die Schuhe sahen sauber aus, waren gebürstet und glänzten. Keine Dreckspritzer. Hatte er geträumt?

Mühsam kam Carl hoch, schwang die Beine aus dem Bett und legte seine Hand auf die Stirn. Heiß kam sie ihm nicht vor. Was war nur los mit ihm?

Dieser Traum? Nein, das war echt gewesen. Unsicher sah er zu seinen Kleidern. Johann musste ihn zurückbegleitet, ins Bett gebracht und Anzug, Hemd und Schuhe gesäubert haben. Ihm selbst fehlte jede Erinnerung. Ein Filmriss? Zu viel von diesem ekelhaften Whiskey?

Carl hielt die hohle Hand vor den Mund, pustete hinein und schnupperte. Gut roch sein Atem nicht gerade, eher nach saurem Magensaft als nach Schnapsfahne.

Der Regen, das Feuer, die kratzigen Decken, Johanns Zigarettenetui auf dem Tisch … Konnte das Einbildung gewesen sein? Erschrocken sah Carl auf die Uhr. Schon elf? So lange schlief er sonst nie. Seine Wirtin würde ihm kein Frühstück mehr servieren. Alfons' Schopf lugte aus der Bettdecke. Ob er etwas von Carls Rückkehr mitgekriegt hatte? Er würde ihn nachher fragen. Er drehte den Hahn auf, klatschte sich kaltes Wasser ins Gesicht und musterte es im Spiegel.

»Was ist denn mit dir los?«, ächzte sein Zimmergenosse. »Die ganze Zeit stöhnst und brabbelst du herum und ich krieg kein Auge zu.«

»Warst du da, als ich nach Hause gekommen bin?«

»Nein, du bist schon im Bett gewesen und hältst mich seit halb drei wach mit deinem Gejammer. Zweimal hab ich versucht, dich zu wecken. Was hast du gesoffen, dass du dermaßen blau warst? Furchtbar genug siehst du immer noch aus.«

Alfons hatte recht. Carls Augen waren gerötet und die Lider verquollen, als ob er die Nacht durchzecht hätte. Nur, dass er nicht wusste, wo die Stunden geblieben waren. Nach der Wäsche zog er einen Scheitel und kämmte das kurze Haar sorgfältig. Wenn er seine widerspenstigen Locken länger trug, standen sie ab, wie sie wollten.

Prüfend tastete er über den Stoff der Hose. Die Nähte kamen ihm klamm vor. Genau wie die Schuhe. Also doch! Johann hatte ihn nach Hause gebracht und ins Bett gesteckt.

Ein Marsch an der frischen Luft würde Carl gut tun und die Eltern hatte er ohnehin besuchen wollen. Er trat vor die Tür, und wie es der Teufel wollte, traf er auf einen Bekannten, der stehen blieb und ihn begrüßte.

»Bist du krank, Carl? Du siehst dermaßen käsig aus und verquollen.«

»Nein, ich war gestern mit einem Freund unterwegs …«

»Das erklärt es. Wohin des Weges?«

»Ich will meine Eltern besuchen.«

»Wunderbar, ich gehe in dieselbe Richtung. Sogar noch weiter. Du hast doch nichts dagegen, wenn ich mich dir anschließe?«

»Nein, gar nicht«, antwortete Carl höflich, obwohl er viel lieber alleine gewesen wäre.

»Du brauchst auch nicht viel zu reden, das besorge ich schon«, meinte sein Freund lachend.

Zügig schritten sie durch Straßen und Gassen, an Gärten, Stoppelfeldern und kahlen Bäumen vorbei auf das Dorf zu, in dem sein Onkel lebte, ein Bruder seines Vaters.

Wie die Eltern war Carl ihm dankbar gewesen, dass er sie nach dem Bombenangriff aufgenommen hatte. Platz war allerdings Mangelware in dem Haushalt. Ein kleines Zimmer mit Dachschräge für sie drei. Carl hatte sich sobald wie möglich eine eigene Bleibe gesucht.

Vor dem Haus verabschiedeten sie sich voneinander.

Carls Magen knurrte, immerhin war sein Kopf jetzt auch schon klarer. Er klopfte und trat durch die Hintertür in den Wirtschaftsraum, der tagsüber nicht abgesperrt war. Er lugte in die Küche, wo sieben Leute versammelt waren. Die Eltern, Onkel, Tante und drei ihrer sieben Kinder.

»Komm rein«, meinte Onkel Eberhard. »Setz dich, Junge. Hanne, deck noch einen Teller auf. Wir essen Sauerkraut mit Kartoffelbrei und Würsteln. Ist genug von allem da. Greif zu und lass es dir schmecken.«

Carl dankte Onkel und Tante.

»Herrschaftszeiten, wie siehst du denn aus?« Sein Vater

musterte Carl unterdessen tadelnd. »Was sollen die Leute sagen, wenn du so haltlos herumläufst. Versoffen wie ein Landstreicher.«

»Jeder schlägt mal über die Stränge, Lutz«, meinte der Onkel gutmütig.

»Vielleicht geht es ihm nicht gut«, sagte die Mutter.

Carl beugte sich zu ihr hinunter und drückte ihr einen Kuss auf die Wange. Sie sah blass aus und machte ihm schon seit einiger Zeit Sorgen. Irgendetwas war, eine Frauengeschichte, wie er dank Tante Hanne mitbekommen hatte. Ein Geschwür an der Brust, das nicht heilte. Mit ihrem Sohn würde seine Mutter über ein solch peinliches Thema nicht sprechen.

»Hast du abgenommen?«, fragte er beunruhigt, als er die tiefen Linien um ihren Mund bemerkte, die der Schmerz dort hineingegraben hatte. Auch das Kleid saß sehr locker.

»Ein wenig.«

Sie warf seinem Vater einen ängstlichen Blick zu, der nicht wahrhaben wollte, dass sie litt, und einen teuren Arztbesuch überflüssig fand. Leider gehorchte die Mutter seinen Anweisungen.

»Du solltest endlich zu einem Fachmann gehen.«

»Hast du Medizin studiert, dass du derartige Ratschläge geben kannst«, ätzte sein Vater. »Deiner Mutter geht es gut, gell Frau.«

Sie nickte lächelnd. Die anderen langten tüchtig zu, sie nahm kaum etwas zu sich und auch das ›Lass das gute Essen nicht verkommen, iss auf!‹ seines Vaters änderte nichts daran. Nachdem sie fertig gespeist hatten, spendierte der Onkel Zigaretten und einen Schnaps. Carl verzichtete dankend und kam auf das eigentliche Anliegen seines Besuchs zu sprechen.

»Ich werde für einige Zeit aus der Gegend fortgehen.«

»Was?« Der Vater ruckte hoch. »Wohin?«

»In den Norden.«

»Warum willst du die gute Stelle aufgeben?«

»Ich plane einen wichtigen Schritt.«

»Welchen?«

Carl sah in die Runde. »Das kann ich euch noch nicht sagen. Ich möchte nur, dass ihr wisst, dass ich mir woanders etwas suchen werde.«

»Du bist verrückt geworden. Das wird ein schönes Gerede geben.«

Der Onkel lachte nachsichtig. »Typisch Lutz! Warum ist dir so wichtig, was die Leute sagen.«

»Warum ist es dir nicht wichtig, Hardy? Wie dumm du dastehen wirst, wenn sie dir das Auto unterm Hintern wegpfänden. Im Dorf brauchst du dich dann nicht mehr blicken lassen.«

»Red keinen Unsinn, Lutz!« Der Onkel wurde wütend. »Erstens bin ich kein Verschwender. Ich brauch das Auto, um Märkte zu beliefern. Zweitens hab ich die Rate fast zusammen. Drittens wissen die Leute hier, wie sie mich einzuschätzen haben. Viertens, wer in der Not nicht zu mir hält, kann mir gestohlen bleiben. Das gilt übrigens auch für dich. Ausgerechnet von dir hätte ich so einen Unfug nicht erwartet.«

»Ich hab's nicht so gemeint.«

Eberhard nickte. »Na gut, lassen wir das Thema. Mich würde schon interessieren, was dich von hier vertreibt, Carl.«

»Nichts Ehrenrühriges, darauf kannst du dich verlassen.«

»Das weiß ich doch.«

»Na ja.« Ein zorniger Seitenblick des unfehlbaren Vaters streifte Carl, der dieses Gebaren zur Genüge kannte. Einen Schuldigen musste es für die harschen Worte Eberhards an ihn geben und das war in Lutz' Augen offensichtlich Carl.

Besser er brach auf, sonst platzte ihm noch der Kragen. Sein Vater und er waren wie Feuer und Wasser, mit dem Onkel dagegen fühlte Carl sich viel näher verbunden.

»Vielen Dank für eure Einladung. Das Essen war wunderbar, Tante Hanne. Leider hab ich noch einiges zu erledigen, deshalb verabschiede ich mich.«

Die Mutter strich ihm über die Wange. »Bleib nicht zu lange weg.«

Sein Onkel erhob sich. »Warte, ich fahr dich nach Hause.«

»Ich kann auch zu Fuß gehen.«

»Keine Widererde, ich fahr dich, wenn du noch zu arbeiten hast. Mit dem Auto ist es ein Katzensprung.«

»Dann danke ich dir.«

Sein Onkel setzte ihn direkt vor dem Haus ab. Erleichtert winkte Carl ihm nach.

Endlich allein. Doch als er in das Zimmer trat, traf er seinen Zimmergenossen an, der zum Glück selbst nicht in Plauderstimmung war.

Es klopfte. Die Wirtin. Der ersehnte Telefonanruf.

Als Carl nach oben kam, legte er sich ins Bett und schloss die Lider. Er dachte an morgen und seine Liebste, versuchte es zumindest. Ruhelos rollte sein Zimmergenosse von einer auf die andere Seite.

»Ist etwas mit dir?«, fragte er Alfons.

»Ich hab solches Zahnweh. Ich kann nicht schlafen.«

»Wie wäre es mit dem Notdienst? Ich könnte nach unten gehen und unsere Wirtin um ihre Zeitung bitten.«

»Nichts da, ich geh lieber zu meinem Dentisten.«

Irgendwann in der Frühe döste Carl endlich ein und fiel in einen unruhigen Schlummer, bis sein Wecker klingelte.

»Geht es dir besser?«, wollte er von Alfons wissen.

»Seh ich so aus? Kein Auge hab ich zugemacht. Ein Glück, dass ich bald los kann.«

Wie jeden Morgen machte Carl sich fertig, frühstückte und griff nach seinem Koffer.

»Gute Besserung, Alfons!«

»Verreist du?«, fragte sein Zimmergenosse überrascht.

»Als du am Samstag unterwegs warst, kam ein Telegramm, dass es meiner Großmutter schlecht geht. Ich habe gleich gepackt und mir eine Verbindung herausgesucht, aber die sind am Sonntag derart schlecht.«

»Verstehe. Das ist ärgerlich. Na dann, komm gut wieder und wünsch mir Glück. Wenn ich nur an das Geräusch des Bohrers denke, wird mir ganz elend zumute.«

»Ich drücke dir die Daumen.« Draußen atmete Carl wie erlöst auf. Wenn er nur erst mit Maria im Zug saß …

Kapitel 27

Maria – Oktober 1950

Am Sonntagnachmittag kam Johann mit Blumen und Konfekt bei Maria und ihren Eltern vorbei und sie machte während seines Besuchs gute Miene zum bösen Spiel. Sie lächelte ihn freundlich an und blieb brav neben ihm auf dem Sofa sitzen. Ein Gutes entsprang ihrer Nachgiebigkeit: Ohne Böses zu ahnen, begleitete die Mutter den Vater zu ihrer Abendeinladung. Wohl in der fälschlichen Annahme, dass die Tochter endlich zur Vernunft gekommen war.

Kaum, dass sie die Wohnung verlassen hatten, nutzte Maria die heiß ersehnte Gelegenheit und schlich an die Papiere des Vaters. Er hielt sie in vorbildlicher Ordnung. Lange herumzusuchen brauchte sie daher nicht. Sie wusste auch, wo er den Schlüssel zu dem Metallkasten versteckt hielt, in dem er alle Dokumente aufbewahrte. Der Kassette entnahm sie das Familienstammbuch der Eltern und ihre Geburtsurkunde. Sorgfältig verstaute sie beides in der Handtasche, die sie morgens zur Arbeit mitnehmen würde.

Um Viertel nach acht war alles erledigt und sie hastete zum Lebensmittelladen ein paar Häuser weiter. Das Ehepaar Adlhoch wohnte über ihrem Geschäft. Maria klingelte. Der Summer ging. Sie hätte laut aufjauchzen können vor Freude, zog aber ein ernstes Gesicht. Das Telefonat hielt Maria kurz und in einem geschäftsmäßigen Ton. Nichts, worüber zu tratschen lohnte. Carls Wirtin holte ihn ohne Umstände ans Telefon, und Maria sagte ihm, dass die Dokumente, die er für den Termin am Montag bräuchte, beschafft worden seien. Er antwortete mit einem knappen »In Ordnung«.

Die Vorfreude hielt sie wach. Mit geschlossenen Augen lauschte sie auf die Geräusche der Nacht. Die Schritte eines vorbeilaufenden Pärchens, ihre Stimmen, Vogelgezwitscher, Hundebellen, das Kuwitt eines Käuzchens. Halb zehn … zehn. Die Zeit verfloss träge wie ein langsam laufender Fluss. Maria sah auf die Uhr, deren Ziffern und Zeiger grünlich fluoreszierten. Eine äußerst praktische Farbe. Vor allem diente das Radium darin einem friedlichen Nutzen. Atombomben und Korea kamen ihr in den Sinn und der dritte Weltkrieg, der angeblich drohte. Düstere Gedanken gingen ihr im Kopf herum. Sie dachte an Johann und Carl und hoffte, dass alles gut werden würde.

Irgendwann Schritte, ein Schlüssel im Schloss. Die Heimkehr der Eltern. Kurz nach halb zwölf. Die Mutter kam auf die Zimmertür zu und drückte behutsam die Klinke hinunter. Maria spürte ihren Blick, das Licht aus dem hell erleuchteten Gang rötlich durch die geschlossenen Lider. Sie atmete ruhig.

»Alles gut, sie schläft«, flüsterte die Mutter dem Vater zu, während sie die Tür zuzog. Ihre Worte klangen sanft.

Um wie viel lieber hätte Maria ihren Eltern die Wahrheit gesagt und wäre offen vor sie hingetreten, aber das konnte sie nicht. Genauso wenig wie Carl und sie es wagen durften, das Aufgebot hier oder in Freising zu bestellen. Sowohl da wie dort gab es genug Verwandte, Freunde und Bekannte, die es liebten, amtliche Nachrichten zu studieren.

Maria schluchzte leise auf. Wenn sie nur erst verheiratet

wären … Gleich am Tag nach seiner Rückkehr hätten sie vor die Eltern treten müssen. Wegen ihres naiven Kinderglaubens, dass alles gut enden würde, hatten Carl und sie den richtigen Zeitpunkt verpasst. Deshalb waren sie jetzt zu diesen Heimlichkeiten gezwungen. Wie dumm sie gewesen war.

Eine Weile starrte sie an die Decke. Carl hatte ihr vorgeschlagen, nach der Hochzeit zurückzukehren. Auf die Idee war sie anfangs nicht gekommen. Weil es bei ihr nur alles oder nichts gab, wie Carl halb im Spaß, halb im Ernst gesagt hatte.

Irgendwann musste sie doch eingeschlafen sein. Sie wachte auf, kurz bevor der Wecker rappelte. Zwei Minuten vor sechs. Im ersten Moment dachte sie, dass ein weiterer öder Tag vor ihr lag, bis ein Glücksschauer sie überlief. Nur noch zweieinhalb Stunden bis zu ihrem Treffen mit Carl.

»Guten Morgen.« Maria versuchte während des Frühstücks, nicht anders zu wirken als in der letzten Zeit. Der Vater las die Schlagzeilen des Vortages laut vor. Der pensionierte Lehrer im Nachbarhaus legte ihm sein ausgelesenes Exemplar abends vor die Wohnungstür, dafür lud der Vater ihn bei den Schafkopfabenden in der Wirtschaft auf ein Bier ein. Manchmal las er die Zeitung noch am gleichen Tag, meist erst am folgenden Morgen.

»›Widersprechende Aussagen. Der ehemalige Vorsitzende der Bayernpartei fordert die Vernehmung von Bundeskanzler Adenauer im Bestechungsskandal.‹ Ich hab es satt! Beschlagnahmte Waren gegen Bares herauszurücken. Alles bleibt beim Alten in der neuen Bundesrepublik. Hier ist noch eine Meldung: Die Amerikaner haben in Korea erstmals den 38. Breitengrad überschritten. Die UN hat es gebilligt. Wer weiß, wie das noch enden wird.«

Kommentare von der Mutter oder ihr erwartete er ohnehin nicht. Sie bereitete den Kaffee wie gewohnt, war wortkarg und sprach auf dem Fußmarsch nicht viel mit dem Vater. Sie plante, zur Arbeit zu gehen und Kopf- oder Bauchschmerzen vorzutäuschen. Wenn sie glaubhaft schauspielerte, würden die Kolleginnen ihr die Krankheit abnehmen. Es musste klappen. Obwohl Maria das Flunkern zuwider war.

Sie hoffte und betete nur, dass sie Johann nicht über den Weg lief. Wenn er von der Krankmeldung erfuhr, würde er sie nach Hause fahren wollen. Montags um halb neun war die Gefahr, ihm zu begegnen, allerdings denkbar gering. Deswegen hatten Carl und sie im Notfallplan den frühen Zeitpunkt für ihren Aufbruch gewählt. Je näher das Möbelhaus und die Schreinerei Reinhardt kamen, umso nervöser wurde Maria. Neben ihrem Vater lief sie an den Häusern vorbei, die sie tagtäglich sah. Sie kamen ihr fremd vor. Er sagte ihr auf Wiedersehen, sie begriff kaum, was er meinte.

»Maria, ist alles in Ordnung mit dir?«, fragte er zweifelnd.

»Ja, Papa …« Sie wollte ihn anlächeln, beruhigen und ihm erklären, dass es ihr gut ging. Stattdessen spielte sie ihre Rolle. »Ehrlich gesagt ist mir … übel und Kopfweh habe ich auch.«

»Hast du was Falsches gegessen, mein Mädchen?«

»Ich wüsste nicht was.«

»Warum hast du vorhin nichts gesagt? Du hättest zu Hause bleiben sollen.«

»Ich versuche, durchzuhalten so wie du immer. Bis später.« So nett war der Vater lange nicht zu ihr gewesen. Sie verzog ihr Gesicht, um echte Tränen zu unterdrücken.

»Gute Besserung und nimm den Bus, falls du früher gehst. Oder soll ich mich entschuldigen und dich gleich zum Arzt bringen?«

»So schlimm ist es wirklich nicht, dass du wegen mir einen Tag fehlen müsstest. Ich werde Frau Richter um eine Aspirin bitten.« Sie nickte ihm zu, aber erst als Veronika zu ihnen trat, ging er zögernd davon. Marias blasses Aussehen fiel ihr und Frau Richter sofort auf. Die ältere Kollegin reichte ihr eine Kopfschmerztablette und riet ihr, sich krank zu melden.

»Nein, danke, mir ist zu übel.«

»Vielleicht hilft das Medikament auch dagegen?«

»Ich glaube nicht, dass ich es bei mir behalten kann.« Sie lehnte ab, während Veronika sie mitfühlend musterte.

Eine Viertelstunde vor dem verabredeten Zeitpunkt stand Maria vor dem Bahnhofsgebäude. Der Betrieb war nach dem Bombenangriff vor fünf Jahren provisorisch wieder aufgenommen worden. Ein Neubau war im Gespräch, vielleicht liefen die Planungen schon. Maria wusste es nicht. Sie wartete auf Carl. Ungeduldig lief sie auf und ab und lauschte dem Klang der Kirchenglocke. Ein Schlag. Viertel nach acht. Ein Polizeiauto fuhr an ihr vorbei. Ein VW-Käfer, der auf über hundert Stundenkilometer beschleunigen konnte. Allerdings tutete das Martinshorn nicht. Nur das Blaulicht blinkte.

Maria sah dem Wagen nach. Er fuhr in die Richtung, aus der Carl kommen musste. Das Kopftuch trug sie tief ins Gesicht gezogen und den Kragen ihres Mantels hochgeschlagen. Sie wartete und beobachtete Fußgänger und einige Autos, die an ihr vorbeifuhren. In den letzten zwei Jahren hatte der Straßenverkehr deutlich zugenommen. Nicht mehr lange und es würde morgens regelrechte Staus Richtung München geben.

Sie lauschte zwei Schlägen der Kirchturmuhr. Halb neun. Sehnsüchtig hielt Maria nach der hohen Gestalt Carls Ausschau, jeden Moment musste er kommen. Sie wartete …

Er kam nicht. Eine eisige Kälte kroch ihre Beine hoch. Sie fror. Um Viertel nach neun fingen ihre Hände an zu zittern. In ein paar Minuten fuhr die Bahn. Bremsen quietschen laut. Eine Durchsage ertönte. Leute hasteten an ihr vorbei auf die Wagen zu. Sie hörte einen Pfiff. Das Anfahren der Maschine und das Rattern der Räder auf den Gleisen.

Tränen drängten in Marias Augen, als ihr endgültig klar wurde, dass er nicht kommen würde. Er hatte sie im Stich gelassen, für seine Leidenschaft benutzt und verraten. Sie schluchzte und weinte heiß auf. Er hatte sie betrogen. Nein! Unwillkürlich schüttelte sie den Kopf. Sie vertraute ihm … hatte ihm vertraut, wusste nicht, was sie glauben sollte. Verzweiflung drohte sie zu überwältigen.

Aber da gab es diese andere Stimme, die von irgendwoher in ihrem Innern auftauchte. Die sie egoistisch und selbstsüchtig nannte. Maria gab ihr recht. War das ihre heiß und innig beteuerte Liebe zu Carl, die bei der ersten Bewährungsprobe versagte? Was, wenn er krank oder verletzt irgendwo lag? Oder irgendetwas Furchtbares geschehen war, das sein Erscheinen verhindert hatte?

Selbst wenn sie noch nie in seinem Zimmer gewesen war, wusste sie doch, wo er wohnte. Sie würde zu ihm gehen und herausfinden, was ihn daran gehindert hatte, rechtzeitig bei ihr zu sein. Ein Wirrwarr an Gefühlen, in denen Hoffnung aufblitzte und Zweifel nagten. Maria ließ nicht zu, dass sie die Oberhand gewannen.

Ein letztes Mal warf sie einen Blick zurück und schluckte gegen den Kloß in ihrem Hals an. Sie glaubte an Carl, an seine Liebe. Erst, wenn er ihr von Angesicht zu Angesicht sagte, dass er ihrer überdrüssig war, hatte sie das Recht zu verzweifeln. Bis dahin würde sie nicht nur in guten Tagen an ihn glauben, sondern auch in schlechten. Sie wirbelte herum.

Ohne darauf zu achten, dass eine Frau an sie herangetreten war. Wohl, um sie zu fragen, ob der Zug schon durch war. Sie stießen beinahe zusammen.

»Entschuldigung!« Das Gefühl drohenden Unheils schnürte Maria die Kehle zu.

Kapitel 28

Janine – August 2019

Janine und Philippe legten nie große Strecken am Stück zurück. Sobald ihr etwas ins Auge stach, das sie fotografieren wollte, hielten sie an. Leider waren die niedlichen Streifenhörnchen prompt geflohen, als sie einen Parkplatz ansteuerten und aus dem Auto stiegen. Ein wenig wurde sie durch den strahlenden Sonnenschein und die würzige Luft entschädigt, die leicht sauer nach Wald und Kräutern duftete. Ein leichter Wind strich Janine angenehm um die Beine. Philippe und sie waren auf einen Felsen geklettert und beobachteten aus der Ferne Tiere, die Gämsen glichen. Sie hatten jedoch deutlich größere und gebogene Hörner auf dem Kopf. Sie zoomte mit der Kamera näher heran und machte jede Menge Fotos. Schließlich packte sie den Fotoapparat in sein Etui und starrte auf die schroffen Felsen und Berge im Hintergrund. Ein Anflug von Trauer überfiel Janine, als sie daran dachte, wie bald er ohne sie nach Québec fahren würde. Wie naiv sie gewesen war, zu glauben, dass sie diese Affäre unbeschwert genießen konnte. Nicht einmal den Gedanken an die Trennung hielt sie aus.

Philippe sah sie von der Seite an. »Du schaust schon wieder so nachdenklich. Über was grübelst du nach?«

Janine sagte ihm die halbe Wahrheit. »Ich dachte daran,

wie merkwürdig es ist, dass wir so schnell zusammengekommen sind. Normalerweise wäge ich ewig lange ab, ob jemand zu mir passt oder nicht. Ob ich letztlich die richtige Entscheidung treffe, steht wieder auf einem anderen Blatt.« Für einen Moment schloss sie die Augen und lauschte dem Zirpen der Grillen und einem Insekt, das an ihrem Ohr vorbeisirrte. Der Stein, auf dem sie saß, war angenehm warm.

»Ich bin auch nicht der Typ für One-Night-Stands. Aber du warst mir von Anfang an …« Philippe sah hinaus auf die atemberaubende Silhouette der Rocky Mountains. Er überlegte lange, öffnete einmal den Mund, wie um etwas zu sagen, und schloss ihn wieder.

»Sympathisch?«, schlug sie schließlich vor. Sie platzte innerlich vor Ungeduld, wollte zu gerne wissen, was er hatte sagen wollen.

»Das auch. Ich meinte … vertraut. Vom ersten Moment an.«

»Mir ging es ähnlich. Als ob ich dich schon ewig kennen würde. Meinen letzten Freund habe ich ein halbes Jahr lang fast täglich getroffen, bevor wir ein Paar geworden sind. Er kam mir nach der Zeit immer noch fremder vor als du nach den paar Tagen.«

»Wart ihr lange zusammen?«, fragte Philippe neugierig.

»Zwei Jahre. Und ich wäre wahrscheinlich noch mit ihm zusammen, wenn er nicht versucht hätte, mir diese Reise zu verbieten.«

Philippe runzelte die Stirn. »Dein erster Freund?«

»Mein zweiter … und sehr viel mehr Erfahrung habe ich auch nicht«, gestand sie ihm. »So viel zu meinen Vernunftentscheidungen …«

»Es war ein Fehler?«

»Und was für einer. Und bei dir?«

»Mein erstes Mal?« Er lachte. »Mit vierzehn in einem Feriencamp. Sie war älter und es war garantiert nicht ihr erstes Mal. Ich kann nicht sagen, dass ich es bedauert habe, aber sie kam bestimmt nicht auf ihre Kosten. Na ja. Es war ein Abschiedsgeschenk. Am nächsten Tag bin ich nach Hause gefahren. Am Abend kam mein Vater an und hat mir ein Gespräch über Bienchen und Blümchen aufs Auge gedrückt. Ich konnte nicht anders, ich musste die ganze Zeit wie ein Blöder grinsen und kichern. Hinterher ist er zu meiner Mutter gegangen und hat gemeint, dass ich viel zu unreif für solche Gespräche sei. Sie hat mich ermahnt, mich angemessen zu benehmen. Die beiden wissen bis heute nicht, warum ich mich so aufgeführt habe.«

»Oh, dann danke für dein Vertrauen.« Sie lachte mit. »Und danach hattest du immer zehn an einem Finger?«

»Du traust mir eine Menge zu.« Er wurde ernst. »Nein, nie. Sehr viel mehr Erfahrung als du hab ich auch nicht. Ich war mit fünf Frauen zusammen. Meine letzte Beziehung habe ich … haben wir vor einem Jahr beendet.«

Jede Einzelne seiner Verflossenen war wahrscheinlich ein wunderschöner Topmodel-Typ mit langen blonden Haaren. Janine versuchte, einen Anflug von Eifersucht zu unterdrücken.

»Ich bin leider nicht so gut darin wie mein Vater, eine dauerhafte Beziehung zu führen. Er hatte das Glück, eine Frau zu finden, die seine Liebe zum Betrieb versteht. Meine Mutter teilt sie sogar. Sie hat immer mitgearbeitet. Während ich nie genug Zeit für meine Freundinnen hatte. Meine Schuld: Bisher war ich mit meiner Arbeit verheiratet.«

Dass er bisher gesagt hatte, ließ Janines Herz schneller

schlagen. Er legte die rechte Hand über ihre linke und verschränkte seine Finger mit ihren.

»Ich genieße jeden Tag mit dir«, fügte er hinzu. »Es gibt so vieles, das ich noch nicht gesehen habe – das ich mit dir entdecke. Zum Beispiel besonders dunkle Himmel und Klasse-Eins-Orte. Nur noch zwei Stunden und wir sind in Jasper, wo du Milchstraße und Andromeda-Nebel mit bloßem Auge erkennen kannst.«

»Falls keine Wolken da sind«, warf Janine übermütig ein. »Vielleicht sollte ich keine Scherze darüber machen? Ich wusste nicht mal, dass Klassifizierungen für besonders dunkle Stellen auf der Erde existieren.«

»Gegoogelt? Ich auch. In Mitteleuropa soll es keine Klasse-Eins-Orte mehr geben.«

»Ich hab nie so darauf geachtet. Obwohl mir der Begriff Lichtverschmutzung durchaus bekannt ist. Am Stadtrand, wo ich wohne, konnte ich immer noch Sterne sehen. Wollen wir wieder los …?«

»… und einem der schönsten Highways Kanadas folgen? Nur zu gerne. Du magst Land und Leute?«, wollte Philippe wissen.

Ein paar Vögel flogen auf, als sie aufstanden und hinunterkletterten.

»Und wie. Ich denke da besonders an einen.«

Er schmunzelte verschmitzt und sie hätte ihm am liebsten einen Kuss auf die Lippen gedrückt.

»Im Ernst. Die Strecken sind malerisch, manche Abschnitte dramatisch. Ich wünschte, ich hätte mehr Talent, die Atmosphäre einzufangen.«

Vieles knipste Janine mit dem Smartphone, das sie praktisch immer zur Hand hatte. Oft kam auch ihre digitale Kamera zum Einsatz, die sie extra für ihre Kanada-Reise gekauft hatte. Eine bessere Fotografin wurde sie deswegen leider nicht, obwohl Familie und Freunde fleißig Likes auf Instagram verteilten.

»Bist du denn nicht zufrieden mit deinen Bildern?«

Nach wie vor verschickte sie Nachrichten und Fotos an die Familien-, verschiedene andere Gruppen und Freunde. Onkel, Tante, Cousins und Cousinen und natürlich Caro waren Philippe inzwischen ein Begriff. Er kannte sie alle mit Namen, nachdem sie ihm Bilder der dazugehörigen Personen gezeigt hatte, die er zu ihrem Erstaunen seither problemlos einordnete.

»Sie fangen den Zauber der Landschaft nicht ein«, erklärte sie. »Sie ist viel beeindruckender als auf meinen Bildern. Das bring ich nicht richtig rüber.«

»Kein Wunder, weil du ihnen nur solche schickst, auf denen ich nicht zu sehen bin«, neckte er sie.

Das hatte er gemerkt?

»Nach dem Motto: Ein charmanter Kanadier auf meinen Bildern reißt es wieder raus?« Sie errötete heftig, statt darüber zu lachen. »Wissen deine Eltern denn, dass du mit einer deutschen Touristin unterwegs bist?«

»Nein, nicht direkt.« Er scrollte durch seine Nachrichten und zeigte ihr ein paar Bilder, die er an seine Leute verschickt hatte. »Auf dem hier bist du von weitem mit dem Surflehrer zu sehen, aber das weiß nur ich, weil ich es aufgenommen habe. Schließlich wollte ich ohne deine Erlaubnis nicht einfach Bilder von uns beiden verschicken. Darf ich denn?«

»Wenn du möchtest.«

»Und was soll ich schreiben, wenn sie dich kennenlernen wollen?«

»Mich?«, fragte sie verdattert.

»Eine Deutsche aus der alten Heimat? Ich denke, sie wären brennend interessiert.«

»Ach, das ist der Grund.« Sie versuchte, ihre Enttäuschung zu verbergen.

»Nein, warte, doch nicht deswegen! Ich möchte dich ihnen vorstellen, weil ich dich furchtbar vermissen werde, wenn du nicht bei mir bist. So einfach ist das. Könntest du dir vorstellen, mich nach Québec zu begleiten, wenn mein Urlaub vorüber ist? Unter der Woche muss ich arbeiten, aber an den Wochenenden hätte ich Zeit für gemeinsame Ausflüge und zum Indian Summer würde ich mir ein paar Tage freinehmen.«

Sie schlug die Hände vor den Mund, um nicht laut aufzuschreien und antwortete: »Ja!«

»Ich hatte solche Bedenken, dass du ablehnst und denkst: Was bildet der sich ein. Ich wusste schließlich nicht, ob du so empfindest wie ich.«

»Und mir war elend bei der Vorstellung, dass du schon bald weg bist. Ohne dich würde ich mich furchtbar einsam fühlen.«

»Das empfinde ich genauso.«

Sie musterte das warme Braun seiner Iris und unterdrückte das ›Ich liebe dich‹, das ihr auf den Lippen lag. Stattdessen deutete sie auf ein Streifenhörnchen, das aus seinem Versteck herausgekommen war und sie misstrauisch beäugte.

Sie beobachteten es eine Weile und kletterten dann hinunter zu ihrem Wagen. Seit sie Vancouver Island verlassen hatten, wechselten sie sich mit dem Fahren ab. Philippe und sie waren zu einer Zweigstelle des Autoverleihers gegangen, sie hatte ihre Fahrerlaubnis vorgelegt und war mit eingetragen worden. Für das Teilstück, das noch vor ihnen lag, stieg sie hinters Steuer. Janine fuhr los. Das Navi lenkte sie zurück auf den Trans-Canada Highway, vorbei an Bergen, Felsen, Wäldern, Brücken, Städten, größeren und kleinen Ortschaften. Unterwegs sprachen sie über ihre Kindheit und ihre Familien, über Gott und die Welt.

Die Landschaft versetzte sie immer wieder in Erstaunen. Die schneebedeckten Berggipfel der Rocky Mountains. Endlose Wälder und Täler, glasklare Seen, die von Gletscherwasser gespeist wurden, Flüsse und Bäche. Jedes Mal, wenn sie dachte, dass die Natur unmöglich etwas Schöneres hervorbringen konnte, entdeckte sie etwas Neues.

»Kanada ist unglaublich.«

»Wenn ich jedes Mal einen Dollar kriegen würde, wenn du diesen Satz sagst, wäre ich bald Millionär«, antwortete er amüsiert.

Sie wollte lachen, es blieb ihr jedoch im Hals stecken. Sie hatte kurz zur Seite geschaut, weil sie auf der Vorfahrtsstraße eine Kreuzung passierte.

»What the fuck!«, brüllte Philippe.

Aus der Seitenstraße kam ein Auto angeschossen. Janine schrie entsetzt auf. Philippe fluchte. Sie überlegte nicht, trat aufs Gaspedal. Die Reifen quietschen, der Motor zog an. Nur um Haaresbreite entgingen sie einem Crash. Der andere fuhr unbeirrt weiter, obwohl er das Stoppschild hätte beachten müssen.

»Zut alors!«, keuchte Philippe. »Que diable fait-il?«

»Verflucht noch mal, was zur Hölle der Kerl da macht, würde ich auch gerne wissen.« Janines Hände zitterten, deshalb umklammerte sie das Lenkrad. Geschockt steuerte sie den Wagen an den Straßenrand. »Ist der bekifft?«

»Das kann gut sein. Vor ein paar Jahren sollen aus der Gegend Hubschrauber mit Drogen nach Washington gestartet sein.«

»Ich kann nicht fassen, dass wir da unbeschadet rausgekommen sind.«

»Den Bruchteil einer Sekunde langsamer und der wäre uns voll in die Seite gekracht. Ein Glück, dass du so schnell reagiert hast. Sonst wäre ich jetzt … Das war knapp.«

»In einer Sekunde ist noch alles gut und in der nächsten …« Janines Herz trommelte gegen ihre Brustwand.

Kapitel 29

Maria – Oktober 1950

Marias Herz trommelte gegen die Brustwand, und ihre Hände zitterten, als sie atemlos vor dem Haus stand, in dem Carl lebte. Sie wartete, bis sie wieder genug Luft zum Reden hatte, und klingelte im Erdgeschoss bei der Vermieterin, Frau Hohenheim. Ungeduldig lauschte sie auf Schritte. Endlich ging die Tür einen Spalt auf und eine ältere Frau versuchte sie abzuwimmeln.

»Es tut mir leid, Fräulein, wir haben zurzeit kein Zimmer frei.«

»Ich wollte nur fragen, ob Sie Herrn Ebnert heute Morgen schon gesehen haben.«

»Warum wollen Sie das wissen? Heut war schon jemand für den da. Mehr sag ich nicht dazu. Von Amts wegen, sozusagen. Polizei«, flüsterte Frau Hohenheim.

»Weshalb denn?«, keuchte Maria entsetzt.

»Keine Ahnung, die haben mir nichts gesagt. Waren auch schnell wieder weg. Schuldet der Ihnen etwa Geld oder hat er Sie sonst wie in Umstände gebracht?« Ein prüfender Blick glitt über ihre schmale Taille.

»Nein, natürlich nicht.«

»Nix für ungut.«

Maria hatte unterwegs überlegt, was sie auf Fragen der

Vermieterin nach dem Warum oder Wieso antworten wollte. Doch mit den Fakten und diesen direkten Worten war sie überfordert. Sie spürte, wie ihr das Blut ins Gesicht schoss, und stammelte: »Nein, er ist lediglich zu einer sehr wichtigen Besprechung nicht erschienen.«

»Deshalb schicken die vom Betrieb eine junge Frau los?«

»Ich bin nur eine Schreibkraft und bei der Sitzung entbehrlich.«

»Und der Carl Ebnert nicht?« Die Vermieterin hob die Brauen und musterte Maria spöttisch. »Na ja, wird wohl stimmen, wenn Sie es sagen. Tja, wo er abgeblieben ist, weiß ich nicht. Das habe ich den Beamten von der Polizei auch gesagt. Der ist vor zwei Stunden mit seinen Siebensachen weggegangen. Zu mir hat er gesagt, um seine todkranke Oma zu besuchen. Wann er wiederkommt, wusste er nicht so genau. Hab mir nichts dabei gedacht. Ist ja auch schwierig, richtig vorherzusehen, wann einer stirbt. Die Oma könnte auch wieder gesund werden, nicht wahr.«

»Wissen Sie, wo Herr Ebnert hingegangen ist?«

»Na, zum Bahnhof, denke ich. Danach gefragt hab ich ihn aber nicht. Geht mich ja auch nichts an.«

»Vielen Dank für Ihre Auskunft.« Panisch versuchte Maria, das Gehörte zu begreifen: Was war geschehen? Warum hatte die Polizei Carls Zimmer aufgesucht. War er festgenommen? Weswegen? Wenn er nicht am Bahnhof aufgetaucht war, wo mochte er stattdessen gewesen sein? Vielleicht gab es Komplikationen mit seiner kranken Mutter? Nein, wegen der Polizei handelte es sich wohl eher um einen tödlichen Unfall. Sie schauderte.

In jedem Fall würde Carl bei seinem Meister in der Schreinerei anrufen, um sich bei ihm zu entschuldigen und ihr dadurch Nachricht zu geben. Sie musste zurück und in Erfahrung bringen, was geschehen war. Maria wirbelte herum und rannte los.

Carls Zimmer lag am Stadtrand, sicher drei Kilometer vom Möbelhaus der Reinhardts entfernt. Sie war erschöpft, aber die Angst verlieh ihr Flügel. Sie lief, ohne auf die Häuser zu achten, die Straßen und die Menschen. Autos hupten, als sie eine Kreuzung überquerte, ohne ordentlich auf den Verkehr zu achten. Sie war aufgewühlt und verzweifelt. Nur der Gedanke an Carl gab ihr Kraft.

Keuchend lehnte sie an der Hauswand des Möbelgeschäfts. Sie hustete und brauchte einen Moment, bevor sie in die angegliederte Schreinerei gehen konnte. Sie hörte eine Säge kreischen und es roch aromatisch nach Holz. Gearbeitet wurde dort also. Erst einmal musste sie Atem schöpfen. Vor ihren Augen tanzten schwarze Punkte. Ihre Beine zitterten. Sie wollte weiter, wissen, was geschehen war, aber ihr Füße hatten das Gewicht von Blei. Sie musste warten, verschnaufen und mit vorgebeugtem Oberkörper die Arme auf die Beine stützen. Es dauerte, bis sie wieder aufrecht stehen konnte. Zuletzt straffte sie ihren Rücken und schritt auf die Tür des Büros der Schreinerei zu. Entschlossen drückte sie die Klingel.

Endlich, Schritte.

Jemand riss die Tür auf und schnauzte ungehalten: »Was ist denn noch? Ich habe Ihnen schon alles gesagt, was ich weiß.«

»Herr Hoferer?« Maria kannte Carls Meister vom Sehen. Ab und zu ging er aus der Schreinerei über den Hof in die Firma und einmal hatte sie ihn in Begleitung ihres Liebsten gesehen. Hinterher hatte Carl ihr berichtet, dass der untersetzte Mann mit den kurz geschnittenen grauen Haaren und dem Walrossschnauzbart sein Meister sei.

»Sie kenne ich«, stellte der Mann fest. »Sie sind eine der Schreibdamen aus dem Hauptgebäude.«

Sie nickte. »Ich müsste kurz mit Herrn Ebnert sprechen.«

Carls Meister wurde blass. »Haben Sie's denn nicht mitbekommen? Das war vorhin ein solcher Auflauf. Ich dachte, alle vom Haupthaus wären versammelt. Der Hof war voller Leute, davon wollen Sie nichts mitbekommen haben?«

»Was war denn?«, fragte Maria ängstlich.

»Na, die Polizei war da.«

»Hier?« Sie merkte, dass ihr Blut in die Beine sackte. Ihr wurde kurz schwarz vor Augen. Auf einmal spürte sie einen festen Griff an ihrem Arm. Herr Hoferer stützte sie.

»Kommen Sie erst mal rein, bevor Sie mir zusammenklappen, Fräulein …«

»Mein Name ist Krafft.«

»Na, damit ist es gerade nicht so weit her.« Er führte sie in einen kleinen Raum, der wohl Besprechungen diente. Er nötigte Maria auf einen Stuhl, ließ Wasser in ein Glas plätschern und reichte es ihr.

»Danke.«

»Und jetzt erzählen Sie, wie es kommt, dass Sie nichts von den Vorgängen bemerkt haben.«

Wo war Carl? Innerlich bebte Maria vor Ungeduld, den Grund für das Auftauchen der Polizei zu erfahren. Wenn sie ihr Verhältnis zu ihm nicht preisgeben wollte, musste sie die Frage seines Meisters glaubwürdig beantworten. Das war ihr von vorneherein klar gewesen.

Sie ließ ihren Blick über die Einrichtung schweifen. Sorgfältig gefertigte Einbauschränke und Regale zeugten ebenso wie der Meisterbrief an der Wand von Herrn Hoferers Fertigkeiten als Schreiner. Er machte einen bekümmerten Eindruck. Seine Stirn war sorgenvoll gerunzelt und seine Mundwinkel hingen herab. Als er sie ansah, lächelte er freundlich, das machte ihr das Lügen nicht leichter.

»Ich war vorhin nicht im Betrieb, deshalb habe ich nichts von den Vorgängen mitbekommen.«

»Waren Sie zu spät dran?«

»Nein, mir geht es heute nicht so gut. Trotzdem wollte ich zur Arbeit. Das war keine gute Idee. Mein Vater meinte, dass ich mit dem Bus nach Hause fahren sollte. Ich war schon an der Haltestelle, als ich bemerkt habe, dass ich mein Portemonnaie nicht eingesteckt hatte. Wenn ich zu meinem Vater gegangen wäre, hätte er es für seine Pflicht gehalten, mich nach Hause zu begleiten. Er hat dieses Jahr noch keinen Tag gefehlt, und ich will nicht die Ursache sein, dass meinetwegen seine Prämie verfällt.«

Herr Hoferer nickte verständnisvoll.

»Im Büro wollte ich mich nicht noch mal sehen lassen. Ich hoffte darauf, dass Carl mir die zwanzig Pfennig borgt. Wir sind im gleichen Dorf aufgewachsen. Deshalb habe ich nach ihm gefragt.«

»Das mit dem Borgen wird auf absehbare Zeit nichts werden.«

»Wie bitte?« Maria tat ahnungslos. »Ist ihm etwas passiert?«

»Nein, verhaftet worden ist er, der Carl.«

»Wieso?« Maria zitterte am ganzen Körper. Sie hätte ihre Hände ineinander verschränken und sie in den Schoß legen sollen, damit sein Meister nichts davon merkte. Sie schaffte es nicht, war unfähig, in diesem Moment auch nur einen Finger zu rühren. Kein Unglück in der Familie? Ob Johann ihn provoziert hatte und Carl auf ihn losgegangen war? Was bedeutete das Auftauchen der Polizei bei seiner Wirtin? Sie begriff gar nichts mehr.

»Na ja, das war was.« Herr Hoferer zog einen Stuhl heran und nahm ihr gegenüber Platz. »Ausgerechnet der Carl, mein bester Mann. Ich kann es immer noch nicht glauben.«

»Was ist denn passiert?« Maria erkannte ihre eigene Stimme nicht wieder.

»Da muss ich ausholen. Samstagabend kam auf den letzten Drücker ein Kunde und hat seine Rechnung bar bezahlt. Über fünfhundert Mark. Ich hab mir noch überlegt, ob ich das Geld lieber mit nach Hause nehme. Es war leider zu spät, den Betrag zur Bank zu bringen. Mit mir herumtragen wollte ich so viel Bares nicht.«

»Das kann ich nachvollziehen. Es gibt zu viele Strolche.«

»Also bin ich zum Chef. Er war auch dafür, dass ich es in der Kasse lasse.«

Maria wusste nicht genau, worauf er hinauswollte. Was sollte dieses Gerede mit voller Kasse und fünfhundert Mark? Sie wollte wissen, was Carl verbrochen hatte.

»Das Geld blieb, wo es war. Heute Morgen bin ich eine Stunde später als gewöhnlich in die Werkstatt gegangen. Gegen halb acht. Der Chef wusste Bescheid, den hatte ich ein paar Tage zuvor deswegen angesprochen.

»Der alte?«

»Nein, der junge.«

Ob Johann seine Finger im Spiel hatte, schoss es Maria durch den Kopf. »Wusste er von dem Geld?«

»Mag sein. Er hat im Zimmer nebenan etwas erledigt, als ich dem Chef, dem Senior, mein Problem geschildert habe. Die Tür stand offen. Warum wollen Sie das wissen?«

»Ach, nur so.«

»Carl sollte mich vertreten. Doch er, sonst ein Muster an Zuverlässigkeit, glänzt durch Abwesenheit. Die Lehrlinge standen fast eine Stunde vor der Tür, bis ich sie eingelassen habe. Wie es so geht, kaum bin ich im Büro, klingelt das Telefon, zwei Kunden stürmen herein und meine Lehrlinge brauchen Hilfe. Endlich kehrt ein Moment Ruhe ein. Ich öffne die Geldkassette, um mich zu vergewissern, dass alles in Ordnung ist … und denke, mich trifft der Schlag. Das Geld ist weg, die Kasse ist leer. Also rufe ich die Polizei, anschließend informiere ich die Chefs.«

Maria begriff immer noch nicht. »Verdächtigen Sie Carl? Warum soll ausgerechnet er das Geld genommen haben?«

»Das kann ich Ihnen sagen: Einbruchspuren gab es nicht. Die Polizei hat mich gefragt, welche Angestellten, abgesehen von mir, im Besitz eines Schlüssels seien. Und wer wüsste, wo ich die für die Kasse aufbewahre. Da musste ich ihnen Carl Ebnerts Namen nennen und habe sein unentschuldigtes Fehlen erwähnt. Das hat den Verdacht sofort auf ihn gelenkt. Denn den Samstagabend war keiner von uns allein in der Werkstatt. Da war es unmöglich, für einen Mitarbeiter, etwas zu mopsen. Die Lehrlinge, Carl und ich haben zur gleichen Zeit Feierabend gemacht. Das kann ihre Kollegin, das andere Fräulein aus dem Sekretariat, bezeugen. Wir sind ihr auf dem Hof draußen begegnet und gemeinsam ein gutes Stück des Weges gegangen. Zum Glück bin ich mit meiner Frau gleich nach dem Abendessen zu einer silbernen Hochzeitsfeier aufgebrochen. Wegen unseres Gepäcks haben wir uns ein Taxi gegönnt und uns am Bahnhof mit Bekannten getroffen. Da wir erst heute Morgen zurückgekehrt sind, war ich rasch aus dem Schneider. Will heißen, ich werde es sein, wenn die Beamten meine Angaben überprüft haben. Gott, wie hatte ich mich gegen diese Fahrt gesträubt. Meine Schwägerin ist nicht mein Fall. Jetzt bin ich meiner Frau dankbar, dass sie mich zu diesem Ausflug gezwungen hat. Ungefähr dreißig Gäste können unsere Anwesenheit bestätigen. Sonst würde ich vielleicht selbst in der Bredouille hocken.«

»Dass Sie erleichtert sind, glaube ich Ihnen gerne. Aber das beweist nicht, dass Carl …«

»Nun ja, er hat gewusst, dass der Griff in die Kasse lohnte.«

»Und die Lehrlinge?«

»Haben zwar den Kunden, aber nicht den Betrag gesehen.«

»Carl würde so etwas niemals tun.«

»Das dachte ich auch. Leider gab es unter dem Geld einen auffälligen Zwanzigmarkschein, der an zwei Stellen eingerissen war.«

»Den hatte der Kunde dabei?«

»Der lag schon seit dem Nachmittag in der Kasse. Ausgerechnet den hat die Polizei in Carls Geldbörse gefunden. Zudem trug er die gesamte fehlende Summe bei sich und ein bisschen was drauf.«

»Sind Sie sicher, dass es der gleiche Geldschein war?« Maria konnte vor Entsetzen kaum schlucken.

»Beschwören würde ich es nicht. Aber unter uns gesagt: Ich denke schon. Diese verteufelte Angelegenheit macht mich noch verrückt. Ich mag nicht glauben, dass Carl schuldig geworden ist. Er ist ein guter Junge.«

Herr Hoferer füllte ein zweites Glas mit Wasser und trank es in einem Zug leer. »Sogar jetzt will es noch nicht in meinen Kopf, dass er dieses Geld genommen hat.«

Carl sollte ein Dieb sein? Maria hielt ihre Hand vor den Mund. Ihr war elend zumute, furchtbar übel.

»Was die Polizei dann bei der Durchsuchung seines Zimmers gefunden hat, dass der Vogel quasi ausgeflogen war, hat dem Carl endgültig das Genick gebrochen.«

»Ich verstehe nicht.«

»Tja, Herr Ebnert hatte sein Zimmer leer geräumt, hieß es. Er war drauf und dran, die Brücken hinter sich abzubrechen und abzuhauen. Der ermittelnde Polizeibeamte hält Carl für einen verschlagenen Verbrecher, und ich weiß nicht mehr, was ich glauben soll. Sie haben ihn auf dem Weg zum Bahnhof aufgegriffen und zwei Fahrkarten bei ihm gefunden. Wie konnte ich mich so in einem Menschen täuschen? Wenn einer fleißig und ehrlich war, dann der Carl. Ach herrje, Sie sehen käsebleich aus und ich erzähle hier ellenlange Geschichten. Wissen Sie was, Fräulein, ich fahre Sie nach Hause.«

»Danke, ich fühle mich wirklich elend.« Sie hielt die Hand vor den Mund und würgte. »Und wo ist Carl jetzt?«

»Halt im Gefängnis. Die haben ihn angeblich in Handschellen abgeführt wegen Fluchtgefahr und gleich verhaftet.«

»Ich muss zur Polizei!« Mit wackeligen Beinen versuchte Maria aufzustehen.

»Was wollen Sie denn da?«, fragte er verblüfft. »Was Sie brauchen, ist ein Arzt, Fräulein.«

»Nein, nein!«

Er achtete nicht auf ihren Widerspruch.

»Ich muss eine Aussage machen. Er wollte mit mir verreisen.«

»Ach, deshalb haben sie bei der Leibesvisitation die beiden Fahrkarten gefunden. Dass er mit Ihnen auf und davon wollte, halten Sie besser geheim, Kindchen. Ich verrate es keinem, kann schweigen wie ein Grab.«

Maria schluchzte. »Aber er wollte nicht fliehen!«

In der Werkstatt kreischte wieder die Säge.

»Das Geld ist und bleibt weg. Ob er mit Ihnen verreisen wollte oder nicht, ändert nichts an den Tatsachen. Außer dass Ihr guter Ruf dahin ist, wenn das bekannt werden sollte. Kein Wort mehr davon. Ich bringe Sie nach Hause.«

Kapitel 30

Maria – Oktober 1950

Maria musste zur Polizei und für Carl aussagen, das war das Einzige, woran sie denken konnte. Sein Meister durfte nicht recht haben. Ihre Aussage musste etwas für ihren Liebsten ändern. Von wegen Fluchtgefahr!

»Seien Sie vernünftig, gnädiges Fräulein.«

»Nein, ich gehe zu Fuß, ich will Ihnen nicht zur Last fallen.«

»Das kommt gar nicht infrage. Punktum.«

Völlig erschöpft gab sie Herrn Hoferer zuletzt nach. Er begleitete sie bis in die Wohnung und sie dankte ihm von ganzem Herzen.

»Dir ist übel? Hast du was Falsches gegessen?«, fragte die Mutter, nachdem er fort war, mit überraschender Milde.

»Vielleicht. Es geht mir schon wieder ein wenig besser.«

»Geh ins Zimmer und leg dich ins Bett. Ich hol dir das Thermometer.«

Noch bevor sie die Kleidung abgelegt und ihr Nachthemd übergestreift hatte, reichte die Mutter es ihr. Als sie kurz darauf eintrat und ihr fürsorglich eine Tasse auf den Nachttisch stellte, konnte Maria sie beruhigen. »Fieber habe ich keines.«

»Sehr schön.« Liebevoll strich die Mutter die Bettdecke

glatt und lächelte ihr aufmunternd zu. Sobald sie aus dem Zimmer gegangen war, brach Maria in Tränen aus. Sie kauerte sich unter den Laken zusammen und dachte an Carl. *Unschuldig im Gefängnis.* Irgendwann döste sie ein.

Sie war schon wach, als sie die Stimme des Vaters hörte, der von der Arbeit nach Hause zurückkehrte. So rasch wie möglich kam sie hoch. Sie wollte nicht daliegen, verängstigt, wie ein kleines Häschen in der Grube. Während die Eltern sich in ihrer ganzen Größe vor ihr aufbauten, um über Carl herzuziehen. *Nie und nimmer!*

Noch sprach der Vater mit der Mutter, berichtete ihr sicher von dem Skandal. Kaum war Maria in Rock und Bluse geschlüpft, riss er, ohne anzuklopfen, die Tür auf.

»Dein ach so sauberer Herr Ebnert ist verhaftet worden.«

»Ich hab dir gesagt, was für ein liederlicher Mensch er ist!« Der Triumph in der Stimme ihrer Mutter war nicht zu überhören. »Aber du warst unverbesserlich.«

Der Vater berichtete brühwarm von den Geschehnissen.

»Wie ein Krimineller soll er abgeführt worden sein. Angeblich leugnet er, dabei ist er praktisch überführt! Wie ein Lauffeuer ging die Meldung durch die Belegschaft: Das Sündengeld steckte in seiner Brieftasche, darunter ein Geldschein, den sein Meister wiedererkannt hat. Der wird einsitzen, der Ebnert!«

»Diese Summe beweist gar nichts!«, verteidigte Maria ihren Liebsten. »Genauso wenig wie der Geldschein.«

»Zwei Fahrkarten hat der ›saubere‹ Herr in seiner Jackentasche gehabt. Mit irgendeinem Weibsbild wollte er durchbrennen.«

»Himmel, bist du naiv, Herbert!« Ihre Mutter schnaubte und durchbohrte sie förmlich mit ihren Blicken. »Du warst es, stimmt's.«

»So ist es, mit mir hat er weggehen wollen!«, schrie Maria, als sie die boshaften Unterstellungen nicht mehr aushielt. Sie drängte an ihren Eltern vorbei in die Küche, wo sie zum Beweis die Papiere aus der Tasche zerrte, die sie am Abend zuvor aus der Kassette ihres Vaters genommen hatte. »Wir wollten nach Hamburg. Dort wollten wir das Aufgebot bestellen und heiraten.«

»Du, du …« Die Mutter plumpste kreidebleich auf einen der Stühle.

Der Vater hob die Hand.

Maria duckte sich nicht. »Schlag mich nur, das ändert nichts an den Tatsachen.«

»Die könntest du totprügeln, bei einem derart verstockten Menschen nutzt das nichts mehr, Herbert. Dieser Carl hat unser süßes kleines Mädchen von Grund auf verdorben.«

Er ließ die Hand sinken.

»Ihr tut Carl Unrecht! Er ist nicht der Mann, der Schulden macht. Er hatte Geld gespart, um mir einen teuren Verlobungsring kaufen zu können.«

»Wo ist er denn, dieser teure Ring«, höhnte der Vater.

»Carl musste ihn versetzen, um unsere Reise zu finanzieren. Im Gegensatz zu dem, was ihr ihm vorwerft, wäre er nie auf die Idee gekommen, Geld zu stehlen. Er ist ein Ehrenmann.«

»Du dumme Gans, wahrscheinlich war das mit dem Ring eine glatte Lüge!«, fuhr ihr Vater sie an.

»Nein, ich habe den Ring gesehen.«

»Ein billiges Imitat wird es gewesen sein und du …« Der Blick ihrer Mutter blieb an Marias Taille hängen.

»Was ist?«, fragte der Vater.

»Jetzt fällt es mir wie Schuppen von den Augen.« Die Mutter riss den Mund auf, die Kinnlade klappte nach unten und sie schnappte nach Luft wie ein Karpfen an Land. Sie rückte den Stuhl nach hinten und sprang auf. »Du ... Flittchen hast für ihn die Beine breit gemacht.«

»Was sagst du, Gerda?«, ächzte der Vater.

»Deine ach so süße, kleine, unschuldige Tochter ist schwanger und der Kindsvater sitzt ein. Oh Gott, ich könnte dich!« Die Mutter packte Maria an den Schultern. »Wie lange bist du drüber? Eine Woche? Zwei? Viel mehr kann es nicht sein. In der ersten Septemberwoche hab ich das letzte Mal die Binden eingeweicht und gewaschen. Es ist also noch ganz am Anfang.«

»Stimmt es?«, brüllte der Vater. »Hast du mit dem Kerl herumgehurt wie eine billige Dirne?«

»Ruhe!«, donnerte die Mutter, die sie von sich wegstieß. »Ich muss überlegen.«

Unwillkürlich legte Maria ihre Hand auf den Unterleib. Konnte es sein? Trug sie Carls Kind? Sie hatten nur dieses eine Mal miteinander geschlafen und richtig übel war ihr nicht. Nur ein wenig schlecht ...

»Ich ... schwanger? Aber ... vielleicht bin ich es nicht.«

»Und wenn doch!« Ruhelos ging die Mutter auf und ab.

Der Vater vergrub die Hände in seinem lichten Haar. »Was werden die Leute sagen? Wie konntest du uns das antun?«

»Wir wären längst verheiratet, wenn ihr euch nicht so dagegen gesperrt hättet«, brach es aus Maria heraus. »Aber es musste ja Johann Reinhardt sein.«

»Jetzt sind auf einmal wir schuld, dass du ein uneheliches Balg anschleppst? Ich sollte dich ...« Er ging zum Schrank und holte zwei Schnapsgläser heraus. Beide füllte er mit einem nicht besonders teuren Weinbrand. Das erste schob er der Mutter hin, das andere leerte er in einem Zug. »Hast du eine Idee, Gerda? In der Firma kann sie nicht bleiben. Sie muss kündigen, das Kind irgendwo kriegen. Vielleicht können wir es in Pflege geben …«

»Nein!« Maria würde so etwas nicht zulassen. »Wieso kommt ihr darauf, dass ich schwanger bin? Das steht überhaupt nicht fest.«

»Haltet alle den Mund! Ihr alle! Es ist noch nicht zu spät! Wenn wir es geschickt einfädeln, kann sie immer noch Frau Reinhardt werden.«

»Mama!«, rief Maria entsetzt.

»Was schlägst du da vor, Gerda?«, entfuhr es dem Vater.

»Gibt es da was nicht zu verstehen? Ich versuche, zu retten, was zu retten ist. Unsere Tochter muss Johann Reinhardt dazu bringen, mit ihr zu schlafen. Zu schwer dürfte ihr das nicht fallen. Viel Überredungskunst braucht ein Kerl bei ihr wohl nicht zu verschwenden.«

»Du versündigst dich, Mama. Carl und ich lieben uns.«

»Wenn der Ebnert dich ehrlich geliebt hätte, wärst du jetzt nicht schwanger«, wehrte die Mutter ab. »So lange warten, bis ihr verheiratet seid, ging wohl nicht! Deshalb sind dein Vater und ich gezwungen, uns zu überlegen, was wir am besten tun. Nur deshalb.«

»Ich muss zu Carl!«, erklärte Maria fest. Er musste von dem Kind erfahren.

»Du hast vollkommen den Verstand verloren!« Der Vater sah ihr nicht ins Gesicht. Ab und zu schaute er zu ihrer Mutter hoch. Meistens auf seine Hände und sein leeres Glas. Er griff nach der Flasche, füllte es zum zweiten Mal und murmelte: »Das ist nur im Suff zu ertragen.«

»Johann muss annehmen, dass das Kind von ihm ist. Ihr heiratet. Wen kümmert's, wenn das Baby ein paar Wochen zu ›früh‹ kommt? Selbst wenn's ein voll ausgetragenes Siebenmonatskind wird, braucht er nicht wissen, dass das Kind von Carl ist.«

»Ich bin entsetzt. Das kann ich nicht gutheißen! Obwohl …« Der Protest des Vaters klang in Marias Ohren merkwürdig lahm. Er würde ihr nicht beistehen. »Sprich weiter, Gerda. Dein Plan würde uns die Demütigung ersparen. Die Nachbarn, die hinter unserem Rücken über uns tuscheln. Die Kollegen mit ihren hämischen Bemerkungen …«

»Und ihr hättet alles, was ihr immer wolltet.« Maria biss ihre Zähne zusammen. »Einen reichen Schwiegersohn.«

»Als ob es mir darum ginge. Wärst du nicht schwanger, bräuchten wir uns über solche Dinge nicht den Kopf zu zerbrechen«, fuhr die Mutter sie zornig an. »Herrgott, konntet ihr denn nicht aufpassen. Gegen ein Kind von einem anständigen Mann hätten dein Vater und ich nichts einzuwenden. Ihr würdet das Aufgebot bestellen und heiraten. Aber du und dieser Verbrecher. Wer weiß, wie lange sie den Ebnert ins Zuchthaus stecken.«

Maria schlug die Hand vor den Mund, um nicht laut loszuschreien. »Er hat das Geld nicht genommen.«

»Wer denn dann?«, warf der Vater ein. »Denkst du etwa, der alte Reinhardt hätte den Betrag selbst eingesteckt, um einen Tischlergesellen zu diskreditieren.«

»Das glaube ich eher, als dass Carl das Geld genommen hat! Vielleicht ist Johann darin verwickelt. Er ist derart hinter mir her.«

»So ein Unfug!« Die Mutter lachte. »Den Eindruck, dass der junge Reinhardt dich unbedingt will, teile ich allerdings. Insofern wird es ein Leichtes für dich sein, ihn dazu zu bringen, dich zu heiraten.«

»Wie kommst du darauf, dass er mich heiraten will,

Mama? Sein Vater würde ihm das nie erlauben. Ich stamme nicht aus einem reichen Haus oder aus einer der ersten Familien der Stadt.«

»Da hat sie recht, Gerda. Lassen wir das.«

»Das ist Unsinn! Ich weiß von Johann selbst, dass seine Mutter unsere Tochter sehr schätzt und die Verbindung befürwortet. Der Vater ist nicht begeistert, legt ihm aber keine Steine in den Weg. In solchen Dingen gibt Herr Reinhardt wohl seiner Frau nach.« Die Mutter schüttelte den Kopf. »Die Eltern sind nicht das Problem. Lass mich nachdenken … Wenn wir es schaffen würden, die beiden in einer kompromittierenden Situation zu erwischen, könnten wir auf einer schnellen Hochzeit bestehen.«

Der Vater rieb über sein Kinn. »Das klingt nicht übel. Was tun wir, wenn er uns der Kuppelei bezichtigt?«

»Eine Kaffeeeinladung wird er kaum dazu missbrauchen können.«

»Ich bin mir nicht sicher …«

Maria ertrug dieses Gerede nicht mehr. »Darf ich in mein Zimmer gehen und mich hinlegen?«

Der Vater nickte. Sie eilte in ihre Kammer, sank aufs Bett und legte die Hände auf den Bauch. Seit die Mutter es ausgesprochen hatte, wusste sie, dass es wahr war. In ihr wuchs ein Kind! Sie musste Carl sehen. Mit ihm reden und gemeinsam überlegen, was sie tun konnten.

»Alles wird gut werden. Sie müssen deinen Vater freisprechen.« Maria schluchzte auf und schloss die Augen.

Kapitel 31

Janine – August 2019

Janine schloss die Augen. Nur einen Moment. Sie hatte den Motor abgeschaltet und saß reglos hinter dem Steuer, das sie krampfhaft umfasst hielt. »Kannst du übernehmen, Philippe? Ich bin zu aufgeregt …«

»Am besten fahre ich den Wagen von der Straße.« Er deutete nach links auf einen Schotterparkplatz, der zwischen den Bäumen aufgetaucht war. »Dort lassen wir ihn stehen und gehen ein paar Schritte. Ich muss auch ruhiger werden.«

Janine war froh, dass er alles in die Hand nahm. Als er das Auto geparkt hatte, stiegen sie aus und liefen einen Waldweg entlang. Vögel zwitscherten. Grillen zirpten. Neben ihnen ragten Nadelbäume in die Höhe. Eine abgelegene Kreuzung in der Pampa. Sie hätte meinen können, dass die Zivilisation meilenweit entfernt war. Aber das stimmte nicht. Schließlich führte Philippe sie zu einem umgestürzten Baumstamm, sie hockten sich hin und er legte den Arm um sie. Unglücklich lehnte Janine den Kopf an seine Schulter.

»Ich hab das Auto nicht bemerkt«, klagte sie. »Ich war unaufmerksam, hätte besser aufpassen müssen.«

»Du tust gerade so, als ob du schuld an dem Beinahezusammenstoß wärst.«

»Das bin ich auch.«

»Quatsch«, widersprach er. »Der andere ist losgebrettert, ohne das Stoppschild zu beachten. Nur deine schnelle Reaktion hat Schlimmeres verhindert.« Er drückte ihre Hand. »Dafür danke ich dir.«

»Nein, es ist genau wie bei meinen Eltern. An ihrem Tod trage ich die Schuld.«

»Du? Wie alt warst du?«

»Vier. Ich erinnere mich kaum an ihre Gesichter. Aber ich höre noch ihre Stimmen. Meine Mutter saß sie am Steuer. Meine Eltern haben gestritten. Sie waren laut, wütend. Das machte mir Angst.«

»Du warst also im Auto, als das Unglück geschehen ist?«

»Ja, hinten auf der Rückbank in meinem Kindersitz. Mir ist praktisch nichts passiert, außer einer Gehirnerschütterung und ein paar Schürfwunden, sagt Onkel Moritz. Ich weiß, dass ich gekreischt habe. Mama brüllte mich deswegen wütend an. Ich sehe noch ihr Gesicht. Wie böse sie zu mir gesehen hat. Papa schreit auf. Mehr weiß ich nicht mehr. Im Polizeibericht steht, dass sie das Lenkrad verrissen hat, das Auto ist aus einer Kurve geschossen und gegen einen Baum gekracht. Mama war sofort tot. Papa hat noch ein paar Stunden überlebt. An dem Unfall damals trage ich die Schuld. Das Unglück ist passiert, weil ich meine Mutter abgelenkt habe.«

»Du warst ein Kind.« Philippe zog sie in eine tröstende Umarmung. »Die beiden trugen die Verantwortung für dich, nicht umgekehrt.«

»Das sagt Onkel Moritz auch, wenn das Gespräch darauf kommt.«

»Er scheint ein vernünftiger Mann zu sein. Du hast recht, wir können zur falschen Zeit am falschen Ort sein. Oder aber das Schicksal meint es gut mit uns, und wir sind da, wo wir sein sollen. Denk an den kleinen Jungen mit dem Schokoladeneis. Der Moment, in dem du dich dazu entschieden hast, einzugreifen …« Er brach abrupt ab, als ob er an etwas denken musste.

Janine schniefte. »Sonst wären wir uns vielleicht nie nähergekommen.«

»Das glaube ich nicht. Vom ersten Moment, als ich dich gesehen habe, wollte ich deine Bekanntschaft machen.«

»Was sagst du da?« Janine schluckte.

»Du bist mit deinem Handgepäck durch die Halle gegangen und hast Ausschau nach einem freien Platz gehalten. Aber du hast mich nicht bemerkt.«

»Das hat sich schnell geändert.«

»Ich hab abgewartet, wo du dich hinsetzt …«

»Und den Kleinen angeheuert?«

»Nein, das nun nicht.« Er lachte. Sie hielt mit und fühlte sich wie befreit.

»Laufen wir noch ein Stück?«, schlug sie vor.

Schließlich kehrten sie um und Philippe klemmte sich hinters Steuer.

Während der Fahrt betrachtete Janine die Gipfel der Rocky Mountains. Uralte Felsformationen und schneebedeckte Gipfel. Ein kleiner hellgrauer Felsbrocken weit hinten sprang plötzlich auf und trabte über die Straße. Ihm folgten etliche andere. Philippe bremste. Die Rocky-Mountains-Dickhornschafe hatten Vorfahrt. Janine nahm die Tiere und ihre eindrucksvoll gekrümmten Hörnern mit der Handykamera auf. Nach einer Weile machten sie auf einem Parkplatz Halt. Sie las die Hinweisschilder mit den Namen der Berge, als ein riesiger, dunkelbrauner Hirsch aus dem Gebüsch trat. Sie sah genauer hin. Aufgeregt packte sie Philippe am Arm. Er hielt sein Smartphone hoch.

»Das war ein Elch! Hast du ihn auch gesehen?«

Er nickte. »Ich hab sogar ein Video gemacht.«

»Und ich hab nicht mal Fotos.«

»Ich schick es dir. Du kannst es gerne weiterleiten, wenn du magst.«

Sie schaute den Film an. Er hatte nicht nur den Elch, sondern auch sie und ihr ungläubiges Staunen aufgenommen. Sie schickte das Video an Caro, außerdem an ihre Familiengruppe und war gespannt, ob sie wissen wollten, wer es gemacht hatte.

Nach Jasper, das in der Provinz Alberta lag, gelangten sie ohne weitere Zwischenfälle und noch vor der anbrechenden Dunkelheit. Es war ein kleiner Ort, in dem zwei Flüsse ineinander mündeten. Sie parkten das Auto vor ihrer Unterkunft bei einem Privatvermieter. Ein Pärchen mittleren Alters händigte ihnen Zelt, Isomatten, Schlafsäcke und zwei Campingstühle aus, die Philippe telefonisch bei ihnen reserviert hatte. Sie durften das Viermannzelt im Garten aufbauen, da die Zimmer im Haus restlos ausgebucht waren. Auf Campingkocher und Feuer mussten sie aber verzichten. Die Vermieter hatten ihnen einen Schlüssel ausgehändigt. Zum Glück durften Philippe und sie die sanitären Einrichtungen im Haus benutzen.

Nachdem alles fertig aufgebaut war, erkundeten sie das Städtchen. Eine alte Dampflokomotive stand vor dem Bahnhof. Groß und in Gelb stand *Candian National 6015* darauf gemalt. Eisenbahnliebhaber konnten einer Tafel Einzelheiten entnehmen. Janine warf nur einen flüchtigen Blick darauf.

In dem Ort bummelten etliche Menschen durch die Straßen. Die meisten wohl Touristen wie Philippe und sie. Sie aßen eine Kleinigkeit bei einem Italiener und spazierten Hand in Hand aus dem Ort hinaus.

Zufrieden beobachteten sie den ersten funkelnden Stern, wanderten ein Stück in den Wald und machten bei einer Bank Halt. Wenn Janine den Kopf in den Nacken legte, konnte sie den Himmel sehen und einen letzten Streifen Abendrot, das vor dem Dunkel wich. Schwer lag es über den Bäumen und schluckte jedes Licht. Eine Schwärze zog herauf, die sie beängstigend fand. Bei jedem Rascheln, jedem Knacken zuckte sie erschrocken zusammen und umklammerte Philippes Arm.

»So hab ich mir das nicht vorgestellt«, gestand sie ihm und senkte ihre Stimme unwillkürlich zu einem Flüstern. »Jetzt kann ich mir besser ausmalen, wie froh unsere Vorfahren gewesen sind, als sie das Feuer gebändigt und nachts Licht hatten. Ich … möchte zurückgehen.«

Alles um sie herum war tintenschwarz. Sogar Philippe, der direkt neben ihr stand, war eher zu erahnen, als zu sehen. Sie zog ihr Handy aus der Hosentasche.

»Warte! Vorher schauen wir uns die Sterne an. Deswegen sind wir hergekommen.« Er tastete nach ihrer Hand und hielt sie fest. »Es ist unglaublich!«

Janine sah hoch und ihr Mund klappte auf. Sterne über Sterne und eine Art Wolkenschleier.

»Ist das die Milchstraße?«, fragte sie staunend.

»Ja.« Philippe legte die Arme um sie und zog sie an seine Brust.

Eine Weile blieben sie wie gebannt stehen. Stumm starrten sie einen Sternenhimmel an, der Janine das Gefühl gab, ein winziger Teil von etwas viel Größerem zu sein.

»Wie viele es sind«, murmelte er. »Und wie klein und unbedeutend wir. Wenn du das hier siehst, kannst du dir vorstellen, dass wir alleine im Weltall sind?«

»Nein«, antwortete sie einsilbig. Irgendwo im Gebüsch

raschelte es. Unbehagen stieg in ihr hoch. Selbst der schöne Sternenhimmel konnte Janine nicht trösten. Sie wollte zurück zu ihrem Zelt. »Momentan reicht mir das Leben auf der Erde. Hast du das gehört? Lass uns gehen.«

Sie schalteten ihre Smartphones an und nutzten ihre Taschenlampen-Apps.

Zweifelnd musterte Janine die Baumstämme. Panik kroch in ihr hoch »Weißt du noch, wo wir langgehen müssen?«

»Netz haben wir, ich versuche es mit dem Routenplaner. Wir gehen ein paar Schritte und sehen, ob wir uns auf unser Ziel zu bewegen«, schlug er vor.

Es funktionierte. Sie erreichten den Waldrand. Janine hätte die erste Straßenlaterne am liebsten umarmt. Verblüfft sah sie hoch. Kein Surren und Schwirren. »Hier in Jasper gibt es tatsächlich keine Motten, die das Laternenlicht umflattern.«

Ihr Handy brummte. Sie hatte eine Nachricht erhalten. Ulrich versuchte es wieder einmal. Sie las den Betreff, ein schlichtes ›Hallo‹, und löschte alles mitsamt Inhalt. Sie checkte kurz die Reaktionen der Familiengruppe und ihrer Freunde auf das Bild, das Philippe geschossen hatte. Nach wie vor spendierten sie fleißig Daumenhoch- und Herzaugen-Smileys und gaben nette Kommentare über ihr Aussehen ab. Bei Caros Kommentar musste sie grinsen.

›Dein heißer Kanadier tut dir offensichtlich gut, siehst toll aus.‹

»Dank dir habe ich viele Komplimente bekommen.« Sie zeigte Philippe die Konversation. »Schade, dass meine Familie nie fragt, wer mich fotografiert hat.«

»Sie denken vermutlich nicht darüber nach.«

»Wenn sie wüssten, wen ich an meiner Seite habe …«

»Brauchst du denn einen Anlass, ihnen etwas über uns zu schreiben?«

»Nein, natürlich nicht. Wahrscheinlich zögere ich wegen Onkel Moritz. Er hofft vielleicht noch, dass ich wieder mit Ulrich zusammenkomme. Er mochte ihn recht gerne. Er hat etwas übrig für fleißige, pünktliche Menschen mit guten Manieren, wie mein Ex-Freund einer ist. Warum ich mich von ihm getrennt habe, war meinem Onkel immer ein Rätsel, denke ich. In der Familie sind alle davon ausgegangen, dass Ulrich und ich heiraten, zwischen uns war nie die Rede davon. Bis wir uns wegen der Kanada-Reise gestritten haben. Da machte er mir das verlockende Angebot, ihn aus steuerlichen Gründen zu ehelichen. Ich hab dankend abgelehnt.«

»Dann ist es zwischen euch aus und vorbei?«

»Ja, klar, warum fragst du? Bist du etwa eifersüchtig?« Damit kam sie gar nicht klar. Ihr erster Freund hatte sie mit seinen Attacken gequält, bis es nicht mehr zum Aushalten gewesen war.

»Was heißt eifersüchtig? Wenn du noch an ihm hängen würdest, wäre ich weg.«

»Im Streit sind wir nicht auseinander. Wäre dir das etwa lieber?«, fragte sie befremdet und rückte ein wenig von ihm ab.

»Ja!«

»Komisch, da bin ich froh, dass Ulrich und ich uns vernünftig mit unserer Trennung auseinandergesetzt haben. Und du findest das falsch?« Diese Seite an Philippe missfiel ihr gründlich.

»Das hab ich nicht gesagt und auch nicht so gemeint. Du hast deine Erfahrungen hinter dir. Mich haben meine geprägt. Tut mir leid, so ohne Weiteres kann ich die nicht abschütteln. Ich bin ein gebranntes Kind.« Sein Gesicht war hart geworden, seine Lippen schmal.

»Inwiefern?«

Er seufzte. »Na ja, als ich gerade anfing, mit meinen Entwürfen richtig Geld zu verdienen, habe ich ein Mädchen kennengelernt, Madeleine, eine Jurastudentin. Wir waren eine Zeitlang sehr verliebt und haben uns so oft gesehen, wie es uns möglich war.«

Sein trauriges Gesicht versetzte Janine einen Stich.

»Ich hatte meine Arbeit, sie ihre, jedes zweite, dritte Wochenende haben wir miteinander verbracht. Es war ideal für uns beide und hielt ein Jahr. Bis sie eines Tages ihren Jugendfreund wiedertraf. Er arbeitet in der Stadtverwaltung von Québec, verdient deutlich weniger als ich, hatte mehr Zeit. Es hat gedauert, bis sie es mir gebeichtet hat. Sie war lange hin und her gerissen. Für ihn war ich der *bad guy*. Sagt ihr das in Deutschland auch?«

»Statt Bösewicht? Manche bestimmt.«

»Er hat mich als den hingestellt, der mit seinem Geld versucht, Liebe zu erkaufen. Sebastien tat, als sei er das Opfer. Schließlich hat sie ihn gewählt. Inzwischen sind sie verheiratet. Ein paar Monate später ist sie noch mal zu mir gekommen. Sie wollte wieder was mit mir anfangen. Damals hab ich sie noch geliebt. Ich hab sie trotzdem abgewiesen und mir geschworen, dass ich mich nie wieder auf so eine Beziehung einlasse. Also, wenn die geringste Aussicht besteht, dass dieser Ulrich noch Chancen bei dir hat, geh lieber gleich …«

Er musterte sie forschend.

»Nein! Mir ist er gleichgültig, umgekehrt gilt das nicht, fürchte ich. Ich merke, dass er Kontakt halten und mich zurück will. Keine Chance, selbst wenn ich dich nicht kennengelernt hätte! Seine Nachrichten nerven mich. Ich blockiere ihn nur deshalb nicht, weil er manchmal unter seinen Sachen noch was von mir findet und nachfragt, was er damit machen soll. Was mich betrifft: Mit ihm ist es aus. Das schöre ich dir.«

Philippe legte seinen Arm um Janine.

»Diese Zeit mit Madeleine war bestimmt bitter für dich.«

»Ja, es hat lange gedauert, bis ich darüber weg war.«

Bei Ulrich war sie nie eifersüchtig auf seine früheren Beziehungen gewesen. Während sie von Philippe nicht hören wollte, wie sehr er eine andere vergöttert hatte. Sie bummelten zu ihrem Zelt zurück.

Eine Weile saßen sie auf ihren Campingstühlen und betrachteten den Nachthimmel. »Hast du die Sternschnuppe gesehen?«, fragte er auf einmal.

»Wo? Schade, nein! Und, was hast du dir gewünscht?«

»Das darf ich dir nicht verraten, sonst geht der Wunsch nicht in Erfüllung.«

Philippe blieb nicht der Einzige, der Sternschnuppen entdeckte. Aber sie verschwanden schneller, als Janine ihre Wünsche denken konnte. Es war ohnehin albern, daran zu glauben, dass Partikel, die in der Erdatmosphäre verglühten, eine derart mächtige Wirkung haben sollten. Eine schöne Vorstellung war es trotzdem …

Kapitel 32

Maria – Oktober 1950

So schnell gab Maria nicht auf. Sie würde den Kampf um Carls Unschuld aufnehmen und der ganzen Welt zeigen, wie viel ihr der Vater ihres Kindes bedeutete. Wider Erwarten hatte sie in der Nacht tief und fest geschlafen und neuen Mut und Kraft getankt. Leider setzte die morgendliche Übelkeit wieder ein, als sie aus dem Bett stieg.

Den Eltern würde sie nichts von ihren Plänen verraten, bei ihnen hieß es nur Johann, Johann, Johann, als ob er der Erlöser wäre. Sie hoffte auf Veronikas Beistand. Ihre Kollegin kannte Carl, sie würde gewiss nicht schlecht über ihn denken.

Auf das Frühstück verzichtete Maria. Nicht nur die Übelkeit setzte ihr zu, auch die Stimmung zu Hause schlug ihr auf den Magen. Der Vater schnitt sie und redete auf dem Weg zur Arbeit keine Silbe mit ihr. Vermutlich sah er, wenn er sie anschaute, das Wort Schande in ihre Stirn eingebrannt. Maria dachte nicht daran, Gutwetter bei ihm zu machen. Sie war froh, dass er ihr ohne ein Wort den Rücken kehrte. Das Büro war noch nicht besetzt. Frau Richter war krank. Veronika kam ein paar Minuten nach ihr im Sekretariat an.

»Oh, Maria! Es tut mir so leid.« Ihre Freundin trat zu ihr und umarmte sie. »Ausgerechnet jetzt in deinem ...«

»Wie meinst du das?«

»Verzeih mir, wenn ich falsch liege, ich dachte, dass du in anderen Umständen bist.«

Erschrocken ging Marias Blick zu ihrem Bauch. »Woher weißt du es?«

»Deine Augen glänzen, dein Teint ist klar wie nie, du hast über Übelkeit geklagt, das heimliche Treffen mit Carl, deine Verspätung, der Halm in deinem Haar. Da zähle ich als Tochter einer Hebamme eins und eins zusammen. Meine Schwester praktiziert übrigens hier am Ort, Erna Schrodinger.«

»Es stimmt, ich bin wahrscheinlich schwanger.« Maria brach in Tränen aus. »Und ich brauche deine Hilfe.«

»Sie wird es nicht wegmachen, falls du das denkst. Aber das würdest du auch nicht wollen, nicht wahr?«

Veronika duftete zart nach Rosen und die Wärme ihrer Umarmung war tröstlich. Maria schniefte. »Nein, natürlich nicht, es ist Carls Kind. Ich muss ihn sehen, mit ihm reden. Ihn fragen, was geschehen ist. Bitte, ich weiß nicht, wie ich zu ihm kommen kann.«

»Wie bei den Königskindern, bei denen das Wasser viel zu tief ist.« Veronika runzelte die Stirn »Ich denke, du musst im Gefängnis eine Besuchserlaubnis beantragen.«

Maria überlegte, wie sie das mit dem Antrag am besten bewerkstelligte, ohne allzu lange in der Arbeit zu fehlen. Um die Papiere zu erhalten, musste sie in die Stadt.

»Hast du keine Angst, gesehen zu werden? Vielleicht kann mein Freund die Formulare besorgen. Zumindest kann er Erkundigungen einholen und dir sagen, ob du den Antrag persönlich abgeben musst oder nicht.«

»Würde er das denn tun?«

Veronika lachte. »Für mich tut Stefan alles. Sobald er

etwas weiß, sage ich es dir. Aber richte dich darauf ein, dass es ein paar Wochen dauert, bis du deinen Carl besuchen kannst.«

Maria bekam von Veronika in der Sache früher Nachricht als erwartet und unterschrieb die Formulare, die Stefan netterweise besorgt hatte. Wieder hieß es warten: Der Besuch im Gefängnis sollte in zwei Wochen stattfinden. Bei der Gelegenheit wollte sie auch mit Erna, der Schwester ihrer Freundin, zusammentreffen, der Hebamme …

*

Marias Sorge um Carl ließ sie nie los, weder bei Tag noch bei Nacht, wo sie unter Albträumen litt, weil sie ihn schreiend in der Zelle sitzen sah. Wie gerädert wachte sie auf, ging mechanisch zur Arbeit und nach Hause und hoffte, dass die Zeit der Trennung schnell vorbeiging.

Inzwischen war es Sonntag geworden. Ihr Vater politisierte nach dem Essen bei einem Kaffee und einer Zigarette und redete über Bundeskanzler Adenauer und die Affäre um die bestechlichen Bundestagsabgeordneten: Angeblich habe sie dazu geführt, dass Bonn zur provisorischen Bundeshauptstadt gewählt worden sei. »Dieses kleine, unbedeutende Nest soll Deutschland repräsentieren? Ich finde, Frankfurt wäre die gescheitere Wahl gewesen. Ein Schelm, wer Böses dabei denkt, dass unser Bundeskanzler seinen Wohnsitz in Rhöndorf hat.«

Auf einmal klingelte es.

»Sollte das Herr Reinhardt sein?«, fragte die Mutter überrascht. »Hast du etwas mit ihm ausgemacht, Herbert?«

»Nein.« Der Vater drückte auf den Summer.

Maria blieb auf dem Sofa sitzen. *Bloß nicht Johann,* war alles, was sie denken konnte. Er war ihr ein Gräuel. Doch ihr Wunsch ging nicht in Erfüllung.

»Fräulein Krafft, ich musste Sie sehen.« Er reichte ihr einen Strauß roter Rosen, den sie am liebsten aus dem Fenster geworfen hätte.

»Danke.« Sie legte die Blumen auf den Wohnzimmertisch, ging zum Schrank und suchte die größte Vase heraus, die sie besaßen. Ohne Johann anzusehen, nahm sie den Strauß und hastete in die Küche.

Die Mutter folgte ihr und griff nach Marias Hand. »Ich fasse es nicht. Rote Rosen! Es kann nichts anderes sein, er kommt auf Freiersfüßen. Was für ein unverhofftes Glück! Du nimmst seinen Antrag selbstverständlich an.«

Maria schüttelte den Kopf. »Nein, ich kann nicht …«

»Sei gescheit!«

Schritte, der Vater trat ein. »Maria, Herr Reinhardt hat um dich angehalten.«

Die Mutter schlug die Hand vor den Mund. »Oh, Himmel! Schnell, lass uns rübergehen.«

Sie drängte Maria aus der Küche.

»Hier ist unsere Tochter!«, sagte der Vater und schob sie ins Wohnzimmer.

»Maria!« Johann nahm ihre Hand in seine Spinnenfinger und führte sie zum Sofa. »Was ich für dich empfinde, kann dir nicht entgangen sein.«

»Bitte, sprich nicht weiter.« Mit gesenktem Kopf saß sie da, dabei wäre sie am liebsten so weit weggerannt, wie sie konnte.

»Ich muss und werde weiterreden. Ich liebe dich, ich werde dich auf Händen tragen und dir jeden Wunsch von den Augen ablesen.« Er neigte den Kopf zu ihr und flüsterte kaum hörbar. »Wenn du mich nimmst, lege ich vor Gericht Fürsprache für Carl ein.«

»Und wenn ich Nein sage?«

»Darauf werde ich nicht antworten. Überleg dir die Konsequenzen gründlich. Ich gebe dir bis morgen Zeit, dann will ich deine Antwort.«

In Marias Ohren klangen die Worte wie eine Drohung. Was sollte sie tun? Lag Carls Schicksal in ihrer Hand? Panik überfiel sie, dass Johann ihrem Liebsten schaden könnte. Sonst hätte er die Hilfe für seinen besten Freund nicht von ihrer Zustimmung abhängig gemacht.

»Mein liebes Kind …!« Die Mutter hatte die Hände gefaltet.

Verzweifelt biss Maria die Zähne zusammen.

Aus Angst um Carl beschloss sie schließlich, den unerwünschten Antrag anzunehmen. »Danke für die Bedenkzeit. Aber ich brauche keine.«

Ihrer Mutter entfuhr ein leiser Aufschrei.

Maria schaute sie erbittert an. Sobald ihr Liebster aus dem Gefängnis entlassen war, konnten sie immer noch fliehen. Verlobt zu sein bedeutete heutzutage nicht mehr, auch heiraten zu müssen. Johanns Gegenwart war ihr verhasst, aber für Carl würde sie ihn eine Weile ertragen.

»Ich nehme Ihren Antrag an, Herr Reinhardt.«

»Sie hat ›Ja‹ gesagt, Herbert, das muss gefeiert werden!«

Johann grinste wie ein Honigkuchenpferd, dabei hatte sie nur auf seine Erpressung reagiert und nicht aus freien Stücken eingewilligt! Maria nickte lahm. Ein Strahlen ging über sein Gesicht. Er fasste in die Tasche seines Jacketts, aus der er ein Etui zog. Er öffnete es und holte einen Ring heraus, den er ihr über den linken Ringfinger streifte. Er sah protziger aus als der, den Carl ihr schenken wollte. Sie mochte ihn nicht.

»So ein wunderschöner Ring!«, rief die Mutter entzückt.

Ein erschreckender Gedanke durchzuckte Maria. Was,

wenn Johann ihrem Liebsten eine Nachricht zukommen ließ, nur um ihm brühwarm zu berichten, dass Maria nun seine Braut war. Sie war den Tränen nahe bei der Vorstellung, wie Carl reagieren würde. Erst in eineinhalb Wochen durfte sie ihn sehen. Sie schaffte es kaum noch, gegen den Kloß in ihrem Hals anzuschlucken. »Danke, Herr Reinhardt.«

»Du musst nun du und Johann zu mir sagen, Maria, gib mir einen Verlobungskuss.«

Sie machte sich steif, als er seine fleischigen Lippen auf ihren Mund presste. Am liebsten hätte sie ihn weggestoßen und musste es doch dulden.

»Wir alle sollten einander duzen«, meinte der Vater, als Johann von ihr abließ. »Ich freue mich, dich als Schwiegersohn in unserer Familie begrüßen zu dürfen.«

»Nur zu gerne gehe ich auf dein Angebot ein.«

»Stoßen wir auf eure Verlobung an.« Die Mutter hatte eine Flasche Sekt aus der Speisekammer geholt. »Sie ist zwar nicht ausreichend gekühlt, aber mit dieser Entwicklung konnten wir nicht rechnen.

»Auch meine Eltern sind froh. Meine Mutter hält Maria für ein reizendes Mädchen und mein Vater ist ebenfalls einverstanden.«

»Dann lass dir gratulieren.« Der Vater reichte Johann die Hand. Sein Blick ging zu Maria und streifte ihren Bauch. »Du hast eine gute Wahl getroffen. Eine bessere Frau als meine Tochter kannst du nirgendwo finden.«

»Mein lieber Johann!« Ihre Mutter drückte Marias Bräutigam in ihrem Überschwang sehr lange die Hand.

Der Vater entfernte den Draht von dem Korken und öffnete die Flasche, während sie Sektgläser aus der Vitrine im Wohnzimmer holte.

»Wir können genauso gut nach nebenan gehen.« Dass

ihr größter Wunsch so ohne Weiteres wahr geworden waren, konnte Marias Mutter offensichtlich kaum fassen.

»Wie hast du dir das weitere Vorgehen gedacht?«, fragte ihr Vater seinen zukünftigen Schwiegersohn beiläufig.

»Wir werden eine kleine Feier abhalten und die Verlobung in der Wochenendausgabe der Zeitung ankündigen.« Johann nahm wie selbstverständlich neben Maria Platz. »Heiraten werden wir so bald wie möglich. Vielleicht am Nikolaustag? Das wäre ein schöner Termin.«

Maria erstarrte. Wieso sollte das alles so schnell über die Bühne gehen? Wollte er sie zwingen, ihn noch vor Carls Prozess zu heiraten. Sie wusste nicht einmal, wann der Termin für die Verhandlung angesetzt war. Hoffentlich erfuhr sie kommenden Mittwoch mehr.

»So bald schon?« Die Mutter machte ein überraschtes Gesicht. Ob ihr nicht geheuer war, dass Johann ihre kühnsten Träume ohne Zwang oder ein Zutun von ihrer Seite erfüllte?

»Ja, ich weiß, ihr wundert euch, aber ich sehne den Tag unserer Vermählung herbei. Du doch auch, Liebling.« Er drückte Marias Hand, die am liebsten so laut ›Ich will nicht!‹ gerufen hätte, dass Carl es in Freising hören konnte.

Sie nickte kaum merklich.

»Samstag möchte ich dich abholen, Maria, um dich meinen Eltern und Gudrun als meine Braut vorzustellen.« Er beugte sich vor, um sie auf die Lippen zu küssen. Maria wich ihm aus, und er musste sich damit begnügen, seinen Mund auf ihre Wangen zu drücken. Sogar diese kurze Berührung war ihr unangenehm.

»Ich dachte, du wolltest ihn nicht?« Die Mutter machte aus ihrer Verblüffung keinen Hehl, sobald sie die Tür hinter Johann geschlossen hatte und seine Schritte verklungen waren.

Der Vater machte eine wegwerfende Handbewegung. »Uns kann es gleich sein. Hauptsache, sie nimmt den Antrag an.«

»Ich weiß nicht.« Die Mutter musterte sie misstrauisch. »Hoffentlich macht er keinen Rückzieher, wenn er merkt, dass unsere Tochter schwanger ist. Ich muss deine Kaltblütigkeit bewundern. ›Eine Bessere könntest du nicht kriegen …‹«

Maria machte kehrt. »Ich bin müde, ich geh schlafen.«

Kapitel 33

Maria – Oktober 1950

Nach einem milden Dienstag, der einem goldenen Oktober Ehre machte, zog am Mittwochmorgen trübes, nasses Wetter auf. Maria störte es nicht, sie streifte einen warmen Pullover über und schloss den Verschluss ihres Rocks. Noch passte er gut in der Taille. Von ihrer Schwangerschaft war nichts zu sehen oder viel zu merken, bis auf die Übelkeit, die sie auch während des Tages plagte.

Wenn sie nur erst Carl davon erzählen konnte. Aber bei dem Gespräch musste sie ihm gleichzeitig ihre Verlobung beichten. Ihr wurde elend bei dem Gedanken. Unsagbar sehnte sie sich nach ihm. In welcher Verfassung er sein mochte? Ihm war bestimmt furchtbar zumute …

Wie jeden Morgen ging Maria an der Seite ihres Vaters in den Dienst. Sie redeten immer noch kaum mehr als das Nötigste miteinander. Ihr war das nur recht. Sie sagte ihm auf Wiedersehen und wartete, bis er hinter seiner Tür verschwand. Aufatmend tastete sie in ihrer Handtasche nach dem Zettel mit der Adresse von Veronikas Schwester, den die Freundin ihr bereits letzte Woche gegeben hatte.

Maria schritt zügig aus, vorbei am Marienplatz mit den breiten Häusern, die an Lagerräume erinnerten, den vielen kleinen Fensterreihen und den spitzen Giebeln. Sie bog in eine schmalere Straße ein, musste noch einmal abbiegen und stand schließlich vor einem kleinen Haus. Entschlossen drückte sie auf die Klingel und wartete mit klopfendem Herzen. Eine mollige junge Frau öffnete ihr. Die warmen Augen erinnerten Maria an ihre Freundin, auch wenn Erna wesentlich kleiner war als die Schwester und Gestalt und Gesicht deutlich runder. Von Veronika hatte Maria erfahren, dass Erna bereits verheiratet und Mutter von zwei Mädchen war. Sie wusste also nicht nur durch ihren Beruf, was Schwangerschaft und Geburt bedeuteten. Maria fand sie auf Anhieb sympathisch.

»Treten Sie ein, Fräulein Krafft.«

»Danke, wie nett, dass Sie mich so schnell empfangen.« Sie hängte ihren Mantel an die Garderobe und folgte Erna in einen kleinen Raum, der gemütlicher eingerichtet war, als Maria erwartet hatte.

»Das ist sozusagen mein Arbeitszimmer. Normalerweise besuche ich meine Schwangeren oder auch die jungen Mütter. Einige ziehen es aber vor, zu mir zu kommen, wenn sie Fragen haben. Nehmen Sie Platz.« Ein Tisch und Stühle, aber auch eine einfache Liege standen in dem Raum. Eine Tasche aus Leder thronte auf einem Stuhl. Ein Hörrohr aus Holz lag neben ein paar Büchern über Schwangerschaft und Geburt in einem Regal. Es gab ein Waschbecken und ein Paravent teilte einen kleinen, privaten Bereich ab.

Erna lächelte. »Die Bücher können Sie gerne ansehen, wenn Sie möchten. Möchten Sie ein Wasser oder einen Hagebuttentee?«

»Danke, das ist sehr nett von Ihnen. Mir käme ein Tee recht.« Maria rieb ihre Hände aneinander. »Draußen ist es kalt.«

Während Erna hinausging, ließ sie den Blick über die Bilder an den Wänden schweifen, die duftige Blumenarrangements zeigten. Die Regale fesselten Maria weit mehr. Eins der Bücher zog sie heraus und schlug es auf. Querschnitte waren da zu sehen, die ihrer Mutter die Schamesröte ins Gesicht getrieben hätten: eine nackte Frau und ein Ungeborenes jeweils in verschiedenen Stadien der Schwangerschaft. Sie suchte das Bild, das eine Schwangerschaft in der siebten Woche zeigte. Das winzige Wesen war nicht größer als eine Erbse. Unwillkürlich ging Marias Hand zu ihrem Bauch. Carls Kind, das in ihr wuchs, musste ungefähr diese Größe haben.

Erna kehrte mit einem Tablett zurück, auf dem eine Kanne Tee und zwei Tassen standen. Sie stellte es auf dem Tisch ab, schenkte ein und schob Maria eine volle Tasse zu.

»Womit kann ich Ihnen helfen?«

»Ich denke, ich bin schwanger.«

Ernas Blick wanderte zu Marias Händen, die nicht mit Ringen geschmückt waren. Johanns protziger Verlobungsring lag unbeachtet in seiner Samtschachtel daheim.

»Verheiratet bin ich aber nicht.«

»Sie sind nicht die Erste und werden nicht die Letzte sein, der das passiert«, gab Erna verständnisvoll zurück. »Wann war Ihre letzte Periode?«

»Anfang September. Ich hätte sie vor drei Wochen bekommen sollen.«

»Sie sind also noch am Anfang. Ist Ihnen übel?«

»Ja, und das beunruhigt mich. Ist das normal? So früh? Kann es dem Baby schaden?«

»Wenn das Erbrechen überhandnimmt und Sie gar keine Flüssigkeit oder Speisen mehr bei sich behalten, sollten Sie zum Arzt gehen.«

»Nein, so schlimm ist es nicht. Meine Brüste spannen

und sind auch sehr empfindlich geworden«, gestand Maria errötend.

»Dann spricht viel dafür, dass Sie tatsächlich schwanger sind.«

»Ich hatte gedacht, dass mir der Besuch bei Ihnen jetzt schon die endgültige Gewissheit bringt. Das wäre mir sehr wichtig.«

»Die vergrößerte Gebärmutter werde ich erst in einigen Wochen durch die Bauchdecke ertasten können. Wenn es Ihnen sehr eilig ist, sollten Sie zu einem Frauenarzt gehen. Es gibt da einen Test, den er veranlassen könnte. Sie müssten Ihren Morgenurin abgeben.«

»Was wird damit gemacht? Und wie lange dauert es, bis das Ergebnis da ist?«

»Wollen Sie das alles wirklich wissen? Die Sache ist etwas unappetitlich.«

»Aus dem Grund reden die Ärzte sicher nicht mit ihren Patientinnen darüber. Ach ja, ist der Test sehr teuer?«

»Er ist billiger als die anderen. Ich erkläre Ihnen kurz, wie er funktioniert: Ihr Harn würde Fröschen unter die Haut gespritzt. Je nachdem, ob eine Schwangerschaft vorliegt oder nicht, reagieren die Samendrüsen der Tiere. In Ihrem Stadium der Schwangerschaft dürfte das Ergebnis schon sehr zuverlässig sein und bereits innerhalb weniger Stunden vorliegen.«

»Frösche?«, hakte Maria nach.

»Sie haben richtig gehört. Der Test ist sehr aussagekräftig und die Tiere überleben die Prozedur unbeschadet, heißt es. Früher wurden auch Kaninchen oder Mäuse für die gleiche Fragestellung verwendet, sie mussten bei den Versuchen aber getötet werden.«

»Ich wollte dem Vater des Kindes heute von der Schwangerschaft berichten, da hätte ich wohl früher kommen sollen …« Maria trank den Tee aus. »Hat Veronika Ihnen von meiner Situation erzählt?«

»Nein, nur dass eine Freundin einen Termin bei mir haben wollte.«

»Es ist so …« Die Worte brachen wie ein Wasserfall aus Maria heraus. Sie erzählte der netten Hebamme alles: von Carl, dem Gefängnis und Johann.

Erna hörte die Beichte ruhig an. Mitfühlend drückte sie Marias Hand, beruhigte und tröstete sie. Bei der Untersuchung war sie sanft und behutsam. Genau die Frau, die Maria während einer Schwangerschaft an ihrer Seite haben wollte.

»Ich danke Ihnen, Frau Schrodinger.« Erschrocken sah sie auf die Uhr. Sie war viel zu lange geblieben. Sie musste sofort los, wenn sie pünktlich zum Termin im Gefängnis sein wollte. Hastig schlüpfte sie in den Mantel und band einen Schal um.

»Alles Gute für den Besuch bei Carl! Warten Sie …« Erna lief ihr nach und reichte ihr einen Zettel, auf den sie Datum und Uhrzeit des nächsten Besuchs geschrieben hatte. »… den haben Sie in der Eile liegen lassen. In vier Wochen sehen wir uns wieder.«

Kapitel 34

Carl – Oktober 1950

Es roch nach stickiger Luft und der Ausdünstung zu vieler Menschen auf zu engem Raum. Carl stand am vergitterten Fenster, das er nicht öffnen konnte. Sehnsüchtig sah er nach draußen auf das weite Feld, bevor er abrupt kehrt machte und das trostlose Innere seiner Zelle musterte. Er hielt es nicht länger aus, eingepfercht in das Gefängnis, als ob er ein Krimineller wäre. Dass er hier eingesperrt war, raubte ihm den Verstand. Er lauschte dem Schlüssel im Schloss, der umgedreht wurde. Die Tür ging auf. Heute war Besuchstag. Sicher nicht für ihn. Was also wollten die Wärter?

»Ihr Anwalt möchte Sie sprechen, Herr Ebnert.« Die Wachen führten Carl in einen kleinen, vergitterten Raum, der ihm kaum besser als seine Zelle vorkam.

Die beiden entfernten sich und er war allein mit Herrn Schmidtmeister, einem kleinen, bebrillten Mann, der gerne mit den Fingern auf den Tisch trommelte. Er war Carl als Pflichtverteidiger gestellt worden. Die tief eingegrabenen Falten um seinen Mund und ein säuerlicher Geruch beim Sprechen ließen auf ernste Magenprobleme schließen. Während des ersten Besuchs hatte er den Unschuldsbeteuerungen seines Mandanten höflich gelauscht. Auch heute begrüßte er

Carl mit Handschlag. Anschließend rückte er seine Hornbrille zurecht.

»Ist die Rechnung von dem Pfandleiher endlich aufgetaucht?«, fragte Carl ungeduldig.

»Da muss ich Sie enttäuschen. Das Original ist und bleibt verschollen.«

»Das verstehe ich nicht. Ich habe es ordentlich abgeheftet.« Ob Johann seine Sachen durchwühlt hatte? Eine andere Erklärung für das Fehlen des Belegs gab es nicht. Aber dann … Carl wurde noch elender zumute.

»Es kommt noch schlimmer. Der Durchschlag des Geschäftsinhabers ist unleserlich. Er hat beim Schreiben der Rechnung viel zu schwach aufgedrückt. Ein Versehen, sagt er. Das ist ein Umstand, der ihn in engeren Kontakt mit der Steuerfahndung bringen wird, allerdings ist das kein Trost für Sie. Es tut mir leid, Herr Ebnert, der Mann zuckte nur mit den Schultern, als es um die Frage ging, ob er Sie an dem betreffenden Tag gesehen habe. Bei der Vielzahl an Kunden sei es ihm unmöglich, sich an jeden einzelnen zu erinnern. Ich habe das Protokoll der Zeugenvernehmung gelesen. Auf ihn können wir Ihre Verteidigung nicht aufbauen. Können Sie sich nicht doch dazu durchringen, den Namen der Dame zu nennen, für die er bestimmt war. Zumal es da eine zweite Fahrkarte gibt?«

»Nein, das kommt nicht infrage. Ich werde sie nicht in den Dreck ziehen. Was ist mit Johann Reinhardt? Haben Sie ihn erreicht?«

Auf Herrn Schmidtmeister Stirn erschien eine steile Falte. »Auf meine Anrufe reagiert er nicht. Deshalb habe ich meine Nummer sowohl bei seiner Privatadresse als auch in seinem Büro hinterlegt.«

»Demnach ist es Absicht. Hat er bei der Polizei eine Aussage gemacht?«

»Nein, bislang war da nichts. Folgendes: Die Polizei hat Ihre Wirtin und Alfons Moosbichler befragt, außerdem haben zwei Zeugen Sie auf dem Weg zu Ihren Eltern gesehen. Ihr Alibi für Sonntag ist lückenlos. Mir macht der Samstagabend Sorgen.«

Carl fuhr mit den Fingern durch die Haare. Inzwischen begriff er nur zu gut, wie recht Maria mit ihrem Verdacht gegen seinen ›besten‹ Freund gehabt hatte. Dieser Filmriss … Eine ungute Vorahnung sagte ihm, dass Johann ihm daraus irgendwie einen Strick drehen würde.

»Vielleicht sagt Herr Reinhardt doch noch für Sie aus, Herr Ebnert. In dem Fall müssten Sie sofort entlassen werden.«

»Er sollte es längst getan haben. Wir waren an dem Abend zusammen. Theodor Baumann, ein ehemaliger Schulkamerad von mir, hat uns gesehen.«

»Warum haben Sie das nicht eher gesagt? Wunderbar, er kann Ihr Alibi bestätigen!«

»Die Sache hat einen Haken. Er ist am Tag darauf nach Kanada ausgewandert.«

»Das ist allerdings ärgerlich. Ich werde auf jeden Fall Nachforschungen über seinen Verbleib anstellen.«

»Wissen Sie schon etwas über die Verhandlung?«

»Sie findet am 29. November statt.«

»Wieso dauert das so lange?«

»Die Gerichte sind überlastet.«

»Und wie schätzen Sie meine Chancen ein?«

»Ich werde auf nicht schuldig plädieren, Herr Ebnert.«

»Sehr gut, denn ich habe es nicht getan!«

»Im Zweifelsfall gilt ohnehin die Unschuldsvermutung und die Beweise der Staatsanwaltschaft sind dünn. Für die große Menge an Bargeld, das Sie bei sich geführt haben, können Sie keine Belege vorweisen. Sei's drum. Dass die Summe ungefähr mit dem fehlenden Betrag übereinstimmt, kann der Richter Ihnen nicht ankreiden. Ebenso wenig Fahrkarten und Geldschein. Selbst, wenn dringender Tatverdacht besteht, gilt, wie gesagt, die Unschuldsvermutung. Bei den fünfhundert Mark handelt es sich leider um eine erhebliche Summe, sodass Sie im Fall einer Verurteilung vermutlich nicht mit einer Geldstrafe davonkämen. Vielleicht mit Bewährung, sofern Sie Reue zeigen und den Betrag von sich aus ersetzen, immerhin sind Sie unbescholten und nicht vorbestraft.«

»Ich habe es nicht getan, Herr Schmidtmeister.«

»Dem Staatsanwalt wird es nicht leicht fallen, Ihre Schuld zu beweisen. Seien Sie versichert, derzeit gehe ich durchaus noch von einem Freispruch aus.«

»Aus Mangel an Beweisen?«

»Vermutlich ja. Es sei denn, Theodor Baumann und oder Herr Reinhardt treten als Entlastungszeugen auf und bestätigen Ihr Alibi.«

Das Fazit des Rechtsanwalts war nicht das, was Carl hören wollte. Welcher Meister würde ihn noch einstellen, wenn Zweifel an seinem Leumund blieben? »Danke, die Unterhaltung mit Ihnen hat mir trotz allem Mut gemacht.«

Der Anwalt zog ein Taschentuch aus seiner Hosentasche, nahm die Brille ab und putzte die Gläser. Er setzte sie wieder auf, steckte das Tuch ein und streckte die Hand aus. »Somit wäre alles geklärt. Wir sehen uns bei der Verhandlung.«

Er drückte einen Knopf. Ein Wärter öffnete die Tür. Ein zweiter wartete im Hintergrund. Sie würden Carl in seine Zelle bringen. Noch waren die beiden höflich zu ihm. Immerhin war er bislang nicht verurteilt.

Es ging nicht zurück in seine Zelle, wie er überrascht feststellte. Die Wärter führten ihn einen langen Gang mit vielen Türen entlang, die Klinken hatten, wohl ein Verwaltungstrakt, und öffneten schließlich eine, die in einen Raum mit einfachen Stühlen und Tischen führte. Unter der Kontrolle von Wärtern saßen bereits einige Gefangene und ihre Besucher einander gegenüber. Carl wurde ein freier Platz zugewiesen und sein Besuch von einem Wärter in den Raum geführt, der anschließend das Gespräch zwischen ihnen verfolgte.

»Maria! Du? Was tust du hier?« Er streckte seine Hand aus. Unwillkürlich wollte er seine Liebste an die Brust ziehen und küssen.

»Herr Ebnert, setzen Sie sich. Körperkontakt ist verboten.«

Er gehorchte dem Beamten, ließ seinen Arm sinken und nahm Platz. Ihm war es gleich, wenn der Mann mithörte. Carl hatte nichts zu verbergen. Auch nicht sein Entsetzen darüber, dass Maria ihn besuchte und seine Misere mit eigenen Augen erlebte. »Was tust du hier, an diesem Ort? Das Gefängnis ist kein Platz für dich, mein Engel.«

»Freust du dich nicht, mich zu sehen?« Ihre Augen glänzten.

»Natürlich freue ich mich. Du ahnst nicht, wie sehr! Wenn ich könnte, wie ich wollte …«

Sie reagierte verständnisvoll. »Ich weiß …«

Zu gerne hätte er sie in seine Arme genommen und geküsst. Stattdessen schob er seine Hand in ihre Richtung, achtete aber peinlich darauf, ihre Finger nicht zu berühren. Er wollte stark sein und sie nicht fühlen lassen, wie sehr er unter der Situation litt. Also zwinkerte er die Tränen weg, die in seine Augen stiegen, und versuchte, seiner Stimme einen festen Klang zu geben. Aber das klappte nicht. Sie schwankte hörbar. »Du bist eine wunderbare Frau. Deine Menschenkenntnis ist viel besser als meine. Mein ›bester‹ Freund Johann hat sich noch nicht dazu herabgelassen, mich zu entlasten.«

Sie lächelte eigenartig gequält.

»Hast du Schmerzen?«, fragte er besorgt.

»Nein, es ist alles gut.«

Ihm war klar, dass sie log. Aber vor dem Wärter wollte er nicht in sie dringen. »Ich war ein solcher Schwachkopf. Aber das wird mir nicht noch einmal passieren! Nie wieder!«

»Ich liebe dich!«

»Und ich dich! Ich war so dumm … Aber einen Lichtblick gibt es. Mein Anwalt sagt, dass die Beweise der Staatsanwaltschaft dünn sind und die Aussichten auf einen Freispruch sehr gut.«

»Das hat er gesagt?« Sie lächelte seltsam gezwungen und ihre Augen schimmerten verdächtig. »Nicht du, ich war die Dumme. So dumm, ich könnte meine Stirn gegen die Wand schlagen, bis sie blutet.«

»Was willst du damit sagen.«

»Gleich wirst du es verstehen.« Einen Moment schwieg sie, wusste wohl nicht, wie sie beginnen sollte. »Ich muss dir etwas Wichtiges mitteilen, Carl. Eigentlich sind es zwei Sachen. Ich erwarte ein Kind. Du wirst Vater.«

»Was sagst du?! Ich werde noch wahnsinnig!« Er spürte, dass ihm das Blut aus dem Gesicht wich. Sein Entsetzen überwog die Freude. Ausgerechnet jetzt, wo er nichts für Maria tun konnte und dazu verdammt war, tatenlos auf seinen Prozess zu warten. Er sah sie an, das Verstehen in ihren Augen, die Trauer. Sie dachte, dass er das Kind nicht wollte. Schon wieder hatte er sie enttäuscht. Panik befiel ihn, Angst, dass sie gehen könnte. »Nein, bitte, bleib! Ich will unser

Kind, wie kannst du denken, dass ich es nicht will? Aber ich sitze im Knast, gelte als ehrlos und kann dich nicht unterstützen. Mein Vater glaubt nicht an meine Unschuld, sonst hätte er sich bei mir gemeldet. Er traut mir all die Dinge zu, die mir vorgeworfen werden!«

»Du brauchst nichts zu erklären. Deiner Mutter und deinem Onkel ist ein solcher Anwurf sicher nicht in den Sinn gekommen.«

»Da hast du recht. Die beiden haben mir geschrieben«, entgegnete er. »Mein Vater mit seinem ›Was werden die Leute sagen‹. Er wird schlechte Laune verbreiten. Mit ihm ist es manchmal nicht zum Aushalten. Ich bin nicht böse drum, dass er wegbleibt. Es ist sogar ein Glück, dass du schneller mit dem Besuchsantrag warst als mein Onkel. Sonst hättest du nicht herkommen können …«

»Wie das?«, fragte sie verblüfft.

»Mir ist lediglich ein Besucher im Monat gestattet. Es ist wunderbar, dass du es bist. Nur weiß ich leider nicht, wie es Mutter geht. Ihr Zustand macht mir Sorgen.«

»Wenn du möchtest, besuche ich sie und berichte dir.«

»Wenn du das für mich tun würdest. Die Verhandlung ist auf Ende November angesetzt. Früher komme ich nicht frei und vorher kann ich dich nicht heiraten. Ich bringe dich in Schwierigkeiten und bin deswegen am Verzweifeln. Es tut mir so leid, Maria.« Sein Blick ging zu ihrer Taille.

Sie legte ihre Hand auf den Bauch. »Die Schwangerschaft ist erst ganz am Anfang, da kannst du noch keinen gerundeten Bauch erwarten.«

»Wann kommt unser Kind?«

»Mitte, Ende Juni.«

»Wissen deine Eltern darüber Bescheid?«

»Ja, sie waren sehr wütend.«

»Ich kann mir denken, was sie dir an den Kopf geworfen haben. Ich war ein solcher Idiot und könnte mich ohrfeigen, immer wieder ohrfeigen. Wie hast du es überstanden? Geht es dir und unserem Kind gut?«

»Jeden Morgen ist mir übel.« Maria lächelte flüchtig. Auf einmal zog sie ein sehr ernstes Gesicht. »Johann war bei uns zu Hause.«

»Warum wundert mich das nicht.« Carl ballte eine Hand zur Faust und krallte die Fingernägel in seine Haut, bis er den Schmerz spürte. Er wollte aufschreien vor Zorn.

»Er hat um meine Hand angehalten.«

»Dieser Dreckskerl!« Carl sprang auf.

»Sofort setzen«, befahl einer der Wärter, »sonst ist das Gespräch beendet.«

Carl folgte der Anweisung auf der Stelle. »Du hast ›Nein‹ gesagt, nicht wahr?«

Sie schüttelte den Kopf. »Ich habe eingewilligt.«

»Nein, nein, nein!«, brach es aus Carl.

»Sei nicht böse mit mir! Johann hat versprochen, dir zu helfen, wenn ich ihn nehme. Nur deshalb habe ich ›Ja‹ gesagt. Vielleicht tut er es noch. Oder soll ich zur Polizei gehen und aussagen, dass du in der Nacht bei mir warst?«

»Bist du wahnsinnig. Ich lasse nicht zu, dass du als zügelloses Weib dastehst und lügst, um mir zu helfen. Stell dir vor, wenn du aussagen würdest und deine Eltern schwören, dass du die ganze Zeit in deinem Bett lagst! Nein, das kommt nicht infrage.«

Sie schlug die Augen nieder. »Ich wusste, dass du das sagen würdest. Sobald du aus dem Gefängnis kommst, werde ich diese erzwungene Verlobung lösen.«

»Bitte, brich gleich mit Johann, ich habe kein gutes Gefühl bei der Sache.«

»Was will er tun, wenn ich ihm den Ring zurückgebe? Wir werden trotzdem heiraten und zusammen mit unserem Baby glücklich sein.« Maria sah ihn mit leuchtenden Augen an. Sie glaubte tatsächlich an das, was sie ihm gerade gesagt hatte. »Bitte verzeih mir. Ich liebe nur dich! Daran darfst du nie zweifeln.«

»Und ich liebe dich!« Die Angst, dass sein Nebenbuhler eine Gemeinheit ausheckte, wurde auf einmal übermächtig. »Bitte, Maria, nimm dich in acht vor Johann!«

»Die Besuchszeit ist vorüber. Sie müssen gehen«, sagte der Wärter an Maria gewandt.

»Liebster, ich …« Tränen drängten in ihre Augen. Sie erhob sich sichtlich widerwillig und ging zur Tür. Dort hielt sie inne, versuchte zu lächeln und sah kläglich aus. »… werde gleich hier den nächsten Besuchsantrag ausfüllen.«

»Maria!« Er wollte zu ihr und musste sie doch gehen lassen …

»Mitkommen, Herr Ebnert.«

Kapitel 35

Maria – Oktober 1950

Maria war am nächsten Morgen im Dienst erschienen, hatte kurz mit Veronika geplaudert und ihr von dem Treffen berichtet.

»Gab es wegen meines Fehlens Probleme?«, fragte sie ihre Freundin.

»Ich denke nicht. Johann war zwar da, aber ich habe ihm angedeutet, dass du eine Besorgung für eine Einladung machen wolltest und daher deine Mittagspause früher nehmen musstest. Vermutlich nimmt er jetzt an, dass du eine Kleinigkeit für seine Mutter gesucht hast.«

»Wie geistesgegenwärtig du bist. Ich danke dir.« Marias Gedanken waren bei Carl. Der Gefängnisaufenthalt hatte ihn verändert. Innerhalb der paar Wochen war er härter geworden, zorniger, weniger naiv. Für einen Moment hatte sie deswegen an ihm gezweifelt. Doch dieser harte Blick und seine zusammengepressten Lippen hatten nicht ihr, sondern den Umständen gegolten. Carl liebte sie und das Kind. Seine Reaktion auf ihre Eröffnung hatte sie nach der ersten Schrecksekunde glücklich gemacht, sie wollte ihn frei sehen und bei ihm sein. Umso mehr graute ihr vor dem Treffen mit Johann, das ihr am Samstag bevorstand. Sie würden gemeinsam mit seinen Eltern zu Abend speisen.

*

Maria verzichtete dankend, als ihre Mutter sie nötigen wollte, für die Begegnung ein neues Kleid zu kaufen. »Ich denke, wir haben kein Geld.«

»Das gilt doch nicht für diesen Anlass. Johann soll stolz auf seine schöne Braut sein. Also habe ich meine Spargroschen geplündert.«

»Danke, auf dieses Opfer verzichte ich. Wenn Johann sich meiner schämt, soll er die Verlobung lösen.«

»Du liebes Bisschen, was bist du empfindlich. Ich wollte dir eine Freude machen. Schließlich möchte jedes Mädchen hübsch aussehen.«

»Ich bin aber nicht ›jedes Mädchen‹.«

»Gut, dann zieh dein altes Kleid an.«

Ihre Mutter ließ es sich trotzdem nicht nehmen, Marias Ausgehkleid mit neuen Perlenköpfen zu versehen, damit es recht elegant aussah. Unglücklich schlüpfte sie in ihre schwarze Halbschuhe.

Pünktlich um halb sechs holte Johann sie ab. Sein Blick ging zu ihrer Hand.

»Du trägst den Ring nicht?«, fragte er befremdet.

»Er ist sehr schwer und stört mich bei der Hausarbeit.« Sie streckte ihre schmalen Finger aus.

»Dann werde ich einen kleineren besorgen, den du jederzeit angesteckt lassen kannst.«

Marias ›Danke‹ klang auch in ihren eigenen Ohren lahm. »Warte einen Moment.«

Bevor er ihr einen Kuss aufdrücken konnte, hastete sie in ihr Zimmer und kehrte mit dem verhassten Ring an der Hand zurück. Er führte sie zu seinem Mercedes, den er auf dem Hof geparkt hatte. Sie stieg ein. Zwischen ihnen herrschte eine lastende Stille, die er schließlich brach.

»Die Ankündigung unserer Verlobung wird kommenden Samstag in der Zeitung erscheinen.«

Maria schwieg dazu.

»Wundere dich nicht, bei uns erscheinen schon heute Abend ein paar Gäste. Das Ereignis muss schließlich gebührend gefeiert werden. Der Arzt kommt, der Apotheker, der Bürgermeister und ein paar andere Honoratioren der Stadt. Es gibt ein paar Häppchen, Sekt, Musik und Tanz.«

»Ich dachte, wir wären unter uns, damit deine Eltern mich besser kennenlernen.«

»Gudrun meinte, das sei altmodisch und langweilig, und mein Vater stimmte ihr zu. Aber das Haus und deine zukünftigen Zimmer würde ich dir gerne zeigen. Ich hoffe, dass sie dir gefallen. Ich habe mir mit der Einrichtung große Mühe gegeben.«

»Und ich hoffe, dass ich niemanden aus seinen angestammten Räumen vertreibe.«

»Kein Sorge, Maria. Die Villa ist größer, als sie aussieht.«

»Dann bin ich beruhigt.« Dass sie seiner Familie bei einer Festlichkeit gegenübertreten musste, zu der andere Gäste geladen waren, bedauerte sie nicht. Was ihr missfiel, war, dass sie um die Hausbesichtigung mit Johann wohl nicht herumkommen würde. Widerstrebend trat sie neben ihm ins Haus, das hell erleuchtet war. Der Plattenspieler dröhnte laut, einige Leute lachten. Johann nahm ihr den Mantel ab und hängte ihn und ihren Schal an die Garderobe. Er nahm ihre Hand und führte sie ins Wohnzimmer, wo sie mit großem ›Hallo‹ begrüßt wurden.

Gudrun kam an, fasste sie um die Taille und küsste sie enthusiastisch auf die Wangen. »Meine liebe Schwester! Ich bin begeistert von Johanns Wahl.«

»Danke!« Maria schlug die Augen nieder. Diese falsche Freundlichkeit war ihr zuwider.

Von weitem entdeckte Johann seinen Vater, der nicht daran dachte, sein Gespräch mit einem der weiblichen Gäste zu unterbrechen. Seine Augen schienen förmlich aus seinem hochroten Gesicht zu quellen. Unverhohlen starrte er der attraktiven Dame in den zugegeben tiefen Ausschnitt. Dass seine Ehefrau neben ihm in einem der zierlichen Cocktailsessel saß, störte ihn nicht. Johann und sie traten näher. Seine zukünftige Schwiegertochter bedachte der Vater mit einem distanzierten ›Sehr erfreut‹ und einem Nicken. Seine Mundwinkel gingen nach unten, als er Maria musterte. Die Dame neben ihm verfügte über wesentlich bessere Manieren. Sie reichte ihnen die Hand und gratulierte höflich. Johanns Mutter kam mühsam auf die Beine. Maria erschrak. Obwohl seit ihrer ersten Begegnung kaum mehr als einige Wochen vergangen waren, sah ihr Gegenüber noch zerbrechlicher und verhärmter aus als bei dem Fest im September.

»Wie schön, dass ich dich als Verlobte meines Sohnes begrüßen darf.« Frau Reinhardt umschloss Marias Rechte mit beiden Händen. Sie waren kalt. »Du hast mir von Anfang an gefallen.«

»Ich danke Ihnen herzlich für Ihre lieben Worte«, gab Maria zurück.

»Bitte nicht so förmlich, mein liebes Kind, du wirst meinen Sohn heiraten, duze mich bitte und nenne mich Mutter. Oder, falls es dir zu schwer fällt, Franziska.«

Angesichts der ehrlichen Freude dieser Frau überfielen Maria zum ersten Mal Gewissensbisse. Frau Reinhardt sank zurück in den Sessel und zog ihre Stola zurecht.

»Wenn du nichts dagegen hast, möchte ich meiner Verlobten das Haus zeigen, Mutter.«

»Geht nur, ihr beiden. Ich bleibe lieber hier.«

»Vielleicht möchte Gudrun uns begleiten?«, warf Maria ein.

»Wo ist sie überhaupt?« Johann hielt Ausschau. »Ich glaube, sie hat Besseres zu tun, komm schon, ich fresse dich nicht.«

Scheu sah sie zu ihm auf.

»Geht nur allein, ihr beiden. Verlobte wollen gerne einmal eine Weile für sich sein, dafür haben alle Verständnis«, warf Frau Reinhardt ein.

Sie meinte es sicher gut und dachte, dass Maria Johann gerne folgte. Aber ihr grauste vor seiner Begleitung. Zögernd schloss sie sich ihm an.

»Wohnzimmer und Esszimmer kennst du bereits. Dieser Raum gehört meiner Mutter, eigentlich ist es unsere Bibliothek.« Johann öffnete eine Tür und schaltete das Licht ein.

Regale vollgestopft mit Büchern standen an den Wänden, sogar eine Liege war davon umrahmt. Ein niedriger runder Tisch und zwei Stühle luden Besucher zum Verweilen ein.

»Wie schön!«

»Das Buch, das du Gudrun geschenkt hast, steht auch hier. Mutter war tief beeindruckt von deinem Geschmack. Sie mochte es sehr. Interessiert dich die Küche?«

»Natürlich.«

Johann hatte bisher noch keine Anstalten gemacht, sie zu küssen oder zu berühren. Nicht einmal nach ihrer Hand griff er. Offensichtlich gefiel es ihm vorerst, ihr die Vorzüge des Hauses zu zeigen.

»Das ist die erste Einbauküche, die es in Deutschland gibt«, erklärte er ihr. »Ein brandneues Modell der Firma Poggenpohl, die Form 1000. Ich habe gleich eine auf der Möbelmesse geordert. Die Arbeitsflächen sind aus Resopal.«

»Das zarte Grün passt gut zu den Fliesen. Die weißen Fronten machen die Küche licht und hell«, sagte sie höflich, weil er offensichtlich auf eine Bemerkung wartete.

Johann schien mit ihrem Kommentar zufrieden. »Im Arbeitszimmer meines Vaters haben wir nichts verloren. Es ist noch größer als die Bibliothek. Hier sind noch ein Hauswirtschaftsraum und ein Vorratsraum.«

Sie stiegen die Treppe hoch. Er zeigte ihr das Bad, führte sie an den Schlafzimmern der Eltern und seiner Schwester und zwei Gästezimmern vorbei zum zweiten Stockwerk.

»Wir werden hier oben wohnen.« Er wies auf weitere Stufen.

Der Lärm von unten war zu hören, etwas gedämpft. Musik und fröhliche Stimmen ... Wenn sie mit ihm ging, war sie noch weiter von den anderen Gästen entfernt. Misstrauen schoss in ihr hoch. Sie wollte ihn nicht hinaufbegleiten. Während er seine Füße unbekümmert auf die Stufen setzte.

»Hast du schon gehört, dass Carls Verhandlung vom 29. November auf den 12. Dezember verschoben wurde?«

»Woher weißt du das?« Sie folgte ihm unwillkürlich, um mehr zu erfahren. »Warst du bei ihm? Hast du mit ihm gesprochen?«

Er antwortete erst, als sie im Obergeschoss waren. »Nein, mein Vater tritt als Hauptkläger auf. Er hat ein Schreiben vom Gericht bekommen.«

»Ich dachte, du wolltest Carl helfen!«

»Und ich möchte dir das hier zeigen ...« Johann öffnete eine Etagentür. Maria achtete darauf, dass sie offen blieb.

»Wie du siehst, werden wir eine eigene abgeschlossene Wohnung haben. Das hier ist die Diele. Er öffnete eine weitere Tür. Das dort wird unser Wohnzimmer. Dank des Satteldachs stört die Schräge kaum.«

Ein halbhoher Bücherschrank mit schmalen Beinen stach ihr als Erstes ins Auge. Einer dieser hochmodernen Couchtische mit silberner Umrandung und einer zartgelben Resopalplatte stand vor einer grünen Couch. Einige Cocktailstühle in Pastellfarben hatte Johann darum herumgestellt. Ein beigefarbener Teppich mit kleinen Mustern zierte den Boden. Duftig dünne Gardinen hingen vor den Fenstern. »Du hast einen guten Geschmack.«

»Und du hast nur Carl im Kopf! Erst als ich seinen Namen erwähnt habe, bist du aufgetaut. Denkst du, das habe ich nicht bemerkt?« Seine Augenbrauen zogen sich zusammen, senkrechte Zornesfalten tauchten über der Nasenwurzel auf. »Die Einrichtung, alles hier interessiert dich überhaupt nicht. Einzig und allein Carl, Carl, Carl! Ich zeige dir, was ich dir bieten kann, und du denkst nur an ihn.«

»Ich meine es nicht böse«, beschwichtigte Maria ihn. »Du hast mir bei unserer Verlobung versprochen, ihm zu helfen, deshalb habe ich in die Ehe mit dir eingewilligt.«

»Carl ist deiner Liebe nicht wert!« Er packte ihren Arm.

»Nein, lass das!«, rief sie.

Verzweifelt versuchte sie, von ihm loszukommen. Ohne auf ihren Protest zu achten, zerrte er sie in ein Zimmer, dessen Tür er geöffnet hatte. Er schloss sie hinter ihr. »Schrei, wenn du willst, keiner wird kommen, um dir zu helfen. Unten ist es viel zu laut. Verstanden?«

Sie nickte.

»Gut, wenn du willst, dass ich Carl helfe, musst du sehr viel netter zu mir sein. Sehr, sehr viel netter. Denn von dem, was ich aussage, hängt ab, wie der Prozess ausgeht. Einzig und allein von mir. Lass es nicht darauf ankommen, Maria.«

»Was erwartest du von mir?« Sie spürte die Türklinke

in ihrem Rücken, wollte sie herunterdrücken, die Treppen hinablaufen und wegrennen.

»Du weißt, dass es schlecht für deinen Liebsten steht?«

Sie schüttelte den Kopf. Carl hatte zuversichtlich geklungen.

»Es ist aber so.«

Wie recht sie gehabt hatte, das Alleinsein mit Johann zu fürchten. Maria war nahe daran, in Tränen auszubrechen, straffte sich aber. Angst schnürte ihr die Luft ab, ihr war schwindelig, dabei musste sie unbedingt einen klaren Kopf behalten. Übertrieb Johann, um sie einzuschüchtern? Oder wusste er etwas, von dem Carl keine Ahnung hatte.

»Du siehst mich an, als ob ich ein Raubtier wäre. Ich verlange nichts Ungebührliches von dir. Aber eins muss dir klar sein: Ich lasse nicht mit mir spielen. Ich meine es ernst mit dir. Wir beide sind verlobt und werden am Nikolaustag heiraten. Ist es da unbillig, wenn ich einen Kuss von dir erbitte? Einen Verlobungskuss?«

Sie saß in der Falle, wusste nur eins, dass sie weglaufen wollte. Als sie nicht reagierte, neigte er seinen Kopf zu ihr hinunter.

»Nur einen Kuss!«, murmelte er.

Sie spitzte die Lippen und drückte sie kurz auf seinen Mund.

»Nein, so nicht! Du denkst wieder an Carl, immer nur an Carl! Ich werde ihn dir austreiben. Du bist meine Verlobte! Du gehörst mir!«

Er überrumpelte Maria.

»Nein! Nein!«

Ohne auf ihren Protest zu achten, drängte er sie aufs Bett und warf sich mit seinem ganzen Gewicht auf sie. Sie versuchte, freizukommen, aber er drückte ihre Hände mit einem Arm nach oben weg und sie in die Matratze. Mit der anderen fingerte er an seiner Hose und öffnete die Knöpfe.

»Nein, nein! Tu das nicht!«

Er schob ihren Rock hoch und zerrte an ihrer Unterhose. Der Stoff riss.

»Ob wir es jetzt tun oder in ein paar Wochen, ist doch egal! Du gehörst mir«, stöhnte er und drang brutal in sie ein.

»Hör auf, du tust mir weh!«

Aus Angst um das Baby versuchte sie, ihm irgendwie zu entkommen. Sie schaffte es nicht. Er war sehr viel stärker, als er aussah. Seine Stöße wurden schneller und noch härter, zuletzt stöhnte er laut auf. Keuchend rollte er von ihr herunter.

»Warst du wirklich noch Jungfrau«, fragte er misstrauisch.

Sie hörte ihn reden, es war ihr gleich. Sie war … schmutzig. »Ich brauche etwas, um mich sauber zu wischen.«

Er reichte ihr ein Stofftaschentuch. Sie nahm es, ohne ihn anzusehen, säuberte sich und entdeckte Blut auf dem Stoff. Angstvoll schrie sie auf.

»Na komm, das ist doch normal beim ersten Mal.« Er knöpfte in aller Ruhe seine Hose zu, strich über ihr Haar und ihr nasses Gesicht. Wann hatte sie angefangen zu weinen? Maria wusste es nicht.

»Und du wirst Carl kein Wort hiervon verraten, sonst würde er mich umbringen und lebenslänglich im Gefängnis landen. Aber das willst du nicht, stimmt's. Jetzt gehörst du mir. Mir allein! Und du wirst meine Frau.«

»Ich will … nach … Hause!« Sie war wund, ihr tat alles weh, sie spürte Schmerzen im Unterleib . Ob mit ihrem Baby alles in Ordnung war? Verzweifelt schluchzte sie auf, weil sie es nicht wusste.

»Ich fahre dich. Wie soll ich dich entschuldigen, die Party hat erst angefangen?«

»Sag irgendetwas, dass ich Migräne habe.«

Es war ihre Schuld, wenn das Baby starb. Sie hätte ihrem Gefühl trauen müssen und nicht mit Johann hochgehen dürfen. In einem hatte er allerdings recht: Niemals durfte Carl davon erfahren. Zitternd strich sie den Rock glatt. Und kein anderer. Schon gar nicht ihre Eltern. Sie ertrug es nicht, irgendwelche gehässigen Kommentare zu hören. Dass es ihr Flittchen recht geschah, für ihre Verkommenheit zu ernten, was sie gesät hatte. Zumal es ein Segen sei, auf die Art einen Vater für das Kind zu bekommen. Scham überrollte sie. Aber ihre Angst um das Kleine drängte alle anderen Gefühle in den Hintergrund, die sonst mit Macht über sie hinweggefegt wären: Ekel, Zorn und Abscheu vor sich selbst. Sie hoffte nur eins, dass das Baby lebte.

Statt zu schreien und Johann anzuklagen, nickte sie wie eine Marionette zwei Gästen zu, die sie auf dem Weg zur Garderobe trafen.

»Sie bringen Ihre Braut schon nach Hause?«

Johann nickte. »Meine Verlobte hatte bereits Kopfschmerzen, als ich sie abgeholt habe. Deswegen wollte sie aber nicht auf die Feier verzichten. Inzwischen sind die Beschwerden jedoch unerträglich geworden.«

»Ich könnte Ihnen eine Aspirin-Tablette anbieten, gnädiges Fräulein«, sagte die Frau mitfühlend.

»Danke, ich habe schon zwei geschluckt«, wehrte Maria ab. »Sie helfen nicht.«

»Sie Ärmste, wie bedauerlich, ausgerechnet heute.« Die Dame tätschelte ihr den Arm.

»Dann gute Besserung.« Ihr Begleiter verneigte sich.

»Danke.« Wie lange dauerte es noch, bis Maria endlich

fortkonnte. Sie musste unbedingt zu den Adlhochs, um bei ihnen mit ihrer Hebamme zu telefonieren. Erna am besten heute noch treffen.

Und Carl? Wie sollte sie ihm nach dem hier je wieder in die Augen sehen? Schmutzig, erniedrigt, missbraucht. Sie saß in Johanns Mercedes, sah die Lichter von Häusern, manchmal aus der Ferne, manchmal nah und wischte Tränen von ihren Wangen.

Endlich hielt Johann vor ihrem Haus. Er stieg aus, öffnete die Beifahrertür und reichte ihr die Hand, um ihr hinaus zu helfen. Sie nahm sie nicht.

»Warte!« Er hielt sie fest. »Ich war rasend vor Eifersucht auf Carl. Es tut mir leid, Maria. So wollte ich das nicht. Du heiratest mich doch, nicht wahr? Ich werde auch für Carl aussagen. Ich schwöre es dir.«

»Ich … ich werde es mir überlegen. Bitte, fahr nach Hause, ich brauche ein paar Minuten für mich, bevor ich zu meinen Eltern hineingehe. Ich muss mich fassen. Wenn sie mich aufgewühlt und verweint sehen, werden sie Fragen stellen. Das stehe ich nicht durch.«

»Ich liebe dich, Maria. Eines Tages wirst du wissen wie sehr. Dann wirst du mich auch lieben.«

»Bitte, fahr.«

Sobald er das Auto gewendet hatte und die Rücklichter nicht mehr zu sehen waren, lief sie zum Kramerladen, klingelte bei den Adlhochs und zog den Zettel mit Ernas Nummer und Adresse aus der Tasche. Ein Mann hob ab. Maria nannte ihren Namen.

»Guten Abend, Max Schrodinger am Apparat. Sie wollen sicher meine Frau sprechen. Es tut mir leid, Erna ist zu einer Entbindung unterwegs. Aber ich richte ihr gerne aus, dass Sie angerufen haben.«

»Danke, ich melde mich morgen wieder.« Maria hängte auf und rannte nach Hause. Sie entschuldigte sich mit Übelkeit und suchte das Badezimmer auf. Immer wieder wusch sie ihre Scham. Den Ekel vor sich selbst und das Gefühl, schmutzig zu sein, wurde sie trotzdem nicht los. Sie ging früh zu Bett und konnte nicht einschlafen. Obwohl die Blutung aufgehört hatte, schmerzte ihr Körper noch.

Wie naiv sie Johann auf den Leim gegangen war. Carl brauchte seine Hilfe nicht … Erst als sie den Entschluss gefasst hatte, die erzwungene Verlobung zu lösen, glitt sie in den Schlaf hinüber.

*

Am nächsten Morgen telefonierte Maria vom Sekretariat aus mit Erna. Die Hebamme fragte freundlich, womit sie helfen könne und ob sie irgendwelche Beschwerden habe.

»Das ist schwierig zu erklären, ich bin im Dienst.«

»Ich verstehe. Sind Sie gegen Mittag abkömmlich, so gegen halb eins?«

»Das kann ich möglich machen.« Erleichtert dankte Maria Frau Richter, die ihr erlaubt hatte, das Telefon zu benutzen. »Heute muss ich gegen Mittag weg. Es tut mir leid, dass ich in letzter Zeit häufiger fehle.«

»Um Gottes willen, die paar Tage.«

»Die Gesundheit geht vor.« Veronika zwinkerte Maria zu.

»Herzlichen Dank für euer Verständnis.«

Wenig später rief Johann Maria zum Diktat. Auf den Moment hatte sie gewartet. Äußerlich ruhig griff sie nach ihrem Stenoblock. Vor der Tür zu seinem Büro biss sie die Zähne zusammen. Sie klopfte und trat ein.

»Guten Morgen.«

»Wie geht es dir, Maria?« Wie besorgt er tat.

Ungerührt zog sie seinen Ring von ihrem Finger. »Hier, nimm ihn zurück. Ich betrachte unsere Verlobung als gelöst.«

»Bist du von Sinnen?«

»Das wagst du zu fragen, nach dem, was du mir gestern angetan hast? Sei versichert, ich bin bei klarem Verstand, hätte es gestern schon tun sollen.«

»Ich war verrückt vor Eifersucht, versteh das doch. Liebste, verzeih mir.« Er wollte nach ihrer Hand greifen.

Sie zog sie zurück.

»Bitte, lass mich nicht betteln.«

Schweigend standen sie einander gegenüber.

»Was ist mit Carl?«, fragte er leise.

»Du hattest nie die Absicht, ihm zu helfen.«

»Immerhin habe ich ihm auch noch nicht geschadet. Das solltest du bedenken, bevor du dich zu dem Schritt entschließt.«

»*Noch* nicht?«

»Du hast mich schon verstanden.« Seine Augen waren schmal geworden und sein Gesichtsausdruck machte ihr Angst. »Gib mir eine Chance und du wirst es nicht bereuen, Maria.«

Er ließ die Bitte wie eine Drohung klingen. Sie wehrte sich nicht, als er nach ihrer Hand griff und ihr den Ring wieder ansteckte.

*

Maria hatte ihre Ruhe noch nicht wiedergefunden, als sie bei Erna eintraf. Tränen traten ihr in die Augen, als sie von der Blutung berichtete. Über den Grund zu sprechen, brachte sie nicht fertig. Sie lag nervös und ängstlich auf der Untersuchungsliege und starrte an die Decke.

»Inzwischen hat sie wieder aufgehört.«

»Ich kann Sie untersuchen, aber wenn es blutet, müssen Sie zum Arzt gehen.« Die Hebamme zog Handschuhe an und bat, Maria, entspannt zu liegen.

Wie beim ersten Mal war die Untersuchung sanft.

»Der Muttermund ist geschlossen. Momentan scheint die Schwangerschaft intakt zu sein.«

»Dann fehlt dem Baby nichts?«

»Soweit ich das beurteilen kann, ist alles in Ordnung. Sie haben blaue Flecke an den Oberschenkeln. Wissen Sie, vaginale Blutungen können von Geschlechtsverkehr herrühren. Haben Sie mit einem Mann geschlafen?« Erna nahm sie in den Arm. »Entschuldigen Sie, dass ich Sie das frage. Es ist wichtig.«

»Es hat wehgetan.« Maria brach in Tränen aus. »Ich wollte es nicht.«

»Hat ein Fremder Ihnen das angetan?«

»Nein, es war Johann. Er war wütend, weil ich Carl liebe.« Maria spürte den Trost und die Wärme, die von der Frau an ihrer Seite ausgingen. »Aber selbst wenn es ein Fremder gewesen wäre, hätte ich nicht zur Polizei gehen können. Unverheiratet und schwanger. Alle würden sagen, dass ich mit meinem unmoralischen Lebenswandel den Mann dazu provoziert habe.«

»Das ist trotzdem keine Entschuldigung für das, was Johann Ihnen angetan hat«, erklärte Erna erbittert. »Wenn ich Ihnen einen Rat geben darf: Lösen Sie die Verlobung! Heiraten Sie diesen Mann nicht.«

»Er hat mir gedroht, dass er Carl sonst schadet. Wie würden Sie entscheiden, wenn die Zukunft Ihres Mannes von Ihnen abhinge? Würden Sie riskieren, nichts zu tun?«

»Also geben Sie Carl auf?«

»Nein, niemals.«

»Das ist eine weitreichende Entscheidung. Ich wünsche Ihnen alles Glück der Welt. Wir sehen uns in vier Wochen.« Sie schrieb Maria den neuen Termin auf einen Zettel. »Rufen Sie vorher an. Es könnte sein, dass ich bei einer Entbindung bin.«

»Danke, das werde ich machen.«

Am Abend saß Maria in ihrer Kammer. Sie lehnte den Kopf gegen das Fenster und sah hinaus auf die Felder. Es ging auf den Winter zu. Noch vor Kurzem hatte sie daran geglaubt, dass sie mit Carl glücklich werden würde. Und jetzt? Wenigstens ging es dem Kind gut. Vielleicht … irgendwie … vielleicht wurde doch noch alles gut.

Kapitel 36

Janine – August 2019

Die Zeit flog Janine nur so davon. Bereits am nächsten Morgen war es an der Zeit, nach Edmonton aufzubrechen, wo sie in den ›Canadian‹ zusteigen wollten. ›Ihren‹ Zug, der quer durch Kanada fuhr. Schon in Vancouver hatte Philippe zwei Plätze reserviert. Besonders viele Sehenswürdigkeiten gab es in der Stadt nicht zu bestaunen. Viele Bürotürme und sechsspurige Straßen und die Möglichkeit, jede Stelle in Downtown über geschlossene Fußgängerüberwege oder Tunnels zu erreichen. Mit viel Glück hatten sie den ›quiekenden Kreis‹ entdeckt.

»Wer in den Kreis tritt und in die Hände klatscht, löst ein Quieken aus.« Philippe las das kleine Hinweisschild. »Wie soll das funktionieren?«

»Probieren wir es aus.« Janine klatschte in die Hände. Es quiekte, eindeutig. »Wie verrückt ist das denn?«

»Lass mich mal.« Philippe löste sie ab. Bei ihm funktionierte es auch.

»Jetzt bin ich wieder dran.« Sie lachten ausgelassen wie Kinder, klatschten und lauschten dem Quieken.

Vielleicht … irgendwie … vielleicht wurde doch noch alles gut: Aber sie lebte in München und Philippe auf der anderen Seite der Welt. Sie hoffte trotzdem. Warum oder auf was, war ihr nicht klar. Sie musterte Philippes Profil. Nein, was sie sich da einzureden versuchte, stimmte nicht. Sie wusste genau, was ihr insgeheim vorschwebte: Sie wollte bei ihm bleiben.

Manchmal fasste sie es nicht: Sie war bereit, ihre Familie und Deutschland zu verlassen und ihm nach Québec oder wohin auch immer zu folgen, wenn er sie darum bat. Dabei fand sie eigentlich nicht, dass sie der Typ zum Auswandern war. Ihre Freunde und die Familie bedeuteten ihr sehr viel. Philippe wollte sie bald seiner vorstellen. Ob sie zu viel hineininterpretierte?

Wahrscheinlich. *Ein Mädchen aus der alten Heimat.* Sie musste endlich aus ihrem Wolkenkuckucksheim in die Realität zurückkehren.

Kapitel 37

Maria – Dezember 1950

›*Du bist eine wunderbare Frau!*‹ Maria klang Carls Ausruf immer noch im Ohr. Sie stand in ihrem Zimmer und sah verschwommen durch einen Tränenschleier. Sie wollte fliehen, irgendwohin, weit weg von Johann, mit dem sie seit heute Morgen standesamtlich vermählt war. Alles in ihr schrie ›Nein‹ vor dem ewig bindenden Gelübde des Ehesakraments, aber wenn sie vor der kirchlichen Trauung davonlief, würde das Ausmaß von Johanns Rachsucht gegen Carl jeden Rahmen sprengen. Ihr Brautkleid hatte sie übergestreift und die ersten stoffbezogenen Knöpfe an der Vorderleiste zugeknöpft.

Der Besuchsantrag, den sie noch im Gefängnis aufgefüllt hatte, war abgelehnt worden. Carl wusste über ihren Schritt nicht Bescheid. Würde er Verständnis für sie aufbringen? Oder ihr zürnen? Seinem Onkel war, was die Besuchserlaubnis anging, mehr Glück beschieden, wie sie von Carls Mutter erfahren hatte. Die arme Frau sah zum Erbarmen aus. Sie litt sichtlich Schmerzen und hockte gekrümmt auf dem Stuhl. Der Vater wetterte trotz Marias Anwesenheit ungeniert gegen Carl. Sogar den Zustand seiner Frau lastete er ihm an, obwohl sie protestierte und auch sein Bruder ihm Contra gab. Maria freute der Beistand der beiden für ihren Liebsten.

Für sie bedeutete es jedoch, dass sie dank der Bemühungen seines Onkels allein vor der schwersten Entscheidung ihres Lebens stand. Weder hatte sie Carl besuchen dürfen, noch eine Antwort auf den Brief erhalten, den sie ihm über Veronika hatte zukommen lassen. Auch seine Post wurde kontrolliert und auf ein Mindestmaß beschränkt …

Die Knöpfe ihres Brautkleids standen immer noch offen. Die letzten Wochen hatten ihr zugesetzt. Johann, der nach der Hochzeit keinen Grund mehr hatte, Carl Übles zu wollen. Deshalb war sie auch bemüht gewesen, seinen Argwohn zu ersticken, wenn er mit leuchtenden Augen von der Ehe mit ihr sprach. Irgendwann wischte sie die Tränen fort und versuchte, ihre Fassung wiederzugewinnen.

Sie strich über die glatte Seide ihres Kleides, das ein Geschenk seiner Mutter war. Es schimmerte in einem zarten cremefarbenen Ton. Die vielen kleinen, mit dem gleichen Stoff überzogenen, Knöpfe der Vorderleiste und der Kragen bildeten zusammen mit den dezenten Puffärmeln die einzigen schlichten Verzierungen. Das Oberteil war von der Schneiderin schmal und auf Taille geschnitten. Der angesetzte Rock wies ein paar Falten auf und fiel ansonsten glatt hinunter. Noch vor der letzten Anprobe hatte das Kleid ihr wie angegossen gepasst. Inzwischen war es ihr eher zu weit, anders als sie erwartet hatte. Doch die letzten Wochen brachte sie kaum etwas von den Mahlzeiten herunter. Nur um des Kindes Willen aß sie ein paar Bissen.

Auch Erna hatte sie dazu ermahnt. Als Hebamme war sie zufrieden mit dem Verlauf der Schwangerschaft. Sie hatte die Gebärmutter beim Schambein ertastet, der Symphyse, wie sie es nannte, was ungefähr der zwölften Schwangerschaftswoche entsprach. Erna hatte ihr auch versprochen, dass die Übelkeit in den meisten Fällen um diese Zeit herum abnahm. Maria gehörte wohl nicht zu den Glücklichen.

Es klopfte. Die Stimme der Mutter.

»Darf ich reinkommen?«

»Bitte.«

Zu ihrem verweinten Aussehen sagte die Mutter nichts. »Du lieber Himmel, ich dachte, du bist schon fertig angezogen. Knöpf dein Kleid zu, statt zu träumen. Was für ein herrlicher Stoff, dieser schöne Schimmer.«

Maria hob ihre Hände.

»Dir zuzusehen, macht mich nervös. Lass mich das für dich tun. Wie früher, als du ein kleines Mädchen warst, weißt du noch?« Die Mutter schloss die obersten Knöpfe und auch die der schmal geschnittenen Manschetten. Zuletzt richtete sie den Kragen. »In einer Viertelstunde kommt das Auto und wir müssen noch das entzückende Hütchen mit dem Schleier aufsetzen. Es steht dir so gut.«

Absichtlich hatte Maria auf ein weißes Kleid, den Brautkranz und einen langen Schleier verzichtet. In ein paar Monaten würden die Leute ihren dicken Bauch ansehen und an den Fingern abzählen, wann das Kind wohl gezeugt sein mochte.

»Nicht hinsetzen, sonst wirft das Kleid Falten. Warte, ich helfe dir in deine Schuhe.« Es waren hohe mit schmalen Absätzen, die Marias ohnehin schlanke Füße betonten. »Die Blumenkinder sind auch schon fertig. Die beiden sehen entzückend aus. Er im Anzug, sie in einem roten Samtkleidchen.«

Die beiden gehörten zu einer nicht sehr begüterten, entfernten Verwandten ihrer Mutter. Gerne hatte Cousine Adelheid die Gelegenheit ergriffen, ihre Kinder mit warmen Winterschuhen, -mänteln und schönen Kleidern ausstaffieren zu lassen. Der Junge und das Mädchen waren schüchtern, vielleicht auch eingeschüchtert. Die beiden wagten kaum, einen Pieps zu sagen, geschweige denn zu lachen oder in ihrem Sonntagsstaat herumzutoben.

»Soll ich dir verraten, was sie verstreuen?«

»Wenn du möchtest.«

»Rosenblätter! Johann hat keine Kosten gescheut, für dich Rosen zu besorgen.«

Maria wären Christrosen aus dem Garten lieber gewesen, solange der Bräutigam Carl hieß … Schon wieder stiegen Tränen in ihre Augen. Sie wusste nicht, wie sie den Rest des Tages überstehen sollte. Manchmal schoss ihr eine Frage durch den Kopf: Ob die Mutter geahnt hatte, dass Maria mit dem Gedanken spielte, die Hochzeit ins Wasser fallen zu lassen? Standesamtliche und kirchliche Trauung? In den letzten Tagen war sie ihr nicht von der Seite gewichen, und Maria hatte kaum Gelegenheit gehabt, einen klaren Gedanken zu fassen.

»Ich stehe das nicht durch!«, brach es aus ihr heraus. »Es ist falsch, abgrundtief falsch. Ich liebe Carl.«

»Du bist bereits Johanns Frau.«

»Du hast mich nie gefragt, warum ich ihn nehme.«

»Was ist auf einmal los mit dir? Ich habe dich nicht gefragt, weil es da nichts zu erklären gibt. Er bewahrt dich und uns vor Schande. Der Mann ist kein Habenichts, er kann dir alles bieten, was du brauchst.«

»Ist das der Grund, weshalb du Vater geheiratet hast? Weil er vielleicht keine üppiges, aber ein sicheres Einkommen hatte?«

Die Mutter war blass geworden. Ihr Kinn fiel hinunter, sie schnappte nach Luft. »Wie kannst du es wagen, mir Berechnung vorzuwerfen? Ich liebe deinen Vater.«

»Gut für ihn.«

»Ich verstehe dich nicht! Was willst du denn noch?« Seufzend schüttelte die Mutter den Kopf. »Du hast einen reichen Mann, der dich liebt.«

»Einen, den ich verabscheue. Das, was ich mir erträumt und vom Leben erhofft habe, war dir immer egal.« Sie hätte noch so viel mehr sagen wollen. Aber wozu jetzt noch einen Streit vom Zaun brechen? Es waren ihre Entscheidungen gewesen, die zu diesem Punkt geführt hatten. Angefangen bei dem Wunsch, Carl dabei zu unterstützen, seinen Meister zu machen. Daran konnte sie auch im Nachhinein nichts Schlechtes finden. Oder reichte die Misere noch weiter zurück bis zu dem Moment, als sie Johann zum ersten Mal begegnet war?

»Du lieber Himmel, wie pathetisch. Ich begreife, dass du nervös bist und dir alles zu viel wird. Neig deinen Kopf, dass ich dir Hut und Schleier aufsetzen kann!« Draußen hupte es. »Oh, das ist dein Vater mit dem Auto. Johann hatte sogar vor, die Mietgebühren zu bezahlen, aber davon wollten wir nichts wissen.«

Ihre Mutter steckte den Kopfschmuck mit Hutnadeln fest und ließ den Schleier über Marias Gesicht fallen. Er behinderte sie nicht. Sie konnte gut hindurchsehen. Obwohl er zart und duftig war und vorne kaum bis zu den Schultern reichte, verbarg er ihr verweintes Gesicht vor neugierigen Blicken. Tränen der Braut am Hochzeitstag … Seltsam, dass ihrer Mutter kein passender Spruch dazu einfiel, der daraus ein gutes Omen zauberte.

Als Maria in die vom Autohändler gemietete Limousine einstieg, war von Falten im Kleid nicht mehr die Rede. Ob die Nachbarn die Gardine zur Seite schoben, um die Braut und ihre Familie mit neidischen Blicken zu bestaunen, wurde von ihrer Mutter allerdings sehr wohl registriert. Die Trauung fand in St Clemens statt, einer kleinen verwunschenen Waldkapelle. Vor einer halben Ewigkeit sollte an der Stelle ein Kirchlein aus Holz gestanden haben, das später durch eine romanische Kapelle aus Stein ersetzt worden war. Im Laufe der Zeit war sie mehrfach renoviert worden und ihr Inneres zeigte eine barocke Pracht. Oberberghausen, die winzige Ortschaft, zu der sie gehört hatte, war längst aufgegeben worden. Doch ein Friedhof mit alten schmiedeeisernen Grabkreuzen aus dem neunzehnten Jahrhundert und die teils verwitterten Grabmäler zeugten davon, dass hier Menschen gelebt hatten. Und die exotischen Bäume, die Mitte des neunzehnten Jahrhunderts angepflanzt worden waren: Mammutbäume, Hemlocktannen.

Anfangs hatte Johanns Wahl Maria verwirrt. Sie hatte erwartet, dass er für die Hochzeit eine weit größere, pompösere Kirche bevorzugen würde. Inzwischen wusste sie, was er bezweckte. Dieser Ort strahlte etwas Mystisches aus, etwas Wahrhaftiges. Wenn sie ihr Jawort in dieser Kapelle gab, galt das Eheversprechen doppelt schwer für sie. Nur die engste Familie war zu der Zeremonie geladen. Die anderen Gäste wurden zum Kaffee und Abendessen erwartet.

Maria stieg aus und hasste sich dafür. Am Arm ihres Vaters schritt sie durch den Mittelgang und spürte die Blicke, die auf sie gerichtet waren. Die Frauen saßen auf der linken Seite, die Männer auf der rechten. Die Blumenkinder erwarteten sie schon, liefen voraus und streuten Rosenblätter. Vor dem Altar stand Johann. Lächelnd. Die Worte des Priesters zogen an ihr vorbei, ohne dass sie begriff, was er sagte. Schließlich machte er eine Pause. Ihr war kalt. Sie fror bis ins Mark und es war still. Der hochwürdige Herr sah sie erwartungsvoll an, und ihr ging auf, dass sie ›Ja‹ sagen und

etwas mit deiner Verhaftung zu tun hat. Alles Unfug! Als er unterwegs war, haben wir den Arzt kommen lassen. Sie hat Knoten in der linken Brust. Der Doktor sagt, dass sie auf die Knochen geschlagen sind.«

»So schlimm steht es?« Wie eine Klaue packte die Angst um seine Mutter ihn an der Kehle und drückte sie zu.

»Er sagt, dass es Krebs ist. Sie hätte vor Monaten zum Arzt gehört. Er kann nichts mehr für sie tun. Er hat ihr Morphintropfen gegen die Schmerzen verschrieben.« Eberhard zog ein Taschentuch aus der Hosentasche und wischte über seine feuchten Augen. »Es tut mir so leid. Sie wird nicht wieder gesund.«

»Wie lange hat sie noch?«, krächzte Carl, als er wieder etwas herausbrachte.

»Der Arzt sagt, dass er das nicht voraussagen kann, vielleicht drei Monate oder ein halbes Jahr. Eventuell länger oder kürzer. Zum Glück kommst du morgen wieder frei. Aus dem, was sie gegen dich haben, können sie keinen Schuldspruch machen.«

»Mein Anwalt ist der gleichen Ansicht.«

»Aber ich frage mich schon, wieso der Staatsanwalt überhaupt Anklage erhoben hat.«

»Das rührt vielleicht daher, weil ich der Einzige bin, der Zugang hatte – außer dem Chef. Er hat mir einen Schlüssel zur Werkstatt ausgehändigt und aufgebrochen war nichts. Außerdem dachten sie, dass ich fliehen wollte. Für den Sonntag habe ich ein lückenloses Alibi, das hat die Polizei überprüft und bestätigt. Es geht nur noch um ein paar Stunden am Samstagabend. Wenn die vom Tisch wären …«

»Die Beweise sind trotzdem dünn. Die ganze Zeit frage ich mich, wer im Betrieb dir Böses will«, überlegte der Onkel.

Carl hatte da zwar eine Ahnung, den Namen gab er lieber nicht preis. Zu unwahrscheinlich kam es ihm vor, dass jemand ihm glaubte, dass ein Mann wie Johann Reinhardt eifersüchtig auf ihn war.

»Übrigens war das Krafft-Mädchen da, eure ehemalige Nachbarstochter, die Maria. Sie sah müde und elend aus und hat deiner Mutter versprochen, dir ihre Grüße auszurichten.«

Trotz allem ging Carls Herz auf, als er erfuhr, dass seine Liebste Wort gehalten hatte.

»Sie glaubt fest an deine Unschuld.« Eberhard musterte ihn forschend, als ob er wissen wollte, wie ein junges Mädchen dazu kam, der Mutter seines Neffen einen Besuch im Gefängnis anzukündigen. »Sie erschien mir nicht wie eine glückliche Braut, dabei stand der Tag kurz bevor, an dem sie mit dem jungen Reinhardt vor den Altar treten sollte. Todunglücklich, die arme Kleine, und oft den Tränen nah.«

»Stand? Hat sie die Verlobung gelöst?«, fragte Carl hoffnungsvoll.

»Meines Wissens hat sie ihren Bräutigam gestern geheiratet.«

»Nein, nein, nein!« Carl sprang auf, der Stuhl polterte zu Boden.

»Hinsetzen!«, befahl der Wärter barsch. »Noch so ein Ausfall und Sie gehen stante pede zurück in die Zelle!«

Carl nahm Platz und starrte auf seine Hände.

»Also doch«, murmelte der Onkel. »Möchtest du mir erzählen, was gewesen ist?«

»Dieses Schwein! Dieses erbärmliche Schwein hat sie zu dieser Ehe genötigt!«, ächzte Carl. In abgehackten Worten erzählte er Eberhard, dass Maria und er ein Liebespaar gewesen waren. »Johann hat mich dafür gehasst. Maria war hier bei mir.«

»Was für ein Mädchen! Dazu gehört Mut. Das arme Ding.«

»Sie hat seinen Antrag angenommen. Aber nur, weil er behauptet hat, dass er mir hilft, wenn sie ihn nimmt …«

»Hoffentlich hält er sein Wort«, sagte der Onkel zweifelnd.

»Ich bezweifle es!«

»Du warst an dem Abend mit ihm zusammen in einer Hütte?«

Carl nickte. »Und ob … Er hätte es längst bezeugen können, dann wäre ich schon draußen.«

»Spielt der Bursche ein falsches Spiel mit dir?«

»Ich denke schon.« Abgrundtiefe Verzweiflung überrollte Carl wie eine schwarze Woge, die alles mitriss. Und die beängstigende Vorahnung, dass er Johanns Spiel bereits verloren hatte, überflutete ihn.

»Gibt es denn keine anderen Zeugen, die dich gesehen haben könnten?«

»Nur einen. Johann hat erst gesagt, er wollte mit seiner Clique feiern, auf einmal hat er seine Meinung geändert. Allerdings ist mir Theodor Baumann aus dem Nachbardorf begegnet, während ich in Johanns Limousine gewartet habe.«

»Was ist denn mit dem Kerl? Warum hat er dich nicht rausgehauen?«

»Er war auf dem Weg nach Kanada. Wohlbehalten eingetroffen ist er. Mein Anwalt hat die Einwanderungslisten geprüft. Danach verliert sich die Spur, deshalb hat er einen Aufruf in den größeren kanadischen Tageszeitungen abdrucken lassen. Bisher kam keine Antwort. Angehörige hat Theo keine mehr hier …«

»Was für ein Pech aber auch. Kann ich etwas für dich tun?«

»Nein, leider nicht.« Carl schluckte schwer. »Ich danke dir, dass du an mich glaubst.«

»Du bist ein guter Junge. Ich grüße die Mutter von dir und werde morgen beim Prozess da sein. Dein Vater kommt nicht. Die Schmach ist zu groß. Ein Ebnert vor Gericht. Übrigens hat deine Mutter dir einen Anzug, ein Hemd und Wäsche mitgeschickt. Damit du bei der Verhandlung einen guten Eindruck machst. Die Sachen werden erst noch auf Feilen, Messer und andere verbotene Dinge untersucht, schätze ich.«

Carl nickte gequält.

»Es muss gut werden, hörst du, mein Junge.« Der Onkel musterte den Raum und die Wärter. »Es ist furchtbar für mich, dich hier zu sehen. Wenn auch nur ein Funken Gerechtigkeit existiert, bist du morgen ein freier Mann, und ich bringe dich nach Hause zu deiner Mutter.«

»Wenn …« Carl schluckte.

Kapitel 39

Carl – Dezember 1950

In der Nacht hatte Carl kein Auge zugemacht. *Maria und Johann verheiratet.* Immer, wenn er an diesen Verräter dachte, kam ihm die Galle hoch. Irgendetwas führte dieser Mann gegen ihn im Schilde ... Nichts Gutes, das war klar.

Am Verhandlungstag durfte Carl die Zivilkleidung tragen, die seine Mutter ihm über Onkel Eberhard hatte bringen lassen. Mit einem Elektroapparat, den ein Wärter ihm brachte, rasierte er sein Gesicht sorgfältig. Doppelt und dreifach fuhr er mit dem Gerät über Hals, Wangen und Kinn, um jeden Stoppel und dunklen Schatten davon zu verbannen. Das Binden der Krawatte und die vertrauten Handgriffe des Anziehens beruhigten ihn.

»Grüß Gott, Herr Schmidtmeister.« Im Amtsgericht traf er auf seinen Verteidiger und folgte ihm in den Gerichtssaal. Die Nervosität des Mannes und die strenge Atmosphäre in dem Raum schüchterten Carl für einen Moment ein. Aber das Bewusstsein seiner Unschuld hielt ihn aufrecht.

Der Anwalt steuerte auf einen Tisch zu, der rechts des Eingangs stand. Vom Richter gesehen links. Wohl die Armesünderseite. Gegenüber des Richtertisches in der Mitte stand mit einigem Abstand ein Stuhl für Zeugen und dahinter die Zuschauerbänke. Sehr viele Leute verfolgten den Prozess zum Glück nicht, wie Carl beim Eintreten erleichtert feststellte. Das ›Was werden die Leute sagen‹ seines Vaters hatte wohl auf ihn abgefärbt. Er erkannte seinen Onkel, der ihm aufmunternd zunickte. Weder Johann noch Maria waren zu sehen. Letzteres wunderte ihn nicht. Ihr Ehemann hatte nun das Recht, ihr das Arbeitengehen oder gar Besuche bei ihm zu untersagen. Wütend biss Carl die Zähne zusammen.

Herr Schmidtmeister nahm an dem längs zum Publikum gestellten Tisch Platz und zwar so, dass er näher am Richtertisch saß. Das ergab Sinn, wenn er sein Plädoyer hielt.

»Ihr Zeuge, dieser Johann Reinhardt, hat sich leider nicht bei mir gemeldet.«

»Das bedeutet was?«, fragte Carl.

»Ich fürchte, er sagt für die Anklage aus. Er behauptet, dass er nicht mit Ihnen in der Hütte war. Die Leute von der Spurensicherung haben dort auf meinen Antrag hin nach Fingerabdrücken gesucht. Es gibt keine von Ihnen. Weder auf der Klinke noch dem Tisch, den Stühlen oder gar den Gläsern. Nur die Ihres Freundes und einige andere haben sie gefunden.«

»Wie ist das möglich? Ich war dort.«

»Ihr Alibi für Samstagabend entfällt demnach. Mir ist nicht wohl bei dem Gedanken, dass der Staatsanwalt diesen Mann als Zeugen aufruft.«

»Seine Lügen soll Johann mir ins Gesicht sagen und danach noch in den Spiegel gucken!«

Herr Schmidtmeister seufzte. »Wenn Sie wüssten, wozu Menschen imstande sind und wie gut diese Leute trotzdem in den Spiegel sehen können.«

»Soll ich etwa zugeben, dass ich schuldig bin.«

»In dem Fall würde der Richter auf die Zeugenaussage verzichten und ich könnte eventuell eine Bewährungsstrafe für Sie herausholen, bisher waren Sie ein unbescholtener Mann. Das spricht zu Ihren Gunsten. Hilfreich wäre es, wenn Sie Reue zeigen und zugleich anbieten, den Schaden zu ersetzen.«

Der Gedanke erschien Carl abgrundtief falsch. »Ich kann das nicht. Ich bringe es nicht fertig.«

»Selbst wenn Sie die Konsequenzen tragen müssen? Ihnen drohen bei erwiesener Schuld und mangelnder Reue bis zu fünf Jahre Gefängnis.«

»Ich weiß, dass ich auf Sie hören sollte.«

»Nun, Sie haben mir gesagt, dass dieser Mann Ihr bester Freund war. Hoffen, wir, dass er zur Besinnung kommt.«

Der Staatsanwalt trat ein. Ein hochgewachsener Mann mit vollen blonden Locken, ungefähr fünf, sechs Jahre älter als Carl. Er sah noch sehr jung für seine Aufgabe aus. Der vorsitzende Richter, ein kleiner Wohlbeleibter mittleren Alters mit auffallend schmalen Lippen, folgte ihm auf dem Fuß. Die Entnazifizierung musste er unbeschadet überstanden haben, sympathisch war er Carl trotzdem nicht. Klar, kämpfen musste er selbst damals auch im Krieg. Aber als einfacher Soldat, der nie mit einer Parteikarriere geliebäugelt hatte, bedurfte er dieses ›Persilscheins‹ nicht. Der Vorsitzende hielt einen Aktenordner in der Hand. Die beiden Schöffen, zwei unauffällige Männer mittleren Alters, einer mit Hornbrille, hielten etwas Abstand zu ihm. Wie einige der Zuschauen warfen sie Carl neugierige Blicke zu, während sie links und rechts vom Richter an der Stirnseite Platz nahmen. Die drei konnten den Saal bestens überblicken.

Richter Staudigl eröffnete die Verhandlung, stellte fest, dass der Beklagte, die Beweismittel, Zeugen und Sachverständige anwesend beziehungsweise vorhanden waren.

Anschließend stellte er Fragen zur Person des Angeklagten, die Carl ohne zu zögern beantwortete.

Der junge Staatsanwalt verlas den Anklagesatz. Da gab es keine Überraschungen, Carl Ebnert wurde des Diebstahls bezichtigt.

»Wenn Sie wollen, dürfen Sie Stellung zu dem Vorwurf nehmen.«

»Ich bin unschuldig«, erklärte Carl mit fester Stimme.

Sein Verteidiger gab zu Protokoll, dass laut Polizeibericht die Angaben seines Mandaten überprüft worden seien und ein Alibi für den Samstagabend bis neunzehn Uhr dreißig, sowie für den Sonntag ab drei Uhr morgens vorliege. Der Staatsanwalt verzichtete darauf, die Zeugen der Verteidigung zu hören.

»Demnach bleibt eine Lücke von siebeneinhalb Stunden«, gab er zu Protokoll. »Mehr als genug Zeit, das Geld zu entwenden.«

»Einspruch, Euer Ehren, die Schlussfolgerung des Herrn Staatsanwalts ist eine Unterstellung.«

»Stattgegeben.«

Es lief nicht schlecht für Carl. Sein ehemaliger Meister, Herr Hoferer, als Zeuge der Verteidigung war voll des Lobes. Er erklärte, dass Carl pünktlich und fleißig sei und dass er ihm keinen Diebstahl zutraue. Außerdem war es ihm unmöglich, den eingerissenen Geldschein mit hundertprozentiger Sicherheit als den zu identifizieren, den er in die Kasse gelegt hatte.

Der für Fingerabdrücke zuständige Sachverständige stellte nüchtern fest, dass er in der Hütte keine Spur von Carls angeblichem Aufenthalt hatte feststellen können.

Der Staatsanwalt rief Herrn Reinhardt in den Zeugenstand. Carl wandte den Kopf und musterte seinen Freund von dem Moment, in dem Johann eintrat. Er hielt den Kopf gesenkt, sah nicht zu ihm. Sollte das Bescheidenheit oder Bedauern ausdrücken? Seine Wahrhaftigkeit unterstreichen? Erst als Johann auf dem Stuhl saß, der Zeugen vorbehalten war, sah er auf. Zum Richter hin. Carl blickte er nicht an.

Der Staatsanwalt stellte ihm eine Frage. »Haben Sie am Abend der Tat mit dem Angeklagten die erwähnte Hütte ihres Großvaters aufgesucht?«

»Nein!«

»Warum sagst du das, Johann? Das stimmt nicht!« Carl spürte, dass die wohlwollende Stimmung kippte.

»Trauen Sie Herrn Ebnert den Diebstahl zu?«, wollte der Staatsanwalt wissen.

»Einspruch!«, warf Carls Verteidiger ein.

»Abgelehnt. Das ist für den Fall von Interesse. Beantworten Sie die Frage, Herr Reinhardt!«, forderte der Richter.

»Dann …« Johanns Stimme zitterte. Er streifte Carl mit einem Blick. »Ja, ich traue es ihm zu. Ich bin mir sogar sicher, dass er der Täter ist.«

Im Gerichtssaal war es still.

»Wieso?«

»Ich habe ihn gesehen.«

»Was haben Sie gesehen, Herr Reinhardt?«, wollte der Staatsanwalt wissen, der überrascht wirkte. »Und wann?«

»Es war am 7. Oktober.«

»Also am Tattag.«

»An dem besagten Abend war es um 20:37 Uhr bereits seit geraumer Zeit dunkel«, erklärte Johann.

»Sie haben auf die Uhr gesehen?«

»So ist es, Herr Staatsanwalt. Die Angestellten hatten Punkt sechs Uhr Feierabend. Der Betrieb und das Möbelgeschäft lagen still und verlassen da. Ich hatte mich nach dem Essen mit dem Prokuristen verabredet, der etwas spät dran war. Deswegen der Blick auf die Uhr. Da bemerkte ich einen Schein in der Werkstatt.«

»Hatte jemand das Licht eingeschaltet?«

»Nein, nach der Deckenlampe sah es nicht aus.«

»Woran dachten Sie?«

»An eine Taschenlampe.«

»Welcher Gedanke ging Ihnen dabei durch den Kopf.«

»Ich glaubte, dass Carl Ebnert vielleicht noch etwas zu erledigen hatte.«

»Wie kommen Sie auf Carl Ebnert«, fragte der Staatsanwalt.

»Meister Hoferer hatte mir von seinen Plänen berichtet, das Wochenende auswärts zu verbringen. Ich nahm nicht an, dass er zurückgekehrt war. Da außer ihm nur mein Freund Carl Ebnert einen Schlüssel besaß, kam er mir in den Sinn.«

»War das Ableisten von Überstunden an Samstagabenden normal für Ihren Freund? Hatten Sie den Eindruck, dass der Mann mit seinen Aufgaben überlastet ist und deshalb nacharbeitet?«

»Nein, eigentlich nicht. Ich war verwundert und vielleicht aus dem Grund bemüht, leise zu sein.«

»Sie dachten an Diebstahl?«

»Um diese Uhrzeit habe ich ein derartiges Vergehen nicht ernsthaft in Betracht gezogen. Aber der Lichtschein der Taschenlampe hat mich irritiert. Also bin ich über den Hof gegangen.«

»In welcher Absicht?«

»Ich wollte sehen, was mein Freund treibt.«

Carl biss die Zähne zusammen, bis sie knirschten und ballte zornig die Fäuste. Er ahnte, worauf Johann hinauswollte, und seine eigene Hilflosigkeit machte ihn wahnsinnig.

Der Mann tischte dreiste Lügen auf und der Richter, die Schöffen und Zuschauer lauschten ihm gebannt, während Johanns Märchen auf den Höhepunkt zusteuerte. Am liebsten wäre er schreiend auf Johann zu gerannt, er wollte ihn packen, schütteln und die Wahrheit aus ihm herausprügeln. Stattdessen musste er stillhalten und Johanns Lügen unerwidert lassen. Er konnte nichts tun! Gar nichts.

»Was haben Sie gemacht, nachdem Sie bei der Werkstatt angelangt waren?«, fragte der Staatsanwalt.

»Ich habe durchs Fenster gespäht.«

»Warum?«

»Ich wollte wissen, was Herr Ebnert tat.«

»Und was haben Sie gesehen?«

»Eine über die offene Geldkassette gebeugte Gestalt.«

»Konnten Sie diese Gestalt identifizieren?«

»Ja.«

»Wer war der Mann?«

»Ein Geselle unseres Schreinermeisters, Herr Ebnert!«

»Du Lügner!«, brüllte Carl, der zornig aufgesprungen war.

Ein Raunen ging durch die Zuschauer. Die Schöffen sahen einander kopfschüttelnd an.

»Beruhigen Sie sich, Herr Ebnert …!« Sein Anwalt packte ihn am Arm. »… und setzen Sie sich wieder auf den Stuhl.«

»Er lügt, sobald er den Mund auf macht.«

»Noch ist nichts verloren. Im Zweifel für den Angeklagten«, flüsterte Herr Schmidtmeister ihm zu. Laut sagte er. »Könnte es nicht doch ein anderer Mann gewesen sein, der das Geld genommen hat?«

»Ausgeschlossen, es war Herr Ebnert«, antwortete Johann fest.

»Demnach steht Ihre Aussage gegen die meines Mandanten, der bestreitet, zu dem Zeitpunkt am Tatort gewesen zu sein.« Herr Schmidtmeister zog ein Tuch aus einer der Taschen seines Jacketts und putzte seine Brille.

Die Zuschauern redeten immer noch munter durcheinander. *Als ob in dem Schauspiel, dem sie gerade beiwohnten, eine Pause eingeläutet worden wäre,* dachte Carl. Er suchte bekannte Gesichter und entdeckte seinen Onkel, der mit einem Schlag älter aussah, als er war: müde, besorgt und abgekämpft. Carl nickte ihm zu und war bemüht, ein zuversichtliches Lächeln aufzusetzen. Eine junge Frau spitzte die Lippen zu einem Kuss, als er sie ansah.

»Ich komm dich im Knast besuchen, Süßer!«

»Ruhe!«, donnerte der vorsitzende Richter in den Saal. »Fahren Sie fort, Herr Reinhardt. Sie haben also Herrn Ebnert in der Werkstatt gesehen. Wie haben Sie reagiert? Was haben Sie getan?«

»Nichts. Ich war zu schockiert. In dem Moment kam der Prokurist über den Hof. Ich gab ihm Zeichen, leise zu sein, und winkte ihn zu mir.«

»Wie hat er reagiert?«

»Überrascht. Als er herangekommen war, hat er mich gefragt, was los sei. Ich bat ihn, durch das Fenster zu sehen. Keine Sekunde zu spät. Nur einen Augenblick danach klappte Herr Ebnert die Kasse wieder zu. Wir zogen uns eilig hinter die Hausecke zurück, schon trat unser Mann aus der Tür, sperrte ab und verschwand in der Dunkelheit.«

Carl sank in sich zusammen. *Alles aus!* Der Prozess war verloren.

»Ein weiterer Zeuge? Das hätten Sie vorher angeben sollen!« Der Staatsanwalt konnte seine Überraschung nicht verbergen. Herr Schmidtmeister ebenso wenig.

»Damit kommen Sie jetzt erst heraus? Was haben Ihr angeblicher Zeuge und Sie sich dabei gedacht, diesen Fakt bis heute zurückzuhalten? Er könnte entscheidend für den Prozessverlauf sein und ist immanent wichtig für die Strategie der Verteidigung.«

»Zu der Erklärung komme ich gleich«, gab Johann gelassen zurück.

Carl biss die Zähne aufeinander. Diesen Prokuristen kannte er flüchtig vom Sehen. Ein bieder aussehender Mensch, den Johann mit Sicherheit auf die eine oder andere Art in der Tasche hatte.

»Das stimmt alles nicht«, flüsterte er verzweifelt.

»Ich glaube Ihnen. Dieser Zeuge, den der Mann quasi aus seinem Hut zaubert. Dass er Sie am Tattag beobachtet haben will und sich jetzt erst meldet, das stinkt zum Himmel.«

»Was ist danach passiert?«, bohrte der Staatsanwalt weiter.

»Fürs Erste haben wir uns geräuschlos zurückgezogen. Scham überflutete mich. Grenzenlose Scham war der Grund für mein bisheriges Schweigen. Es fiel mir zu schwer, vor meinem Vater zu bekennen, dass ich einem Dieb mein Vertrauen geschenkt hatte. Dazu müssen Sie wissen, dass Meister Hoferer Herrn Ebnert auf meinen ausdrücklichen Wunsch hin eingestellt hat. Ich war zutiefst verstört und brauchte Zeit zum Nachdenken. Herr Lorenz zeigte Verständnis, obwohl er dafür war, sofort die Polizei zu rufen. Ich dachte daran, den Schaden aus meiner eigenen Tasche zu ersetzen.«

»Dazu hätten Sie aber wissen müssen, wie hoch der Betrag war«, warf Carls Verteidiger ein.

»Das war mir zufällig bekannt. Wie Sie der Aussage Herr Hoferers entnehmen können, stand die Verbindungstür zum Büro meines Vaters während seiner Unterhaltung mit ihm offen. Ich wusste, dass der Fehlbetrag ungefähr fünfhundert Mark ausmachte, und wollte Carls Meister wegen der Angelegenheit ins Vertrauen ziehen. Sonntagnachmittag war ich endlich so weit, Herrn Ebnert aufzusuchen, um ihn zur Rede zu stellen, traf ihn aber nicht an.«

»Haben Sie nicht mit der Möglichkeit gerechnet, dass der Beschuldigte flieht?«, fragte der Staatsanwalt. »Das fehlende Geld in der Kasse musste unweigerlich auffallen. Spätestens am Montagmorgen.«

»Die Möglichkeit habe ich tatsächlich in Betracht gezogen, und es wäre mir nicht unlieb gewesen, Herrn Ebnert auf diese Art loszuwerden. Ich wollte einen Strich unter die Sache ziehen. Herr Lorenz bat mich dringlich, die Polizei endlich von dem Vorfall in Kenntnis zu setzen, erklärte sich auf meine Bitte jedoch zum Schweigen bereit.«

»Er lügt!«, murmelte Carl. »Er lügt!«

»Bleiben Sie ruhig!«, flüsterte Herr Schmidtmeister ihm zu.

»Sie wollten eine Straftat unter den Teppich kehren?«, rügte der Staatsanwalt seinen Zeugen.

»Das ist richtig.« Schuldbewusst schaute Johann zu Boden.

»Was hat Sie dazu bewogen, Ihre Meinung zu ändern und gegen Ihren Freund auszusagen?«

»Ein zweites Treffen mit Herr Lorenz am besagten Sonntag. Er schlug mir vor, zur Sicherheit die Bücher zu prüfen, ihm sei eine Unstimmigkeit aufgefallen. Wir haben die Zeit vergessen und bis in die frühen Morgenstunden gearbeitet.«

»Wie sollte ich denn an die Schlüssel zu den Räumen kommen?«, fiel Carl ihm ins Wort.

»Tu nicht so unschuldig! Gelegenheit, Wachsabdrücke meines Schlüsselbundes zu machen, hast du ohne Zweifel gehabt. Du weißt das sehr wohl.«

»Ruhe!«, donnerte der Richter.

»Herr Lorenz und ich haben weitere Fehlbeträge entdeckt. Die Täterschaft werden wir Carl Ebnert nicht nachweisen können. Aber ich weiß, was ich weiß. Dieser Mann hat mich bitter enttäuscht. Da ich den Gedanken verworfen hatte, ihn zu verschonen, wollte ich Montagmorgen die Polizei anrufen. Doch Meister Hoferer war mir zuvorgekommen. Gerade als ich zum Hörer griff, hat er meinem Vater und mir den Diebstahl angezeigt. Was mir nicht unlieb war, wie ich zugebe. So musste ich meine unrühmliche Rolle nicht offenlegen.«

»Ich finde es trotzdem äußerst merkwürdig, dass Sie jetzt erst mit dieser Geschichte herausrücken!«, warf Herr Schmidtmeister ein.

»Carl war bereits in Gewahrsam genommen worden. Deshalb sah ich keine Veranlassung dafür. Zudem war ich der festen Überzeugung, dass die Beweise für eine Verurteilung ausreichen. Was offensichtlich nicht der Fall ist. Da Aussage gegen Aussage steht und Carl Ebnert straflos ausgehen könnte, habe ich mein Schweigen nun gebrochen. Ich will, dass die Gerechtigkeit ihren Lauf nimmt, und bin froh, dass endlich alles heraus ist.«

»Haben Sie Fragen an meinen Zeugen, Herr Verteidiger?«

»Durchaus. Gibt es Zeugen für die Zusammentreffen mit dem Prokuristen?«

»Für das erste nicht, jedenfalls ist mir niemand aufgefallen. Für das zweite: Ja, Frau Lorenz kam vorbei, um uns einen Imbiss zu bringen.«

»Ein Irrtum in der Person des Beschuldigten ist absolut ausgeschlossen? Bedenken Sie die Lichtverhältnisse. Es könnte auch einem anderen Menschen möglich gewesen sein, einen Wachsabdruck eines Schlüssel zu fertigen.«

»Das stimmt, aber sowohl Herr Lorenz als auch ich haben Herrn Ebnerts Gesicht eindeutig erkannt.«

Der Staatsanwalt lächelte hochzufrieden. »Ich werde den Prozess vertagen und den Zeugen Lorenz vorladen lassen.«

Jemand aus dem Publikum hob die Hand.

»Das ist er.« Carl deutete auf den Mann, der ihm vorher im Publikum nicht aufgefallen war.

»Der Prokurist?« Herr Schmidtmeister schüttelte verblüfft den Kopf. »Wie ungemein passend.«

»Sie müssen mich nicht vorladen, ich bin da. Wir könnten vielleicht eine Ortsbesichtigung unternehmen? Ich zeige Ihnen gerne die Stelle, wo ich stand. Anfangs habe ich nur einen dunklen Schemen gesehen. Ich hätte nicht sagen können, wer das war. Aber dann hat derjenige die Taschenlampe gehoben. Ich denke, er hat den Ausschaltknopf gesucht. Da habe ich sein Gesicht erkannt. Es war Herr Ebnert.«

»Stimmt, die Taschenlampe. Die hatte ich vergessen«, warf Johann ein.

»Ich möchte mich mit meinem Mandanten beraten. Wie sollen wir vorgehen, Herr Ebnert?«, fragte Herr Schmidtmeister leise. »Ich glaube Ihnen, aber die Sache erscheint jetzt leider in einem anderen Licht. Es sieht nicht gut aus für Sie: Die vielen Indizien und die beiden Zeugen. Vielleicht gelingt es mir, den Prokuristen in Widersprüche zu verwickeln.«

Carl senkte seine Stimme ebenfalls. »Versuchen können Sie es. Aber Johann wird ihn gut instruiert haben.«

»Wir könnten auf Herrn Lorenz' Ladung verzichten und Herrn Reinhardt seine Aussage beeidigen lassen. Für den Fall, dass Ihr Entlastungszeuge noch auftaucht, haben Sie die Möglichkeit, ihren falschen Freund wegen Meineids vor Gericht bringen. Soll ich so vorgehen? Oder Herrn Lorenz ins Kreuzverhör nehmen?«

»Nach dem Auftritt eben? Den Einzelheiten mit der Taschenlampe, die Johann zu erwähnen ›vergessen‹ hat. Nein, lassen Sie ihn den Eid schwören. Vielleicht hat er doch Skrupel, einen Meineid zu leisten.«

Herr Schmidtmeister handelte. »Würden Sie Ihre Aussage beschwören, Herr Reinhardt?«

»Ja«, entgegnete Johann, ohne zu zögern.

»In dem Fall verzichten wir auf die Ladung des Prokuristen Lorenz. Hiermit stelle ich den Antrag, den Zeugen Johann Reinhardt zu vereidigen, hohes Gericht.«

»Stattgegeben«, gab der Richter zurück.

Carl fasste es nicht. Wie brachte sein Freund es fertig, derartige Lügen zu verbreiten, ohne vor Scham im Boden zu versinken. Ohne mit der Wimper zu zucken, würde Johann einen Meineid schwören und ungeschoren davonkommen. Carl zitterte am ganzen Körper vor hilfloser Wut, wusste, dass es keinen Sinn machte, die Wahrheit hinauszuschreien. Er musste den Mund halten zu den infamen Behauptungen. Stocksteif saß er da, angespannt und elend in dem Wissen, dass er verloren hatte.

Er starrte stur auf einen Fleck auf dem Tisch. In den Augen dieser Leute, der Schöffen und des Richters war er längst als der Täter gebrandmarkt. Es ging allenfalls noch um die Höhe der Strafe. In Carl brodelte es. Er wollte diesen Lügner am Boden sehen. Aber Johann hatte es so hingedreht, dass Carl als eine eklige Schabe dastand, die zertreten werden musste. Er schwieg. Gerechtigkeit gab es keine. Nicht für ihn.

»Schwören Sie bei Gott dem Allmächtigen und Allwissenden, dass Sie nach bestem Gewissen die eine Wahrheit gesagt und nichts verschwiegen haben«, sagte der Richter.

Mit fester Stimme bekräftigte Johann die Eidesformel, die gerade verlesen worden war. »Ich schwöre, so wahr mir Gott helfe.«

Die Beweisaufnahme war damit beendet. Herr Schmidtmeister erinnerte daran, dass Carl Ebnert bisher ein unbescholtener Bürger gewesen sei. Eine Tatsache, die beim Strafmaß angemessen berücksichtigt werden sollte. Der Staatsanwalt sah Carls Schuld als erwiesen an. Der Richter und die Schöffen zogen sich zu einer Beratung zurück. Nach kurzer Zeit kehrten sie wieder.

»Im Namen des Volkes ergeht folgendes Urteil …«

Carls Herz klopfte zum Zerspringen. Gegen jede Vernunft hoffte er.

»… Der Angeklagte wird wegen Diebstahls zu einer Freiheitsstrafe von zwei Jahren verurteilt.«

»Oh Gott!«, schrie sein Onkel auf und sank gekrümmt auf dem Sitz zusammen.

»Nein!«, keuchte er selbst.

Johann warf ihm einen triumphierenden Blick zu, der so viel besagte wie: *Ich habe gewonnen, ich kriege Maria und du hast nichts.*

»Das vergesse ich dir nie!«, brüllte Carl ihm wütend zu.

»Nur zu.« Der Dreckskerl lachte.

»Mich bist du durch die Lügen los, Maria kriegst du trotzdem nicht, weil sie mich liebt. Mich! Dich verabscheut sie.«

Diese Worte hatten Johann getroffen. Das dümmliche Grinsen war aus seinem Gesicht gewischt. Eine kleine Genugtuung für Carl, den die Wärter mit sich zogen.

Kapitel 40

Maria – Dezember 1950

Mit der Hochzeit hatte Maria den größten Fehler ihres Lebens begangen! Die Ehe mit Johann kam ihr bereits nach nicht einmal einer Woche unerträglich vor. Seine Annäherungen und Berührungen widerten sie unsäglich an. Doch er kam oft zu ihr und forderte seine Rechte mit Nachdruck ein. Mindestens ein, zwei Mal am Tag.

Trotzdem wartete sie heute ungeduldig auf seine Rückkehr, weil sie in Erfahrung bringen wollte, wie Carls Verhandlung ausgegangen war. Sie hatte Johann gebeten, ihn ins Gericht begleiten zu dürfen. Barsch lehnte er ab und nötigte sie, zu Hause zu bleiben. Angeblich fürchtete er einen öffentlichen Gefühlsausbruch seiner Ehefrau, wenn sie Carl sah.

Maria hatte zum Schein nachgegeben und ruhig abgewartet, bis er das Haus verlassen hatte. Als sie ihre Barschaft zählen wollte, musste sie entsetzt feststellen, dass sie vom Regen in die Traufe gekommen war, was ihre Freiheit anging. Wie ihre Mutter vor ein paar Wochen hatte Johann alle Geldscheine aus ihrem Portemonnaie genommen und obendrein ihren Personalausweis einbehalten. Wütend war sie oben auf und ab gelaufen, bis ihre Unruhe sie schließlich hinuntertrieb.

Die Schwiegermutter musste das Klappern der Absätze auf der Treppe gehört haben und rief nach ihr. Maria trat in die Bibliothek, wo Franziska ausgestreckt auf dem Sofa lag.

»Kann ich etwas für dich tun?«

»Meine Liebe, wärst du so freundlich, mir aus diesem Buch vorzulesen. Eine Bekannte hat es mir geschenkt. Es ist neu erschienen.«

»›Don Camillo und Peppone‹ von Giovannino Guareschi«, las Maria vom Einband der gebundenen Ausgabe ab. »Ich weiß nicht, ob ich den Namen richtig ausspreche.«

»Mir geht es genauso«, versicherte Franziska.

Bereits die ersten Zeilen zeugten von Humor. Die mit einem Augenzwinkern beschriebenen Auseinandersetzungen zweier befreundeter Widersacher amüsierte die Schwiegermutter. Don Camillo, der Dorfpfarrer, focht seine Kämpfe gegen den Bürgermeister des Ortes mit Witz aus. Doch der eingefleischte Kommunist gab ihm gehörig Kontra. Unter anderen Umständen hätte Maria die Lektüre genossen. Heute konnte sie es nicht.

Johanns Mutter hielt die Augen seit einer Weile geschlossen. Auf einmal stöhnte sie, schlug die Lider auf und sah Maria groß an. »Würdest du mir bitte eine Kopfschmerztablette geben?«

Maria drückte eine aus der Verpackung und reichte ihr das Medikament mit einem Glas Wasser.

»Möchtest du vielleicht ruhen?«

Franziska lächelte schwach. »Wenn es dir nichts ausmacht.«

»Dann lasse ich dich ein wenig schlafen.« Maria legte ein Lesezeichen in das Buch, stellte es zurück ins Regal und verließ das Zimmer behutsam.

Obwohl die Schwiegermutter sie sehr herzlich aufgenommen hatte, fühlte sie sich im Haus der Reinhardts fehl am Platz. Gudrun spielte ihre Freundlichkeit nur vor. Am Sonntag hatte sie ein Gespräch zwischen ihrer Schwägerin und Johann belauscht und ihr das ›Warum musste es ausgerechnet diese Zimperliese sein, die nichts hat und nichts ist?‹ hallte jetzt noch in Marias Ohren nach. Da war ihr sogar Johanns Vater noch lieber. Meist grunzte er einen Gruß, wenn er sie sah, und ignorierte sie ansonsten. Ihr Weg führte sie in die Küche.

»Ich hoffe, ich störe nicht, Frau Arndt.«

»Nein.«

Unter den kritischen Blicken der Haushälterin ihrer Schwiegermutter beschmierte sie ein Brötchen mit Butter. Morgens war ihr immer noch speiübel. Erst am späten Vormittag brachte sie ein paar Bissen herunter.

»Lassen Sie das Geschirr nur stehen.« Die Frau mochte es nicht, wenn Maria in ihrem Reich erschien.

Sollte sie nach oben gehen? Sie zog es vor, auf einem der Cocktailstühle im Wohnzimmer Platz zu nehmen und zu lauschen. Endlich hörte sie das Brummen eines Autos, Schritte und den Schlüssel im Schloss. Sie lief Johann entgegen.

»Maria, mein liebendes Weib, so sehnsüchtig erwartest du mich?«

Der spöttische Ton, den er anschlug, irritierte sie.

»Ich wollte lediglich wissen, wie der Prozess lief.«

»Für Carl?« Er lachte auf und packte sie unsanft am Handgelenk. »Eine Unterhaltung darüber ist nicht das richtige Gesprächsthema für die Eingangshalle dieses Hauses. Wir gehen nach oben.«

Sie folgte ihm, spürte seine unterdrückte Wut und versuchte, Haltung zu bewahren. Innerlich zitterte sie.

»Was ist mit dir?«, fragte sie, als sie oben angekommen waren.

Irgendetwas hatte Johann in Rage gebracht. »Ist der Prozess anders gelaufen als geplant?«

»Mitnichten!« Sein Gesicht zeigte ein zynisches Grinsen, eine boshafte Grimasse, die Maria um ihren Liebsten fürchten ließ. »Carl wandert für zwei Jahre in den Knast.«

»Aber du hattest mir versprochen, ihm nicht zu schaden.«

»Ich habe die Wahrheit gesagt und allen die Augen geöffnet über deinen geliebten Carl.« Er packte sie an den Schultern. »Denkst du, du kannst mich verhöhnen, mich zum Gespött der Leute machen. Meinst du, mir war nicht von Anfang an klar, dass du nach einem Freispruch mit ihm auf und davon wolltest? Du bleibst bei mir! Verstanden! Wenn du mit dem Gedanken spielst, mir trotzdem davonzulaufen, wird Carl es büßen. In dem Fall werde ich Vater veranlassen, die Bücher gründlich zu prüfen, und er wird weitere Fehlbeträge finden.«

»Nein!« Verzweifelt schüttelte Maria den Kopf. »Das darfst du nicht. Das kannst du gar nicht. Du hast Carl genug angetan …!«

»Du …« Er hob die Hand, holte aus und schlug zu. »Immer nur Carl!«

Sie stolperte zurück. »Du hast von Anfang an gelogen.«

Er schlug ihr immer wieder ins Gesicht, zerrte sie an den Haaren. Sie schrie vor Schmerzen auf. Aber ihr Weinen schien ihn nur noch mehr anzustacheln. »Ich prügele ihn aus dir heraus, du Miststück. Du gehörst mir! Du bist meine Frau. Ich bin der Herr im Haus.«

Er wollte sie ins Schlafzimmer zerren, schlug, wohin er traf.

»Nein, nein!« Sie trat nach ihm, entkam seinem Griff,

stolperte und knallte ungebremst auf die Kante der Kommode in der Diele. Der durchdringende Schmerz im Leib, die Angst. Im ersten Moment blieb ihr die Luft weg. Er sah ihr zu, wie sie um Atem rang. Sein sonst so blasses Gesicht war rot vor Wut, und in seinen Augen glitzerte die Gier, sie zu demütigen, zu erniedrigen und sie zu nehmen.

»Bitte nicht, das Baby!«, wimmerte sie schließlich.

Johanns Augen waren schmal geworden. Er musterte ihren Bauch. Sonderlich überrascht schien er nicht. Ja, klar, er hatte ihre Papiere genommen, sicher war ihm da die Karte mit Ernas Nummer in die Hände gefallen. Vermutlich hatte er auch dort angerufen … War er deshalb derart außer sich?

»Du bist schwanger? Ist es von ihm?«, brüllte er, packte sie und zerrte sie hoch.

Alles schmerzte, die aufgeplatzten Lippen, die Rippen, der Bauch. Aus Angst um das Kind schüttelte Maria den Kopf. »Nein, nein, es ist deins …«

»Wann wolltest du es mir sagen?«, fragte er misstrauisch.

»Wenn ich mir dessen sicher gewesen wäre. Mir ist morgens schlecht, im Lauf des Tages wird es besser. Ich war deswegen vor einer Woche bei der Hebamme. Sie meinte, wann wir es getan hätten und dass es gut möglich ist, dass ich schwanger sein könnte.« Maria brach in Tränen aus. »Ich will das Baby nicht verlieren.«

»Mein Kind?«

»Bitte, lass die Hebamme kommen.« Sie stöhnte und fasste an ihre Seite. »Ich habe Schmerzen.«

Er musterte sie und schüttelte den Kopf. »Nein, kommt nicht infrage, dass dieses Weib dein Gesicht sieht und über mich lästert.«

»Bitte, ich sage, dass ich mit meinen Stöckelschuhen ausgerutscht und die Treppe hinuntergefallen bin. Bitte …«

»Na gut.« Zuletzt gab er nach. »Hast du eine Telefonnummer?«

Johann half ihr auf. Maria schmeckte das Blut ihrer aufgeplatzten Lippen, süß und widerlich. Er stützte sie immer noch.

»Ich muss mich frisch machen. Das schaffe ich alleine.«

»Nein, kommt nicht infrage.« Sein Wutausbruch war offensichtlich verraucht und er kehrte nun den besorgten Ehemann hervor.

Vielleicht tat ihm der Ausbruch auch leid. Maria wusste es nicht und vermied es, seinen Unmut von Neuem zu wecken. Er führte sie ins Bad, wo sie ihr Gesicht wusch und ihr zerschundenes Gesicht im Spiegel betrachtete. Die Lippe war geschwollen, sah aber nicht mehr so schlimm aus wie vorher. Ihre Wangen waren noch rot. Sie zog die Bluse aus, auf die ein paar Blutstropfen gefallen waren, ließ Wasser ins Waschbecken fließen und weichte den Stoff in kaltem Wasser ein.

»Bringst du mir bitte ein frisches Nachthemd?«

Er schob ihr den Frisierhocker hin und drückte sie auf den Sitz. Er betrachtete ihre Oberarme, die Abdrücke darauf, die blaue Flecken geben würden. »Besser, ich bringe dir auch ein frisches Unterhemd.«

»Danke.«

»Maria, so etwas kommt nicht wieder vor, nie wieder, ich verspreche es dir.«

Sie nickte und dachte daran, was er versprochen hatte, für Carl zu tun. Während er die Sachen aus dem Schlafzimmer holte, zog sie das Unterhemd aus und drückte es ins Wasser. Den Rock strich sie glatt und legte ihn über den Badewannenrand. Am Bauch war eine Prellmarke zu sehen. Ein roter Striemen.

Johann kehrte zurück und sank vor ihr auf die Knie. »Es tut mir leid.«

»Geh und ruf Frau Schrodinger an. Ich lege mich ins Bett.«

»Natürlich.« Er war besorgt um sie, wie ausgewechselt, als ob ein Schalter in ihm umgelegt worden wäre.

Geduldig wartete er, bis sie das Nachthemd übergezogen hatte, half ihr beim Aufstehen und brachte sie ins Schlafzimmer. Zuletzt breitete er die Decke über sie und küsste sie auf die Stirn. Sie schloss die Augen, hörte die Tür leise quietschen, ins Schloss fallen. Endlich hatte Johann die Wohnung verlassen. Tränen schossen ihr in die Augen. Sie schluchzte, zitterte vor Angst um Carls Kind. Jeder Atemzug schmerzte. Sie ging auf die Toilette. Kein Blut, zum Glück, aber was besagte das? Sie schluchzte, verzweifelt, hörte Johanns Schritte auf der Treppe und versuchte, ihre Fassung wiederzuerlangen.

»Frau Schrodinger ist gerade erst von einer Entbindung zurückgekehrt. Du sollst dich ruhig halten, bis sie kommt. Oder den Arzt rufen, falls du wegen des Sturzes unter starken Schmerzen leidest. Es könnte auch etwas gebrochen sein. Ist es sehr schlimm? Soll ich den Arzt holen.«

»Nein, so arg ist es nicht.«

»Wegen der Schwangerschaft solltest du dir keine zu großen Sorgen machen. Das Kind sei noch so klein, es liege von der Gebärmutter und Fruchtwasser geschützt im Becken.«

Johann legte seine Hand auf ihren Bauch. »Es ist wirklich meins? Sag mir die Wahrheit!«

Am liebsten hätte Maria ihn und seine Finger weggestoßen, aber sie legte ihre Hand auf seine.

»Ja!«

Erna erschien nach einer Stunde. Johann erwartete sie unten und Maria begrüßte sie erleichtert.

»Würden Sie während der Untersuchung kurz hinausgehen?«, bat Erna Johann, der keine Anstalten machte, das Zimmer zu verlassen. »Bitte.«

Als er gegangen war, musterte Erna ihr Gesicht ernst und flüsterte: »Hat er Ihnen das angetan? Weiß er Bescheid? War er deswegen wütend?«

»Nein, er denkt, dass es sein Baby ist.«

»Dann werde ich die Untersuchung jetzt beginnen«, erklärte Erna laut und fügte kaum hörbar hinzu: »Aber warum dann?«

»Wegen Carl.«

»Tut das weh?« Behutsam tastete die Hebamme Marias Bauch ab und drückte mit der Handkante oberhalb des Schambeins.

»Nein.«

»Bluten Sie?«

Auch diese Frage verneinte Maria und hielt während der Untersuchung still.

»Soweit scheint alles in Ordnung. Was Sie brauchen, ist Ruhe.«

Tränen traten in Marias Augen. Was sie brauchte, war Carl, den sie durch ihre eigene Dummheit verloren hatte. Als sie sich aufsetzen wollte, stöhnte sie.

»Was tut Ihnen weh?«, wollte Erna wissen.

»Es ist eher die Seite.«

Johann klopfte an und spähte ins Zimmer. Erna klärte ihn auf.

»Dem Baby geht es gut. Soweit ich das zu dem frühen Zeitpunkt der Schwangerschaft sagen kann. Ihre Frau hat allerdings durch den Sturz eine üble Prellung erlitten, vielleicht sind Rippen gebrochen.«

Am liebsten hätte sie Erna gedankt, dass sie half, die Täuschung aufrecht zu halten.

»Sie sollten mit Ihrer Frau zum Arzt gehen.«

»Muss ich dann in einem Gipsbett liegen?«, fragte Maria ängstlich. »So schlimm ist es nicht.«

»Nein, er legt Ihnen einen Verband an.«

»Das ist alles?!«, warf Johann ein.

»Bei Rippenbrüchen kann es Komplikationen geben«, wandte Erna ein.

»Wenn es schlimmer wird, holt Johann den Arzt, das verspreche ich Ihnen, Erna.«

»Damit muss ich mich wohl zufrieden geben.«

Kapitel 41

Maria – Dezember 1950

Maria hatte ihre Eltern seit der Hochzeit kaum besucht, selbst als die Blessuren einigermaßen abgeheilt waren und die Übelkeit nachließ, zog sie nichts in die Wohnung. Lediglich an Weihnachten begegneten sie einander kurz in der Kirche. Außerdem war sie in Johanns Begleitung am Abend des ersten Weihnachtstags bei ihnen erschienen, um den beiden ihre Geschenke zu bringen. Ein neues Hemd für den Vater, eine Bluse für die Mutter, dazu eine Flasche Wein und ein Kasten Pralinen. Die beiden zogen lange Gesichter. Ob sie einen Volkswagen oder gar einen Mercedes erwartet hatten? Nach einer ungemütlichen halben Stunde drängte Johann darauf zu gehen und Maria folgte ihm ohne Bedauern.

Gestern hatte die Mutter angerufen und über den Zustand der Küche geklagt und ihre Ausführungen mit dem Satz geschlossen: »Du solltest es dir selbst ansehen.«

Maria versprach ihr, mit Johann zu reden und am folgenden Morgen vorbeizukommen. Der Vater würde bei der Unterredung nicht dabei sein. Das war ihr lieber. Sie konnte nicht vergessen, wie er sie behandelt hatte.

Punkt halb elf stand sie vor der Haustür. Widerstrebend steckte sie ihren Schlüssel ins Schloss. Johann hatte ihr nachdrücklich zu verstehen gegeben, dass er nicht beabsichtigte, einen Wohltätigkeitsverein zu Gunsten ihrer Eltern einzurichten. Was sie ohnehin nicht von ihm erwartete. Dafür blieb es jetzt ihr überlassen, die Träume ihrer Eltern platzen zu lassen. Bereitete ihr der Gedanke daran Genugtuung? Vielleicht. Sie lief die Treppen hoch. Die Mutter empfing sie mit einem lächelnden Gesicht, und Maria folgte ihr in die Küche, die genauso aussah wie immer.

»Was ist denn mit den Schränken?«

»Vollkommen abgearbeitet sind sie, und unser Sofa, zum Schämen abgewetzt ist es.«

»Johann sagt, ihr könnt gerne ins Geschäft kommen und euch neue Sachen kaufen. Er gibt euch fünf Prozent Rabatt.«

Der Mutter fiel die Kinnlade herunter. »Möchtest du einen Kaffee?«

»Nein, danke, ich habe schon einen getrunken.«

»Wahrscheinlich besseren als wir. Dein Vater und ich, wir können uns nur den billigsten leisten. Vielleicht denkst du bei Gelegenheit einmal an uns.«

»Ich weiß nicht, wie du dir das vorstellst, Mama. Frau Reinhardt beschäftigt eine Haushälterin, mit den Einkäufen habe ich nichts zu tun. Außerdem erlaubt Johann mir nicht, arbeiten zu gehen. Ich habe kein Einkommen mehr und mein Mann gibt mir nicht viel Taschengeld.«

»Aber er ist doch reich.«

In Wahrheit laugten Johann und sein Vater den Betrieb aus. Vor allem ihr Mann war gut im Schuldenmachen. Teure Autos, Feste, Ausflüge. Bei den Reinhardts herrschte mehr Schein als Sein und die Rechnungen stapelten sich. Bloß hinter die Fassade sahen Außenstehende nicht, und Maria war nicht gewillt, darüber zu reden.

Entgeistert ließ die Mutter Kaffee in eine Tasse gluckern und plumpste auf einen der Küchenstühle. Vielleicht war ihr gerade endgültig aufgegangen, dass Johann nicht für ihre Wünsche aufkommen würde.

»Mein Mann bezahlt mir Kleider und Lebensunterhalt. Aber ihm missfällt es, wenn ich genug Bares zur Verfügung hätte, um in der Stadt oder gar in München Vergnügungen nachzujagen. Letztlich habe ich weniger Geld zur Verfügung als vorher. Ich kann euch nicht unterstützen.«

Die Mutter reagierte verschnupft. »Ich habe gehört, dass ihr eine rauschende Silvesterparty feiert, da wird doch wohl ein bisschen was für deinen Vater und mich übrig bleiben, wenn ihr uns schon nicht einladet.«

»Die Reinhardts haben vor dem Krieg jedes Jahr ein großes Fest mit Feuerwerk steigen lassen. Die Tradition lassen sie wieder aufleben, das ist richtig. Essen, das übrig bleibt, nehmen die Serviererinnen mit.«

»Du könntest uns etwas abfüllen.«

»Ich empfange an Johanns Seite Gäste. Ich werde nicht in die Nähe der Küche kommen.«

»Wieso ladet ihr uns denn nicht ein!«, brach es aus der Mutter heraus. »Wir sind immerhin Johanns Schwiegereltern.«

»Es tut mir leid, dir das sagen zu müssen, Mama, aber er hält euch für zu ›gewöhnlich‹. Seiner Meinung nach passt ihr nicht in den erlesenen Kreis, der in das Haus der Reinhardts geladen wird.«

»Das hat er gesagt?« Die Unterlippe der Mutter zitterte.

Für einen Moment flackerte Mitleid in Maria auf. Die kleine Flamme erstarb rasch, als sie daran dachte, wer sie förmlich in ihr Unglück getrieben hatte. »Allerdings, und er meinte noch, dass er dafür sorgen wird, dass ihr von der Heirat nicht profitiert. Er hätte etwas gegen Parasiten.«

»Wie kann er es wagen …!«

Maria zuckte mit den Schultern. Ein Teil von ihr war entsetzt über die Härte, mit der sie reagierte. Der andere empfand nichts als Genugtuung. »Ich wünsche dir und Vater einen guten Rutsch. Ich denke nicht, dass wir uns im alten Jahr noch einmal sehen. Johann sieht es nicht gerne, wenn ich ausgehe.«

»Und du richtest dich in allem nach diesem Mann und seinen Wünschen, wie?«

»Ich weiß nicht, was du hast, Mama. Du warst es, die Johann für mich ausgesucht hat. Und ich muss mit ihm leben.« *Ihn ertragen …*

Kapitel 42

Maria – Mai 1951

Die Vorfreude auf Carls Kind hatte Maria in den letzten Monaten aufrecht gehalten. Für das Kleine ertrug sie Johanns Leidenschaft, seine Wutausbrüche, die Schläge, seine Eifersucht und ihr erbärmliches Leben. Wenn nicht, würde er seine Drohung wahrmachen und einen weiteren Prozess gegen ihren Liebsten anstrengen. Außerdem machte er Andeutungen, dass er Beziehungen hatte, die bis ins Gefängnis reichten. Vielleicht kannte sein Vater den Direktor? Sie wollte es nicht wissen.

Anfang, Mitte Juni sollte das Baby kommen, und sie hoffte inständig, dass das Kleine es nicht allzu eilig hatte, da Johanns Misstrauen manchmal wie aus dem Nichts aufflammte. Aus dem Grund fürchtete Maria die Geburt genauso sehr, wie sie das Kind herbeisehnte. In ihr nagte die Angst. Was würde geschehen, wenn das Kind Carl ähnlich sah? Wie würde Johann reagieren? Sie begriff sein Denken nicht, seinen erbärmlichen Charakter.

Lag es an ihr? Es gab so viel in der Welt, was sie nicht verstand. Dieses Paar, das wegen Spionage für die Sowjetunion zum Tode verurteilt worden war. Die Rosenbergs. Ob Ethel diese Strafe tatsächlich verdient hatte? Eine Frau als Täterin? Und ihr Mann? Manche Amerikaner zweifelten, dass die beiden tatsächlich schuldig waren. Johann nicht, natürlich nicht. Er forderte vehement die Todesstrafe, wetterte gegen die Kommunisten und presste seine Firma aus, wo er nur konnte.

Oft legte sie die Hände auf ihren Bauch. Das Kind strampelte viel, war sehr lebhaft. Manchmal spürte sie etwas, einen Fuß oder eine kleine Faust, drückte ihre Hand auf die Vorwölbungen und strich darüber. In einer Woche hatte sie ihren nächsten Termin bei Erna. Für Maria waren diese Treffen wie kleine Fluchten. An Partys und Feierlichkeiten nahm sie nicht teil. Johann wollte nicht, dass sie ihren dicken Bauch zeigte oder gar Arbeiten ging. Den Kontakt mit Veronika hielt sie heimlich über Erna aufrecht. Johann hatte ihr Treffen untersagt, weil ihre Freundin angeblich einen unmoralischen Lebenswandel führte. Dabei war sie inzwischen verheiratet. Ohne groß zu fragen, hatten Veronika und ihr evangelischer Liebster das Aufgebot in München bestellt, wo er wohnte. Die Engstirnigkeit ihrer Eltern machte diesen Schritt erforderlich. Veronika beließ es vorerst bei einer standesamtlichen Trauung, obwohl sie ihr erstes Kind Anfang September erwartete. Sie war fest entschlossen, das Baby evangelisch taufen zu lassen. Ein Skandal für ihre streng katholische Mutter.

Bei Erna traf Maria gelegentlich mit ihr zusammen, sie redeten und lachten zu dritt. Und wenn sie Glück hatte, drückte Erna ihr einen Kartengruß ihres Liebsten in die Hand, der längst nach Stadelheim verlegt worden war. Anfangs war er dagegen, dass sie ihm Briefe schrieb. Er fürchtete, dass Johann Kontakte zum Personal hatte, außerdem wollte er nicht, dass andere Augen ihre Zeilen an ihn lasen. Vielleicht sogar Worte oder Sätze schwärzten. Da herrschte wohl Willkür. Ungeachtet dessen hatte sie Erna gebeten, ihm zu schreiben und ein eigenes Blatt beigefügt, ohne Anrede und Unterschrift. Sie erwähnte kleine Alltäglichkeiten und er antwortete ihr in dem gleichen Stil. Die Zeiten mit den beiden Schwestern und seine Grüße waren Sternstunden für Maria. Bittersüß, weil sie dadurch immer wieder an ihre Fehler erinnert wurde. Weil sie Carl umso mehr vermisste, wenn sie mit ihnen zusammen war.

Heute war ihr ein Treffen mit den Freundinnen nicht vergönnt. Wie jeden Morgen leistete Maria ihrer Schwiegermutter Gesellschaft, nachdem sie ihren kleinen Haushalt im Obergeschoss versorgt hatte. Am Morgen trat das Baby genauso lebhaft wie sonst. Das unangenehme Ziehen im Lendenbereich beunruhigte Maria nicht. Die fortschreitende Schwangerschaft zollte ihren Tribut. Wie gewohnt las sie Franziska vor, inzwischen aus ›Trommelwirbel‹ einem vor kurzem erschienen Kriminalroman von Agatha Christie. Manchmal hielt sie inne, legte das Buch kurz beiseite und strich über die verhärteten Muskeln.

Zusammen mit Franziska sollte sie eine Kleinigkeit zu Mittag essen, brachte aber nichts hinunter. Frau Arndt deckte den Teller ab und musterte sie prüfend. Immer wieder rieb Maria über den verkrampften Rücken, der ihr das Sitzen zur Qual machte. Auch ihr Bauch wurde in regelmäßigen Abständen hart. Das mussten die Vorwehen sein, von denen Erna gesprochen hatte.

»Geht es dir nicht gut, meine Liebe?«, wollte Franziska wissen.

»Ich fühle mich ein wenig unwohl. Ich werde mich hinlegen.«

Maria ging nach oben, um zu ruhen. Doch an Schlaf war nicht zu denken. Manchmal krümmte sie sich vor Schmerzen zusammen und stöhnte laut. Nach einer Stunde hörte sie ein Klopfen an der Tür.

»Darf ich hereinkommen?«, fragte ihre Schwiegermutter.

»Es ist offen.«

Franziska betrat in Begleitung der Haushälterin, die sie stützte, die Wohnung. Beide Frauen musterten Marias schmerzverzerrtes Gesicht.

»Bleiben Sie bei Ihrer Schwiegertochter, ich laufe hinunter und rufe die Hebamme an«, kommandierte Frau Arndt, die Franziska einen Stuhl hinstellte.

»Nein, nicht.« Johann hatte Maria vor einer Woche Vorhaltungen gemacht, dass sie wehleidig sei und Erna zu oft belästige. Wenn er erfuhr, dass sie es gewagt hatte, die Hebamme ins Haus zu holen, würde er ihr am Ende diesen Umgang auch noch verbieten. Er war imstande und engagierte eine andere, die vielleicht herausfinden würde, was Sache war … Panik schoss bei dem Gedanken in ihr hoch. Bei der nächsten Schmerzwelle versuchte sie, die Zähne zusammenzubeißen. Vergebens, sie stöhnte laut. »Bitte, holt Erna. Ich will sie hier haben.«

»So ist es recht, wir lassen Frau Schrodinger kommen«, befahl Franziska, die Platz und Marias Hand in ihre nahm. Frau Arndt lief die Treppe hinunter und tätigte den Anruf.

Eine gute halbe Stunde dauerte es, bis Erna erschien und sie herzlich umarmte. »Ich weiß nicht, was heute los ist. Offensichtlich stehen die Babys Schlange.«

»Danke, Erna. Ich bin … so froh, dass du … da bist.« Maria hieß ihre Freundin stockend willkommen, während eine neue Schmerzwelle über sie hinwegrollte. Die Qual waren nicht weniger geworden, im Gegenteil.

Franziska begrüßte die Hebamme erleichtert und verbarg ihre Besorgnis nicht. »Höchste Zeit, dass Sie kommen.

Ich habe selbst zwei Kinder geboren. Vorwehen sind das bestimmt nicht. Das Kleine, es kann ja gar nicht überleben. Es kommt viel zu früh, viel zu früh …«

»Nun ja, das Baby hat es schon ein wenig eilig, aber nicht so arg, wie Sie vielleicht denken, manche Brautpaare sind ungeduldig …«

Die Schmerzwelle ebbte ab. Maria sah die weit aufgerissenen Augen Franziskas, den offenen Mund, ein Lächeln und Verstehen. »Ach so! Ich hatte mich furchtbar erschrocken.«

Erna lächelte aufmunternd. »Ich kam selbst acht Wochen zu früh und mit zweitausendfünfhundert Gramm auf die Welt, und sehen Sie, was für ein Wonneproppen aus mir geworden ist. Da sind die paar Tage ein Klacks.«

»Ich gehe hinaus, das ist dir lieber nicht wahr, meine Liebe? Möchtest du, dass ich deine Mutter anrufe? Wäre es eine Hilfe für dich, wenn sie dir beisteht?«

»Nein. Sie würde mich nur … nervös machen.« Maria schüttelte den Kopf. Sie hätte Franziska gerne gebeten zu bleiben. Aus Scham wagte sie es nicht. Denn das Enkelkind, das die Schwiegermutter herbeisehnte, um das sie fürchtete, war nicht Johanns Baby.

»Wenn Sie etwas brauchen, rufen Sie bitte laut, Frau Schrodinger. Ich habe Tücher bereit gelegt und Frau Arndt hat Wasser aufgesetzt.« Franziska ging hinaus und schloss die Tür, während Erna den Bauch abtastete und untersuchte, ob der Muttermund bereits geöffnet war. »Sechs Zentimeter! Du hast schon viel geschafft, Maria. Das Kind kommt. Der Bauch ist weich, jetzt schaue ich, wie es dem Baby geht.«

Maria beobachtete sie, jeden Handgriff. Die Hebamme legte das Hörrohr an und lauschte, setzte es an einer anderen Stelle auf und machte ein konzentriertes Gesicht. Sie versuchte es noch einmal. Ihr Lächeln verschwand, zwei steile

Falten erschienen auf ihrer Stirn. Sie probierte es ein viertes Mal, wartete eine weitere Wehe ab und setzte das Hörrohr noch einmal an. Schließlich richtete sie sich auf. Totenblass sah sie aus. »Wann hast du das Kind zum letzten Mal gespürt?«

»Vor ein, zwei Stunden hat es das letzte Mal gestrampelt. Danach nicht mehr. Ich habe es auf die Rückenschmerzen geschoben.« Marias Atem ging rasend schnell. »Ist etwas nicht in Ordnung?«

»Ich höre die Herztöne nicht.«

»Was bedeutet … das?« Wieder dieser rasende Schmerz. »Ist es …? Es lebt, bitte sag, dass mein Kind lebt!«

»Vielleicht irre ich mich …« Ernas Augen schimmerten feucht. »Wir rufen den Krankenwagen. Ich lasse dich nicht allein, ich fahre mit dir in die Klinik.«

Im Kreißsaal weinte Maria vor Schmerzen und Verzweiflung. Ihre Freundin hatte nicht geirrt. Das Kind in ihrem Leib war tot. Gestorben, ohne dass die eigene Mutter es bemerkt hatte. Für einen Kaiserschnitt war es zu spät, also ließen sie der Natur ihren Lauf. Erna hielt Wort und stand ihr bei.

»Du hast es gleich geschafft.« Sie drückte ihre Hand und streichelte ihr Gesicht, während die Klinikhebamme Maria Anweisungen gab. Sie presste, als sie pressen sollte, aber innerlich war sie tot. Nur die Schmerzen waren real. Sie schrie, sie weinte. Sie war am Ende.

Der Kopf kam, kurz darauf glitt der Körper des Babys aus ihr heraus. Die Hebamme hob es hoch und wickelte es in ein Tuch. Kein zorniges Krähen erfüllte den Kreißsaal. Nicht einmal ein leises Wimmern. Es blieb still.

»Ein kleines Mädchen.« Erna liefen Tränen über die Wangen, und sie hielt ihr das kleine Bündel hin, das ihre Kollegin in ein Tuch gewickelt hatte. »Sieh sie dir an, bitte, schau sie dir an.«

Zuerst hatte Maria Angst vor dem, was sie erwartete. Aber das kleine Geschöpf sah friedlich aus. Die Lider waren wohl ein wenig verquollen. Sie prägte sich die kleine Nase ein, die Form der Lippen und berührte zaghaft den zarten blonden Flaum auf dem Kopf ihrer Tochter.

»In ihrer Nabelschnur war ein echter Knoten. Das ist eine sehr seltene Komplikation«, erklärte die Hebamme. »Während der Wehen hat er sich zugezogen. Niemand hätte etwas tun können. Selbst wenn Sie in der Klinik gewesen wären, bis die Narkose gewirkt hätte, wäre zu viel Zeit verstrichen. Es tut mir leid.«

»Meine Süße.« Maria strich über das Köpfchen ihrer Tochter und konnte kaum sprechen, als sie die kalten, schlaffen Fingerchen in ihre Hand nahm. So winzig und bleich. »War es meine Schuld? Habe ich etwas falsch gemacht?«

»Nein!«, versicherte ihr Erna und ihre Kollegin bestätigte es prompt.

»Mit Ihnen hat das nichts zu tun. Sie haben nichts falsch gemacht.«

Ein Arzt kam vorbei, sprach sein Bedauern aus und untersuchte Maria. Auf ihre Tochter warf er nur einen flüchtigen Blick.

»Was wird mit ihr geschehen?« Maria wollte ihr Baby nicht loslassen, nie wieder hergeben.

»Wenn Sie möchten, können Sie das Kind auf eigene Kosten beerdigen lassen. Das müssen Sie mit Ihrem Mann besprechen. Es ist auch möglich, dass die Klinik die Bestattung übernimmt. Ich werde Ihnen auf jeden Fall eine Geburtsurkunde mit Sterbevermerk ausstellen.«

Johann war der Letzte, den Maria sehen wollte. Doch er

kam. Er war blass und sah mitgenommen aus. Seine Sorge galt allein ihr. Für das Baby, das er für seine Tochter halten musste, hatte er nur einen flüchtigen Blick übrig. Maria umarmte er und strich ihr über die Wangen.

»Müde siehst du aus, durchsichtig und bleich. Es tut mir leid. Ich habe mit dem Arzt geredet. Es lag nicht an dir. Sei nicht zu traurig, wir werden andere Kinder haben. Du wirst mir gesunde Söhne schenken, davon bin ich überzeugt.«

Maria schluchzte. Daher wehte der Wind. Es ging ihm um einen Stammhalter. Ein Mädchen zählte nicht. »Ich möchte, dass wir sie begraben.«

»Natürlich, alles, was du willst. Hauptsache, dir geht es bald wieder gut.«

*

Sein Wunsch sollte nicht in Erfüllung gehen. Nach der Beerdigung, die in aller Stille stattfand, versank Maria in einem tiefen Loch, war umgeben von Dunkelheit.

Bei einem der Nachsorgetermine in Ernas Wohnung versuchte sie, Carl zu schreiben. Unleserlich von Tränen verschmiert waren die zwei Zeilen. Sie brachte es nicht über sich, ihm vom Tod ihrer Tochter zu berichten. Aufweinend legte sie den Füller beiseite. »Ich kann es nicht. Bitte, Erna, grüß du Carl von mir.«

»Soll ich ihm den Tod seiner Tochter mitteilen, wenn es dir zu schwer fällt, darüber zu schreiben.«

»Nein, das soll er von mir erfahren, wenn ich gefasster bin.«

Kapitel 43

Maria – November 1951

Wochen, Monate verstrichen und Maria ging es langsam besser. Johann, der ernstlich besorgt um sie gewesen war, erklärte sich sogar bereit, ihr den Kontakt mit Erna und Veronika zu erlauben. Sie durfte in seinem Beisein telefonieren, die beiden in ihr Haus bitten und ab und zu sogar besuchen. Ein trüber Novembernachmittag war heraufgezogen und sie hatte eine Einladung von Erna erhalten. Heute war ihre Freundin ernster als sonst, weniger bemüht, sie zu trösten und aufzuheitern. Maria saß in Gedanken versunken am Wohnzimmertisch, auf dem Platz, wo sie früher Briefe an ihren Liebsten formuliert hatte.

»Schreibst du gelegentlich noch an Carl, Erna?«

»Er schickt mir nach wie vor Karten.«

»Auch Grüße an mich? Weil … ich habe ihm so lange nicht geschrieben, und mit jedem Tag, der verstreicht, schäme ich mehr, und es fällt mir noch schwerer, einen Stift zur Hand zu nehmen …«

Erna nahm sie in den Arm, ließ sie eine Weile weinen und reichte ihr einige Karten. »Die sind von ihm …!«

Maria überflog die erste.

Sehr geehrte Frau Schrodinger,
wieder darf ich zur Feder, respektive Tinte greifen und Ihnen schreiben. Sie sind zu gütig, dass Sie meine Post so treulich beantworten. Leider habe ich das Beiblatt dieses Mal schmerzlich vermisst.

Ihren Teil. Maria traten Tränen in die Augen.

Und so wage ich, auch heute wieder zu fragen, wie es der Rose in Ihrer Obhut geht. Ist das neue Rosenstöckchen schon eingetroffen, von dem Sie mir letzthin geschrieben haben? Wenn Sie mir bitte berichten wollen, ob es rosa oder weiß blühen wird? Ob es gut gedeiht, wenn es angekommen ist. Hier laufen die Tage immer gleich, womit ich Ihnen keine große Überraschung bieten dürfte. Dass es auf den Sommer zugeht, merke ich sehr wohl, aber meine Aussicht ist und bleibt wenig verlockend.
Mit herzlichen Grüßen an Ihre Familie
Ihr ergebener Carl Ebnert

Wie musste er gelitten haben, wie egoistisch Maria in ihrem Schmerz gewesen war! Sie überflog die nächsten Karten. Sein Flehen um Nachricht wurde von Mal zu Mal drängender.

… Auch bei der letzten Post fehlten die zusätzlichen Zeilen. Bitte sagen Sie mir, was das Schweigen zu bedeuten hat. Gibt es schlechte Kunde …
… Bitte, verehrte Frau Schrodinger, ich verzehre mich vor Sorge … Mein Onkel war da, er hat von einer Trauerfeier gesprochen. Ich weiß nicht mehr ein noch aus, bitte, haben Sie ein Herz …

»›… *für Ihr Vertrauen danke ich Ihnen, liebe Erna*‹«, las Maria von der fünften Karte ab. »›*Ich bitte Sie, helfen Sie Ihrer bedauernswerten Freundin und verzeihen Sie, dass Sie auf ihren langen Brief eine derart kurze Antwort erhalten. Mir ist heute nicht nach Schreiben. Zumal ich die Nachricht erhalten habe, dass meine Mutter ihrem Leiden erlegen ist.*‹ Carls Mutter ist tot?«

»Sie ist im Juli verstorben. Ich habe dir die Anzeige gezeigt.«

»Daran kann ich mich nicht erinnern. Was hast du ihm geschrieben?«

»Ich habe ihm mitgeteilt, dass eine liebe Freundin von mir an Schwermut leidet, weil ihre Tochter tot zur Welt gekommen ist, und dass ich deshalb selbst traurig bin. Den Brief habe ich persönlicher gehalten. Ich hoffe, es stört dich nicht, dass wir uns seither beim Vornamen nennen.«

»Nein, natürlich nicht. Ich war … Wie hat er es aufgenommen?«

»Ich denke, er war sehr erschüttert.«

Auf jeder Karte, die folgte, erkundigte Carl sich nach dem Befinden von Ernas Freundin, wünschte, dass es ihr bald besser ging. Aus jeder Zeile sprachen seine Sorge und seine Liebe. Auch aus seinem letzten Brief.

Liebe Erna,
danke, dass Sie mir immer wieder Bericht geben und Hoffnung machen, der Briefwechsel mit Ihnen tut mir wohl. Auch ist es ein Lichtblick, dass der Meister in der Schreinerei gelegentlich meine sorgfältige Arbeit lobt. Ich durfte einige Skizzen für ihn anfertigen, von denen er recht angetan war. Als Knabe habe ich viel gezeichnet, besonders Rosen …
Ich kann Ihnen gar nicht sagen, wie lange mir die Tage hier

werden, wie ich mich danach sehne, positive Nachricht von Ihrer Freundin zu hören. Es würde mir eine Last von der Seele nehmen, zu wissen, dass es ihr besser geht …

»Oh, Erna, es tut mir so leid. Ich wollte ihm nicht wehtun … ich werde ihm schreiben!«

»Aber erst trocknest du deine Tränen, nicht dass es dir geht wie schon einmal.«

Die Freundin zog die Schublade einer alten Kommode auf, die sie von ihrer Mutter geerbt hatte, und reichte ihr Briefbogen und Füller. Wie gerne hätte sie ›Liebster Carl‹, davor gesetzt und ihn vertraulich geduzt. Sie wagte es nicht.

Können Sie mir mein langes Schweigen verzeihen? Ich habe Ihre Grüße gelesen und schicke Ihnen von nun an wieder regelmäßig Lebenszeichen. Was genau gewesen ist, werde ich Ihnen bei einer persönlichen Begegnung berichten. Davon zu schreiben ist viel zu schmerzlich. Mir war nicht …

Es klingelte. Erna eilte an die Haustür. Eine Männerstimme. Johann! Panisch räumte Maria das Schreibzeug in die Schublade. Sie wirbelte herum und eilte ihm entgegen. Sie war noch nicht bei der Klinke, als er eintrat.

Er machte ein abfälliges Gesicht: Seinem modernen Geschmack entsprachen weder das ausladende Plüschsofa noch die verschnörkelte Kommode oder der Bücherschrank . »Ich dachte, ich fahre vorbei und hole dich ab.«

Erna drückte ihr zum Abschied die Hand. »Geh nur, ich richte deine Grüße aus«, raunte sie ihr ins Ohr.

»Danke. Ich danke dir.«

»Wie aufmerksam von dir.« Maria folgte ihrem Mann widerspruchslos zur Garderobe.

Kapitel 44

Janine – September 2019

Die Fahrt mit dem ›Canadian‹ ging viel zu schnell zu Ende. In ein paar Minuten würde Janine mit Philippe in Toronto ankommen. Nach ihrer ursprünglichen Planung wäre sie jetzt noch im Nationalpark von Banff.

Sie warteten im Gang auf die Einfahrt in den Bahnhof. Ein Tunnel, ein Schrottplatz, Hochhäuser. Sie sausten an einem Bahnhof vorbei und fuhren schließlich in die Union Station ein. Das Hotel, das Philippe gebucht hatte, lag dem Bahnhof direkt gegenüber. Ein neoklassizistisches Gebäude aus den Zwanzigerjahren. Sie brauchten lediglich quer über die Straße zu gehen und betraten die eindrucksvolle Hotelhalle mit den originalen Gewölben und Travertinsäulen.

Die edel und luxuriös ausgestatteten Zimmer kosteten Janine dank Philippes bereits bestehender Buchung nur den Doppelzimmerschlag, ein Wahnsinns-Preisleistungsverhältnis. Gut gelaunt erkundeten sie die Umgebung. Es dämmerte schon, aber den CN-Tower, eins der Wahrzeichen Torontos, konnten sie bequem zu Fuß erreichen. Janine gefiel die Lichtshow, die den Turm erstrahlen ließ. Obwohl sie dazu beitrug, dass die Milchstraße hier nicht zu sehen war.

»Ich habe Lust, morgen hochzufahren«, erklärte Janine. »Die Aussicht muss toll sein.«

»Das ist sie. Bis in die Neunziger war es der höchste Fernsehturm der Welt. Die Aussichtsplattform hat übrigens einen Glasboden, ein Muss für Höhenängstliche.«

»Danke für die nette Vorwarnung.«

»Ganz Mutige machen den Edge-Walk und gehen hinaus auf die Plattform, die keine Brüstung hat. Du ziehst einen speziellen Anzug an, Orange steht dir bestimmt, und bist natürlich gesichert.«

»Hör bloß auf. Hast du es gemacht?«

»Seh ich so aus, als ob ich Spaß an ›Toes over Toronto‹ hätte.«

»Zehen über Toronto?«

»Du gehst zum Rand des Gitters und lässt die Zehen darüber hinausragen. Der Wind pfeift dir um die Ohren, deine Hände sind schweißnass … Und um deine Frage zu beantworten, ich habe es vor Jahren versucht, weil ich ein Mädchen beeindrucken wollte. Ich hab dann feige gekniffen und sie hat mich ausgelacht. Sie war vollkommen schwindelfrei.«

Sie bummelten noch ein wenig weiter, kehrten aber zeitig ins Hotel zurück. In den nächsten Tagen musste Philippe einige Termine für seine Firma wahrnehmen und morgen sehr früh aufstehen. Ein Zeichen dafür, dass der Alltag einkehrte. Janine fand es in Ordnung. Sie war durchaus in der Lage, ihre Zeit sinnvoll auszufüllen und die Stadt auf eigene Faust zu erkunden. Für den Donnerstag, den einzigen Tag, an dem bei ihm keine Termine anstanden, planten sie einen Trip zu den Niagara-Fällen.

»Du wirst dir vorkommen wie auf einem Volksfest. Leute über Leute, und alle Geschäftsinhaber wollen Profit machen.«

Bevor sie zu Bett gingen, telefonierte er mit seinen Eltern.

Janine hatte ihn noch nicht Französisch sprechen hören, sie liebte den melodiösen Klang seiner Stimme. Die Art, wie er Maman aussprach und Papa auf der letzten Silbe betonte. Auch seine ausgeprägtere Gestik während er redete.

»Haben deine Französischkenntnisse gereicht?«, fragte er lächelnd und legte das Smartphone beiseite.

Sie hatte ihm erzählt, dass sie die Sprache ein paar Jahre in der Schule gelernt hatte.

»Hm!« Sie schob sein Sleepshirt hoch, küsste seinen Bauch, fuhr mit der Zunge um seinen Bauchnabel und ließ sie ein wenig hinunterwandern. Zuletzt hob sie den Kopf und grinste ihn an. »Bisher hast du dich nicht beklagt. Wenn du das Telefonat meinst: Du hast viel zu schnell geredet. Ich hab höchstens ein Viertel verstanden, unter anderem, dass wir mindestens ein Wochenende bei ihnen verbringen sollen.«

»Also die Hauptsache.«

»Ich liebe es, wenn du Französisch redest. Sag noch etwas.«

»Wenn du weitermachst und schön bittest, ma Chérie.«

»Du wirst betteln …«

»Mon coeur …« Er stöhnte leise. »Verflucht, du könntest recht haben … Mon amour …«

Ganz so früh wie geplant endete der Tag doch nicht.

Mein Schatz, mein Herz, meine Liebste. Wenn es nur so wäre, mein Leben lang so bliebe, überlegte Janine, die noch lange wach lag.

Kapitel 45

Maria – April 1952

Maria lag wach in ihrem Ehebett und lauschte Johanns Atemzügen. Vor eineinhalb Jahren hatte er sie zu der Heirat gezwungen: Sein Faustpfand für ihren Gehorsam hieß Carl. Um ihren Liebsten vor weiteren Übergriffen zu schützen, war sie geblieben und harrte weiter aus, allein mit ihm in dem großen Haus: Völlig unerwartet war ihr Schwiegervater im letzten August verstorben. Nach dem Mittagessen, einem fetten Krustenbraten, hatte er sich eine Zigarette angezündet. Nach ein paar Zügen entglitt der Glimmstängel seiner rechten Hand. Der Arm fiel herunter, die Glut brannte ein Loch in den Teppich. Johann sprang auf und trat sie aus.

Niemals würde Maria die Angst in den Augen ihres Schwiegervaters vergessen. Er öffnete den Mund und wollte etwas sagen, brachte es aber nicht fertig, ein Wort zu formen oder auch nur einen Ton herauszubringen. Sein linker Mundwinkel hing herab.

»Vater, wir holen einen Krankenwagen!«, versuchte Johann ihn zu beruhigen und eilte Richtung Arbeitszimmer.

Franziska saß verschreckt da, also sprang Maria auf, um ihrem Schwiegervater zur Seite zu stehen. Noch während sie den Tisch umrundetet, kippte er nach vorne. Johann alarmierte den Arzt. Den brauchte ihr Schwiegervater nicht mehr. Der Doktor stellte ihnen einen Totenschein aus und sie holten einen Bestatter.

Franziska folgte ihrem Gatten nach wenigen Monaten. Ein Tumor der Bauchspeicheldrüse. Sie wurde zusehends schwächer, litt unter Gelbsucht und Schmerzen, magerte dramatisch ab. Eines Morgens lag sie tot im Bett. Neben ihr auf dem Nachttisch ein Fläschchen mit Morphintropfen, die der Hausarzt ihr gegen die Schmerzen verschrieben hatte. Einen Teil davon musste sie über Wochen gehortet und auf einen Schlag genommen haben. Um einen Skandal zu vermeiden, wurde der Selbstmord mit Billigung des Hausarztes vertuscht und die unglückliche Franziska neben ihrem Gatten beigesetzt.

Frau Arndt, die genug Marken für die Rentenkasse geklebt hatte, bezog nun eine staatliche Unterstützung. Dieses Geld ermöglichte es ihr, in den Ruhestand zu treten. Einigen, wenn auch zaghaft vorgebrachten Anmerkungen entnahm Maria, dass der alten Dame nicht nur ihre Arbeit fehlte, sondern dass sie auch gerne in dem kleinen Häuschen neben den Garagen wohnen bleiben würde.

Nach Rücksprache mit Johann, der in allem zu entscheiden hatte, unterbreitete sie ihr einen Vorschlag: Wenn Frau Arndt bereit war, sie an zwei Tagen in der Woche zu unterstützen, würden sie ihr das Häuschen mietfrei zur Verfügung stellen. Die ehemalige Haushälterin ihrer Schwiegermutter sagte sofort zu, zumal sie nur noch zu dritt sein würden. Damit war allen gedient und Maria froh, die hohen Kosten für eine Haushälterin zu sparen. Denn schon kurz nach dem Tod des Schwiegervaters stapelten sich Rechnungen und Mahnungen.

Ein paar Wochen nach dem Tod ihrer Mutter hatte Gudrun in aller Stille einen reichen, ungefähr doppelt so alten, kinderlosen Witwer geheiratet und war mit ihm nach Stuttgart gezogen. Eine Ratte, die das sinkende Schiff verließ. Ihren Eltern wollte Maria mit der Misere nicht kommen. Sie konnte ihnen nicht vergeben oder vergessen und ihr Verhältnis blieb unterkühlt.

Da sie nicht wusste, was sie mit ihrer Zeit und ihrem Tag anfangen sollte, sortierte sie Rechnungen nach Dringlichkeit und belegte einen Buchführungskurs. Während sie lernte, entlastete Frau Arndt sie. Da Maria erst erschien, wenn ihr Mann aus dem Haus gegangen war, richtete die alte Dame ihm das Frühstück. Sie kochte und kaufte gelegentlich auch ein. Anfangs begegnete Johann Marias Weiterbildungsbemühungen skeptisch. Bald schon wusste er sie zu schätzen.

Dass sie die teuren Partys auf ein Mindestmaß reduzierte, war ihm sogar lieb. Er mochte es nicht, wenn sie schick zurecht gemacht die Blicke anderer Männer auf sich zog. An solchen Abenden glühte er vor Eifersucht, obwohl er es seinerseits mit der Treue keineswegs genau nahm. Sie ließ ihm jede Freiheit, war froh, wenn er sein Interesse auf eine andere richtete und sie weniger oft mit seinen Begierden konfrontierte.

Am meisten wurmte ihn wohl, dass er es noch nicht geschafft hatte, sie ein weiteres Mal zu schwängern. Immer wieder zweifelte er daran, dass das totgeborene Mädchen seine Tochter gewesen war. Manchmal versuchte er, die Wahrheit aus Maria herauszuprügeln. Sie schwieg beharrlich.

Gestern war wieder so ein Abend gewesen und sie wäre am liebsten liegen geblieben. Irgendwann schlug sie die Decke beiseite und schwang ihre Beine aus dem Bett. In der Küche schenkte sie sich ein Glas mit Milch ein, nippte ein paar Schlucke und stellte den Rest in den Kühlschrank. Ihr wurde übel von dem Geschmack. Seit ein paar Wochen machte ihr außerdem eine bleierne Müdigkeit zu schaffen. Sicher ein Infekt oder eine Magenverstimmung, wenn nicht gar ein Geschwür, denn Appetit hatte sie auch keinen. Dabei gab es Grund zur Freude: Carl hatte Erna geschrieben, dass er wegen guter Führung eventuell schon zum ersten Mai auf Bewährung freikäme … Sie stieg die Treppe hoch. Sogar ihr Zyklus war durcheinandergekommen – und die letzte Blutung? Vielleicht sollte sie Erna um Rat fragen, die sie in zwei Tagen besuchen würde.

*

Herzlich begrüßte Maria ihre Freundin und führte sie in die Bibliothek, wo Frau Arndt ihnen auf einem Beistelltisch Kaffee und kleine Obsttörtchen servierte. Erna griff beherzt zu. Maria legte nach ein paar Bissen die Gabel aus der Hand.

»Schmeckt es dir nicht?«

»Nein, mir ist in letzter Zeit öfter einmal übel.«

»Meinst du … soll ich nachschauen?«

»Wenn es dir nichts ausmacht.«

»Gut, ich hole rasch meine Tasche aus dem Auto.«

Maria wartete an der Haustür, bis Erna zurückgekehrt war, und geleitete sie nach oben. Nach dem Tod seiner Eltern hatten Johann und sie die Räume im ersten Stock bezogen und neu eingerichtet. Das hohe Kopfende und die abgerundeten Ecken sowohl des Bettes als auch des dreitürigen Schrankes entsprachen der neuesten Mode. Was Möbel anging, hatte Johann Geschmack, das gestand Maria ihm, wenn auch widerwillig, zu. Sogar ihr gefiel das warme Honigbraun der Wurzelholzmöbel.

»Du bist schwanger«, erklärte die Freundin nach der Untersuchung rundheraus »Ich kann die Gebärmutter über dem Schambein ertasten, du bist ungefähr in der zwölften Woche.«

Maria brach in Tränen aus. »Ich will nicht.«

»Oh Schatz!« Ihre Freundin nahm sie in die Arme und tröstete sie.

»Ausgerechnet jetzt, wo Carls Entlassung näher rückt. Ich will dieses Baby nicht. Ich will es nicht!«

»Die Schwangerschaft muss nichts ändern … Ob mit oder ohne Kind, Carl liebt dich.«

»Was, wenn er nicht mehr der ist, den ich geliebt habe? Ich bin auch nicht mehr das Mädchen, das er kannte.« Marias größte Angst brach aus ihr heraus. Sie schluchzte laut auf.

»Du wolltest damals das Beste für Carl.« Erna strich ihr über den Rücken und ließ sie weinen. »Du bist kein Mädchen mehr, das ist richtig. Dafür ist aus dir eine wunderschöne Frau geworden. Er wird hingerissen sein, wenn er dich sieht.«

»Aber das Kind.«

»Wenn er nicht akzeptieren kann, dass du schwanger bist, ist er nicht eine der Tränen wert, die du heute um ihn weinst. Versuche wenigstens, dich zu freuen. Du wirst wieder Mutter.«

Maria suchte nach einem Taschentuch, wischte die Tränen fort und schnäuzte sich. Ihrer Freundin zuliebe wollte sie lächeln, brachte es aber nicht fertig. Ihre Unterlippe zitterte. »Warum ausgerechnet jetzt?«

»Versündige dich nicht!«, rief Erna sie zur Ordnung.

Kapitel 46

Maria – April 1952

Seit Maria Johann vor zwei Wochen die freudige Nachricht überbracht hatte, dass er Vater werden würde, forderte er seine ehelichen Rechte nicht mehr ein. Seither jagte eine Sitzung die nächste und er kehrte nachts meist erst spät heim, wenn überhaupt. Ihr war das Arrangement recht. Noch fünf Tage, bis Carl aus dem Gefängnis entlassen wurde. Sie hörte ein Motorengeräusch. Das bedeutete, dass Johann ihr beim Mittagessen Gesellschaft leisten würde.

»Morgen kommt Gudrun für einige Zeit zu Besuch. Die vielen Sitzungen, ich kann mich nicht gebührend um dich kümmern. Heute Abend muss ich wieder weg. Da dachte ich, dass es eine schöne Abwechslung für dich ist, sie zu Gast zu haben. Sie kann dich auf deinen Spaziergängen begleiten. Gerade jetzt solltest du nicht alleine herumlaufen.«

Maria unterdrückte einen Aufschrei. Hatte Johann seine Schwester hergebeten, weil er wusste, dass Carl freikam? Wollte er auf die Art ein Treffen verhindern? Heckte er insgeheim wieder irgendeine Gemeinheit aus? Sie reagierte gefasst, lächelte sogar. »Was sagt ihr Mann dazu, dass er so lange Strohwitwer spielen soll?«

»Das hat sie mir nicht verraten.«

Am nächsten Morgen glänzte Johann durch Abwesenheit.

Gudrun schneite mit einem Berg an Koffern herein, quittierte sein Fehlen mit ›typisch‹ und klagte über ihren alten Ehemann. »Immer nur zu Hause sitzen soll ich. Das geht mir auf den Geist. Und dieser Umzug in sein Elternhaus. Furchtbar! Du hast es gut. Wenn mein Mann nur halb so besorgt um mich wäre wie mein Bruder um dich. Ich habe Johann fest versprechen müssen, dass ich auf dich aufpasse, sobald er außer Haus ist. Also werde ich gut Wache halten. Leistest du mir Gesellschaft, während ich meine Koffer auspacke? Ich habe ein paar schicke Kleider eingepackt, die will ich dir zeigen. Wie gefällt dir mein neuer Haarschnitt? Und die Farbe?«

Sie zog Maria mit und ließ sie kaum zu Wort kommen. Nachdem alles im Schrank verstaut war, begleitete die Schwägerin sie wie selbstverständlich zum Friedhof ans Familiengrab der Reinhardts. Sonst hielt Maria dort stumme Zwiegespräche mit ihrer Tochter. Heute, mit der gelangweilten Gudrun an ihrer Seite, brachte sie nur einen kurzen Gruß zustande. Seufzend ging sie in die Knie und zupfte hier und da ein Unkraut.

»Bezahlt Johann dafür nicht einen Gärtner?« Ihre Schwägerin blieb stehen.

Maria sah zu ihr auf. »Um die Zeit sprießt und wächst Unkraut wie … Unkraut. Außerdem mache ich es gerne.«

»Wenn du meinst.«

Auf dem Rückweg zündete Gudrun sich eine Zigarette an. Maria betrachtete die Inschriften der Grabmäler oder Skulpturen und las die Geburts- und Sterbedaten, die ihr inzwischen vertraut waren. Oft überlegte sie, was für ein Leben diese Menschen wohl geführt, wen sie geliebt hatten und ob sie geliebt worden waren.

*

›*Ruhe fand ich in der Stille des Friedhofs*‹ hatte Maria in ihrem letzten Schreiben an Carl erwähnt. Nun hoffte sie, dass er zwischen den Zeilen las. Der erste Mai lud nicht zu einem Spaziergang ein. Es war regnerisch und zu kalt für die Jahreszeit. Maria schreckte das Wetter nicht ab, genauso wenig wie ihren treuen Schatten Gudrun.

Marias Herz schlug bis zum Hals, als sie einen Mann am Grab ihrer Tochter stehen sah. Die hochgewachsene Gestalt, die schlanke Silhouette … konnte es Carl sein? Kurz wandte er den Kopf, ein schneller Blick, und er ging davon.

Noch am gleichen Abend klingelte das Telefon. Maria hatte Erna, die bei einer Entbindung gewesen war, um Rückruf gebeten.

»Mirwald bei Reinhardt.« Gudrun war vor ihr am Apparat gewesen und lauschte der Stimme des Anrufers. »Hier, für dich.«

»Erna, wie schön? Nein, morgen Nachmittag habe ich nichts vor. Wir können den Termin von nächster Woche gerne vorverlegen, wenn es dir besser passt. Um drei … Wunderbar.«

»Du verkehrst mit der Schrodinger?«, fragte Gudrun. »Also zu der werde ich nicht hineingehen. Die ist borniert und hat vollkommen antiquierte Ansichten. Wer hat dir denn die empfohlen?«

»Ihre Schwester – und deinen Eindruck teile ich absolut nicht. Wann und wo bist du denn zu der Bekanntschaft mit Erna gekommen?«

Gudruns Wangen glühten rot. »Das tut ja wohl nichts zur Sache.«

»Aber etwas anderes: Hattest du ernsthaft vor, mich in den Untersuchungsraum meiner Hebamme zu begleiten? Alles, was Recht ist, das verbitte ich mir.«

»Nun ja, Johann …«

»Dem werde ich meine Meinung zu diesem Ansinnen auch noch sagen.«

Gudrun überlegte eine Weile. »Muss er es denn erfahren? Ein freier Nachmittag käme mir sehr gelegen. Ich habe jede Menge Korrespondenz zu erledigen.«

»Verstehe ich dich richtig, du schlägst mir vor, alleine zu gehen?«

»Wenn es dir nichts ausmacht?«

»Nun gut.« Wie wunderbar sich alles fügte. Die angebliche Terminvereinbarung hatte Erna nur erfunden, um ihr die Chance zu geben, ihren Liebsten wiedersehen!

Still saß sie später auf ihrem Sessel und überlegte, was sie Carl sagen wollte, sagen musste. Johann würde sie niemals aufgeben. Jetzt, nachdem sie sein Kind erwartete, noch viel weniger als vorher. Ihrem goldenen Käfig würde sie nicht entkommen.

*

Am folgenden Nachmittag ging Maria alleine aus dem Haus, vom Telefon der Adlhochs rief sie bei Erna an und lenkte ihre Schritte wie üblich Richtung Friedhof. Als sie ankam, stand dort ein Mann mit gesenktem Kopf. Er sah auf, als er ihre Schritte knirschen hörte.

»Maria, danke …« Carl streckte die Hand nach ihr aus. Sie fasste danach. Stumm standen sie mit verschränkten Fingern am Grab ihrer Tochter. Die frühere Vertrautheit war sofort wieder da. Maria musterte ihn, sein hartes Gesicht. Schließlich räusperte er sich. Sie gingen, und Maria folgte ihm, ohne zu fragen wohin.

»… du warst damals nicht fähig, mir zu schreiben. Hatte Reinhardt etwas damit zu? Hat er den Tod unserer Tochter zu verantworten?«

»Nein, das lag an einem Knoten in der Nabelschnur. Es war Schicksal, haben die Hebammen gesagt. Sie war …« Das Bild ihrer Tochter stieg in Maria auf. Das winzige Wesen, eingeschlagen in Tücher. »… sie hatte deinen Mund.«

»Du hast unser Baby gesehen?«

»Und dafür werde ich ewig dankbar sein. Ihr zarter blonder Flaum, ihre kleinen Hände, die winzigen Füße.«

»Wenn Johann ihr irgendetwas getan hätte … Es ist besser für uns alle, wenn ich nicht mit diesem Schwein zusammentreffe. Ich hasse ihn … Sein Gesicht, sein Grinsen … Wenn du wüsstest, was ich ihm zu verdanken habe … Ich hasse ihn …« Er presste die Kiefer aufeinander.

Sie musterte die Narbe an seinem Kinn, die sie nicht kannte.

Carl ging schneller, und sie musste laufen, um mit ihm Schritt zu halten. Er merkte es, hielt an und strich ihr zärtlich über die Wange. »Der Gedanke an dich war das Einzige, was mich aufrecht gehalten hat …«

Er war bei ihr! Sie betrachtete seine Züge, die bei ihrem Anblick weich wurden, und vergaß alle Worte, die sie zurechtgelegt hatte.

»Carl!« Sie wollte ihn küssen.

»Nicht hier«, murmelte er.

Ohne zu zögern, ging sie mit ihm bis zu seiner Pension. Leise wie Diebe schlichen sie in sein Zimmer, damit sie der Wirtin nicht begegneten.

»Endlich!« Er zog sie in die Arme, stand einfach nur da und hielt sie fest umschlungen. »Ich liebe dich!«

»Und ich liebe dich. Ich habe dich vermisst. Jeden Tag, jede Nacht …«

Es überkam sie wie ein Rausch. Sie konnten die Kleider nicht schnell genug loswerden, zerrten an den Knöpfen und öffneten die Verschlüsse, während sie einander küssten und streichelten. Hosen, Hemd, Bluse. Rock, ihre Unterwäsche ließen sie achtlos fallen. Nackt sanken sie auf das Bett, streichelten und küssten sich überall. Was sie taten, die Bewegungen, alles ähnelte dem, was Johann von ihr verlangte. Mit Carl war es anders. Sie sah ihn an und wollte ihn, spürte das Verlangen, das sie erfüllte. Ihn begehrte sie. Immer wieder hielt er inne und flüsterte ihren Namen. Eine süße Qual …

»Ich liebe dich.« Sie lächelte ihn an. Das war der Unterschied.

Als er schließlich in sie drängte, stöhnte sie vor Lust. Er verschloss ihren Mund kurz mit seinem, hob den Kopf und legte ihr seinen Zeigefinger auf die Lippen.

»Pst, nicht so laut«, mahnte er. Dabei stöhnte er selbst, als sie ihm ihr Becken entgegenschob.

»Carl, Carl, Liebster! Ja, ja so …« Sie biss sich auf die Lippen, während sie mit ihren Händen über seinen Rücken fuhr und das Spiel seiner Muskeln unter ihren Fingern spürte. Wenn er sie nicht küsste, sah sie ihn an. Die Augen schloss sie erst, als die Wogen des Höhepunkts sie überliefen. Sie öffnete die Lider, beobachtete sein vor Lust verzerrtes Gesicht und erlebte seine Ekstase mit.

Einen Moment blieben sie so liegen. Gleich darauf rollte er von ihr hinunter und sie konnte genauso wenig die Finger von ihm lassen wie er von ihr. Sie küssten einander und sie genoss es. Ohne Gewissensbisse, dabei war sie eine Ehebrecherin.

»Bereust du es?«, flüsterte Carl und liebkoste ihre Brüste und die nackten Hüften.

Sie schüttelte den Kopf. »Nein, das werde ich nie.«

»Wenn ich daran denke, was dieser Kerl uns gestohlen hat. Ich hasse ihn …« Carls Gesicht wurde hart und Maria durchfuhr die kalte Wahrheit wie ein Schlag. Ihr Liebster hatte es nicht gemerkt. Er ahnte nicht, dass sie Johanns Kind trug.

Sie schwang ihre Beine aus dem Bett. »Ich muss zurück.«

»Wieso?« Carl ballte eine Faust und seine Augen wurden schmal. »Verlass ihn! Du brauchst keine Angst mehr zu haben …«

Als ob das der Grund für ihr Ausharren gewesen wäre.

»Jetzt bin ich für dich da, werde dich umsorgen und dir nicht nur gegen Johann zur Seite stehen. Wenn die Bewährungszeit vorbei ist, fangen wir in Cuxhaven neu an. Du wirst es nicht glauben, aber ich habe da eine Stelle in Aussicht.«

Was sollte sie ihm antworten?

Kapitel 47

Janine – September 2019

Janine streifte Schuhe und Mantel ab, fiel ins Bett und streckte ihre Beine aus. Unglaublich, wie die Zeit raste. Schon Mitte September! Wie versprochen hatten sie einen Abstecher zu den Niagara-Fällen gemacht. Dass diese Wasserfälle nicht aus einem großen, sondern drei einzelnen bestanden, hatte sie vorher nicht gewusst. Zwei auf amerikanischem Boden, der American und der Bridal Veil Fall, zu den Niagara-Fällen passte ein Brautschleier eben gut. Mutigere als Janine konnten den kanadischen Teil der Fälle, die nach ihrer Hufeisenform Horsshoe Falls getauft worden waren, mit einer Seilrutsche überqueren. Das donnernde Wasser und die Nebelschleier fand sie auch ohne darüber hinwegzugleiten großartig. Der Rummel um die Wasserfälle herum gefiel ihr weniger.

Dem Jahrmarktstreiben zogen Philippe und sie die »Behind-the-Falls«-Tour vor, einen Besuch hinter den Wasserfällen. Ein wenig mulmig war ihr zumute, als sie in einen dünnen Plastikregenmantel gehüllt neben Philippe in dem Aufzug stand, der sie 45 Meter in die Tiefe brachte. Das Beben des Wassers konnte sie spüren, während sie durch den Tunnel gingen, der sie an einer mit einem Gitter gesicherten Öffnung vorbeiführte. Sie gab den Blick auf einen kleinen Abschnitt der herabfallenden Wassermassen frei. Nebelschleier legten einen feuchten Film auf ihr Gesicht. Sie wischte ihn weg. Er war sofort wieder da. Sie hörte das donnernde Wasser prasseln und brodeln. Laut war es, feucht. Das Sichtloch kleiner als erwartet. Philippes kurze Haare sahen aus wie gegelt, ihre Locken fielen in nassen Kringeln über ihre Schultern. Ein paar Leute warfen Münzen in eine Pfütze. Sie wusste nicht warum: Sie lachte und war froh, mit Philippe hier zu sein.

*

Am folgenden Morgen brachen sie nach Montreal auf, wo sie mitten in der Altstadt in einer kleinen Herberge ein Zimmer bezogen. Die niedrigen Häuser mit den Kopfsteinpflastergassen und ihr Kontrast zu den modernen Hochhäusern gefiel Janine besonders. Auch das französische Flair der Geschäfte.

Sie entdeckte einen Fußweg, der zum Mont Royal führte, dem Hausberg der Stadt. Sie bezwangen etlichen Stufen, die Janine längst nicht mehr zählte. Ab und zu machten sie im Schatten der Bäume Halt, tauschten Küsse und bewunderten die Aussicht über die Häuser und den Fluss. Zuletzt schlenderten sie Hand in Hand über einen großen, gepflasterten Platz und waren bei Weitem nicht die Einzigen, die auf die Brüstung zustrebten. Ein aufgeschlagenes Buch aus Bronze zog Selfie-Süchtige an. Janine las die Inschrift und erfuhr, dass der Berg der Stadt Montreal zu ihrem Namen verholfen hatte. Weiter hinten und einige Treppenstufen höher stand ein Haus aus Natursteinen mit Rundbogenfenstern, die bis zum Boden reichten.

»Ist da ein Café?«

»Ich war ewig nicht mehr hier, aber meines Wissen ist das

Chalet bewirtschaftet.« Philippe trat hinter sie und legte die Arme um ihre Taille.

»Hör bloß auf, ich will gar nicht hören, mit welcher deiner Flammen du diese Aussicht genossen hast.«

»Ich sage es dir trotzdem: Mit meinen Eltern und meinem Bruder, kurz bevor er die Diagnose bekam …«

»Wenn ich gewusst hätte, dass du mit diesem Ort traurige Erinnerungen verbindest, wäre ich nicht hochgegangen.«

»Damals haben wir noch nichts geahnt. Er war zwar oft müde, hatte manchmal Fieber. Aber wir dachten uns nichts Schlimmes dabei.« Philippe verstummte für einen Moment. »Und der Blick ist nicht schlecht. Die Altstadt zu unseren Füßen, der St.-Lorenz-Strom und die allgegenwärtigen Hochhäuser.«

Sie blieben, bis die ersten Lichter der Stadt glitzerten und sich das Licht im Fluss widerspiegelte. Morgen würden sie nach Québec weiterreisen. Dem Indian Summer entgegen, den Ahornwäldern, die laut Reiseführer eine unglaubliche Farbpalette in Rot- und Gelbtönen zeigten. Sie würde bei Philippe wohnen und seine Eltern kennenlernen – und dann …?

*

Nach dem Frühstück, das aus frischen Croissants und einem Milchkaffee bestand, brachen sie zeitig auf. Philipp pfiff gut gelaunt die Melodie einiger französischer Lieder mit, die im Radio liefen.

»Wenn es gut läuft und keine Baustellen, Wegsperrungen oder Staus für Verzögerungen sorgen, wären wir auf der schnellsten Strecke in zweieinhalb Stunden in Québec.«

»Schwebt dir eine andere Route vor?«

»Ich möchte dir den Chemin du Roi zeigen, die Straße des Königs, die mir landschaftlich besser gefällt als die

Schnellstraßen. Schließlich will ich dir meine Heimat von der schönsten Seite präsentieren. Ich bin gespannt, wie dir Québec gefällt. Übrigens wohne ich in der Altstadt. Manchmal ist es laut, du weißt schon, aber ich liebe es. Den Blick über die alte Unterstadt, die Berge, den Fluss ...«

Bei Trois-Rivières, einer kleinen Stadt, die auf halbem Weg zwischen Montreal und Québec lag, bog er auf die Route 138 ab. Sie fuhren an grünen Wiesen, Häusern und Anwesen vorbei, die auf sie wirkten wie ein lang gezogenes Straßendorf. Ab und zu blitzte der St.-Lorenz-Strom zwischen den Bäumen hervor. Kleine Ortschaften mit Einkaufsmöglichkeiten tauchten auf. Teilweise führte die Straße so nah am Fluss vorbei, dass Janine den Eindruck hatte, das Wasser berühren zu können.

»Habt ihr hier keine Probleme mit Überschwemmungen?«, fragte sie Philippe verblüfft.

»Und ob. Aber es gibt zwei Ausweichrouten.«

Sie überquerten einen Zufluss zum St.-Lorenz-Strom. Der Metallboden der Brücke kam Janine nicht geheuer vor. Als das Rappeln der Räder aufhörte und Philippe auf Asphalt weiterfuhr, war sie froh. Danach, ob die Gegend landwirtschaftlich genutzt wurde, musste sie nicht groß fragen: Innerhalb kurzer Zeit entdeckte sie zwei Unternehmen, die Traktoren verkauften, die auf den dazugehörigen Freiflächen parkten. Schließlich tauchten goldgelbe Getreide- und Maisfelder auf und immer wieder der blaue Wegweiser mit der weißen Krone, der darauf hinwies, dass die Reisenden den ›Chemin du roi‹ benutzten.

»Für den Beginn des Indian Summer sind wir genau richtig dran«, überlegte Philippe angesichts der goldgelb gefärbten Blätter der Laubbäume. »Wir werden sobald wie möglich in die Wälder weiterfahren. Willst du?«

»Nur zu gerne. Ich bin unheimlich auf die Farbenpracht gespannt. Indian Summer. Ich mag den Klang dieser Wörter. Ich finde sie zum Träumen schön.«

»Was genau verbindest du damit?«

»Herrlich warmes Wetter und kühle Nächte. Eine überwältigende Farbenpracht, Sonne, blauer Himmel. Grenzenlos weite Wälder. Etwas, das meine Seele berührt. Ich habe eine Schwäche für Mystisches.«

»Kennt ihr in Deutschland solche Tage nicht?«

»Und ob, wir bezeichnen sie mit Altweibersommer.«

»Kein Wunder, dass du die Bezeichnung Indian Summer vorziehst. Zu einem echten Indian-Summer-Tag gehört ein Hauch von Nebel oder eine dunstige Atmosphäre, der später der Sonne weicht. Wir sind übrigens bald da, Chérie!«

Die Straße war sechsspurig geworden, die Ab- und Auffahrten häufiger. Ein Industrieviertel wurde abgelöst durch niedrige, zwei- bis dreistöckige Wohnhäuser, Gärten, Bäume. Sie fuhren einen Hügel hinauf, ab und zu konnte Janine einen Blick auf die Hafenanlagen und den Strom werfen. Die Straßen waren hier deutlich enger und die Häuser stammten aus einer früheren Zeit. Hübsche, neoklassizistische Stadtvillen vom Ende des vorletzten Jahrhunderts, wenn Janine richtig schätzte. Dazwischen standen moderne Gebäude. Eine interessante Mischung. Sie fuhren an Kanonen vorbei, die am Rand der Straße aufgebaut waren. Ihre Rohre zielten auf den Fluss.

»Das hier ist die Rue des Remparts. Früher ist die Versorgung der Festung über diese Straße abgewickelt worden. Kein gutes Wohnviertel seinerzeit. Die Befestigungsmauer muss ein trostloser Anblick gewesen sein, zum Glück ist sie längst Geschichte.«

Vor einem weißen Eckhaus mit Stuckverzierungen und kunstvoll geschmiedeten Gittern an den rechteckigen Fenstern parkte er im Halteverbot.

»Freie Parkplätze findest du hier praktisch nie. Lass uns rasch die Sachen ins Haus tragen. Anschließend bringen wir das Auto zum Verleiher und auf dem Rückweg zeige ich dir ein bisschen was von Québec.«

Er sperrte die mit Ornamenten verzierte Haustür auf und sie standen im Entree. Die mit Schnitzereien, Schirmständer und Messinghaken versehene Garderobe aus Nussbaum sah antik aus. Die Küche im Gegensatz dazu weiß und modern. Im Esszimmer stand ein schlichter Tisch mit einer wundervollen Maserung.

»Wow, schön!« Janine fuhr unwillkürlich darüber. Die Stühle wiederum waren bunt zusammengewürfelt und verbreiteten ein lässiges Flair. Auch die Bilder an den Wänden passten gut in diesen Mix. »Du hast ein wundervolles Haus. Also das, was ich davon gesehen habe.«

»Danke. Ich freue mich sehr, dass es dir gefällt. Bis zur Autovermietung ist es ein Katzensprung. Auf dem Rückweg könnte ich dir die Zitadelle zeigen.«

»Sehr gerne!«

»Und wenn du möchtest, lade ich dich später zu einer Poutine im ›Chez Ashton‹, das ist fast um die Ecke.«

»Was war das noch mal?«

»Das Original besteht aus Pommes, richtig guten, frisch geschnittenen, in Bratensoße mit Käsebruch. Eine Diätmahlzeit ist es nicht gerade. Aber …«

»Lecker?«

»Stimmt, manchmal ist es genau das Richtige.«

Der Autoverleih lag tatsächlich nur ein paar Fahrminuten von Philippes Haus entfernt. Nachdem er die Formalitäten erledigt hatte, führte er Janine zielstrebig zu der alten Festungsanlage und den Stadtmauern aus den Anfängen der Stadt. Sie waren sehr gut erhalten. Besonders auch die alten, hohen Tore. Philippe und sie stiegen Treppen hoch auf die Festungsmauern. Obwohl es kühler geworden war und der Himmel sich mit Wolken bezogen hatte, regnete es nicht. Sie rasteten auf einer Wiese, die zu einem Park gehörte. Familien picknickten, Kinder spielten und verliebte Pärchen knutschten herum. Glücklich legte sie ihren Kopf in seinen Schoß, spürte seine zärtliche Hand auf ihren Wangen, in ihrem Haar. Sie deutete nach oben.

»Siehst du die Ente da?«

»Du meinst den Hasen?«

Sie lachte. Die Wolke zog gemächlich vorüber, gefolgt von einem ziemlich dicken Wal. Nach einer Weile setzte sie sich auf und streckte sich genüsslich.

»Willst du schon los?«

»Ich würde gerne noch ein wenig mehr von Québec sehen. Vorhin hab ich nämlich mein Traumschloss entdeckt.«

»Ich ahne, welches du meinst. Groß, rot, viele Türmchen, Erker und Flügel, helle Querstreifen auf der Fassade und ein grünliches Dach?

»Genau, das ist es.«

»Ich muss dich enttäuschen, das Château Frontenac war schon immer ein Hotel.«

Sie gingen Arm in Arm los.

»Warte!« Bei einem Schild am Ausgang des Parks blieb Janine wie angewurzelt stehen. »Hab ich das richtig verstanden, diese Wiese, auf der wir gelegen haben, die Plaines d'Abraham, war einmal ein Schlachtfeld?«

»Ja, 1759 kämpften Franzosen gegen Engländer. Diese Jahreszahl wurde uns in der Schule eingetrichtert, und die

Tatsache, dass die Engländer gewonnen haben, weil es sonst Kanada vielleicht nicht gäbe.«

»Warum konnte das nicht von Anfang an ein Platz der Erholung sein?«, fragte Janine mit Blick auf ein paar lärmende Kinder, die Fangen miteinander spielten. »Ohne Blutvergießen und Krieg?«

»Das ist eine gute Frage.« Philippe zog sie dichter an sich. »Vielleicht, weil es vor einer Versöhnung eine Auseinandersetzung geben muss? Ehrlich gesagt, ich weiß es nicht.«

In einem der Parks, an dem sie vorbeikamen, war der Rasen gemäht worden. Es duftete nach frischem Gras. Um die Zeit waren viele Leute unterwegs und schossen Bilder von dem schlossartigen Gebäude, auf das sie zustrebten, oder lauschten den Darbietungen der Straßenkünstler. Ein älterer Mann spielte Laute und sang ein französisches Volkslied. Sie blieben stehen.

»Was singt er da?«, fragte sie und summte den Refrain mit. »Rigo rigodon, rigodon, rigodon, dondaine ...«

»De quoi nourrit-on les femmes? De l'eau de la rivière, des grands coups de baton.« Seine Mundwinkel zuckten. »Womit ernährt man die Frauen? Mit Wasser aus dem Fluss und Stockschlägen ... Tja, früher haben sie es nicht so genau genommen mit der Gleichberechtigung.«

»Also echt, und ich habe es mitgesummt.« Janine boxte ihn in die Seite und sie bummelten über eine Holzterrasse auf das Hotel zu. Ein wundervolles schmiedeeisernes Geländer am Rand der Terrasse und zierliche Pavillons mit grünweißen Dächern säumten ihren Weg.

Viel Fantasie brauchte Janine nicht, um Damen in spitzenverzierten langen Kleidern, Tournüren und Puffärmeln auf der Terrasse spazieren gehen zu sehen, wo sie von Hüten mit duftigen Schleiern beschirmt oder mit Sonnenschirmen bewaffnet mit ihren Verehrern flirteten. Gut, dass es heute nicht mehr so umständlich war. Sie wandte ihren Kopf zu Philippe und küsste ihn auf den Mund.

Kapitel 48

Maria – Oktober 1952

Maria lag immer noch auf dem Bett der Pension. Sie wandte Carl den Kopf zu, wagte aber nicht, ihn zu küssen.

»Du hast mir nicht geantwortet!« Carl ließ seine Hand über ihre Hüften gleiten. »Wirst du mich begleiten?«

Maria fiel es schwer, ihn nicht zu berühren. Sie wollte ihn küssen. Mit ihren Fingern durch seine Haare fahren. Ein letztes Mal spüren, wie es sich anfühlte, ihm nah zu sein.

»Sag endlich etwas!«

Wie sollte sie es ihm beibringen? Er durfte nicht in ihrer Nähe bleiben, sonst würde Johann ihn vernichten. Sie musterte Carls Gesicht, das hart geworden war. Vor allem aber durfte ihr Liebster nichts von den Erpressungen dieses Mannes und ihrem Elend erfahren, sonst würde er Johann etwas antun und es lebenslänglich büßen müssen. Dass sie Carl liebte, konnte und wollte sie nicht abstreiten. Ihre Gedanken wirbelten.

»Dräng mich nicht, Liebster.« Hoffnung flackerte in ihr auf, um jäh vernichtet zu werden. Unbarmherzig würde Johann sie mit seiner Rachsucht verfolgen, selbst im Ausland waren sie nicht vor ihm sicher. Nein, das war nicht der Neuanfang, den sie für Carl wollte. Sie setzte sich auf den Bettrand, griff nach ihrer Wäsche und streifte auch ihre Strümpfe über, die sie am Hüfthalter befestigte.

»Ich warte!«

Sie musste ihm antworten und überlegte kurz, ob sie die Schwangerschaft als Vorwand nehmen konnte. Als Grund für eine Trennung würde Carl das Baby nicht gelten lassen. Sie hörte seine Entrüstung förmlich: *›Für was hältst du mich? Glaubst du, ich wäre fähig, dein Kind abzulehnen?‹*.

»Maria, rede mit mir!«

Es war wie ein Fluch: Carls Rückkehr, seine Liebe hatte all ihre erbärmlichen Zweifel weggewischt. Er war nicht Johann. Er würde den Groll, den er gegen seinen Rivalen hegte, nicht an ihrem Kind auslassen. Carl hatte einen aufrichtigen Charakter. Deshalb würde er ihr glauben, wenn sie ihm eine furchtbare Lüge auftischte. Dieses Wissen machte es Maria umso schwerer. Aber sie musste sie aussprechen, nicht nur für ihn, auch für sich selbst, damit sie nicht in Versuchung geriet. Durch die Fensterscheibe betrachtete sie mutlos den grauen Himmel, der widerspiegelte, wie es in ihr aussah. Sie griff zu ihrem Kleid, zog es an und fing an, es zuzuknöpfen.

»Nein!«, antwortete sie. »Ich werde nicht mit dir fortgehen.«

»Wieso? Was ist los? Du musst mit mir kommen. Ich liebe dich, du liebst mich …«

»Ich liebe dich. Aber Carl, denkst du Johann und ich haben im Lauf der Zeit nicht über dich geredet? Er war überzeugt davon, dich dort an der Kasse gesehen zu haben.«

»Was willst du damit sagen?« Carl saß nackt auf dem Bettrand, fasste nach ihrer Hand.

»Anfangs hatte ich überhaupt keine Zweifel. Ich habe Johann der Lüge bezichtigt und er hat bitter den Kopf geschüttelt.« Maria konnte, durfte nicht mehr zurück. Sie musste weiterlügen, Carls Hoffnungen zerstören. »Ich habe dein Kind erwartet und voller Sehnsucht deiner geharrt, aber Johann hat mir mit seinen Worten Gift eingeträufelt, ohne dass ich es merkte. Steter Tropfen höhlt den Stein, heißt es nicht so? ›*Und was ist mit der Hütte?*‹, hat er mich immer gefragt. ›*Carl und ich waren nicht zusammen, Maria, bei Gott, ich schwöre es dir.*‹

Wie ihr Mann diese Täuschung hingedeichselt hatte, würde sie vermutlich nie erfahren. Von einem war sie allerdings überzeugt, dass Heimtücke dahintersteckte. Sie gab ihrer Stimme einen festen Klang. »Die Experten der Spurensicherung haben deine Fingerabdrücke nirgendwo nachgewiesen. Du kannst nicht mit Johann zusammen dort gewesen sein. Als ich dich vorhin gesehen habe, war ich trunken vor Glück und alles Trennende wie weggewischt, jeder Zweifel. Ich dachte, ich könnte es gut sein lassen. Aber ich ertrage den Stachel in meinem Fleisch nicht: Wo warst du in dieser Nacht, Carl? Dass du es vor Gericht nicht sagen wolltest, nehme ich hin. Aber bitte, ich bitte dich, sag mir, wo du wirklich gewesen bist?«

»Was redest du da?« Er war leichenblass geworden und ließ seine Hand sinken.

»Ich liebe dich. Aber du musst ehrlich zu mir sein!«

»Maria! Ich war mit Johann zusammen. Das ist die Wahrheit!«

»Das kann nicht sein. Sie haben keinen einzigen Fingerabdruck von dir dort gefunden.«

»Ich weiß nicht, wie Johann es angestellt hat, aber du musst mir glauben. Es gibt einen Zeugen.«

»Wo ist er denn?«

»In Kanada.«

Sie schüttelte den Kopf.

»Maria, das ist nicht dein Ernst. Nicht nach dem, wie wir

uns gerade geliebt haben.« Er hielt sie am Arm fest, keineswegs grob, und fasste ihr unters Kinn. »Sieh mich an und sag mir noch einmal ins Gesicht, dass du mich für einen Lügner hältst!«

Seine Worte und diese Berührung waren ihr Abschied. Einen anderen würde es nicht geben, keine zärtlichen Worte, kein Lebwohl, kein Kuss. Sie hob den Kopf, schaute in seine braunen Augen und versuchte, sich seine Züge einzuprägen. Die langen Wimpern, die schmale Nase, die scharf geschnittenen Lippen, den Haaransatz, seine Locken, die kleine Narbe an dem kantigen Kinn. Sie sagte die Worte, die ihn vernichten würden, fest, obwohl sie sich am liebsten die Zunge abgebissen hätte. »Ich liebe dich mehr als mein Leben, doch wenn du mir nicht vertraust …«

»Das denkst du von mir?« Er ließ sie abrupt los.

»Soll ich etwa lügen?« Sie schlüpfte in ihre Schuhe, konnte nicht mehr, weil das Opfer zu groß war. Sie ertrug seine Verachtung nicht.

»Ich habe keine Ahnung, wie es Johann gelungen ist, dieses Misstrauen in dir zu säen. Aber zu wissen, was du von mir hältst, was du mir zutraust, ist schlimmer als damals die Urteilsverkündung. Denkst du tatsächlich, dass ich dir etwas verheimliche?«

»Carl, ich liebe dich, aber …« Sie zwang sich, nach Mantel und Schal zu greifen und die reine Wahrheit brach aus ihr heraus. »… ich habe keine Kraft mehr, ich bin zu schwach, um zu kämpfen.«

»Maria, du warst die Einzige, die immer an mich geglaubt hat … Du hast mir geschrieben, deine Karten …«

»Weil ich dich stützen wollte und weil dachte, weil ich hoffte, dass ich gemeinsam mit dir die Schmerzen der Vergangenheit hinter mir lassen könnte. Unsere Tochter, die

Jahre an Johanns Seite. Ich kann es nicht …« Sie brach in Tränen aus. »Es tut mir so leid! So furchtbar leid.«

»Maria, Liebste …« Er wartete, hoffte wohl noch. »Maria …«

»Leb wohl.« Sie machte kehrt und ging sehr aufrecht davon. Nur nicht umdrehen und in seine Arme flüchten. Sie durfte nicht.

»Nein!«, brüllte er. »Bitte, Maria!«

Sie schloss die Tür, hastete die Treppe hinunter und schlich wie eine Diebin aus der Pension. Zuletzt bog sie in den Park ein und sank auf einer der Bänke zusammen. Rosenduft wehte zu ihr hinüber. Viel zu stark. Ihr wurde übel.

Johanns Kind.

Wie lange sie da hockte und starr auf den Boden stierte, wusste sie nicht. Nicht einmal weinen konnte sie. Der Schmerz reichte zu tief für Tränen. Eine Bekannte kam vorüber und grüßte. Maria grüßte zurück. Ihre Hülle lebte. Innerlich war sie wie tot.

»Leb wohl …!«, flüsterte sie. »… und verzeih mir.«

*

Carl lief aus der Pension, wollte seiner Liebsten nach und wirbelte herum. Nein, das durfte er nicht. Er rannte immer schneller, damit er nicht anhielt. Denn wenn er stehen blieb, würde er kehrtmachen. Also rannte er. Marias Worte hallten in seinen Ohren, brannten in seinem Kopf, schmerzten unerträglich. *›Ich habe keine Kraft mehr, ich bin zu schwach, um zu kämpfen.‹* Die Hoffnungslosigkeit in ihren Augen, sie hatte so unglücklich ausgesehen. Dieser Stachel, dieses Gift in ihr. Daran trug Johann die Schuld. Dieser Dreckskerl musste büßen. Er hatte Maria diese Zweifel eingeflüstert und dafür würde er das Schwein bluten lassen …

Er rannte, konnte nur noch daran denken, was er Johann antun würde.

Ein Auto hupte. Er sprang zur Seite und bemerkte, dass er die Ortschaft verlassen hatte. Er machte kehrt, ging außer Atem an Stoppelfeldern und Weiden entlang. Wurde ruhiger und kam schließlich bei seiner Pension an. Nein, er würde nicht so tief sinken wie Johann.

Niemals! Hastig packte er seine Sachen zusammen und bezahlte sein Zimmer. Was kümmerte ihn die Bewährungszeit. Noch heute würde er die Stadt verlassen, nach Frankreich fahren und zur Fremdenlegion gehen. In Indochina flammten immer wieder Konflikte auf. Gerechtfertigt? Früher hätte es ihn gekümmert, jetzt nicht mehr …

Falls er die Zeit seiner Verpflichtung überleben sollte, konnte er als französischer Staatsbürger ans andere Ende der Welt übersiedeln. Maria würde ihn nicht wiedersehen. Während er auf den Zug wartete, holte er seine Brieftasche hervor und zog ihr Bild heraus. In kleine Stücke wollte er es zerreißen und machte den Fehler, es anzusehen. Seine Hände zitterten, als er es zurück an seinen Platz steckte. Es war Zeit aufzubrechen.

Kapitel 49

Janine – September 2019

»Es ist Zeit, aufzubrechen!«

»Wieso? Wohin denn?« Janine gähnte.

»Überraschung, zieh feste Schuhe und warme Kleidung an.« Am Sonntag weckte Philippe sie mit einem leidenschaftlichen Kuss, den sie ausgiebig erwiderte.

»Jetzt gleich?« Sie räkelte sich genüsslich im Bett und zog ihn zu sich hinunter. »Oder kann das noch warten?«

Er knabberte an ihrem Ohrläppchen. »Vielleicht eine halbe Stunde, sonst ist die Überraschung nicht perfekt.«

Etwas später als geplant, brachen sie auf und überquerten den St.-Lorenz-Strom.

»Wohin fahren wir?«

Philippe brachte sie in den Park Regional Appalaches. Ein milchiger Dunst waberte über den Senken und die Luft war noch frisch. Trotzdem legte die Sonne schon ein goldenes Licht über die Berggipfel im Hintergrund, der wolkenlose Himmel zeigte noch ein diesiges Blau. Die Wälder erschienen Janine wie ein wogendes Meer in Rot und Gelb, dazwischen lagen Inseln von Grün.

»Es ist genauso, wie ich mir den Indian Summer vorgestellt habe. Es würde mich nicht wundern, wenn Feen und Elfen auftauchen.«

Hand in Hand wanderten sie in den Wald, beschattet von einem Blätterdach, das leise im Wind rauschte. Immer wieder sah Janine nach oben und beobachtete den Wechsel von Licht und Schatten und die Farben. Alle möglichen Töne von Rot, Grün, Orange und Gelb. Laub raschelte unter ihren Füßen. Es duftete säuerlich nach Wald und Erde. Janine konnte nicht anders: Sie strahlte wie verzaubert. Irgendwann entdeckte sie einen Laubhaufen, der sie magisch anzog. Zusammen mit Philippe rannte sie hindurch. Blätter wirbelten auf und schwebten hinunter. Sie sammelte welche ein, warf sie hoch und ließ es Ahornblätter regnen. Wie früher als Kind.

»Ich liebe es!

»Und ich liebe dich!« Philippe küsste sie.

Sie stiegen immer höher. Galant half er ihr, ein paar Felsen hochzuklettern. Als sie oben angekommen waren, legte er beide Arme um sie und sah über ihre Schulter auf das Meer an Gelb, Orange, Rostrot und Rot. Sie standen lange so da, stumm und versunken, bis andere Wanderer den Zauber durchbrachen. Weiter ging es. Sie wollten allein sein, fanden einen neuen Ausblick und machten Rast.

»Ich mag diese Zeit des Jahres, wenn der Sommer noch in der Luft liegt, aber der Herbst schon naht. Ein bisschen Abschiedsschmerz ist dabei«, gestand sie ihm. »Aber auch Vorfreude auf den Winter, die Sonnwende, den nächsten Frühling.«

»Den Kreislauf, der neu beginnt, und dabei die Gegenwart genießen. Heute zusammen mit dir hier zu sein, bedeutet mir unendlich viel, chérie. Wie wäre es, wenn wir bis Dienstagabend blieben? Ich habe ein Chalet reserviert.«

»Das wäre … Aber ich hab nicht genug Sachen dabei.«

»Ich hab etwas für dich eingepackt, als du im Bad warst.

Zwei Jeans, ein paar Shirts, eine Strickjacke und kurz bevor wir gegangen sind noch deine Toilettensachen. Wie ist es jetzt, möchtest du bleiben? Schließlich hatte ich dir ein paar Tage Indian Summer versprochen, nicht nur einen.«

»Und deine Versprechen hältst du?« Seltsam, aus irgendeinem Grund wurde er blass und verlegen.

»Bist du glücklich?« Philippe fasste ihre Hand, drehte sie um und drückte seine Lippen auf die Innenseite.

»Unglaublich.« Sein warmer Atem streifte ihre Haut. Es kitzelte, reizte sie zum Kichern und war erregend schön.

*

Herrliche, unbeschwerte Spätsommertage mit langen Wanderungen folgten. Und wie immer, wenn Janine glücklich war, verging die Zeit viel zu schnell. Sie mussten an die Rückfahrt denken.

»Traurig?«

Sie nickte.

Philippe nahm sie in den Arm. »Nächstes Jahr kommen wir wieder her. Einverstanden?«

»Und ob.«

Er wollte zum Auto gehen.

»Warte, ich mach noch ein paar Fotos, bevor wir abfahren.« Janine schickte einige Bilder und zuletzt ein Selfie mit Philippe in die Familiengruppe und an Caro. Sie beide, Wange an Wange.

»Wie wär's, bring ihn als Maskottchen aus Kanada mit«, schlug ihre Freundin prompt vor.

»Denk dran, du wirst hier als Babysitterin gebraucht«, schrieb ihre Cousine Kristin mit einem Zwinkersmiley zurück.

»Du hinterhältiger Schlingel!«, lautete die Nachricht von

Moritz und die anderen bestürmten ihn wegen seines rätselhaften Kommentars mit Fragen.

»Er hatte dich längst erkannt.« Janine steckte ihr Handy weg.

»Sie vermissen dich?«

»Was ist mit deinen Eltern? Du hast gesagt, dass sie dir sehr nahestehen. Werden sie mir nicht böse sein, wenn sie dich wegen mir nicht treffen?«

»Hm.« Aus irgendeinem Grund war seine gute Laune verflogen.

»Hab ich etwas Falsches gesagt?«

»Nein, Nini, und du hast recht. Meine Eltern halten es tatsächlich nicht aus, bis Oktober auf ein Wiedersehen zu warten. Du musst bedenken, dass ich vorher bereits einige Wochen in Europa unterwegs war. Wir treffen uns morgen zum Mittagessen in der Firma.«

»Das hast du mir gar nicht gesagt.«

»Es ist …« Er brach ab und nahm sie in den Arm. »Ich habe ihnen schon unglaublich viel von dir erzählt.«

Janine war sich sicher, dass er eigentlich etwas anderes hatte sagen wollen.

»Sie sind sehr neugierig, ich musste ihnen Bilder schicken und hab ihnen deinen Vornamen und sogar dein Alter verraten.«

»Hey, wie ungalant von dir.«

»Kannst du mir verzeihen?«

»Wenn du mir was über sie erzählst. Du bist ziemlich schweigsam, was sie betrifft.«

»Ein echtes Familienlaster, fürchte ich.«

Ob er die Idee bereute, sie seinen Eltern vorzustellen? Waren sie gegen ihre Beziehung? Falls ja, warum besprach er das Problem nicht mit ihr? Sie hatte gedacht, dass sie einander nicht nur liebten, sondern auch vertrauten. »Sie sind wahrscheinlich nicht sehr begeistert davon, dass du ein deutsches Mädchen ohne Vermögen anschleppst.«

»Nein, da irrst du gewaltig. Maman kann es kaum erwarten, dass ich dich zu ihr bringe. Sie heißt Riccarda und ist vierundfünfzig Jahre alt. Mein Vater ist zwei Jahre älter. Du wirst sie sehr bald kennenlernen und dir selbst ein Urteil bilden können. Du wirst sie mögen.« Er wechselte das Thema, das ihm aus einem Grund unangenehm war, den er ihr nicht verraten wollte. Betont munter fuhr er fort: »Wie wär's, wir könnten an einem der Straßenstände halten und Äpfel kaufen.«

*

Unter der Woche arbeitete Philippe in der Firma seines Vaters, also erkundete Janine Québec auf eigene Faust. Bald kannte sie die unmittelbare Umgebung, die Abkürzungen und das Gewirr der kleinen Gassen recht gut. Sie konnte ausschlafen, Museen besuchen und tun, was sie wollte. Es machte ihr Spaß, aber auf Dauer … würde ihr Arbeit fehlen.

Inzwischen hatte sie alle möglichen Winkel der Altstadt Québecs zu Fuß abgelaufen. Die alten Natursteinhäuser gefielen ihr: In der Nähe des Place Royale zierte eine erstaunliche Wandmalerei die Fassade eines Hauses. Zwei Hausfronten mit Fenstern gab es auf dem Bild zu sehen, dazwischen ein Stadttor, und alles war bevölkert mit unterschiedlichen Figuren, die Bedeutung für die Stadt hatten.

»So hätten sie uns Geschichte in der Schule vermitteln sollen, das würde Spaß machen«, schrieb sie an Caro.

»Ach, was. Einen Drachen zu malen, der aus unsere Hauswand rausfliegt, das wäre cool. Und du läufst alleine in Quebec rum? Was macht dein Schatz?«

»Er simst mir gerade, dass er mich vermisst. Aber ich vermisse ihn noch tausend Mal mehr. Jede Minute ohne ihn kommt mir unendlich lang vor.«

»Du Arme, wie wär's mit Ablenkung.«

»Versuche ich doch. Und jetzt wünsch mir Glück, ich will mich in die Funiculaire du Vieux-Québec quetschen, die uralte Seilbahn, die Ober- und Unterstadt miteinander verbindet. Hoffentlich halten die Seile.« Janine setzte jede Menge Zwinkersmileys dahinter.

»Und?«

»Es war eng, das nächste Mal nehm ich stattdessen lieber die Casse Cou, die Halsbrecher-Treppe.«

»Uh, haben da schlechtgelaunte Quebecerinnen ihren Ehemännern aufgelauert und sie runtergeschubst oder warum heißt sie so?«

»Gute Frage.«

*

An diesem Abend kam Philippe spät nach Hause. »Hm, das duftet gut, was ist das?«

»Selbstgemachte Pizza.«

Vermutlich musste er nach dem Essen noch arbeiten, aber das störte Janine nicht. Sie hatte ihren Ebook-Reader dabei, außerdem standen ihr seine Bücher zur Verfügung.

Nach dem Essen lag sie gemütlich auf dem Sofa und grübelte, statt zu lesen. Was brachte es, wenn er sie seinen Eltern vorstellte? Wollte er etwa von deren Urteil über sie abhängig machen, ob er die Beziehung mit ihr fortführte? Der Gedanke gefiel ihr nicht.

Philippe trat früher als erwartet ins Zimmer. »Möchtest du ein Glas Wein?«

Sobald sie mit ihm zusammen war, verflogen ihre Zweifel. Sie lachten miteinander, hörten Musik und redeten. Nur nicht über Janines Abreise. Das unvermeidliche Ende, das furchtbar rasch näher rückte. Noch etwas mehr als zwei Wochen und sie saß im Flieger nach Deutschland.

Sein Smartphone summte. Er sah nach, wer anrief, und nahm das Gespräch an.

»Maman?«

Die beiden sprachen einen französischen Dialekt, der mit mehr als genug Worten gespickt war, die sie nicht richtig verstand. Dass es um den Besuch bei ihnen ging, begriff sie trotzdem. Er legte auf.

»Diesen Samstag passt es meinen Eltern doch nicht. Sie haben vorgeschlagen, dass wir sie stattdessen morgen besuchen und bis Freitag bleiben.«

»Sie laden uns für drei Nächte ein?«

»Möchtest du?«

»Gerne.« Gleich ein paar Tage bei seinen Eltern?

»Dann geb ich Maman Bescheid.« Er nahm sie in die Arme. »Keine Sorge, sie fressen dich nicht.«

Kapitel 50

Janine – September 2019

Riccarda und Raymond, Philippes Eltern, lebten in einem hellblau gestrichenen Holzhaus mit weißen Fensterrahmen, das inmitten eines gepflegten Gartens stand. Aufgeregt stand Janine neben Philippe. Ihr Herz klopfte. Die Tür ging auf, die Diele, in die sie trat, war groß, freundlich und licht.

»Kommt herein, meine Lieben.« Riccarda empfing sie mit einem reizenden Lächeln, begrüßte Janine auf französische Art mit Küsschen und umarmte ihren Sohn, der ebenfalls welche bekam.

Sie sah apart aus mit ihren blauen Augen und den schwarzen Locken. Die dunklen Haare hatte Philippe offensichtlich von seiner zierlichen Mutter geerbt. Die braunen Augen und die hochgewachsene Gestalt teilte er mit seinem Vater, dem er erstaunlich ähnlich sah.

»Raymond, sie ist noch bezaubernder als auf den Fotos, nicht wahr.«

»Allerdings.« Er war deutlich zurückhaltender und reichte Janine die Hand.

»Das ist meine deutsche Freundin.« Den beiden nannte Philippe schlicht ihren Vornamen. Genauso hielt er es umgekehrt bei seinen Eltern.

»Du erinnerst mich sehr stark an jemanden. Das ist mir

schon auf den Fotografien aufgefallen, und seither zermartere ich mir das Gehirn mit der Frage, ob oder wie du mit dieser Frau verwandt bist. Aus welchem Ort stammst du?«, fragte sein Vater sie seltsam forschend.

»Ich bin in München geboren.«

»Dort war ich einmal zu Besuch«, erklärte er. »Sie stammte ebenfalls aus der Gegend …«

»Papa, wir bringen schnell unsere Sachen aufs Zimmer«, warf Philippe ein.

Das Haus war, soweit Janine das sehen konnte, modern eingerichtet. Einige abstrakte Bilder vorwiegend in Blau- und Grüntönen hingen an den Wänden, die Janine an den Pazifik und ihren Surfausflug erinnerten. Esszimmertisch und -stühle stammten aus Philippes eleganter *Evernoor*-Linie, eine gelungene Kombination aus Edelstahl und Holz. Riccarda legte Untersetzer auf den Tisch und stellte einen gusseisernen Tiegel auf den Kork. Das Boeuf Bourguignon, ein mit Zwiebeln, Möhren und Champignons in Rotwein geschmortes Rind, duftete verführerisch. Es schmeckte sehr zart und nicht nur Janine machte Riccarda Komplimente.

»Die Ehre gebührt nicht mir allein. Ray hat mitgeholfen.«

»Ich durfte die Zwiebeln schneiden«, erklärte er brummig.

»Es ist ein Rezept meiner Urgroßmutter. Sie stammte aus Paris und war ungebärdig und wild. Aufmüpfig soll sie gewesen sein und unabhängig, heute würde es emanzipiert heißen. Jedenfalls musste sie zur Strafe Verwandte in Québec besuchen. Ihre Familie war entsetzt, dass sie in Kanada bleiben wollte. Aber sie hatte ihr Herz an einen jungen Mann verloren und ihn heimlich geheiratet. Der Widerstand ihrer Angehörigen erlahmte erst, als sie hörten, dass er ein reicher Handelsherr war.«

Philippe kannte die Erzählungen seiner Eltern natürlich,

aber Janine faszinierten sie. Ihr gefiel es in dem kleinen Kreis. Riccarda plauderte darüber, wie sie ihren Raymond kennengelernt hatte, bei einem Sturz auf der Piste. Philippe gab die Geschichte von seiner weißen Leinenhose und dem Schokoladeneis zum Besten, das schließlich auf Janines Bluse gelandet war. Raymond machte Feuer im Kamin. Ungezwungen plauderten sie bis spät in die Nacht.

»Ich mag deine Eltern«, erklärte sie ihm glücklich, als sie in ihrem Zimmer alleine waren. »Die beiden sind total nett.«

»Hm«, gab er zurück und knabberte an ihrem Hals.

Sie drückte ihn weg. »Was meinst du, mögen sie mich auch?«

»Meine Mutter findet dich entzückend, mein Vater süß und ich finde dich zum Anbeißen.«

»Wann hast du denn mit ihnen geredet?«

»Beim Geschirrabräumen.« Er grinste und zog sie in die Arme.

Auch der nächste Tag verlief harmonisch. Philippe zeigte ihr einen versteckten Pavillon im Garten, eine Art Gästehaus, das beheizt werden konnte, und einen idyllisch gelegenen See in der Nähe, wo sie Arm in Arm am Ufer entlangbummelten. Später saßen sie mit seinen Eltern im Wohnzimmer zusammen.

»Du stammst also aus München?«, fragte sein Vater.

»Nicht direkt, obwohl ich jetzt in einem Vorort wohne. Alles andere wäre unbezahlbar. Die Mieten in der Stadt sind leider sehr teuer. Übrigens sind wir während des Fluges darauf gekommen, dass Philippe das Möbelhaus besucht hatte, das …«

»In dem sie ein paar Wochen vorher noch angestellt war. Sie hat dort im Rahmen ihres dualen Studiums gearbeitet.«

Raymond überlegte. »Stimmt, das Möbelhaus Reinhardt

führt *Evernoor.* Ich war nicht dafür, dass wir die geschäftlichen Beziehungen mit ihnen fortführen, aber mein Sohn hatte sie bereits angeknüpft, bevor er bei mir eingestiegen ist …«

»Wieso? Gab es da irgendwelche Probleme?«, fragte Janine verblüfft.

»Nein, überhaupt nicht«, beruhigte Philippe sie. »Papa, wir hatten das besprochen.«

»Hm, richtig.« Raymond trommelte mit den Fingern auf den Tisch und musterte seinen Sohn durchdringend, der wie zum Sprung bereit dasaß.

Janine begriff die Spannungen nicht, die auf einmal zwischen den beiden spürbar waren. Riccarda versuchte, die Atmosphäre aufzulockern.

»Männer, immer machen sie … *les combats des coqs.* Ich weiß nicht, wie es auf Deutsch heißt.«

»Hahnenkämpfe«, warf Philippe ein. »Und Papa und ich denken nicht daran, welche auszufechten.«

»Da hörst du es, Janine. Wollen wir uns Fotoalben ansehen? Philippe und sein Bruder Pierre waren so süße Kinder.«

»Maman, bitte lass das. Das ist peinlich.«

»Hör nicht auf ihn!« Janine stieg sofort auf die Idee seiner Mutter ein. »Ich liebe es, Fotoalben anzusehen.«

Riccarda hatte nicht untertrieben. Ihre Söhne waren entzückende Babys und Kinder gewesen. Große dunkle Augen, niedliche Festtagsanzüge und Löckchen, die ihre Gesichter umrahmten. Philippe hatte das frechere Grinsen, Pierre sah verträumter aus, trotzdem ähnelten die Brüder einander ungemein. Unvermittelt klappte Riccarda das Buch zu. »Hat Philippe dir von seinem jüngeren Bruder erzählt? Der Leukämie?«

»Nicht nur darüber, er hat auch davon gesprochen, wie nah ihm sein Tod gegangen ist.«

»Das berührt mich sehr.« Riccardas Augen wurden feucht. »Er redet sonst nie über Pierre. Wir haben noch andere Alben. Aus der Zeit, als Raymond und ich jung waren.«

»Da bin ich gespannt.«

»Maman, du langweilst sie.«

Janine protestierte. »Das stimmt überhaupt nicht!«

»Bah, was du wieder redest.« Riccarda trug das Buch weg, das sie gemeinsam angesehen hatten, brachte ein anderes und schlug es auf. Ein Bild klemmte zwischen den Seiten. Offensichtlich gehörte es nicht dahin.

»Was ist das denn? Ein Klassenfoto von dir, Ray?«

»Nein, als ob ich mit fünfzig anderen Kindern in die Schule gegangen wäre. Es ist von meinem Vater. Das einzige Bild, das aus seiner Jugendzeit überlebt hat. Wegwerfen wollte ich es nicht, also habe ich es in eins der Alben getan. Tut mir leid, wenn es das falsche war.«

»Welcher Junge ist er?«

»Dritte Reihe von oben, Fünfter von links.«

»Du solltest ein Kreis um seinen Kopf machen und den Namen hinten drauf schreiben. Sonst weiß später keiner mehr, welche Person auf dem Foto wichtig ist. Er sieht Philippe ähnlich.«

»Wirklich? Darf ich mir das Bild mal ansehen?«, fragte Janine ihre Gastgeberin.

»Natürlich.« Riccarda hielt es ihr hin.

Janine stutzte. Das Foto kam ihr bekannt vor. Besser gesagt, sie kannte es tatsächlich. Ein Abzug dieses Bildes hing bei ihrem Onkel eingerahmt an der Wohnzimmerwand. Das Mädchen in der ersten Reihe von unten war ihre Großmutter Maria. Oder irrte sie? Janine kniff die Augen zusammen und sah genauer hin. Das Kleid, die Schleifen an den Zöpfen, das Gesicht. Der Lehrer, die Bäume, das Haus. Die Tafel mit dem Schuljahr 1936. Das erste ihrer Großmutter. Riccardas Zeigefinger verdeckte Maria und wies auf einen ernsten Jungen mit sehr kurzem Haar.

»Siehst du, das ist Philippes Großvater Carl. Ich finde er gleicht ihm.«

Janine betrachtete ihn. Stolz stand der Junge auf dem Foto da, hoch aufgerichtet. »Du hast recht.«

»Siehst du, Ray!«, rief Philippes Mutter ihrem Mann triumphierend zu.

»Und die Zufälle reißen nicht ab: Ich kann es kaum glauben«, sagte Janine zu ihr. »Carl muss aus dem gleichen Dorf wie meine Großmutter stammen. Das kleine Mädchen mit den großen Schleifen hier ist sie. Später hat sie Johann Reinhardt geheiratet. Sein Vater hat das Möbelhaus gegründet, in dem ich gearbeitet habe. Es gehört jetzt meinem Onkel.«

Raymond war aufgesprungen, auf Philippe zugestürmt und brüllte ihn auf Französisch an. Er war zornig, das konnte Janine erkennen. Worum genau es ging, begriff sie nicht. Nur ein paar Wortfetzen verstand sie.

›*Tu as menti*‹ bedeutete ›Du hast gelogen‹.

»Worum genau geht es?«, fragte sie Riccarda.

»Ich weiß es nicht. Ray wirft Philippe vor, ihn absichtlich hintergangen und eine Reinhardt in dieses Haus gebracht zu haben! Dich. Er denkt, dass du von einem hinterhältigen Lügner abstammst, von einem, der wie sagt man das, ein *faux témoingnage*, ein äh … falsches Eid gemacht hat.«

»Einen Meineid geleistet hat?«

»Sie reden wieder über das Möbelgeschäft. Die Reinhardts. Ray, bitte, warum bist du so wütend?«

»Maman, misch dich nicht ein. Was hätte ich denn tun

sollen, Papa. Du hast recht. Ich hab dir ihren Nachnamen absichtlich verschwiegen.«

»Oh nein, Philippe hat uns nicht das Wahrheit gesagt. Er hat behauptet, dass du Janine Hardt heißt. Das ist nicht gut.«

»Ich habe gelogen. Das gebe ich zu. Ich musste, weil du so verbohrt bist. Du hast mir keine andere Wahl gelassen.« Philippe war totenblass geworden. »Ich wollte, dass du Janine kennenlernst und siehst, was für ein wundervoller Mensch sie ist.«

»Wieso hast du deinen Vater wegen meines Namens belogen?« Sie begriff nicht, worum es bei dem Streit ging. »Und was ist das für ein Meineid?«

Im Gegensatz zu Raymond sprach Philippe Deutsch, damit sie ihn verstand.

»Papa, du mochtest Janine. Du hast es mir selbst gesagt. Auf einmal zählt dein positiver Eindruck nichts mehr? Warum? Doch nur, weil du voller Vorurteile steckst. Sie ist kein schlechter Mensch, nur weil sie Reinhardt heißt. Wenn du einen verurteilen willst, dann müsstest du mich verdammen. Ich war es, der dich angelogen hat. Selbst wenn ihr Großvater ein Lügner und Betrüger gewesen sein sollte, was hat sie damit zu tun?«

Janine reichte es. »Über meinen Großvater weiß ich nur das, was mein Onkel mir erzählt hat. Er hatte mit Sicherheit seine Fehler, aber er war kein Betrüger. Mit welchem Recht behaupten Sie das?«

»Da hast du es, sie leugnet es.« Raymonds Kopf war krebsrot geworden. Obwohl er noch wütender aussah als vorher, wechselte auch er ins Deutsche. »Schlimm genug, dass du bereit warst, mit einem Reinhardt Geschäfte zu machen.«

»Bleib fair, Papa, Moritz Reinhardt ist ein integrer Geschäftsmann.«

Weder Philippe noch sein Vater beachteten Janine. Sie war wütend, wusste nicht, was sie tun oder sagen sollte. Also blieb sie stehen.

»Beruhige dich, Ray«, bat Riccarda ihren Mann.

»Halt den Mund!«, fuhr er sie unwirsch an. »Dieser Kerl kann sein, was er will. Hier geht es nicht um ihn. Es geht um dich, dein Verhalten, Philippe. Wie kannst du es wagen, diese Frau in mein Haus zu bringen! Ich habe geschworen, dass kein Reinhardt je diese Schwelle übertreten wird. Diese Leute haben deinem Großvater das Leben zur Hölle gemacht! Du warst dabei, als ich die Fotografie dieses Weibsbilds zerrissen habe – und du schleppst eine von denen an.«

»Das muss ich mir nicht anhören. Sie tun meiner Familie Unrecht. Ich werde gehen und Beweise suchen, die Ihre Vorwürfe entkräften. Wenn ich sie gefunden habe, kann Philippe Sie Ihnen vorlegen. Ich packe nur schnell meine Sachen zusammen, dann sind Sie mich los.«

Janine hatte genug von den Beleidigungen. Ihr Blick streifte Philippe. Was er machen würde, wusste sie nicht. Sie wollte umdrehen, hochlaufen. Schon war er bei ihr, griff nach ihrer Hand und hielt sie fest.

»Wenn du sie wegschickst, bin ich auch fort, Papa! Ich liebe Janine.«

»Du liebst mich?« Philippe hatte sie gewählt. Ein warmes Glücksgefühl überlief sie. Im ersten Moment wollte sie ihn umarmen, bis ihr klar wurde, dass das in der Situation nicht ging. Mit einem Schlag war ihr nach Weinen zumute.

»Denkst du, das macht es besser. Mein Vater hat Maria Krafft geliebt, aber sie hat ihm das Herz gebrochen, als sie ihn verraten und Johann Reinhardt geheiratet hat.«

»Woher willst du das wissen?«, fuhr Philippe ihn an. »Ich

kann mir nicht vorstellen, dass Großvater dir darüber sein Herz ausgeschüttet hat.«

»Er nicht. Sein Cousin Michael hat mir Aufzeichnungen gezeigt, die sein Onkel gemacht hatte: Es gab einen Prozess! Johann Reinhardt hat meinen Vater, seinen besten Freund, wegen dieser herzlosen, niederträchtigen Frau grausam verraten. Soll ich jetzt zusehen, wie die da dich genauso leiden lässt? Geht!«

Janine zuckte zusammen.

»Raymond, bitte!« Riccarda versuchte zu vermitteln. Ihre Stimme klang zittrig, ihre Augen glänzten feucht.

»Und komm nicht wieder, solange sie an deiner Seite ist.« Philippes Vater stürmte hinaus und knallte die Tür zu.

»Ich muss raus hier!« Weinend rannte Janine zur Haustür, riss sie auf und stürmte ins Freie.

Philippe holte sie im Nu ein.

»Geh weg!«, fauchte sie ihn an.

»Entschuldige!« Er blieb bei ihr stehen und wollte sie in die Arme nehmen, aber sie wehrte ihn wütend ab.

»Wie konntest du mich hierher bringen …«

»Es tut mir leid.«

»Was hast du dir dabei gedacht? Dein Vater hasst mich. Er beleidigt meine Familie und ich hab keine Ahnung wieso.«

»Weil er stur ist und voller Vorurteile steckt. Ich hätte dich einweihen sollen, aber ich wusste nicht, wie du reagieren würdest. Hättest du eingewilligt, ihm eine Komödie vorzuspielen?«

»Nein!«

»Deshalb habe ich dir nichts gesagt und hatte deswegen ein schlechtes Gewissen.«

Das glaubte sie ihm aufs Wort.

»Ein paar Mal war ich drauf und dran, dir alles zu sagen …«

»Dass dir etwas auf der Seele brennt, habe ich gespürt. Und ich war traurig, dass du mir nicht vertraust.« Ihre Wut auf ihn verrauchte bereits.

»Ich wollte doch nur, dass ihr euch unvoreingenommen kennenlernt.« Zärtlich strich er ihr über die Wange. »Du zitterst. Dieses Fiasko tut mir furchtbar leid. Kannst du mir meine Dummheit verzeihen. Ich kann verstehen, dass du sauer bist.«

»Ja, das bin ich.« Seufzend lehnte sie ihren Kopf an seine Schulter. »Ich liebe dich!«

»Dass du da bist! Bei mir … Als du rausgerannt bist …« Er riss sie in seine Arme, drückte sie fest an sich und wischte ihr zuletzt Regen und Tränen aus dem Gesicht.

»Ich war wütend auf dich. Aber jetzt. Lass uns packen und zurück nach Hause fahren. Dort besprechen wir in aller Ruhe, was wir tun.«

»Ist es bei mir? Dein Zuhause?«

Sie nickte. »Es ist da, wo du bist, Liebster.«

Kapitel 51

Maria – April 1953

»Endlich bist du da, Erna!« Wegen der Totgeburt hatte der Frauenarzt Maria eine Krankenhausentbindung empfohlen. Als Hebamme durfte ihre Freundin ihr nicht beistehen. Schließlich war sie nicht im Krankenhaus angestellt. Aber sie verwehrten ihr den Zutritt zum Kreißsaal nicht.

»Ich bin so schnell wie möglich gekommen.«

»Danke!« Mit Erna an ihrer Seite fühlte Maria sich sicherer. Die Schmerzwellen überrollten sie bald schon in kurzen Abständen. Was, wenn auch dieses Baby tot Welt kam wie Carls Kind, das sie über alles geliebt hätte? Wenn es nur … Die Erinnerung an ihre Tochter quälte sie. Die entsetzliche Stille, schwer wie Blei, die damals nicht gewichen war.

»Pressen!«, befahl die Klinikhebamme. »Ich sehe den Kopf!«

»Weiter, weiterpressen«, feuerte Erna sie an.

»Ich kann nicht!« Maria hatte Angst, vor dem, was kam.

»Unsinn!« Ihre Freundin tupfte ihr Schweiß von der Stirn und drückte ihre Hand. »Gleich hast du es geschafft! Noch einmal pressen.«

Eine weitere Wehe. Der Körper des Babys glitt wie von selbst aus ihr heraus. Die Hebamme griff nach dem kleinen Bündel und wickelte das Neugeborene in ein Tuch.

»Er ist da! Du hast einen wunderschönen Sohn.« Erna strahlte.

»Er lebt?«

»Liebes, ja, dein Sohn lebt!« Das Baby weinte. Erna durchtrennte die Nabelschnur. Maria hörte sein unwilliges Krähen, sah, wie er mit seinen Ärmchen ruderte, gewogen und gebadet wurde.

»Darf ich ihn halten?«

»Natürlich, er ist Ihr Sohn.« Ernas Kollegin legte ihr das Kind in den Arm. »Die Nachgeburt ist vollständig. Alles ist in bester Ordnung.«

Lächelnd hielt Maria ihrem Sohn einen Finger hin, den der Kleine mit seiner Hand erstaunlich fest umklammerte. Dabei sah er sie unverwandt mit seinen unergründlichen blaugrauen Augen an, die typisch für Neugeborene sein sollten. Er musterte ihr Gesicht intensiv, als ob er alles verstünde: ihre Zweifel, ihre Trauer. Sie schmolz dahin, betrachtete den kleinen Mund, mit dem ihr Sohn schmatzende Geräusche fabrizierte, die kleine Stupsnase.

»Natürlich lebt er und er möchte etwas trinken. Habt ihr schon einen Namen für den Kleinen?«, fragte Erna.

»Moritz, Moritz Reinhardt.« Maria sog den süßen Duft ein, den er verströmte, strich über den Flaum auf seinen Kopf und brach in Tränen aus.

»Ist irgendetwas nicht in Ordnung«, fragte Erna besorgt.

»Nein, nein ich liebe ihn. Er ist vollkommen. Ich hatte Angst davor, wie es sein würde, aber es ist gut.«

Erna legte ihr den Kleinen an die Brust. »So ist es. Kinder sind etwas Wunderbares.«

»Mein kleines Wunder«, flüsterte Maria.

*

Johann reagierte höchst erfreut auf die Nachricht, dass sie ihm einen Stammhalter geboren hatte. Er organisierte die Taufe, bestimmte seine Schwester und deren Mann zu Paten, lud Verwandte und Freunde ein, wobei er seine Schwiegereltern geflissentlich übergangen hätte. Maria bat ihn darum, dass sie kommen durften. Ihren Enkel würden sie ohnehin kaum zu Gesicht kriegen. Er stimmte schließlich zu.

Sie besuchte ihre Eltern pflichtschuldig alle paar Wochen. Über das Vorgefallene hatten sie nie mehr geredet und würden es auch in Zukunft nicht tun. Insgeheim schwor sie sich, eine andere Mutter zu werden als ihre eigene. Eine, zu der ihr Sohn jederzeit mit seinen Nöten kommen konnte.

Am Tag der Taufe spielte das Wetter mit und Johann war außerordentlich gut gelaunt. Nach der Feier verschenkte er ein paar Groschen an die Messdiener, plauderte charmant mit den Gästen und becherte später mit seinen Freunden. Er trank viel.

Bei der feucht-fröhlichen Feier würde Maria genauso wenig vermisst werden wie die kleine Hauptperson. Sie ging zeitig zu Bett. Vor Müdigkeit konnte sie kaum die Augen offen halten: das Stillen, Windelnwechseln, sein forderndes Schreien, die kurzen Nächte – doch wenn Moritz schlief, konnte sie sich kaum an ihm sattsehen. Das rosige Gesicht, sein zarter Flaum. Warm stieg es in ihr auf, während sie ihn betrachtete.

Frau Arndt brachte einen Stapel frische Windeln für das Baby, Tee für Maria und trug Moritz ein wenig herum, der sein kurzes Schläfchen beendet hatte und ungnädig brüllte. Als er sich beruhigt hatte, legte sie ihn sanft nieder und ging nach nebenan. Maria bedauerte, dass die Wiege im Kinderzimmer stand, doch Johann missfiel das ›Geplärre‹.

Mit seinen sechs Wochen schlief Moritz noch sehr unruhig und wachte zwei, drei Mal in der Nacht auf. Maria warf einen kurzen Blick auf den Wecker, als sie sein leises Wimmern hörte, das schon bald in energisches Schreien übergehen würde. Sie schwang die Beine aus dem Bett, zog einen Morgenmantel über und ging nach nebenan. Während sie das Baby stillte, kam Johann ins Kinderzimmer gewankt.

»Mein Sohn!«

»Nicht so laut, du erschreckst das Baby. Geh ins Bett!«

»Mein Sohn, nich Carls verdammte Tochter … Du has gar nich nach ihm gefragt. Deinem Carl. Obwohl er längst raus is aus'm Bau.«

»Nein, das habe ich nicht.«

Seine Zunge gehorchte ihm offensichtlich nicht richtig. Was er sagte, klang verwaschen und er stank nach Zigarettenrauch und Alkohol. »Und war er hier?«

»Keine Sorge, Carl wäre nie über die Schwelle dieses Hauses getreten.«

»Zur Fremdenlegion is er.«

»Das interessiert mich nicht.«

»Weil er dumm is.« Johann brach in Gelächter aus. »Ehrenhaft, aber durch und durch dumm. Alle war'n se dumm. Keiner hat rausgebracht, wie ich's mit der Hütte geschafft hab …«

Maria drängte Johann nicht, etwas von seiner ›Heldentat‹ zu erzählen. Das war der sicherste Weg, ihn zu verärgern.

»Bin echt clever …«

Sie legte das Baby an ihre Schulter und klopfte ihm behutsam auf den Rücken.

»… hab gesagt, dass ich zu unsrer Hütte fahr und bin einfach zu der von nem Freund, die nich weit weg von unsrer is. War nie drin, der Carl.« Er wollte sie umarmen.

Maria wehrte ihn angewidert ab.

»Hab mal den Lorenz erwischt, der hat uns Geld geklaut. Da wusst ich, was ich tun muss, um dich zu kriegen.« Johanns Stimme klang auf einmal weinerlich. »Schlechte Gedanken kriegst du nich mehr aus'm Kopf. Ich konnt nich anders. Musste es tun … Ich lieb dich so. Gib mir nen Kuss …«

»Moritz hat die Windeln voll. Ich muss sie wechseln. Geh schlafen. Es wird noch eine Weile dauern, bis ich wieder ins Bett gehen kann.«

Johann brummte etwas Unverständliches, wankte davon und plumpste nebenan aufs Bett.

Maria hatte es immer gewusst. Johann war mit Carl zusammen gewesen. Wenn sie den Meineid nur beweisen könnte.

*

Ein halbes Jahr nach Moritz' Geburt arbeitete Maria wieder von zu Hause aus. Ihren Sohn wusste sie während der Zeit bei Frau Arndt in guter Obhut. Außerdem konnte sie zur Stelle sein, für den Fall, dass er untröstlich nach ihr verlangte. Im Gegensatz zu ihr ging Veronika vollkommen in ihrer Rolle als Ehefrau und Mutter auf und hatte gekündigt. Ohne Johanns Wissen legte Frau Winter ihr bei einem Besuch die Bewerbungsmappen für die Stelle von Veronikas Nachfolgerin vor. Maria las sie sehr sorgfältig und legte die beiseite, in denen die Bewerberinnen sich sehr offenherzig präsentierten. Die restlichen würde Frau Winter an Johann weiterleiten. Sie gab sie ihr am nächsten Tag zurück. »Wegen der Möbelbeschläge der Firma Werner werde ich erst die Meinung von Meister Hoferer einholen, bevor wir ein Angebot abgeben.«

»Wenn Sie wüssten, wie froh wir sind, dass Sie die Zügel

wieder übernommen haben. Da gibt es ein klare Linie und die Belegschaft ist zufrieden. Ich soll Sie übrigens herzlich von Juliana grüßen, Frau Reinhardt. Sie hat die Schriftstücke bereits abgetippt und vorbeigebracht. Ich habe sie dabei. Es war eine gute Idee von Ihnen, ihr Schreibarbeiten zu überlassen und sie auf diese Weise zu unterstützen.«

»Wenn ich von zu Hause aus arbeite, warum sollte sie das nicht dürfen? Lassen Sie sehen.« Maria studierte die Schreiben. »Ich bin sehr zufrieden mit ihr. Ich denke, ich werde ihren Stundenlohn erhöhen.«

Sie sahen sich an wie zwei Verschwörer.

Kapitel 52

Janine – Oktober 2019

Dass Janine, wenn auch unfreiwillig, die Schuld am Zerwürfnis zwischen Philippe und Raymond trug, bedrückte sie. Inzwischen waren sie in sein Haus zurückgekehrt und beratschlagten, was sie tun sollten.

»Ich fliege allein zurück.«

»Wieso soll ich hier bleiben?«, protestierte Philippe. »Ich will bei dir sein und mit dir nach Deutschland fliegen.«

»Mir wäre es lieber, wenn du versuchst, dich mit deinen Eltern zu versöhnen. Es würde mir sehr helfen, wenn du herausfindest, wann mein Großvater diesen Meineid geleistet haben soll. Das würde meine Suche enorm erleichtern.« Sie küsste ihn. »Schließlich will ich so schnell wie möglich zurück zu dir.«

»Es war dumm von mir, Papa zu belügen. Opas Macke hat auf ihn abgefärbt. Auf mich ehrlich gesagt auch. Unwahrheiten ertrage ich nicht gut. Aber manchmal … Ich hätte ihm das nicht verheimlichen sollen und dich nicht in diese Situation bringen dürfen.« Er zog ihre Hand an seinen Mund und küsste die Handfläche. »Verzeih mir.«

»Es ist … war aber auch eine schwierige Situation.«

»Und wenn du bleibst, bis dein regulärer Flug geht?«

»Nein, so lange untätig herumzusitzen und zu warten,

ertrage ich nicht. Wenn alles gut geht, bin ich in zwei, drei Wochen wieder da.«

»Und was sagt deine Cousine dazu, wolltest du nicht wegen ihres Babys Ende Oktober zurückfliegen?«

»Ich hab es ihr noch nicht gestanden.« Janine lehnte ihren Kopf an seine Schulter. »Keinem in der Familie.«

»Ich würde verstehen, wenn du in Deutschland bleiben möchtest, bis es da ist.«

»Dazu sehne ich mich viel zu sehr nach dir. Außerdem gäbe es immer irgendwas, das kommt. Weihnachten, die Taufe … Ich will bei dir sein.«

»Gut, sonst würde ich dich holen kommen.«

Sie küssten sich. Janine buchte den Flug um und verfasste ein paar Nachrichten.

»Hallo, ihr Lieben, hat jemand Zeit, mich nächsten Donnerstag vom Flughafen abzuholen? Ich weiß, ich komme früher als erwartet zurück. Nein, mir ist nicht passiert, alles gut, macht euch keine Sorgen. Im Gegenteil! Ich habe euch etwas Wundervolles mitzuteilen und das so schnell wie möglich. Ich bin gespannt, was ihr sagt.«

»Ich würde ja, aber mit meinem dicken Bauch ist das schwierig.« Kirstin antwortete zuerst und setzte ein grübelndes Smiley vor ihre Frage. *»Sag mal, bist du schwanger?«*

»Nein«

»Schade, na dann, überrasche mich und wehe, du sagst, dass du die Liebe deines Lebens in Kanada getroffen hast! Das geht einfach nicht, du bleibst hier.« Ein paar Zwinkersmileys folgten, aber auch ein weinendes war dabei.

Janines Smartphone summte.

»Hey, bist du wahnsinnig?! Du kannst mich nicht hier hocken lassen und nach Kanada übersiedeln! So heiß sollte dein

Kanadier auch wieder nicht sein.« Caro garnierte ihre Nachricht mit Herzchen. *»Ach ja, klar hole ich dich ab und du wirst mir gefälligst ALLES erzählen. Jede Einzelheit. Und meinen Drummer lernst du bei der Gelegenheit auch kennen. Wann kommst du an?«*

»Danke, du bist ein Schatz«, tippte Janine ein. *»Ich fliege Mittwochabend ab und komme Donnerstag früh um 9:55 an.«*

*

Philippe ließ es sich nicht nehmen, Janine zum Flughafen nach Montreal zu bringen. Eng umschlungen standen sie beieinander.

»Du musst nicht fort.«

»Ich komme zurück, sobald ich kann.«

»Grüß meine Verwandten. Zum Glück haben sie verständnisvoll reagiert, als ich gefragt habe, ob sie uns helfen können.«

»Ich bin sehr gespannt auf sie.«

Sie küsste ihn. Nach dem bittersüßen Abschied von Philippe überlegte sie im Flieger, wen sie in der Angelegenheit dieses Meineides sonst noch ansprechen könnte.

*

Caro holte sie wie versprochen am Bahnhof ab, ihren Freund Luke hatte sie doch zu Hause gelassen, um mit Janine quatschen zu können, die sie noch am gleichen Nachmittag zu Onkel Moritz und Tante Mia kutschierte, wo sie der versammelten Familie von Philippe berichtete.

»Wann wolltest du mir sagen, dass du mit meinem Geschäftspartner angebandelt hast? Nicht zu fassen, der junge Evert. Und du dachtest, du kannst mich an der Nase herumführen, du Küken?« Moritz lachte.

»Jetzt bin ich platt«, meinte Henry. »Da lassen wir dich einmal aus den Augen und dann so was …«

»Gönn ihr doch ihr Glück«, meinte seine Frau.

»Schon, aber was soll denn mein Kleines dazu sagen? Ach verflucht, ich hab so nah am Wasser gebaut.« Kirstins Augen flossen über, und ihr Mann und Janine gaben ihr Bestes, um sie trösten.

»Schau, was du angerichtet hast.« Moritz seufzte schwer.

»Tante Mia, hilf mir, sag du was dazu«, bat Janine, die mit einem schlechten Gewissen kämpfte.

»Sie ist kein Kind mehr, Schatz …«

»Und das soll alles rechtfertigen? Ich habe es von Anfang an geahnt. Am Tag, als sie mir gesagt hat, dass sie nach Kanada fliegt, dachte ich mir: Jetzt schnappt irgendein Kanadier sie uns weg und die Bescherung ist da.

»Wie habt Philippe und du euch das überhaupt gedacht?«

»Ich werde fürs Erste zu ihm nach Kanada gehen, irgendwie werden wir die Zeit überbrücken, bis wir ein Partner-Visum beantragen können.«

»Na, dann wollen wir mal für dich hoffen, dass alles klappt.« Er brach ab und griff seufzend nach seinem Bierglas. »Darauf ein Prost.«

»Auf deinen Liebsten!«, warf Kirstin ein. »Weshalb ist er nicht mitgekommen?«

»Wegen einer großen Geschäftseröffnung. Auf Philippe.« Janine lächelte, griff nach ihrem Wasser, das auf dem Tisch stand, und trank einen Schluck ab.

Allzu lange blieb sie nicht, vom Jetlag gebeutelt, wie sie war. Ihr Smartphone plingte. Ein mit Herzchen gespickten Gruß von Philippe.

*

Nach ungefähr zwölf Stunden Schlaf und einem langen Videoanruf mit Philippe beschloss sie, zuerst mit seinen Verwandten zu telefonieren.

Sie hatte eine Frau mit einer jugendlich klingenden Stimme am Apparat.

»Wie wär's, wenn Sie gleich vorbeikommen, Frau Reinhardt?«

»Das Angebot nehme ich gerne an.«

Dank ihres Routenplaners erreichte Janine ihr Ziel problemlos: ein hübsches kleines Anwesen, ursprünglich wohl ein Bauernhof.

Sie klingelte. Eine Frau um die Fünfzig mit sehr kurz geschnittenen grau melierten Haaren öffnete die Tür. »Hereinspaziert. Mein Name ist Melanie Ebnert und ich freue mich sehr, Sie kennenzulernen.« Sie schüttelte Janine die Hand. »Mein Schwiegervater wartet im Wohnzimmer. Leider ist er vorgestern bei der Gartenarbeit gestolpert und hat sich den Fuß verknackst. Sonst stünde er selbst hier, um Sie zu empfangen.«

Melanie führte sie durch einen Flur ins Wohnzimmer. Auf dem Couchtisch lagen ein paar Zeitschriften herum, ein schwarz lackiertes Klavier stand an einer der Wände, Notenblätter lagen auf oben auf.

»Mein Sohn Tobias spielt gerne und gut. Philippe und er haben im Juni gemeinsam die Gegend unsicher gemacht. Das war richtig schön. Papa, das ist Janine, Philippes Freundin.«

»Michael Ebnert, sehr erfreut.« Ein weißhaariger Mann mit gepflegtem Vollbart war drauf und dran, aufzustehen, dabei war sein Knöchel verbunden.

»Bitte, bleiben Sie sitzen.«

»Ihr Wunsch ist mir Befehl.« Er legte seinen Fuß wieder auf den Hocker zurück.

Janine nahm ihm gegenüber in einem Sessel Platz und richtete den beiden die Grüße aus, die Philippe ihr aufgetragen hatte. Melanie fragte jeden nach seinen Wünschen, stellte ein paar Kekse auf den Tisch und sie plauderten eine Weile angeregt miteinander. Schließlich kam Michael auf den Grund von Janines Besuch zu sprechen.

»1950 lebten Carls Eltern noch bei uns im Haus. Es muss im September oder Oktober gewesen sein, als auf einmal Polizisten vor der Tür standen. Angeblich hatte Carl etwas gestohlen. Wir waren vollkommen aus dem Häuschen. Die Polizei! Für uns Kinder war das aufregend, eine Sensation. Meinem Cousin wurde dann wegen Diebstahls der Prozess gemacht.«

»Wissen Sie, wann das war?«

»Im Dezember.« Diese Information brachte Janine schon ein gutes Stück weiter.

»Ich weiß noch genau, dass mein Vater an dem Tag völlig verstört zurückkam, weil Carl zu Unrecht verurteilt worden war.«

»Wie kam er zu der Annahme? Ein Urteil wird nicht willkürlich gefällt, es müssen Beweise vorgelegen haben.«

»Einer der Zeugen hat gelogen.«

Michael sprach von ihrem Großvater, also bohrte Janine weiter. »Das wäre dem Gericht sicher aufgefallen.«

»Der Mann hat einen Meineid geschworen. Folgendes: Mein Onkel, ein Nörgler, ein furchtbarer Mann, war felsenfest von der Schuld seines Sohnes überzeugt. Mein Vater hat dagegen gehalten. Er wusste Einzelheiten, weil er Carl im Gefängnis besucht hatte. Die ganze Sache ging um ein Mädchen, Carls Verlobte.«

Ihre Großmutter Maria! Janine hörte angespannt zu.

»Sie hat Carl um des Geldes Willen mit einem Freund

meines Cousins betrogen. Er war ein guter Fang. Also hat sie Carl die Treue gebrochen. Den Kerl hat sie anschließend dazu veranlasst, falsch gegen unseren Cousin auszusagen. Er hat ihm den Diebstahl angehängt.«

»Warum hätte sie ihn derart gegen Ihren Cousin beeinflussen sollen?«

»Aus Rachsucht? Weil er ihr lästig fiel? Genaues weiß ich nicht, aber unser Vater war davon überzeugt, dass ihr Mann hinter allem steckte. Der sei ihr völlig hörig gewesen.«

Irgendetwas an dieser Geschichte passte nicht. Warum sollte Carl das Foto ihrer Großmutter aufbewahren, wenn Maria die furchtbare Frau gewesen war, die Michael schilderte. »Hatte ihr Vater Beweise für diese Behauptung?«

»Das hat mein Onkel ihn auch gefragt. Nein, harte Beweise nicht. Aber es muss einen Zeugen für Carls Unschuld gegeben haben, wenn der aufgetaucht wäre ...«

Auf dieser dubiosen Geschichte gründete also Raymonds Hass gegen ihren Großvater?

»Melanie hat alte Zeitungsausschnitte zusammengesucht, die ich Ihnen gerne überlasse.«

»Wie freundlich von Ihnen.« Janine nahm sie dankend in Empfang und versuchte verzweifelt, ihre Enttäuschung zu verbergen. »Sie haben das Raymond sicher auch so erzählt?«

»Darauf können Sie wetten. Denken Sie nur, wir haben ewig nicht gewusst, was aus Carl geworden war. Nach seiner Entlassung aus dem Gefängnis ist er spurlos verschwunden. Mein Vater hat mehrfach versucht, ihn zu finden, aber wir haben nie mehr etwas von ihm gehört. Bis Ray sozusagen vor der Tür stand. Erst nach dem Tod seines Vaters hat er erfahren, dass es noch lebende Verwandtschaft in Deutschland gibt.«

»Wie das?«

»Mit dem Eintritt in die Fremdenlegion hat Carl seinen Nachnamen in Evert geändert. So hat er es allen unmöglich gemacht, ihn aufzuspüren. War randvoll mit Zorn und Verbitterung.«

Oder schuldig, überlegte Janine. Nein, Carls strenges Verhalten gegenüber seinem Sohn Raymond und das fanatische Beharren auf Wahrheit sprachen dagegen. Irgendein Geheimnis umgab ihre Großeltern und Carl. Das wurde ihr umso klarer, je mehr sie darüber nachdachte. Vielleicht schaffte sie es, den Schleier zu lüften?

*

Der Besuch bei Philippes Familie war für Janine enttäuschend verlaufen, harte Fakten hatte sie nicht gefunden. Nur Vermutungen und Gerüchte, die sie weder entkräften noch bestätigen konnte.

»Wie kann mein Vater derart emotional auf so eine vage Geschichte reagieren?« Philippe war fassungslos. »Was planst du jetzt?«

»Ich werde meine Großtante Gudrun aufsuchen, um die Version der anderen Seite zu hören.«

Die alte Dame war die Einzige aus der Generation ihrer Großeltern, die noch lebte. Vielleicht wusste sie etwas über den Prozess? Es war zwar nicht so, dass Janine sie häufig sah oder ein besonders inniges Verhältnis zu ihr hatte. Aber Gudrun war immerhin die Schwester ihres Großvaters. Wenn jemand über die Zeit damals Bescheid wusste, dann sie.

Gudrun von der Hold, den Namen ihres dritten Ehemanns hatte sie nach der Scheidung behalten, lebte trotz ihrer über Neunzig allein in einer Zweizimmerwohnung. Janine hatte sie das letzte Mal bei der Hochzeit ihres Cousins gesehen und hoffte, ihre Großtante bei guter Laune anzutreffen. Sie besaß eine sehr spitze Zunge. Janine klingelte zur verabredeten Zeit und wurde hineingebeten. Süßer Qualm schlug ihr entgegen.

»Ist das eine E-Zigarette?« Sie hatte ihre Tante noch nie damit gesehen, nur mit echten Kippen.

»Was soll es denn sonst sein? So weit, dass ich an einem Kugelschreiber nuckele, bin ich noch nicht. Komm rein, in Kanada warst du?«

»Ist meine Karte schon angekommen?«

»Bei der Post geschehen noch Zeichen und Wunder. Und, hat es dir gefallen?«

»Sogar sehr.« Sie zeigte Gudrun einige Bilder in der Galerie ihres Smartphones. »Und ich habe dort einen Raymond kennengelernt.«

»Hat er Geld?«, fragte ihre Großtante und pustete eine Rauchwolke in ihr Wohnzimmer, das mit einer ehemals weißen Schrankwand, deren Farbe unter der Qualmerei stark gelitten hatte, einem Couchtisch aus Glas und einem hellgrauen Ledersofa eingerichtet war. Zwei Ölbilder hingen an der Wand und zeigten südliche Landschaften.

»Ich denke ja, aber darüber haben wir nicht geredet. Er ist ein älterer Herr. Sein Vater hieß Carl. Angeblich kannte er den Opa und dich vielleicht auch?«

Ihre Großtante runzelte die Stirn. »Carl, lass mich überlegen … Carl? Wie war der Nachname?«

»Evert.«

»Kenn ich nicht. Warte, warte … es gab da einen mit E … Ebnert. Carl Ebnert. Hat gut ausgesehen, der Mann. War aber ein Tunichtgut. Hatte irgendwelche Weibergeschichten.« Gudrun zog an ihrer E-Zigarette. »Ich musste deine Großmutter einmal von ihm fernhalten. Du siehst ihr immer ähnlicher, wirklich erstaunlich. Wo waren wir? Ach ja, dieser Typ war ein … wie heißen die noch mal … also die Kerle, die um Frauen rumschleichen? Das Wort liegt mir auf der Zunge.«

»Stalker?«

»Genau. Möchtest du was trinken? Hab Wasser und Hustensaft da.«

»Danke, nein, als ob ich dir den wegtrinken würde. Weißt du vielleicht was über einen Prozess vor Gericht?«

»Wie kommst du denn darauf?«

»Raymond hat einen erwähnt.«

»Ich verstehe nicht. Woher weiß er von meiner ersten Scheidung?«

»Ich meine einen, in den Opa Johann verwickelt war.«

Gudrun lachte rau. »Und ob. Menschen gibt es. Ein Kunde hat ihn verklagt, weil der Einbauschrank nicht in sein Wohnzimmer passte, dabei hat der die falschen Maße angegeben!«

»Ich meine einen, in den Großvater und Carl Ebnert im Dezember 1950 verwickelt waren.«

»Fragen stellst du. Das ist fast siebzig Jahre her. Tut mir leid, ich kann mich nicht an jeden Furz erinnern. Apropos eine halbe Ewigkeit, wie alt sagtest du, dass dieser Ray ist?«

Janine unterdrückte einen Seufzer. Nichts davon half ihr weiter. Sobald es ging, sagte sie ihrer Großtante ›Auf Wiedersehen‹ und war froh, als sie draußen stand.

Ob es noch jemanden gab, der bei der Aufklärung dieser Angelegenheit helfen konnte? Zu Hause blätterte sie in ihren Fotoalben und musterte die Bilder der Mutter ihres Vaters, die es darin gab. Sie steckten in Fotoecken und waren hinten alle beschriftet. Auf einem stand ihre Großmutter mit einem

Baby im Arm neben einer lächelnden Frau. Behutsam löste Janine das Bild vom Papier.

Maria, Dezember 1958, mit Erna Schrodinger, meiner lieben Freundin und allerbesten Hebamme der Welt.

Auf einem der späteren Bilder tauchte diese Frau noch einmal auf. Neben einer anderen, die ihr glich, aber deutlich schlanker war.

Vielleicht lebte die alte Dame noch? Sie googelte ›Telefonbuch‹, gab den Namen ein und fand einen Eintrag: Anna Schrodinger, Hebamme. Die vom Foto konnte es nicht sein, aber was hatte Janine zu verlieren? Sie wählte die Nummer und erklärte ihr Anliegen. Am Anfang vielleicht etwas wirr, aber die Frau hörte geduldig zu.

»Leider kann ich Ihnen nicht weiterhelfen, Frau Reinhardt«, sagte sie schließlich. »Sie haben richtig vermutet: Meine Großmutter hieß Erna und war Hebamme wie ich. Sprechen können Sie leider nicht mehr mit ihr. Sie ist vor über zehn Jahren verstorben.«

Frustriert wollte Janine auflegen, doch die junge Frau redete weiter. »Meine verstorbene Großmutter hatte eine Schwester, die Ihnen eventuell weiterhelfen könnte. Leider ist sie sehr hinfällig und gelegentlich etwas verwirrt. Sie lebt in einem Pflegeheim in der Nähe. Morgen schaue ich ohnehin bei Tante Veronika vorbei und werde fragen, ob sie bereit ist, mit Ihnen zu reden.«

»Das würden Sie tun? Oh danke, ich danke Ihnen. Sagen Sie ihr, dass es um Maria geht.«

»Gut, das habe ich notiert. Wenn Sie mir kurz Ihre Nummer durchgeben. Sie hören dann von mir.«

»Danke.« Janine legte auf.

Kapitel 53

Janine – Oktober 2019

Janine hatte Glück: Die alte Dame stimmte einer Unterredung zu. Zwei Tage später trat sie in eins der Doppelzimmer im Pflegeheim und blieb in der Tür stehen. Frau Dobler teilte das Zimmer mit einer zweiten Pflegebedürftigen. Es roch streng und Janine verständigte eine der Altenpflegerinnen. Geduldig wartete sie auf dem Gang, bis die Frau versorgt war, grüßte sie freundlich und trat zu Veronika Dobler ans Bett. Die alte Dame sah zerbrechlich aus, zart wie ein Kind und ihre faltige Haut papierdünn. Sie streckte ihre knochige Hand aus und griff nach Janines.

»Maria! Dass du mich besuchst. Wir haben uns viel zu lange nicht gesehen. Geht es dir gut?«

Unsicher überlegte Janine, wie sie reagieren sollte. Sollte sie ihr erklären, dass sie Marias Enkelin war? Oder die alte Dame in dem Glauben lassen, dass ihre Freundin nach ihr sah?

»Mir geht es gut, danke. Erinnerst du dich an Johann …«

»Dieses elende Schwein …«

Janine ruckte hoch.

»Lass nicht zu, dass er dich unglücklich macht. Hast du Carl endlich erreicht? Hat er deinen Brief bekommen?« Frau Dobler kniff die Augen zusammen, blinzelte, wirkte verwirrt. »Wer sind Sie? Ich kenne Sie nicht.«

»Marias Enkelin.«

»Welche Maria?«

»Sie war eine Freundin.«

»Wer?«

»Nicht so wichtig. Haben Sie Lust zu plaudern?« Janines Blick fiel auf das Buch, das auf dem Nachtisch lag. »Oder darf ich Ihnen etwas vorlesen?«

Die alte Dame nickte. »Das wäre nett. Hier hat nie jemand Zeit …«

Janine griff nach dem Buch, dessen Einband mit einer Art beigem Stoff überzogen war, und las ihr daraus vor. In Golddruck war *Quo vadis* eingeprägt, darunter der Name des Autors: Henryk Sienkiewicz. Vielleicht trug sie die dramatische Stelle um den Brand Roms zu einschläfernd vor. Frau Dobler döste bald ein und schnarchte leise, die Dame im Nachbarbett schlief auch.

Janine legte das Buch auf seinen Platz zurück, murmelte »Auf Wiedersehen« und ging. Aufgewühlt.

›Dieses Schwein!‹ Damit war Johann gemeint gewesen. Und Maria sollte einen Brief an Carl Ebnert geschrieben haben? Warum? Philippes Vater ging von Meineid aus. Wenn das stimmte … Zum ersten Mal kam ihr der Gedanke, dass ihre Suche anders ausgehen könnte, als erwartet. Janine fror, obwohl es für die Jahreszeit relativ warm war. So wie sie das Problem in Angriff genommen hatte, kam sie nicht weiter. Vielleicht wusste Onkel Moritz doch etwas? Sie schickte Philippe eine lange Sprachnachricht. Sie vermisste ihn schmerzhaft und weder Moritz' noch Kirstins oder Henrys halb scherzhaft, halb ernst gemeinte Vorwürfe änderten etwas daran. Obwohl ihr die Tatsache, ihre Lieben in der Heimat zurücklassen zu müssen, unheimlich zusetzte.

Sie telefonierte mit Tante Mia, die sie prompt zum

Abendessen einlud. »Oft werden wir dich nicht mehr bei uns haben, wenn das mit Philippe klappt«, meinte sie traurig.

»Vielleicht kommt er auch für eine Zeit her? Ich bin übrigens gleich da«, tröstete Janine sie und fuhr los.

Mia begrüßte sie lächelnd. »Moritz ist extra früher nach Hause gekommen.«

Janine trat in das Haus, in dem sie ihre Kindheit verbracht hatte, und umarmte Onkel und Tante. Nach einer Weile lenkte sie das Gespräch auf Maria.

»Heute habe ich mir Fotoalben angeschaut. Erinnerungsstücke an meine Eltern habe ich. Gibt es eigentlich noch was von Oma? Ein Andenken? Etwas, das ihr persönlich gehört hat?«

»Was für eine schöne Idee«, warf Mia ein.

Moritz überlegte. »Mutter hatte nicht viel persönlichen Besitz. Seltsam, nicht wahr, aber ihr lag nichts daran. Die Wäsche haben wir weggegeben. Die Möbel zum Teil auch. Die Einrichtung im Gästezimmer stammt von ihr. Hast du an so etwas Großes gedacht?«

»Nein, wenn es ein Tagebuch gäbe oder ein altes Fotoalbum?«

»Ein Tagebuch hat sie nicht geführt. Aus unseren Alben kannst du jedes Bild haben, das dir gefällt.«

»Von Maria gibt es leider kein eigenes«, warf Mia ein. »Von ihr allein existieren nur sehr wenige Fotos. Von deinem Großvater gibt es sehr viel mehr Bilder. Such dir aus, was du möchtest.«

»Danke, ihr seid lieb.« Janine versuchte, ihre Enttäuschung zu verbergen. Sie würde die Wahrheit über *Johann, das Schwein,* niemals erfahren. »Ich werde mir welche abfotografieren oder mir Abzüge machen lassen.«

»Warte!«, warf Mia ein. »Auf dem Dachboden ist noch die

Schatztruhe, erinnerst du dich, Nini. Als kleines Mädchen hast du mit deinen Freundinnen oben Prinzessin gespielt.«

»Oh ja, ich erinnere mich. Mit Caro manchmal auch Piraten.«

»Der Schmuck darin ist billig. Golddoublé, Glassteine und meine Schwiegermutter hat ihn nie als ihren Besitz gesehen. Als ich Moritz geheiratet habe, durfte ich mir aussuchen, was ich wollte. Ihr Mann hat ihr gerne viel geschenkt. Sie hat die Sachen nie getragen. Die teuren Stücke habe ich aussortiert. Mit denen solltet ihr nicht spielen.«

»Unsere Schatzkiste war Marias Schmuckkasten?«

»Bis zu ihrem Tod. Mir war sie zu klobig.«

»Das ist … Darf ich auf den Dachboden gehen?«

»Natürlich.«

Janine schob ihren Stuhl zurück.

»Wie, du meinst jetzt gleich?«, fragte Mia verblüfft. »Na, geh nur, den Weg kennst du ja.«

Der frühere Wäscheboden war zu Janines Kinderzeiten ein Hort geheimnisvoller Gegenständen gewesen. In einer Ecke standen die Kisten mit Weihnachtssachen. Heimlich hatten Kristin und sie manchmal die Krippenfiguren ausgepackt, um mit ihnen zu spielen. Sie stieg die Stufen hoch und öffnete die Tür. Die Wiege fehlte, die eingepackt in ein Leintuch in einer Ecke gestanden hatte. Sie stammte noch aus Marias Zeiten. Ihre Kinder hatten darin gelegen, die Enkel, sogar Janine selbst, und bald schon würde Kristins Baby darin schreien. Ein Kasperltheater lehnte an der Wand. Die verschwommene Erinnerung an ein Tri, tra, tralala und die Stimmen ihrer Eltern erwachten in ihr und verblassten.

Die Luft war warm, ein wenig staubig und trocken. Eine alte Stehlampe ragte auf, ein Spiegel, zwei Bilder im Rahmen, Kisten mit Spielzeug. Eine bunt bemalte Kommode, die ihren Eltern gehört hatte, vollgestopft mit Kinderbüchern, Liebesromanen und Krimis. Die konnte sie immer noch anschauen, wenn sie in der Schatzkiste nicht fündig wurde. Sie sah suchend umher, wusste nicht einmal, was sie darin zu finden hoffte. Eine geheime Botschaft?

Auf der Kommode stand die Schmuckkiste. Sie war aus Wurzelholz gefertigt. Das Muster hatte ihre Vorstellungskraft schon als Kind angeregt und sie erkannte den Kobold mit zwei Punktaugen und einer runden Knollennase, der den Schatz bewachte, auf den ersten Blick wieder. Das Holz war glatt und der gesamte Kasten etwa so groß wie ein Schuhkarton. Sie öffnete den gewölbten Deckel und hob ihn ab. Innen war er mit goldenem Satin ausgeschlagen. Lächelnd betrachtete sie das Sammelsurium an kleinen Schachteln und Beuteln.

Caro und sie hatten die Schätze damals ehrfürchtig bestaunt. Dabei war es natürlich nicht geblieben. Die Colliers und Ketten mit Anhängern legten sie einander um, nicht nur eine. Mindestens fünf oder sechs auf einmal. Ein paar der Verschlüsse hatten ihre ungeschickten Finger nicht überlebt. Die Ohrringe hatten sie zum Teil verschlampt. Von einem silbern glänzenden mit blauen Stein fehlte bald der Partner, genau wie von einem langen Hänger mit roten Steinen und dem mit den Perlchen.

Der Schmuck interessierte Janine heute nicht. Zwischen Maria und Carl hatte es einen Briefwechsel gegeben. Vielleicht …? Irgendetwas trieb sie dazu, über den goldenen Stoff zu tasten, mit dem der Kasten ausgeschlagen war. Er war stark gerafft. Ihr Herz pochte, als ihre Finger eine Unregelmäßigkeit ertasteten. Eine Verdickung der Wand. Vielleicht war es gewollt, von Anfang an so geplant. Genauso gut konnte es ein Versteck sein. An manchen Stellen schien der Stoff mürbe zu sein und Risse aufzuweisen. Hier war es zu dunkel. Kurz entschlossen trug sie den Kasten in die Mitte des Raumes, wo durch ein schmales Fenster ein kleiner Streifen Tageslicht hereinfiel, und entdeckte eine feine, von Hand zusammengeheftete Naht. Sie schaffte es, einen Faden zu erwischen, zerrte daran und er riss. Den Schlitz, der entstanden war, erweiterte sie behutsam. Da war etwas Helles zu sehen! Sie zog es heraus. Zusammengefaltetes Papier, nein, ein Umschlag, in dem sie etwas Hartes ertastete. Sorgsam entfaltete sie die beiden eng beschriebenen, sehr, sehr dünnen Blätter. Zu ihrem Erstaunen war in den Bögen eine Kette mit einem silbernen Engelchen-Anhänger eingeschlagen. Sie wog den Fund einen Augenblick in der Hand und betrachtete das eigenartig dünne Papier.

Anfangs war die Schrift regelmäßig, die Zeilen gerade und die Buchstaben schön geschwungen. Janine drehte das Blatt um. Gegen Ende waren manche Stellen verwischt und noch einmal nachgefahren worden. Einen leichten Duft nach Lavendel und altem Buch verströmte das Papier. Sie hatte Angst, es zu beschädigen. Sie zog einen veralteten, in Packpapier eingewickelten Atlas aus der Kommode und legte den Brief darauf. Behutsam strich sie ihn glatt und wollte ihn lesen. Na klasse, Schritte auf der Treppe. Janine faltete das Schreiben zusammen und steckte es in den Umschlag zurück, den sie behutsam in die hintere Hosentasche schob.

»Nini?«

»Ich komme, Tante Mia. Ich stell nur schnell den Schmuckkasten zurück an seinen Platz.«

»Hast du ein Erinnerungsstück gefunden?«

»Eine Kette mit Anhänger.« Sie zeigte beides her.

»Na, so was, den habe ich noch nie gesehen«, meinte ihre Tante überrascht. »Wo hat der denn gesteckt?«

*

Als sie zu Hause war, entfaltete Janine den Brief und versuchte, ihn zu entziffern, was nicht einfach war. Die Buchstaben der Rückseite schienen bei dem dünnen Papier auf die Vorderseite durch und störten beim Lesen.

Freising, den 24. Juli 1967
Liebster Carl, wo soll ich anfangen? Dass Du den Brief geöffnet hast und das hier liest, beweist, dass Dir immer noch etwas an mir liegt. Bitte, glaub mir eins: Dass Du unschuldig warst, wusste ich immer. Nie, niemals habe ich an Dir gezweifelt, immer nur war da die Angst um Dich. Vielleicht war ich zu schwach? Von Anfang an? Mir fehlte der Mut zu kämpfen und mein trostloses Leben ist der Preis dafür. Ich hoffe nur eins, dass Du Dein Glück gefunden hast. Dass eine neue Liebe Dich für das Leid entschädigt, das Du Johanns und meinetwegen erdulden musstest. Warum schreibe ich Dir, fragst Du Dich? Warum stört Maria Dein neues Leben? Weil es einen Lichtblick gibt.
Dass Johann Dein Leben und unsere Liebe zerstört hat, wusste ich immer. Bei der Taufe meines Ältesten hat er mir dann im Suff den Meineid gestanden und den Trick mit der Hütte. Er ist zu der eines Freundes gefahren. Ich war verzweifelt. Du warst weg, beweisen konnte ich nichts. Ich hätte mit Dir gehen sollen. Ich wollte es mehr als alles andere und kann nur eine Entschuldigung anführen: Johann kam mir übermächtig vor. Was schreibe ich, er war es! Wir hätten nicht ins Ausland gehen können. Ich war damals schwanger. Das Kind Deines Todfeindes. Nein, Johann hätte niemals klein beigegeben. Das sage ich mir wieder und wieder. Gehandelt habe ich in Deinem Interesse. Dennoch mache ich mir einen Vorwurf. Ich hätte mit Dir reden sollen und nicht für Dich entscheiden. Bitte, verzeih mir.

Ob ich mich nach Deinem Weggang von ihm trennen wollte? Gar scheiden lassen? Ja, tausend Mal ja. Oft habe ich daran gedacht. Er hätte nicht zugestimmt. Selbst wenn, wie hätte ich, die schuldig Geschiedene, meine Söhne zurücklassen können? Auf das Sorgerecht zu verzichten, wäre ihm niemals in den Sinn gekommen. Falls doch, wie hätte ich uns ernähren sollen? Ohne Unterhalt? Welcher Arbeitgeber hätte mich eingestellt? Wer hätte uns ein Zimmer vermietet? Also habe ich mich wie so viele andere auch geduckt und bin geblieben.
Glaub mir, ich hätte weiter geschwiegen, um Dich und Dein neues, wie ich hoffe, gutes, glückliches Leben nicht zu stören. Doch jetzt ist ein Umstand eingetreten, der alles ändert. Dein Freund, Theodor Baumann, ist aus Kanada zurückgekehrt. Seine Frau ist gestorben, Kinder hatte er keine, also zog es ihn zurück in die alte Heimat. Er wollte Dich besuchen. Als er von Deinem Onkel erfahren hat, dass Du aufgrund von Johanns Aussage ins Gefängnis musstest, wollte er meinen Mann zur Rede stellen. Er hat Euch beide an dem betreffenden Tag abends zusammen gesehen! Angetroffen hat er mich. Wir haben uns ausgesprochen. Er hat mir angeboten, bei der Suche nach Dir zu helfen. Darein willigte ich gerne. Allerdings wird die irdische Gerechtigkeit Johann nicht mehr treffen. Er ist seit zwei Jahren tot, nach einer Feier im Rausch auf die Straße getorkelt und überfahren worden. Womöglich hätte er überlebt, wenn der Wagenlenker ausgestiegen wäre, um Hilfe zu holen. Seit seinem Tod trage ich Sorge dafür, Geschäft und Erbe für meine Söhne zu erhalten.
Ich hoffe von Herzen, dass dieser Brief Dich erreicht, nun, da Deine Unschuld erwiesen und Deine Ehre wiederhergestellt ist. Mit hocherhobenem Haupt könntest Du vor Deinen Vater treten. Ich habe nie vergessen, wie sehr Du unter seiner Verurteilung gelitten hast. Auf dem zweiten Blatt fin-

dest Du die Aussage Theodor Baumanns, die er unterschrieben und von einem Notar hat beglaubigen lassen.
Mit allen guten Wünschen für Dich
Maria

Janine drängte die Tränen zurück und wischte über ihre feuchten Augen. Sie durfte nicht weinen. Es gab noch mehr zu lesen.

Nachtrag März 1988: Deine Adresse haben wir nie herausgefunden. Meine Bitte um Verzeihung hat Dich nie erreicht. Bei mir ist Blutkrebs diagnostiziert worden. In ein paar Wochen, vielleicht Monaten werde ich meinen letzten Weg antreten. Dass ich bei unserer Kleinen zur letzten Ruhe gebettet werde, ist mir ein Trost. Selbst wenn unsere Tochter nie einen Atemzug getan hat, für mich war sie ein wichtiger Teil meines Lebens. Ich bringe es nicht fertig, diesen Brief und den Beweis Deiner Unschuld zu vernichten, genauso wenig, wie ich ihn aus begreiflichen Gründen meinen Söhnen hinterlassen will. Wer auch immer dieses Schreiben finden mag, bitte tu, um was ich Dich bitte: Nimm die Kette an Dich, das Andenken an meine Liebe, erfülle den Wunsch einer unglücklichen Frau und vernichte dieses Schreiben!

»Es tut mir leid, Oma, das kann ich nicht.« Janine umfasste unwillkürlich den Anhänger und legte den Schmuck aus einem Impuls heraus an. Vermutlich hatte Maria darauf spekuliert, dass Mia den Brief entdeckte. Moritz und sie waren damals bereits verheiratet und Eltern von zwei Kindern. »Ich bringe ihn zu Raymond, Carls Sohn. Vielleicht begräbt er seinen Groll gegen mich, wenn er ihn liest.«

Kapitel 54

Janine – Oktober 2019

Letztlich waren fast drei Wochen vergangen, bis Janine zu Philippe aufbrach. Der Rückflug nach Kanada verlief ruhig und ohne Turbulenzen

Vor der Landung war sie aufgeregt: nervös wegen Raymond und glücklich, Philippe wiederzusehen. Obwohl sie sonst nicht unter Zwängen litt, kontrollierte sie während des Flugs drei, vier Mal, ob Brief und Dokument noch in ihrer Plastikhülle steckten.

Das Auschecken und die Zollformalitäten dauerten viel zu lange für Janine. Hier war es kurz nach neunzehn Uhr, zu Hause kurz nach ein Uhr in der Früh, Zeit zum Schlafen, aber sie war aufgekratzt.

»Philippe!« Sie entdeckte ihn zuerst.

Ein Lächeln überzog sein Gesicht, er eilte los und riss sie in seine Arme. Sie küsste ihn, er küsste sie. Für einen Moment war die Welt um sie herum wie ausgelöscht. Ein weinendes Kind holte sie schließlich in die Wirklichkeit zurück. Janine warf einen Blick auf den Buggy, den eine junge Mutter an ihr vorbeischob, und fasste unsinnig glücklich nach Philippes Hand.

»Alles gut, kein Schokoladeneis.«

Arm in Arm gingen sie zu seinem Auto. Eine halbe

Stunde dauerte die Fahrt, und Janine hatte das Gefühl, zu Hause angekommen zu sein. Die breiten Straßen, die französisch beschrifteten Schilder, die ersten Häuser, die ihr bekannt vorkamen. Sein Haus! Er fuhr weiter zu einer Tiefgarage in der Nähe, in der er einen Stellplatz für sein Auto gemietet hatte.

Sie zeigte ihm das Schriftstück und die Übersetzung, die sie für Riccarda angefertigt hatte. Eng umschlungen spazierten sie zur Zitadelle und nahmen den Weg, den sie an ihrem ersten Abend gegangen waren. Anschließend aßen sie eine Kleinigkeit und weihten das Bett ein. Um zehn fielen ihr die Augen zu.

»Geh ruhig, wenn du noch arbeiten musst.« Sie gähnte.

»Ich denke nicht daran.«

Er zog sie in seine Arme und blieb.

*

Am nächsten Morgen erklärte Philippe ihr, dass er die Sache mit seinem Vater endgültig klären wollte. »Du fährst doch mit?«

»Eigentlich sehr gerne. Aber das Haus deiner Eltern betrete ich erst, wenn dein Vater mich hineinbittet«, antwortete sie ihm entschlossen.

»Gib mir eine halbe Stunde mit ihnen.«

»Ich werde so lange spazieren gehen, ruf mich an, wenn ihr so weit seid.«

»Wie wäre es, wenn du stattdessen im Pavillon wartest und ich Maman zu dir hinauslotse. Sie ist auf unserer Seite.«

»Gut, machen wir es so.«

Er telefonierte mit seiner Mutter. »Sie ist zu Hause und erwartet uns, fahren wir los.«

Janine war nicht wohl in ihrer Haut, als Philippe etwas

weiter weg parkte und sie zum Pavillon führte. Seine Mutter hatte bereits auf sie gewartet. Sie waren noch nicht dort angelangt, da öffnete sie schon die Terrassentür und schlüpfte zu ihnen heraus.

»Liebes!« Philippes Mutter eilte ihr entgegen, streckte ihre Arme aus und zog sie an sich. »Ich war tagelang außer mir und habe mit Raymond geschimpft. Aber er hat einen furchtbaren Dickkopf. Kommt mit. Was ist das für ein Brief, Janine? Ich bin so neugierig.«

»Wir geben ihn dir gleich, Maman. Das Original ist sehr dünn, aber wir haben es für Papa dabei und eine Übersetzung für dich.«

»Gut, er arbeitet oben.«

Die Laube stand etwas abseits vom Haus, umrankt von Wein. Janine nahm neben Philippe auf einer Bank Platz. Sie hielten Händchen, während seine Mutter las.

»Oh nein, wie furchtbar. Die arme Maria.« Tränen liefen ihr über die Wangen. »Dieser Johann, pardon, auch wenn er dein Großvater war, Janine. Ich hasse ihn. Aber deine Oma. Sie war … tapfer. Kein Wunder, dass Carl sie geliebt hat. Ich werde zu Papa gehen, Philippe. Er muss diesen Brief lesen. Er muss! Raymond! Komm her, ich muss dir etwas zeigen. Raymond!«

»Was ist denn so wichtig?« Er trat zu ihr auf die Terrasse.

»Lies diesen Brief, dann wirst du alles verstehen.«

»Dieses dünne Papier. So etwas habe ich seit Jahren nicht mehr in Händen gehalten. Von 1967? Aber der ist auf Deutsch.«

»Na und, du beherrschst es ausgezeichnet.«

»Lieber, nein … liebster Carl. Von wem ist er?«

»Nein, dreh die Blätter nicht um, lies sie von Anfang an, versprich es.«

»Du kennst den Brief?«

»Die Übersetzung.«

»Würdest du sie mir geben?«

Er ging ins Haus, seine Frau folgte ihm. Bange wartete Janine auf sein Erscheinen. Was, wenn er ihr nicht verzeihen konnte, dass sie die Enkelin Johann Reinhardts war. »Er müsste längst fertig mit dem Lesen sein, denkst du nicht?«

»Gib ihm ein paar Minuten.«

Endlich Schritte.

Raymond trat ein, sehr blass reichte er Janine die Hand, die sie fest umschloss. »Sei mir herzlich willkommen als Enkelin Maria Kraffts. Ich habe deine Großmutter falsch eingeschätzt. Das tut mir leid.«

»Danke! Dafür warst du bei meinem Großvater Johann völlig im Recht.«

»Habe ich den Brief richtig verstanden, ich hatte ein Halbschwester?«

Janine nickte. »Sie kam tot zur Welt.«

»Und nun kommt ins Haus und lasst uns dort weiterreden.«

Janine erzählte ihnen das Wenige, was sie von ihrer Großmutter wusste. Anschließend saßen sie stundenlang zusammen und redeten. Erst als die Nacht schon weit fortgeschritten war, zogen Raymond und Riccarda sich zurück. Philippe öffnete die Terrassentür. Klare, kalte Luft strömte hinein. Eng umschlungen standen sie beieinander und sahen hinauf in den Sternenhimmel.

»Du und ich, wir haben wirklich großes Glück«, überlegte sie.

»Du denkst an Maria und Carl?«

»Ob es Zufall war, dass wir beide uns getroffen haben? Wie hoch ist die Wahrscheinlichkeit?«

»Wenn sie ihre Finger im Spiel hatten, müssten sie jetzt sehr zufrieden sein. Ich wusste gleich, dass du etwas Besonderes bist.«

»Mir ging es genauso, mein Liebster. Ich wusste es gleich. Von Anfang an …«

Danksagung

An erster Stelle möchte ich Ihnen danken, dass Sie meinen Roman bis zu dieser Stelle gelesen haben. Als Autorin würde ich mich über Rückmeldungen und Rezensionen sehr freuen. Danke schon einmal im Voraus.

Was hier nicht fehlen darf: Meinem Mann und den Kindern will ich für ihre (beinahe) unerschöpfliche Geduld, Nachsicht und Aufmunterung danken.

Der Autorin Brigitte Kreuzer danke ich für ihre wertvollen Tipps und die berechtigte Kritik – deine Anregungen und Kommentare waren wie immer Gold wert.

Ein herzliches Danke geht auch an meine Autorenkollegin Kathrin Friedrich für das Testlesen und die Tipps.

Meiner Autorenkollegin Cornelia Briend danke ich für die Ausdrücke im kanadischen Französisch, die sie so nett herausgesucht hatte. Leider wurde der Abschnitt letztendlich gestrichen.

Liebe Karsta, Anne, Gilla und Jörg, danke für Eure Unterstützung und dass ihr meine ersten TestleserInnen wart.

Nicht zuletzt danke ich meiner Agentin Alisha Bionda, der Lektorin Sandra Lode und Eliane Wurzer und dem Team von piper digital, die es mir ermöglicht haben, das Projekt zu verwirklichen.

Die Geschichte von dem *Bären mit dem Steinherzen* oder *Warum das Hermelin einen weißen Mantel trägt* beruht auf dem traditionellen kanadischen Märchen *Ermine and the Hunter.* Erstmals veröffentlicht von Cyrus Macmillan in *Canadian Fairy Tales*, Dodd, Mead, 1922.